얼굴 없는 살인자

옮긴이 박진세
추리소설 애호가로 현재 출판 기획 일을 하고 있다. 옮긴 책으로 에드 맥베인의 『레이디 킬러』, 제임스 리 버크의 『네온 레인』 등이 있다.

Mördare utan ansikte (Faceless Killers)
Copyright © 1991 Henning Mankell
Korean translation copyright © 2021 by Finis Africae

Korean edition is published by arrangement with Copenhagen Literary Agency
through Duran Kim Agency.

MÖRDARE
얼굴 없는 살인자 UTAN
ANSIKTE

헨닝 망켈 지음 | 박진세 옮김

피니스
아프리카에

킨다.

왜 깼을까? 그는 자문한다. 대개 난 5시 30분까지 자는데. 40년 넘게 그래 왔다. 왜 지금 깼을까? 그는 어둠을 향해 귀를 기울이다 갑자기 완전히 잠에서 깬다. 무언가 다르다. 무언가 바뀌었다. 그는 주뼛주뼛 한 손을 뻗어 아내의 얼굴을 만진다. 손끝에 그녀의 온기가 느껴진다. 따라서 아내는 죽지 않았다. 둘 중 누구도 아직 혼자 남지 않았다. 그는 어둠 속을 향해 골똘히 귀를 기울인다.

그는 그 말이라고 생각한다. 그 말이 울고 있지 않다. 그게 내가 깬 이유야. 보통 그 암말은 밤에 운다. 난 잠을 자면서 그 소리를 듣고 잠재의식에서 내가 자고 있다는 것을 안 거야. 그는 조심스럽게 삐걱거리는 침대에서 일어난다. 그들은 40년간 그 침대를 써 왔다. 그것이 결혼했을 때 그들이 산 유일한 가구였다. 앞으로도 그들이 소유할 유일한 침대. 마루를 가로질러 창가로 갈 때 그는 왼쪽 무릎에서 통증을 느낀다.

늙은이가 다 됐군. 그는 생각한다. 늙고 지친. 매일 아침 일어날 때마다 자신이 일흔이라는 사실에 놀란다. 그는 창밖의 밤을 내다본다. 1990년 1월 8일이고, 올겨울 스코네에는 눈이 내리지 않았다. 부엌문 밖에 걸린 램프가 마당과 벌거벗은 밤나무와 들판 너머로 빛을 드리운다. 그는 눈을 가늘게 뜨고 뢰브그렌이 사는 이웃 농장을 본다. 낮고 길쭉한 흰 집은 어둡다. 농장 안채 맞은편 마구간 검은 문 위의 램프가 연노랑 불빛을 발한다. 그곳이 암말이 서 있는 곳이고, 무언가가 불안하게 하는 밤이면 녀석은 거기서 힝힝거린다. 그는 어둠을 향해 귀를 기울인다. 그의 뒤에서 침대가 삐걱거린다.

✝ 일러두기

본문의 모든 주는 옮긴이 주입니다.

1

잠에서 깼을 때 그는 자신이 확실히 아는 무언가를 잊어버렸다. 그가 밤사이 꿈꾸었던 무언가를. 그가 기억했어야 할 무언가를. 그는 기억하려고 애쓴다. 하지만 잠은 블랙홀 같다. 그 안에 있는 것을 아무것도 드러내지 않는 우물.

그는 적어도 자신이 그 황소들에 대한 꿈을 꾸지 않았다고 생각한다. 꾸었다면 밤 내내 열이 난 것처럼 땀에 젖고 몸이 뜨거웠을 터였다. 이번에는 그 황소가 자신을 평화로이 놔두었다.

그는 여전히 어둠 속에서 귀를 기울이고 누워 있다. 옆에 누운 아내의 숨소리는 너무 희미해서 거의 들리지 않는다. 어느 날 아침엔가 아내는 죽어 옆에 누워 있을 테고, 자신은 그것을 알아차리지도 못할 거라고 생각한다. 어쩌면 그게 나 자신이 되거나. 동이 틀 무렵 우리 중 하나가 혼자 남겨졌다는 사실이 드러나리라. 그는 침대 옆 테이블에 놓인 시계를 확인한다. 빛나는 시곗바늘이 오전 4시 45분을 가리킨다.

왜 깼을까? 그는 자문한다. 대개 난 5시 30분까지 자는데. 40년 넘게 그래 왔다. 왜 지금 깼을까? 그는 어둠을 향해 귀를 기울이다 갑자기 완전히 잠에서 깬다. 무언가 다르다. 무언가 바뀌었다. 그는 주뼛주뼛 한 손을 뻗어 아내의 얼굴을 만진다. 손끝에 그녀의 온기가 느껴진다. 따라서 아내는 죽지 않았다. 둘 중 누구도 아직 혼자 남지 않았다. 그는 어둠 속을 향해 골똘히 귀를 기울인다.

그는 그 말이라고 생각한다. 그 말이 울고 있지 않다. 그게 내가 깬 이유야. 보통 그 암말은 밤에 운다. 난 잠을 자면서 그 소리를 듣고 잠재의식에서 내가 자고 있다는 것을 안 거야. 그는 조심스럽게 삐걱거리는 침대에서 일어난다. 그들은 40년간 그 침대를 써 왔다. 그것이 결혼했을 때 그들이 산 유일한 가구였다. 앞으로도 그들이 소유할 유일한 침대. 마루를 가로질러 창가로 갈 때 그는 왼쪽 무릎에서 통증을 느낀다.

늙은이가 다 됐군. 그는 생각한다. 늙고 지친. 매일 아침 일어날 때마다 자신이 일흔이라는 사실에 놀란다. 그는 창밖의 밤을 내다본다. 1990년 1월 8일이고, 올겨울 스코네에는 눈이 내리지 않았다. 부엌문 밖에 걸린 램프가 마당과 벌거벗은 밤나무와 들판 너머로 빛을 드리운다. 그는 눈을 가늘게 뜨고 뢰브그렌이 사는 이웃 농장을 본다. 낮고 길쭉한 흰 집은 어둡다. 농장 안채 맞은편 마구간 검은 문 위의 램프가 연노랑 불빛을 발한다. 그곳이 암말이 서 있는 곳이고, 무언가가 불안하게 하는 밤이면 녀석은 거기서 힝힝거린다. 그는 어둠을 향해 귀를 기울인다. 그의 뒤에서 침대가 삐걱거린다.

"뭐 하는 거예요?" 아내가 투덜대듯 말한다.

"그냥 자." 그가 대답한다. "다리를 스트레칭하는 것뿐이야."

"무릎이 또 아파요?"

"아니야."

"그럼 이리 와요. 추운 데 서 있지 말고. 감기 걸릴라."

그는 그녀 말대로 아내의 옆으로 돌아간다. 전에 우린 서로 사랑했었지. 그는 생각한다. 하지만 그는 그 생각을 몰아낸다. 지나치게 고결한 말이다. 사랑. 우리 같은 사람을 위한 말이 아니다. 40년 이상 농부로 일했던 사람은, 스코네의 점토질 토양에 매일 허리를 숙이고 일했던 사람은 아내에 대해 말할 때 '사랑'이라는 말을 쓰지 않는다. 그들의 삶에서 사랑은 늘 완전히 다른 무언가였다.

그는 겨울밤의 어둠을 뚫을 듯이 이웃집을 주시한다. 울고 있어. 그는 생각한다. 마구간 녀석의 칸에서 말이 울고 있어서 아무 이상이 없다는 것을 안다. 따라서 누비이불 아래 좀 더 오래 누워 있을 수 있다. 몸이 말을 듣지 않는 은퇴한 농부의 하루는 이제 충분히 길고 따분하다.

그는 자신이 이웃집 부엌 창을 보고 있다는 것을 깨닫는다. 그는 오랜 세월 동안 이따금 이웃집 창에 시선을 보냈다. 지금은 무언가 달라 보인다. 아니면 단지 자신을 혼란스럽게 하는 어둠일 뿐일까? 그는 눈을 깜박이며 눈을 쉬게 하기 위해 스물을 센다. 이내 그는 다시 창문을 보고 그것이 열려 있다고 확신한다. 밤이면 언제나 닫혀 있던 창이 열려 있다. 그리고 암말이 울음을 그쳤다.

뢰브그렌의 고장 난 전립선이 그를 따뜻한 침대에서 끌어낸 다음

9

늘 마구간으로 몰기 때문에 암말이 힝힝거렸다.

그는 자신이 뭔가를 상상했을 뿐이라고 혼잣말을 한다. 내 눈은 침침해. 모든 게 항상 그런 것처럼. 결국 여기서 무슨 일이 일어날까? 스코네 가운데에 위치한 아름다운 크라게홀름 호수로 가는 길에 있는 카데 호수 정북 쪽의 룬나르프 마을에서. 여기에서는 어떠한 일도 일어난 적이 없다. 활력이나 흥밋거리라고는 없는 개울처럼 삶이 흘러가는 이 마을에서 시간은 여전히 멈춰 있다. 이곳에서 사는 사람은 자신의 땅을 팔았거나 누군가에게 임대한 소수의 늙은 농부뿐이다. 우리는 여기에서 살며 불가피하게 찾아오는 것을 기다린다.

그는 부엌 창문을 한 번 더 쳐다보고, 마리아도 요하네스도 창문을 닫는 데 실패한 게 아닌지 생각한다. 나이를 먹으면 두려운 감정이 따른다. 더 많은 자물쇠가 필요하고, 해거름 전에 창문을 닫는 것을 아무도 잊지 않는다. 나이를 먹는다는 것은 공포 속에 사는 것이다. 나이를 먹으면 어렸을 때 느꼈던, 무언가 위협이 된 공포가 돌아온다.

옷을 입고 나가 볼 수도 있어. 얼굴에 겨울바람을 맞으며 절뚝이는 걸음으로 마당을 가로질러 우리의 땅을 구분하는 울타리로. 상상한 것들을 가까이서 볼 수 있으리라.

하지만 그는 움직이지 않는다. 요하네스가 커피를 타기 위해 곧 침대에서 나올 것이다. 우선 그는 화장실의 불을 켠 다음 부엌 불을 켤 것이다. 모든 것이 늘 일어나는 대로 일어날 것이다.

창가에 선 그는 자신이 얼어붙고 있다는 것을 깨닫는다. 그는 마리아와 요하네스에 대해 생각한다. 우린 그들과도 결혼했어. 이웃과 농부로서. 우린 서로 도우며 어려움을 나눴고, 흉년을 함께 넘겼지. 하지만 우린 좋은 때도 같이했어. 우린 함께 하지ᄐᄐ를 축하했고, 크리스마스 만찬을 먹었지. 우리의 아이들은 두 농장이 모두 자기네 집이라는 듯 두 농장을 누비고 다녔어. 그리고 우린 너무 질질 끄는 노년을 나누고 있어.

왜 그러는지는 모르겠지만 그는 한나가 깨지 않도록 주의 깊게 창문을 연다. 그는 거센 바람에 걸쇠가 날아가지 않도록 그것을 단단히 쥔다. 하지만 밤은 완전히 고요하고, 그는 라디오에서 들은 예보에서 스코네 평원에 폭풍이 닥친다는 말은 전혀 없었다는 것을 떠올린다.

별이 총총 뜬 하늘은 맑고 대기는 매우 춥다. 어떤 소리가 들렸다고 생각했을 때 그는 창문을 막 닫을 참이었다. 그는 몸을 돌려 열린 창문에 왼쪽 귀를 대고 귀를 기울인다. 답답하고 우르릉거리는 트랙터에 갇혀서 많은 시간을 보내느라 손상된 오른쪽 귀가 아닌 잘 들리는 귀를.

그는 새라고 생각한다. 밤새가 울고 있다. 갑자기 두렵다. 어디에선지 모르게 공포가 나타나 그를 거머쥔다. 그것은 누군가가 외치는 소리처럼 들린다. 절망을 느끼며 들으려고 애쓴다. 이웃들의 주목을 끌기 위해 두꺼운 돌벽을 관통해야 했을 목소리. 내 상상이야. 그는 생각한다. 아무도 소리를 지르는 사람은 없어. 누가 그러겠어? 그가 창문을 닫는데, 너무 세게 닫아서 화분이 떨어졌고, 한나가 깬다.

"뭐 해요?" 그는 그녀가 짜증을 내는 소리를 듣는다.

대답할 때 그는 확실히 느낀다. 그 공포는 현실이다.

"암말이 울지 않는데." 그가 침대 끝에 앉으며 말한다. "그리고 뢰브그렌네 부엌 창문이 활짝 열려 있어. 그리고 누가 소리치고 있어."

그녀가 침대에 일어나 앉는다.

"뭐라고 했어요?"

그는 대답하고 싶지 않지만, 이제 그는 자신이 들은 소리가 새소리가 아니었다는 것을 확신한다.

"그건 요하네스 아니면 마리아가 낸 소리야." 그가 말한다. "둘 중 한 사람이 도움을 청하고 있다고."

그녀가 침대에서 몸을 일으켜 창가로 간다. 나이트가운을 입은, 키가 크고 어깨가 넓은 그녀가 창가에 서서 어둠을 내다본다.

"부엌 창은 열려 있는 게 아니에요." 그녀가 속삭인다. "박살이 나 있어요."

그녀 곁으로 간 그는 이제 너무 추워서 몸을 떨고 있다.

"누군가가 도와 달라고 외치고 있어요." 그렇게 말하는 그녀의 목소리가 떨고 있다.

"어떻게 해야지?"

"가 봐야죠." 그녀가 대답한다. "서둘러요!"

"하지만 위험한 상황이면?"

"우리의 가장 친한 친구들을 돕지 않을 생각이에요?"

그가 재빨리 옷을 입고 부엌 선반 위 코르크 마개들과 커피 캔들 옆에 있는 손전등을 집어 든다. 밖의 진흙땅은 얼어붙었다. 몸을 돌리자 창가의 한나 모습이 얼핏 눈에 들어온다. 울타리에서 그는 멈춰 선다. 사위가 고요하다. 이제 그는 부엌 창이 망가져 있는 모습을 볼 수 있다. 그는 주의 깊게 낮은 울타리를 넘어 흰 집으로 다가간다. 하지만 자신을 부르는 소리는 들리지 않는다.

내 상상이었을 뿐이야. 그는 생각한다. 난 더 이상 사리 판단이 안되는 늙은이야. 어쩌면 밤에 황소들 꿈을 꿨는지도 몰라. 꿈에서 소년인 나에게 달려드는 그 황소들이 언젠가 내가 죽을 것이라는 걸 깨닫게 하는 거야.

이내 그는 외침을 듣는다. 그 외침은 신음에 가까울 만큼 약해져 있다. 마리아가 내는 소리다. 그는 침실 창가로 가서 조심스럽게 커튼과 문틀 사이로 훔쳐본다.

한순간 그는 요하네스가 죽었다는 것을 안다. 그는 손전등으로 침실을 비추며 안을 들여다보기 전에 눈을 세게 깜빡인다. 마리아는 의자에 묶인 채 바닥에 쓰러져 있다. 얼굴은 피투성이고, 그녀의 틀니가 나이트가운에 흩어져 있다. 요하네스는 발밖에 보이지 않는다. 몸이 커튼에 가려 있다.

그는 비척비척 물러나 다시 울타리를 기어오른다. 필사적으로 언 땅을 가로지를 때 무릎에 통증이 전해진다. 우선 그는 경찰을 부른다. 그런 다음 벽장에서 좀약 냄새가 나는 쇠 지렛대를 꺼낸다.

"여기서 기다리구려." 그가 한나에게 말한다. "이런 상황을 볼 필요 없어."

"어떻게 된 거예요?" 그녀가 공포에 질려 눈물이 그렁한 눈을 하고 묻는다.

"나도 몰라." 그가 말한다. "어쨌든 그 암말이 밤에 울지 않아서 깼어. 그건 확실해."

1990년 1월 8일이었다. 아직 동이 트기도 전인.

2

그 전화는 위스타드 경찰서에 오전 5시 13분에 걸려 왔다고 기록되었다. 새해 전날 이래 거의 하루도 쉬지 못하고 근무 중인 지친 경관이 그 전화를 받았다. 그는 더듬는 목소리로 말하는 소리를 들었고, 처음에는 미친 노인이 건 전화라고 생각했다. 그럼에도 그의 주목을 끄는 무언가가 있었다. 그는 묻기 시작했다. 대화가 끝났을 때, 그는 수화기를 내려놓기 전에 잠시 머뭇거렸고, 외우고 있는 전화 다이얼을 돌렸다.

쿠르트 발란데르는 자고 있었다. 그는 전날 밤 불가리아에서 친한 친구가 보내 준 마리아 칼라스의 음반들을 들으며 아주 늦게까지 깨어 있었다. 반복해서 그녀의 〈트라비아타〉를 재생하다 마침내 침대에 들기 전 새벽 2시에야 멈췄다. 전화가 그를 깨우기 전까지 그는 강렬하고 에로틱한 꿈에 빠져 있었다. 자신이 꿈을 꾸고 있을 뿐이라는 것을 확인하듯 팔을 뻗어 옆을 더듬었다. 하지만 침대 위에 그는 혼자였다. 석 달 전 자신을 떠난 아내도, 꿈속에서 격렬하게 사랑을 나누고 있던 흑인 여자도 거기에 없었다.

그는 전화기로 팔을 뻗을 때 시계를 보았다. 즉각적으로 교통사고를 떠올렸다. 누군가가 위험한 빙판길에서 지나치게 속도를 내다가 E65번 도로에서 전복한. 아니면 아침 페리로 폴란드에서 도착한 망명자와 관련된 문제거나.

그는 침대에서 일어나 앉아 면도를 하지 않아 거칠거칠한 뺨에 수화기를 댔다.

"발란데르입니다,"

"제가 깨우지 않았길 바랍니다."

"빌어먹을, 깨 있네."

왜 내가 거짓말하지 않았지? 그는 생각했다. 왜 사실을 말하면 안되는데? 내가 원하는 것은 침대로 돌아가 벌거벗은 여자의 꿈을 되찾는 것뿐이야.

"전화를 드려야 할 것 같다고 생각했습니다."

"교통사고인가?"

"아니요, 그런 건 아닙니다. 어떤 나이 든 농부가 전화해서 자기 이름이 뉘스트룀이라고 했습니다. 룬나르프에 살고요. 옆집 여자가 방바닥에 묶인 채 쓰러져 있고, 한 사람은 죽었다고 합니다."

발란데르는 룬나르프가 어딘지 재빨리 생각했다. 스코네에서 흔치 않게 언덕이 많은 지역으로 마르스빈스홀름에서 그리 멀지 않은 곳이었다.

"심각하게 들렸습니다. 그래서 집으로 전화를 드리는 게 최선이라고 생각했습니다."

"지금 서에 누가 있지?"

"페테르스와 노렌이 콘티넨털 호텔의 창문을 깬 사람을 찾고 있습니다. 두 사람을 부를까요?"

"그들에게 카데호^街와 카트슬뢰사 교차로로 가서 내가 갈 때까지 기다리라고 하게. 두 사람한테 주소를 알려 줘. 전화가 언제 왔지?"

"몇 분 전에요."

"취해서 전화한 게 아닌 건 확실한가?"

"그렇게 들리지 않았습니다."

"흠, 그럼 알겠네."

발란데르는 샤워를 생략하고 재빨리 옷을 입은 다음 보온병에 남아 있는 미적지근한 커피를 들이켜고 창밖을 내다보았다. 그는 위스타드 중심가인 마리아가탄에서 살았고, 집 맞은편에 보이는 건물의 잿빛 외관은 금이 가 있었다. 언뜻 올겨울 스코네에는 눈이 내리지 않을지 궁금한 생각이 들었다. 그는 내리지 않길 바랐다. 스코네의 눈보라는 늘 연속된 고난의 시기를 몰고 왔다. 차의 파손, 눈 때문에 발이 묶인 분만 직전의 여자들, 고립된 노인들과 다운된 송전선. 눈보라는 혼돈을 몰고 왔고, 그는 올겨울 혼돈을 다룰 일손의 부족을 느꼈다. 집을 나간 아내에 대한 생각이 여전히 그의 속을 끓였다.

그는 외스텔레덴이 나올 때까지 레게멘트스가탄으로 차를 몰았다. 드라곤가탄에서 빨간 신호등에 걸려 멈춰 선 그는 뉴스를 듣기 위해 라디오를 켰다. 흥분한 목소리가 대륙 저편에서 추락한 비행기에 대해 떠들고 있었다.

살 때가 있고, 죽을 때가 있는 법이야. 그는 잠기운을 가시려고 눈가를 문질렀다. 고향인 말뫼의 거리를 순찰하던 젊은 경관 시절 때인 오래전에 그는 이 주문을 외웠었다. 그와 그의 파트너가 어느 주정뱅이를 필담 공원에서 경찰차로 데려가려고 용을 쓸 때, 주정뱅이가 커다란 푸줏간용 칼을 꺼냈다. 발란데르는 심장 바로 옆까지 깊이 찔렸다. 몇 밀리미터 차이가 때 이른 죽음에서 그를 살렸다. 그때 그는 스물세 살이었고, 불현듯 경찰이 된다는 것의 의미를 깊이 깨달았다. 그 주문은 그와 비슷한 기억들을 막아 내는 그의 방식이었다.

도심 밖으로 나가 마을 끝에 있는, 새로 지은 가구 창고를 지나치자 서 멀리로 바다가 언뜻 보였다. 잿빛을 띤 스코네의 바다는 이상하게도 한겨울에 고요했다. 수평선 저 끝에 동쪽으로 향하는 배의 실루엣이 있었다.

그는 눈보라가 다가오고 있다고 생각했다. 머지않아 그것들이 우리를 덮칠 거야. 그는 라디오를 끄고 자신에게 닥칠 일에 집중하려 애썼다. 실제로 내가 아는 게 뭐지? 노부인이 방바닥에 묶인 채 쓰러져 있다? 창문으로 그녀를 봤다고 주장하는 남자가 있다? 발란데르는 비예레호로 향하는 갈림길을 지나친 후 액셀을 밟으며 그 노인이 갑작스레 노망이 든 게 분명하다고 생각했다. 그는 수년간 강력계에 몸담고 있으면서 외로운 노인이 발악하듯 경찰서에 도움을 청하는 전화를 걸어 오는 것을 몇 번이나 봐 왔다.

경찰차가 카데호로 통하는 도로의 길가에서 그를 기다리고 있었다. 차에서 내린 페테르스가 들판을 이리저리 뛰어다니는 토끼를 보고 있었다. 그가 푸른색 푸조를 타고 다가오는 발란데르를 보고 손을 들더니 운전석에 올랐다.

　발란데르가 경찰차를 따르자 타이어 밑에서 언 자갈이 뽀드득거렸다. 그들은 트룬네루프로 향하는 분기점을 지나쳐 룬나르프에 이를 때까지 가파른 언덕을 연거푸 넘었다. 트랙터 바퀴자국이 난 좁은 비포장도로를 흔들리며 나아갔다. 1킬로미터를 가서야 그곳에 다다랐다. 서로 맞댄 두 농장, 흰색 칠이 된 두 농가 그리고 깔끔하게 가꾸어진 두 정원에.

　한 노인이 그들을 향해 황급히 다가왔다. 발란데르는 한쪽 무릎이 아픈 것처럼 그가 절뚝이는 모습을 보았다. 발란데르는 차에서 내렸을 때 바람이 불기 시작했다는 것을 알아차렸다. 결국엔 눈이 내릴지도 몰랐다. 그는 노인을 보자마자 정말로 불쾌한 일이 자신을 기다리고 있다는 것을 알았다. 남자의 눈에서 상상도 안 되는 공포의 빛이 발했다.

　"내가 저 문을 부쉈다오." 몹시 흥분한 그가 그 말을 반복했다. "내가 봐야 해서 저 문을 부쉈소. 하지만 그녀도 곧 죽을 거요."

　그들은 손상된 문틀을 통과했다. 발란데르는 노인에게서 나는 특유의 냄새와 마주쳤다. 벽지는 구식이었고, 그는 희미한 빛 속에서 뭐든 보기 위해 눈을 가늘게 떠야 했다.

　"그러니까, 여기서 무슨 일이 일어난 겁니까?" 그가 물었다.

　"저기에," 노인이 대답했다. 그때 그는 울기 시작했다.

　세 경찰은 서로의 얼굴을 바라보았다. 발란데르가 한 발로 문을 밀어 열었다. 그곳은 그가 생각했던 것보다 끔찍했다. 아주 더. 나중에 그는 자신이 본 것 중에 가장 끔찍했다고 말할 터였다. 게다가 그는 그런 것들을 충분히 보았었다.

부부의 침실은 피 칠갑이 되어 있었다. 천장에 매달린 도기 램프에까지 피가 튀어 있었다. 침대에 엎드려 있는 노인은 셔츠를 입지 않았고, 긴 언더웨어는 내려져 있었다. 얼굴은 알아볼 수 없을 만큼 뭉개져 있었다: 마치 누군가가 코를 자르려고 한 것 같았다. 손이 등 뒤로 묶여 있었고, 왼쪽 허벅지는 너덜너덜해져 있었다. 흰 뼈가 온통 빨간색 일색에서 빛을 냈다.

"오, 빌어먹을." 발란데르는 등 뒤로 노렌의 신음을 들었고, 그는 욕지기를 느꼈다.

"구급차를," 그가 마른침을 삼키며 말했다. "빨리."

그리고 그들은 의자에 묶여 바닥 위에 모로 누운 여자 위로 허리를 굽혔다. 그녀를 묶은 자는 거죽만 남은 목에 올가미를 둘렀다. 그녀는 약하게 숨을 쉬고 있었고, 발란데르는 페테르스에게 칼을 찾아 오라고 소리쳤다. 그들은 그녀의 팔목과 목을 깊이 파고든 가는 로프를 끊고 그녀를 조심스럽게 바닥에 눕혔다. 발란데르는 자신의 무릎 위에 그녀의 머리를 얹었다.

그는 페테르스를 보았고, 두 사람 모두 같은 것을 생각하고 있다는 것을 알아차렸다. 이런 짓을 할 만큼 잔인한 자가 누구일까? 무력한 노부인에게 올가미를 건 자가.

"밖에서 기다리십시오." 발란데르가 문가에서 흐느끼고 있는 노인에게 말했다. "밖에서 기다리시고 아무것도 만지지 마십시오."

그는 으르렁대는 듯한 자신의 목소리를 들었다. 내가 고함을 치고 있군. 두려운 거야. 그는 생각했다. 우리가 살고 있는 세상은 어떤 세상일까? 구급차가 도착하기까지 거의 20분이 걸렸다. 여자의 숨소리가 점점 불규칙적이 되어 갔고, 발란데르는 너무 늦게 온 것일지도 모른다는 걱정이 들기 시작했다.

그는 구급차 기사인 안톤손이라는 남자를 알아보았다. 그의 조수는 전에 본 적 없는 젊은 남자였다.

"안녕." 발란데르가 말했다. "남자는 죽었네. 여자는 살아 있어. 여자를 살려 주게."

"무슨 일입니까?" 안톤손이 물었다.

"그럴 수 있다면 그녀가 우리에게 말해 주길 바라네. 자, 얼른!"

구급차가 길 저편으로 사라졌을 때, 발란데르와 페테르스는 밖으로 나왔다. 노렌은 손수건으로 얼굴을 문지르고 있었다. 동이 터 오고 있었다. 발란데르는 손목시계를 보았다. 7시 28분이었다.

"도살장 같군요." 페테르스가 말했다.

"더 나빠." 발란데르가 대답했다. "전화해서 수사반을 요청하게. 노렌에게 이 지역을 봉쇄하라고 해. 난 저 노인과 이야기를 해 봐야 겠네."

그가 막 그 말을 했을 때, 그는 무언가 비명 같은 소리를 들었다. 그는 몸을 곧추세웠고, 이내 그 비명이 다시 들렸다. 그것은 말이 우는 소리였다. 그들은 마구간으로 가서 문을 열었다. 어둠 속 칸막이 안에서 말 한 마리가 바스락대고 있었다. 그곳에서는 뜨끈한 거름과 오줌 냄새가 났다.

"말에게 물과 건초를 좀 갖다 주게." 발란데르가 말했다. "이곳에 다른 동물들도 있을지 몰라."

마구간에서 나오자 몸서리가 쳐졌다. 까마귀들이 들판 저 멀리에 외로이 서 있는 나무에서 깍깍거리고 있었다. 그는 목구멍으로 찬 공기를 들이마셨고, 바람이 더 강해졌다는 것을 주목했다.

"성함이 뉘스트룀이시라고요." 그가 이제 눈물을 멈춘 남자에게 말했다. "저를 도와주셔야겠습니다. 제가 제대로 이해했다면 옆집에 사신다고요."

남자가 끄덕였다. "무슨 일이 일어난 거요?" 그가 떨리는 목소리로 물었다.

"그게 제가 선생님께 듣고 싶은 말입니다." 발란데르가 말했다. "우리가 댁으로 가도 좋을 것 같군요."

부엌에서 구식 가운을 입은 여자가 의자에 앉아 울고 있었다. 하지만 발란데르가 자기소개를 하자 이내 몸을 일으켜 커피를 끓이기 시작했다. 두 남자는 부엌 테이블 앞에 앉았다. 발란데르는 크리스마스 장식이 여전히 창가에 걸려 있는 것을 알아차렸다. 늙은 고양이 한 마리가 창턱에 엎드려 눈도 깜빡이지 않고 그를 응시하고 있었다. 그가 녀석을 쓰다듬으려고 손을 뻗었다.

"문다오." 뉘스트룀이 말했다. "녀석은 사람에게 익숙하지 않소. 한나와 나를 빼고는."

발란데르는 집을 나간 아내를 생각했고, 어디서 시작을 해야 할지 몰랐다. 흉악한 살인이야. 그는 생각했다. 그리고 정말 우리에게 운이 따르지 않는다면 그것은 피해자가 둘이 되는 살인이 될 것이었다. 그에게 무언가가 떠올랐다. 그는 노렌의 주의를 끌기 위해 부엌 창을 두드렸다.

"잠시 실례하겠습니다." 그가 자리에서 일어서면서 말했다.

"말에게 물과 건초를 주었습니다." 노렌이 말했다. "다른 동물은 없고요."

"병원에 사람을 보내게." 발란데르가 말했다. "그녀가 깨어나서 무슨 말을 할 경우를 대비해서. 그녀는 모든 걸 봤을 거야."

노렌이 끄덕였다.

"귀가 밝은 사람을 보내." 발란데르가 말했다. "가급적이면 입술을 읽을 수 있는 사람을."

그는 부엌으로 돌아와 코트를 벗고 그것을 소파에 걸쳤다.

"자, 이제 말씀하십시오." 그가 말했다. "아시는 걸 남김없이 말씀해 주십시오. 천천히요."

묽은 커피 두 잔을 마시고 난 후 그는 뉘스트룀도 그의 아내도 중요한 것은 아무것도 모른다는 것을 알았다. 사건이 일어난 시각과 공격을 당한 부부의 삶에 대한 정보를 얻을 수 있을 뿐이었다. 두 가지 질문이 남았다.

"두 사람은 집에 현금을 갖고 있었습니까?" 그가 물었다.

"아니오." 뉘스트룀이 말했다. "두 사람은 은행에 모든 걸 맡겼소. 연금도. 게다가 그들은 부자가 아니었소. 땅과 가축과 트랙터를 판 돈을 자식들에게 주었소."

두 번째 질문은 무의미해 보였다. 어쨌든 그는 그것을 물었다. 이 상황에서는 선택의 여지가 없었다.

"두 사람에게 적이 있었는지 아십니까?" 그가 물었다.

"적?"

"이런 짓을 했을 가능성이 있는 사람이라면 누구든?"

그들은 이 질문을 이해하지 못한 것처럼 보였다. 그는 그 말을 반복했다. 두 노인은 어리둥절한 표정으로 서로를 보았다.

"우리 같은 사람들에게는 적이 없소." 남자가 화난 목소리로 대답했다. "가끔은 다툴 때도 있지. 왜건이 다니는 길의 유지비나 땅의 경계선을 두고 말이오. 하지만 그걸로 사람을 죽이진 않소."

발란데르가 끄덕였다.

"곧 다시 연락드리겠습니다." 그가 자리에서 일어나 코트를 집어 들며 말했다. "뭐든 생각나시는 게 있으면 주저 말고 경찰서로 전화 주십시오. 저, 발란데르 경위를 찾으세요."

"만약 그들이 돌아오면……?" 노부인이 물었다.

발란데르가 머리를 저었다.

"안 돌아올 겁니다." 그가 말했다. "강도의 소행이었을 겁니다. 그들은 절대 돌아오지 않습니다. 걱정하실 건 아무것도 없습니다."

그는 그들이 무언가 더 확신할 말을 해야겠다고 생각했다. 하지만 무슨 말을? 가까운 이웃이 잔인하게 살해된 모습을 막 목격한 사람을 안심하게 해 줄 말이 뭐지? 피해자의 아내 역시 죽을지 살지 기다려 봐야 할 마당에?

"저 말 말입니다." 그가 말했다. "누가 저 말에게 먹이를 주죠?"

"우리가 줄 거요." 노인이 대답했다. "녀석에게 필요한 게 뭔지 우리가 볼 거요."

23

발란데르는 찬 새벽으로 나갔다. 바람이 더 세졌고, 그는 차를 향해 걸으며 어깨를 수그렸다. 남아서 현장 감식반을 도와야 한다는 것을 알았다. 하지만 그는 얼어붙고 있었고, 기분이 엉망이었으며, 더 이상 이곳에 남아 있고 싶지 않았다. 게다가 그는 차창 밖으로 감식반의 차를 타고 온 뤼드베리를 보았다. 그것은 그들이 모든 진흙 덩어리를 조사할 때까지 감식을 마치지 않으리라는 것을 뜻했다. 뤼드베리는 몇 년 내로 은퇴할 사람이었고, 열정적인 경찰이었다. 그는 지나치게 꼼꼼하고 느린 것 같았지만 그의 존재는 범죄 현장이 응당 받아야 할 취급을 받으리라는 것을 보장했다.

뤼드베리는 류머티즘 때문에 지팡이를 짚어야 했다. 지금 그는 발란데르를 향해 마당을 가로지르며 절뚝이고 있었다.

"좋지 않군." 뤼드베리가 말했다. "저긴 도살장처럼 보여."

"그런 말을 한 사람이 또 있었죠." 발란데르가 말했다.

뤼드베리는 진지해 보였다. "무슨 단서라도 있나?"

발란데르가 머리를 저었다.

"전혀?" 뤼드베리의 목소리에는 간청 비슷한 게 담겨 있었다.

"이웃은 아무것도 듣도 보도 못했습니다. 평범한 강도 같습니다."

"자넨 이 미친 잔혹함을 평범이라고 부르나?"

뤼드베리는 흥분해 있었고, 발란데르는 말의 선택을 후회했다. "아니, 제 말은 그야말로 아주 사악한 인간이 한 짓이라는 겁니다. 외딴 농장에서 외롭게 살며 생계를 꾸리는 노인들을 고를 부류 말입니다."

"우린 이놈들을 찾아내야 해." 뤼드베리가 말했다. "놈들이 다시 문제를 일으키기 전에."

"맞습니다." 발란데르가 말했다. "올해 딴 놈들은 못 잡는 한이 있더라도요."

그는 차에 올라타고 그곳을 떠났다. 좁은 농장의 도로에서 그는 자신을 향해 빠른 속도로 모퉁이를 도는 차와 충돌할 뻔했다. 그는 운전자를 알아보았다. 큰 신문사 중 한 곳의 기자로 위스타드 지역에서 흥밋거리 이상의 사건이 일어나면 늘 모습을 나타냈다.

발란데르는 차로 몇 차례에 걸쳐 룬나르프의 끝에서 끝을 달렸다. 불을 밝힌 창문은 있었지만 밖에서 돌아다니는 사람은 없었다. 이 소식을 들으면 마을 사람들은 어떤 생각을 할까?

그는 기분이 울적했다. 목에 올가미가 걸린 노부인을 생각하자 몸이 떨렸다. 그것은 상상도 할 수 없는 잔인함이었다. 누가 그런 짓을 하지? 왜 도끼로 머리를 찍어서 즉시 끝내지 않았지? 왜 그녀를 고문했지?

그는 천천히 마을로 차를 몰면서 머릿속으로 수사 계획을 짜려고 노력했다. 블렌타르프 교차로에 멈춰 선 그는 추위를 느끼고 히터의 온도를 올린 다음 미동도 없이 앉아서 지평선을 응시했다.

그는 자신이 이 수사를 맡아야 한다는 사실을 알았다. 자신 밖에 다른 사람은 없었다. 그는 겨우 마흔둘인데도 뤼드베리 다음으로 위스타드에서 가장 경력이 많은 수사관이었다.

수사 업무는 수순을 따를 것이었다. 범죄 현장 조사, 룬나르프 거주민 탐문, 범인들의 도주 경로 체크: 뭔든 수상한 것을 본 사람이 있을까? 색다른 것이라도? 그 질문들이 이미 그의 머릿속을 달렸다.

하지만 발란데르는 농장 강도 사건들은 종종 해결하기 어렵다는 것을 경험으로 알았다. 그가 바랄 수 있는 것은 그 노부인이 살아남는 것이었다. 그녀는 무슨 일이 있었는지 보았을 터였다. 그녀는 안다. 하지만 그녀가 죽으면 두 건의 살인은 해결하기가 더욱 어려워질 것이었다.

그는 울적했다. 평상시라면 이 울적함이 그에게 보다 큰 에너지와 행동력을 고무할 것이었다. 이 두 가지가 모든 경찰 업무의 전제 조건이었기 때문에 그는 자신이 훌륭한 경찰이었다고 자부했다. 하지만 바로 지금 그는 불확실성과 피로를 느꼈다. 그는 자신에게 1단 기어를 넣도록 다그쳤다. 차가 몇 미터 움직였다. 이내 그는 다시 멈춰 섰다. 이 얼어붙은 겨울 아침에 자신이 목격한 것을 이제 막 깨달았다는 듯이.

무력한 부부에 대한 야만적이고 무분별한 폭행이 그를 두렵게 했다. 이곳에서 일어나지 말아야 할 일이 일어났다. 그는 차창 밖을 내다보았다. 몰아치는 바람이 문 주위에서 휘파람 소리를 내고 있었다. 일을 시작해야 해. 그는 생각했다. 뤼드베리가 한 말처럼. 우린 그놈들을 찾아내야 해.

그는 곧장 위스타드에 있는 병원으로 차를 몰았고, 집중 치료 병동의 엘리베이터에 올라탔다. 복도에서 그는 즉시 한 병실 앞에 놓인 의자에 앉아 있는 젊은 신입 경찰 마르틴손을 알아보았다. 발란데르는 슬슬 짜증이 나는 것을 느꼈다. 저 경험도 없는 젊은 신입을 빼고 병원에 보낼 인력이 하나도 없었을까? 그리고 왜 병실 밖에 앉아 있는 거지? 왜 잔혹한 폭행을 당한 여자에게서 희미한 속삭임이라도

들을 준비를 하고 여자 곁에 앉아 있지 않는 거지?

"이봐." 발란데르가 말했다. "여자는 어떤가?"

"의식이 없습니다." 마르틴손이 대답했다. "의사들은 희망적으로 보지 않는 것 같습니다."

"왜 여기에 앉아 있지? 왜 병실 안에 있지 않나?"

"병원 측에서 의식이 돌아오면 알려 주겠답니다."

발란데르는 마르틴손이 자신의 말에 확신을 잃어 간다는 것을 눈치챘다.

그는 자신의 말이 성격 나쁜 학교 신생이 하는 말처럼 들린다고 생각했다. 그는 조심스럽게 병실 문을 열고 안을 들여다보았다. 죽음의 대기실에서 온갖 기계들이 빨아들이고 펌프질하고 있었다. 튜브들이 투명 벌레처럼 벽을 따라 물결쳤다. 간호사 한 명이 거기 서서 차트를 읽고 있었다.

"여기 들어오시면 안 돼요." 그녀가 쌀쌀맞게 말했다.

"경찰입니다." 발란데르가 힘없이 대꾸했다. "환자가 어떤지 알고 싶었을 뿐입니다."

"밖에서 기다리시라고 했을 텐데요." 간호사가 말했다.

그가 대꾸하려고 할 때, 의사가 병실로 뛰어들었다. 발란데르는 그가 놀랄 만큼 젊다고 생각했다.

"이곳은 관계자 외에는 출입 금지입니다." 의사가 발란데르를 보고 말했다.

"가려던 참입니다. 그녀가 어떤지 듣고 싶었을 뿐입니다. 저는 발란데르라고 하고 경위입니다. 강력반의." 그는 그 말이 어떤 반향을 일으키지 않을까 싶어 덧붙였다. "이 사건의 수사 책임자죠. 그녀는 어떻습니까?"

"살아 있다는 게 놀랍습니다." 의사가 침대로 다가가면서 발란데르에게 고개를 끄덕이며 말했다. "환자가 입었을 장기 손상의 정도를 아직 말씀드릴 수 없습니다. 일단 환자가 살지 봐야 하죠. 하지만 호흡기관에 심각한 외상을 입었습니다. 누군가가 목을 조르려고 한 것처럼요."

"정확히 그런 일이 있었죠." 발란데르가 시트와 튜브 사이의 명백하게 핼쑥해진 얼굴을 보며 말했다.

"거의 죽을 뻔했습니다." 의사가 말했다.

"살길 바라죠." 발란데르가 말했다. "그녀가 우리의 유일한 목격자니까요."

"우린 환자 모두가 살길 바라죠." 의사가 모니터상의 연속된 웨이브를 그리며 움직이는 녹색 선을 관찰하며 진지하게 대답했다.

발란데르는 더 이상 해 줄 말이 없다는 의사의 말을 듣고 병실을 떠났다. 예후는 불확실했다. 마리아 뢰브그렌은 의식을 회복하지 못하고 죽을지도 몰랐다. 알 길이 없었다.

"자네, 입술을 읽을 수 있나?" 발란데르가 신입 경찰에게 물었다.

"아니요." 마르틴손이 놀란 얼굴로 대답했다.

"유감이군." 발란데르는 그렇게 말하고 발걸음을 옮겼다.

그는 병원에서 마을의 동쪽 끝으로 향하는 길 위에 있는, 갈색 칠이 된 경찰서로 차를 몰았다. 그는 자리에 앉아 창밖으로 오래된 빨간색 급수탑을 바라보았다.

아마 지금 시대에는 다른 성격의 경찰이 요구되는지도 모른다고 생각했다. 1월 이른 아침 스웨덴 시골의 인간 도살장으로 출동해야 하는 것을 괴로워하지 않을 경찰. 불확실성과 고뇌로 고통받지 않을 경찰.

그의 생각이 울리는 전화에 방해받았다. 그는 즉각 병원이라고 생각했다. 마리아 뢰브그렌이 죽었다고 알리는 전화. 아니면 깨어났을까? 그녀가 어떤 말이라도 했을까? 그는 울리는 전화를 노려보았다. 빌어먹을, 빌어먹을. 말없이 죽지 않았길.

하지만 수화기를 집어 들사 날이었다. 그는 놀라서 전화기를 바닥에 떨어뜨릴 뻔했다.

"아빠." 딸이 말했고, 그는 공중전화에 동전이 떨어지는 소리를 들었다.

"안녕." 그가 말했다. "어디서 거는 거니?"

그는 리마만 아니라면 괜찮다고 생각했다. 카트만두나 킨샤샤도.

"여기 위스타드예요."

그는 기뻤다. 그것은 딸을 볼 수 있다는 뜻이었다.

"아빠를 보러 왔는데," 딸이 말했다. "계획이 바뀌었어요. 지금 기차역에 있어요. 지금 떠나는 중이에요. 적어도 아빠를 보려고 했다는 걸 말하고 싶었어요."

이내 대화가 끊겼고, 그는 손에 수화기를 들고 그 자리에 남겨졌다. 무언가 죽은 것, 무언가 화나게 하는 것을 들고 있는 것 같았다. 빌어먹을 녀석. 왜 이런 짓을 하는 거지?

딸 린다는 열아홉이었다. 아이가 열다섯이었을 때까지는 관계가 좋았다. 아이는 문제가 생겼거나 정말 하고 싶은 게 있지만 그게 쉽지 않을 땐 엄마보다 자신을 찾았다. 그는 딸이 통통한 꼬마에서 반항적인 아름다움을 갖춘 젊은 여성으로 탈바꿈하는 모습을 보았다. 딸은 열다섯이 되기 전에는 내면에 비밀스러운 악마를 내재하고 있다는 힌트를 전혀 주지 않았고, 그 악마는 어느 날 아이를 불안정하고 불가해한 곳으로 몰고 갔다.

열다섯 생일을 맞은 지 얼마 지나지 않은 어느 봄날, 린다는 어떤 예고도 없이 자살을 시도했다. 토요일 오후였다. 발란데르는 정원 의자를 고치고 있었고, 아내는 창문을 닦는 중이었다. 그는 갑작스러운 불안감에 쫓겨 망치를 내려놓고 집 안으로 들어갔다. 린다는 자신의 방 침대에 누워 있었다. 딸은 면도칼로 손목과 목을 그었다. 후에 상황이 정리되고 난 다음 의사는 발란데르에게 당신이 가 보지 않았더라면, 가서 침착하게 붕대로 상처를 압박하지 않았더라면 아이는 죽었을 것이라고 말했다.

그는 그 충격을 극복할 수 없었다. 자신과 린다를 잇는 모든 연결고리가 끊어졌다. 딸은 자신에게서 멀어졌고, 그는 무엇이 아이를 자살 시도로 몰아갔는지 결코 이해할 수 없었다. 딸은 학교를 그만두고 아르바이트를 전전하다가 갑작스럽게 한동안 사라지곤 했다. 아내가 자신을 다그쳐 실종 신고를 하도록 한 것이 두 번이었다. 린다가 자신의 수사 대상이 되었을 때 동료들은 자신의 고통을 보았다. 하지만 이내 아이는 다시 나타났고, 딸의 행적을 쫓는 유일한 방법은 주머니를 조사하고 몰래 여권을 휙휙 넘겨보는 것뿐이었다.

빌어먹을, 왜 넌 붙어 있지 못하는 거니? 왜 마음을 바꾼 거야?

전화가 다시 울렸고, 그는 수화기를 잡아챘다.

"아빠다." 발란데르가 무의식적으로 말했다.

"무슨 말이냐?" 그의 아버지가 말했다. "수화기를 들자마자 아빠라니, 무슨 말이야? 난 네가 경찰인 줄 알았는데."

"지금 아버지와 얘기할 새 없어요. 이따 걸어도 될까요?"

"아니, 안 돼. 뭐가 그리 중요하니?"

"오늘 아침에 심각한 일이 터졌어요. 나중에 전화드릴게요."

"무슨 일인데?"

그의 나이 든 아버지는 거의 매일 그에게 전화했다. 발란데르는 몇 차례나 아버지 전화를 연결하지 말라고 안내 데스크에 말해 두었다. 하지만 이내 아버지는 그의 책략을 꿰뚫어 보았고, 교환원을 속이기 위해 목소리를 가장해 가짜 이름을 대기 시작했다.

발란데르는 아버지를 피할 한 가지 가능성을 보았다.

"퇴근하고 오늘 밤에 갈게요." 그가 말했다. "그때 얘기해요."

아버지는 마지못해 그 말을 받아들였다. "일곱 시에 오려무나. 그때 시간을 내 보마."

"일곱 시에 뵐게요."

발란데르는 전화를 끊고 호출을 차단하는 버튼을 눌렀다. 잠시 그는 차를 가지고 나가 기차역을 돌며 딸을 찾을지 고민했다. 그토록 이상하게 잃어버린 관계를 회복하자고 아이에게 말해. 하지만 그는 자신이 그렇게 하지 못하리라는 것을 알았다. 그는 딸을 영원히 잃어버릴 위험을 감수하고 싶지 않았다.

문이 열리더니 네슬룬드가 머리를 내밀었다.

"안녕하세요." 그가 말했다. "그를 데려와도 됩니까?"

"누굴 데려온다고?"

네슬룬드가 손목시계를 보았다.

"아홉 시예요. 어제, 오늘 아홉 시에 여기서 클라스 몬손을 신문하고 싶다고 하셨잖아요."

"클라스 몬손이 누구지?"

네슬룬드가 놀란 얼굴로 그를 보았다. "외스텔레덴의 가게를 턴 녀석이요. 놈을 잊어버리셨습니까?"

그 기억이 발란데르를 소환했고, 동시에 그는 네슬룬드가 간밤에 일어난 살인에 대해 분명 듣지 못했다는 사실을 깨달았다.

"몬손은 자네가 처리해." 그가 말했다. "우린 지난밤 룬나르프 외곽에서 일어난 살인 사건을 맡았어. 피해자가 두 명이 될지도 몰라. 노부부. 몬손은 자네가 맡아. 하지만 한동안은 미뤄 둬야 할 거야. 우리가 먼저 해야 할 건 룬나르프에 관한 수사 계획을 짜는 일이야."

"몬손의 변호사가 이미 여기 와 있는데요." 네슬룬드가 말했다. "만약 제가 그를 돌려보내면 엄청나게 항의할 겁니다."

"예비심문을 해." 발란데르가 말했다. "변호사가 소란을 피우면 어쩔 도리가 없으니까. 열 시에 내 사무실에서 사건 회의를 준비하고. 다들 모이라고 해."

이제 그는 움직이고 있었다. 다시 경찰이 되었다. 딸과 아내에 대한 걱정은 미뤄야 했다. 지금 당장 살인자에 대한 고된 사냥을 시작해야 했다. 그는 책상에서 서류 더미를 치우고 기입하지도 못한 축구 복권을 찢은 다음 구내식당에 가서 커피를 한 잔 들이켰다.

10시에 그의 사무실로 모두가 모였다. 현장에서 불려 온 뤼드베리가 창가 의자에 앉아 있었다. 앉거나 선 일곱 명의 경찰이 사무실을 꽉 채웠다. 발란데르는 병원에 전화해 뢰브그렌 부인의 상태가 여전히 심각하다는 것을 확인했다. 이윽고 그가 모두에게 무슨 일이 있었는지 설명했다.

"자네들 상상 이상이야. 그렇지 않습니까, 뤼드베리?"

"자네 말이 맞아." 뤼드베리가 대답했다. "미국 영화 같아. 피 냄새까지 느껴지는. 대개는 일어나지 않을 일이지."

"이런 짓을 한 자를 찾아내야 해." 발란데르가 그렇게 결론지으며 설명을 마쳤다. "이런 미친놈들을 방치해선 안 돼."

경찰들은 침묵에 빠졌다. 뤼드베리가 자신의 팔걸이의자를 손가락으로 두드리고 있었다. 복도에서 어떤 여자의 웃음소리가 들렸다. 발란데르는 사무실을 둘러보았다. 그들은 모두 자신의 동료였다. 그들 누구도 가까운 친구는 아니었다. 하지만 그들은 팀이었다.

"그럼," 그가 말했다. "뭘 기다리지? 시작하자고."

오전 10시 40분이었다.

3

그날 오후 4시 발란데르는 허기를 느꼈다. 점심을 먹을 시간이 없었다. 오전 사건 회의 후 그는 룬나르프의 범인들을 추적할 계획을 짜며 시간을 보냈다. 그는 자신이 그들을 복수複數로 생각하고 있다는 것을 깨달았다. 그는 과연 한 사람이 그런 살인을 할 수 있는지 생각하며 힘든 시간을 보냈다.

그가 책상 앞 의자에 파묻혀 기자회견을 준비하는 동안 밖은 어두워져 있었다. 책상 위에는 안내 데스크의 여자가 받은 전화 메모로 가득했다. 부질없이 그 메모지들 가운데에서 딸의 이름을 찾다가 그것들을 서류함에 넣었다. 뉴스 사우스 TV 카메라 앞에 서서 현재 경찰이 요하네스 뢰브그렌을 살해한 극악무도한 범인 혹은 범인들에 대한 단서를 찾지 못했다는 사실을 말해야 하는 껄끄러운 상황을 피하기 위해 발란데르는 뤼드베리에게 기자회견을 맡아 달라고 간청했다. 하지만 그는 기자회견 원고는 자신이 쓸 생각이었다. 서랍에서 종이 한 장을 꺼냈다. 하지만 뭘 써야 하지? 그날의 업무는 수많은 의문들을 취합하는 것에 지나지 않았다.

기다림의 하루였다. 올가미에서 살아남은 노부인은 집중 치료 병동에서 사투 중이었다. 외딴 농장에서의 그 끔찍했던 밤에 그녀가 목격한 것을 알아낼 수 있을까? 아니면 뭐든 말하기 전에 죽을까?

발란데르는 창밖의 어둠을 바라보았다. 그는 기자회견 원고 대신 그날 있었던 일과 경찰의 실제 대처를 요약하기 시작했다. 쓰기를 마친 그는 한 게 없다고 생각했다. 적도, 숨겨 둔 돈도 없는 두 노인이 긴인하게 고문당하고 죽임을 당했다. 이웃들은 아무것도 듣지 못했다. 그들은 범인이 떠난 뒤에야 깨진 창문을 통해 노부인의 도움을 청하는 울음소리를 알아챘다. 뤼드베리는 지금까지 어떤 단서도 발견하지 못했다. 끝.

시골에 사는 노인들은 늘 강도의 타깃이었다. 그들은 묶이고 얻어맞고 가끔은 죽임을 당했다. 하지만 이것은 다르다고 발란데르는 생각했다. 그 올가미가 악의와 증오에 찬 것, 어쩌면 복수에 대한 것까지 말해 주고 있다. 이 행위는 무언가 앞뒤가 맞지 않는다.

지금 자신들은 희망을 바랄 뿐이었다. 경찰들은 하루 종일 룬나르프 주민들을 탐문했다. 누군가가 무언가를 봤을까? 이런 유형의 범죄에서 범죄자들은 사전에 장소를 미리 살피곤 했다. 아마도 결국 뤼드베리가 그 농가에서 무언가 단서를 찾으리라.

발란데르는 시계를 보았다. 병원에 마지막으로 전화한 게 언제였지? 45분 전? 한 시간 전? 그는 기자회견 원고를 다 쓰기 전에는 전화하지 않기로 마음먹었다. 워크맨에 유시 비엘링스웨덴의 테너 가수의 테이프를 넣고 헤드폰을 썼다. 1930년대에 녹음된 탓에 치직거리는 소리가 났지만 〈리골레토〉의 장엄함을 손상하지는 못했다.

기자회견 원고는 여덟 줄이었다. 발란데르는 그것을 서무계에 가져가 타이핑한 후 한 부를 복사하도록 지시했다. 복사본이 나올 동안 그는 룬나르프 주변에 사는 모두에게 우편으로 보낼 질문지를 훑어보았다. 평상시와는 다른 무언가가 눈에 띄었나? 잔인한 범행과 연관 지을 수 있는 것이라면 무엇이든? 귀찮은 일이 되기만 할 뿐인 이 질문지가 도움이 되리라고는 생각지 않았다. 전화가 쉴 새 없이 울려댈 테고, 도움도 안 될 증언을 듣기 위해 경찰 두 명이 필요하리라.

그래도 해야 할 일이라고 생각했다. 적어도 아무도 아무것도 보지 못했다는 것을 확인하는 것이다. 그는 사무실로 돌아가 병원에 전화했다. 바뀐 것은 아무것도 없었다. 뢰브그렌 부인은 여전히 사투 중이었다. 그가 막 수화기를 내려놓았을 때 네슬룬드가 들어왔다.

"제가 맞았습니다." 그가 말했다.

"뭐가?"

"몬손의 변호사가 길길이 날뛰었습니다."

발란데르는 어깨를 으쓱했다. "익숙해져야 할 거야."

네슬룬드가 이마를 긁고 수사가 어떻게 진행되고 있는지 물었다.

"지금까진 아무것도 없네. 이제 시작이지. 대충 그래."

"감식 보고서가 도착한 걸 봤습니다."

발란데르가 눈썹을 치켜세웠다. "왜 내가 그걸 보지 못했지?"

"한손의 사무실에 있었습니다."

"그게 있어야 할 곳은 거기가 아니야, 젠장!"

발란데르는 몸을 일으켜 복도로 나갔다. 늘 이런 식이지. 그는 생각했다. 서류들은 절대 있어야 할 곳에 있는 법이 없다. 경찰 업무는 점차 컴퓨터에 기록되는 추세였지만 중요한 서류들이 분실되는 경향이 있었다.

발란데르는 노크를 하고 한손의 사무실로 들어갔다. 한손은 통화 중이었다. 그는 한손의 책상이 바닥이 보이지 않을 만큼, 온갖 경마 가이드와 마권 들로 덮여 있는 것을 보았다. 그가 업무 중의 많은 시간을 여러 경마 트레이너에게 팁을 구하는 전화를 하며 보낸다는 것은 모두가 아는 사실이었다. 그는 높은 승률을 보장할 온갖 종류의 베팅 시스템을 이해하는 데 오후 시간을 보냈다. 한손이 한 번은 크게 땄다는 소문도 있었지만 그 소문이 확실한지는 아무도 몰랐다. 그리고 한손은 분명 상류 사회의 삶을 살지 않았다.

발란데르가 들어가자 한손은 송화구에 손을 갖다 댔다.

"감식 보고서," 발란데르가 말했다. "자네가 갖고 있나?"

그는 예게르스뢰_{말뫼에 있는} 경마장의 가이드북을 옆으로 치웠다. "막 자네에게 가져다주려던 참이었어."

"일곱 번째 경주에서 사 번 마가 확실해." 발란데르가 책상에서 플라스틱 서류철을 집으며 말했다.

"그게 무슨 뜻이야?"

"그게 확실하다는 뜻이야."

발란데르는 입을 벌리고 있는 한손을 남겨 두고 사무실에서 나왔다. 복도에 걸린 시계를 보니 기자회견까지는 30분이 남아 있었다. 그는 사무실로 돌아와 의사의 부검 보고서를 꼼꼼히 읽었다. 요하네스 뢰브그렌 살해의 잔인함은 그가 그날 아침 룬나르프에 도착했을 때 느꼈던 것보다 더 끔찍했다. 그게 가능하다면. 부검한 의사의 견해에 따르면 직접적인 사인을 확신할 수 없었다. 사인의 폭이 너무나 넓었다.

사체에는 날카로운 톱니 모양의 흉기로 깊게 찔린 상처가 여덟 군데 있었다. 보고서는 그것을 끝으로 갈수록 뾰족해지는 톱으로 추정했다. 또한 오른쪽 대퇴골이 부러졌고, 왼쪽 상박골과 손목도 부러진 상태였다. 곳곳에 화상이 있었고, 음낭은 부어올랐으며, 이마에는 강한 타격의 흔적이 있었다.

공식 보고서 귀퉁이에 의사의 메모가 있었다. 그는 '광기의 행위'라고 쓰고, '피해자는 네다섯 번 죽고도 남을 폭력에 희생되었다'고 덧붙였다.

발란데르는 보고서를 내려놓았다. 그는 기분이 더 가라앉는 것을 느꼈다. 여기에는 전혀 이치에 맞지 않는 무언가가 있었다. 강도들은 증오로 가득 차서 노인을 폭행하지 않았다. 그들은 돈이 목적이었다. 이 미친 폭력성은 왜지?

만족할 만한 해답에 이르지 못했다는 것을 인지한 발란데르는 자신이 적은 메모를 다시 읽어 보았다. 무언가 놓쳤을까? 나중에 중요한 것으로 드러날 무언가 세부 정보를 간과했을까? 경찰 업무란 것이 대개 사건의 해결로 모아질 단서를 찾는 인내의 문제라 할지라도 그는 범죄 현장의 첫인상 또한 중요하다는 것을 경험으로 알고 있었다. 범죄가 일어난 현장에 처음 온 사람이 경찰일 경우에는 더욱 그랬다.

그가 적은 요약 메모의 무언가가 그를 혼란스럽게 했다. 중요한 세부 사항을 빠뜨린 걸까? 그는 그런 사항을 끝내 생각해 내지 못한 채 오랫동안 앉아 있었다.

여자가 문을 열고 그에게 타이핑된 기자회견 원고와 사본을 건넸다. 기자회견장으로 가기 전에 그는 화장실에 들러 거울을 보았다. 이발이 필요해 보였다. 갈색 머리가 귀 주변에서 삐죽 튀어나와 있었다. 그리고 체중도 좀 줄여야 했다. 아내가 떠난 석 달 동안 7킬로그램이 늘어 있었다. 무심한 외로움 가운데 그는 매날 음식과 피자, 기름 긴 햄버거와 빵만 먹었다.

"이 무기력한 멍청이야." 그가 소리 내어 말했다. "넌 정말 불쌍한 늙은이처럼 보이고 싶은 거냐?"

그는 즉시 식습관을 바꾸기로 결심했다. 체중을 줄이는 데 도움이 된다면 다시 담배를 피우는 것도 고려할 생각이었다. 그는 왜 거의 모든 경찰이 이혼을 하는지 궁금했다. 그들의 아내가 그들을 떠나는 이유가. 가끔 범죄소설을 읽다 보면 소설에서도 딱 그렇다는 것에 한숨이 나왔다. 경찰들은 이혼했다. 그게 다다.

기자회견이 열리는 방은 사람들로 꽉 차 있었다. 그는 기자들 대부분을 알아보았다. 하지만 녹음기를 작동하면서 자신에게 추파를 던지는 듯한 여드름투성이 젊은 여자를 포함하여 모르는 얼굴도 몇몇 있었다.

발란데르는 신문 발표용 원고를 나눠 주고 방의 한쪽 끝에 마련된 기자회견용 책상에 앉았다. 위스타드 서장이 이 자리에 있어야 했지만, 그는 스페인에서 겨울 휴가 중이었다. 뤼드베리는 TV 방송국과의 인터뷰를 마치고 이 자리에 참석하기로 약속했었지만 상황이 여의치 않아 발란데르가 그 역할을 맡았다.

"자료를 받으셨을 겁니다." 그가 입을 열었다. "현재는 거기에 덧붙일 게 없습니다."

"질문을 받습니까?" 발란데르가 지방지 「노동자」의 기자로 알고 있는 사람이 말했다.

"그게 제가 여기 있는 이유입니다." 발란데르가 대답했다.

"외람된 말이지만 이건 드물게 빈약한 기자회견이군요." 그 기자가 말했다. "이보다는 더 하실 말씀이 있어야 할 것 같은데요."

"범인들에 대한 단서가 없습니다." 발란데르가 말했다.

"그 말은 한 명 이상이라는 뜻입니까?"

"아마도요."

"왜 그렇게 생각하십니까?"

"우린 그렇게 생각합니다. 하지만 아직 모릅니다."

그 기자가 얼굴을 찌푸렸고, 발란데르는 안면이 있는 다른 기자에게 고개를 끄덕였다.

"뢰브그렌 씨가 어떻게 살해됐습니까?"

"외부의 폭력으로요."

"그 말의 범위는 너무 넓지 않습니까!"

"음, 우린 아직 모릅니다. 검시관이 아직 부검을 끝내지 못했습니다. 며칠 걸릴 겁니다."

그 기자는 더 질문이 없기도 했지만 녹음기를 가진 여드름 난 여자에게 방해를 받았다. 발란데르는 녹음기 표면의 글자를 보고 그녀가 지역 라디오 방송국에서 왔다는 것을 알 수 있었다.

"강도들이 뭘 가져갔죠?"

"아직 모릅니다." 발란데르가 대답했다. "우린 아직 그들이 강도인지조차 모릅니다."

"강도가 아니라면요?"

"모릅니다."

"강도가 아니라는 걸 믿을 만한 뭔가가 있나요?"

"없습니다."

발란데르는 지나친 난방 때문에 땀이 나는 것을 느꼈다. 그는 젊은 경찰 시절 자신이 기자회견을 꿈꾸었다는 사실을 기억했다. 하지만 자신이 꿈꾸었던 것은 결코 답답하거나 땀이 나는 기자회견이 아니었다.

"질문이 있습니다." 그는 뒤편에서 어느 기자가 하는 말을 들었다.

"잘 안 들리는군요." 발란데르가 말했다.

"경찰은 이 사건을 심각한 범죄로 생각합니까?" 그 기자가 물었다.

발란데르는 그 질문에 놀랐다.

"당연히 우리는 이 사건을 해결해야 할 범죄로 중요하게 생각하고 있습니다." 그가 말했다. "왜 아니겠습니까?"

"중앙의 지원이 필요하다고 보십니까?"

"그 대답을 하기는 너무 이릅니다. 물론 우리는 빠른 해결을 바라고 있습니다. 질문을 잘 이해 못 하겠군요."

두꺼운 안경을 쓴 매우 어려 보이는 기자가 앞으로 뚫고 나왔다.

발란데르가 전에 본 적 없는 기자였다.

"요즘은 스웨덴의 누구도 노인에 대해서는 신경을 쓰지 않고 있는 것 같습니다."

"우리는 씁니다." 발란데르가 대답했다. "우리는 이 범인들을 체포하는 데 우리가 할 수 있는 모든 것을 할 겁니다. 스코네에는 외딴 농장에서 홀로 사는 나이 드신 분이 많습니다. 우린 가능한 한 모든 것을 동원해서 무엇보다 그분들을 안심시킬 겁니다."

그가 자리에서 일어났다. "더 알려 드릴 게 있을 때 다시 말씀드리겠습니다." 그가 말했다. "와 주셔서 감사합니다."

그가 방에서 나가려고 할 때 지역 라디오 방송국에서 나온 젊은 여자가 그를 막아섰다.

"더 말씀드릴 게 없습니다." 그가 그녀에게 말했다.

"경위님 딸 린다를 알아요." 그녀가 말했다.

발란데르는 멈춰 섰다. "그래요? 어떻게?"

"몇 번 만났어요. 여기저기서요."

발란데르는 자신이 그녀를 아는지 기억을 뒤졌다. 둘이 같은 반이었을까?

그녀가 그의 마음을 읽기라도 한 듯 머리를 저었다.

"경위님과 저는 만난 적이 없어요." 그녀가 말했다. "경위님은 저를 모르세요. 린다와 저는 말뫼에서 우연히 만났어요."

"그렇군요." 발란데르가 말했다. "그래요."

"그녀는 대단한 것 같아요. 이제 몇 가지 여쭤봐도 될까요?"

발란데르는 그녀의 마이크에 대고 조금 전에 했던 말을 반복했다.

그는 무엇보다 린다에 대해 묻고 싶었지만 기회가 없었다.

"그녀에게 안부 전해 주세요." 그녀가 녹음기를 챙기며 말했다. "카트린 혹은 카티스가 그랬다고요."

"그러죠." 발란데르가 말했다. "꼭 전하죠."

사무실로 돌아오자 그는 위가 쓰렸다. 배가 고파서일까? 아니면 불안해서일까? 쓰리는 속을 멎게 해야겠다고 생각했다. 아내가 떠난 것을 받아들였다. 린다 쪽은 딸이 먼저 연락해 오길 기다리는 수밖에 별다른 도리가 없다는 것을 인정해야 한다. 싫을 있는 그대로 받아들여야 해……

6시 직전에 수사반은 회의를 위해 모였다. 병원에서의 새로운 소식은 없었다. 발란데르는 재빨리 야간 근무자 명단을 적었다.

"그게 필요한가?" 한손이 궁금해했다. "병실에 녹음기를 갖다 놓으면 노부인이 깼을 때 어느 간호사든 그걸 켤 수 있잖아."

"필요해." 발란데르가 말했다. "열두 시에서 여섯 시까진 내가 있을 거야. 자정까지 희망자 없나?"

뤼드베리가 끄덕였다. "여기나 병원이나 앉아 있긴 마찬가지지." 그가 말했다.

발란데르가 주위를 둘러보았다. 형광등 불빛 아래 모두가 창백해 보였다.

"오늘 뭘 했지?" 그가 물었다.

"룬나르프 주민들을 탐문했습니다." 가가호호를 돌았던 페테르스가 말했다. "모두들 본 게 없다더군요. 하지만 뭔가 생각날 때까지는

대개 며칠 걸리니까요. 주민들이 꽤 겁을 먹었더라고요. 겁날 일이
죠. 거의 대부분이 노인입니다. 겁에 질린 젊은 폴란드인 가족을 빼
면요. 그들은 불법체류자인 것 같습니다. 하지만 뭐라고는 하지 않았
습니다. 내일도 계속 탐문할 예정입니다."

발란데르가 고개를 끄덕이고 뤼드베리를 보았다.

"현장에 수많은 지문이 있었네." 그가 말했다. "어쩌면 뭔가 나
올 거야. 하지만 난 별로 기대하지 않아. 흥미로운 건 매듭이야."

발란데르가 그를 살피듯 쳐다보았다. "무슨 매듭이요?"

"올가미 매듭 말일세."

"그게 뭐요?"

"일반적이지 않은 매듭이지. 난 그런 매듭을 본 적이 없네."

"전에 올가미를 보신 적 없다고요?" 빨리 자리를 뜨고 싶어 안달이
나 문가에 서 있던 한손이 끼어들었다.

"없어. 이 매듭이 무슨 말을 할지 두고 보세."

발란데르는 뤼드베리가 더 이상 말하고 싶어 하지 않는다는 것을
알았다. 하지만 그 매듭이 그의 흥미를 끌었다면 그것은 중요한 것일
터였다.

"내일 아침에 난 그 이웃을 보러 갈 거야." 발란데르가 말했다. "그
건 그렇고, 누구든 뢰브그렌의 자식들을 찾아내지 않나?"

"마르틴손이 찾는 중이야." 한손이 말했다.

"마르틴손은 병원에 있는 줄 알았는데." 놀란 발란데르가 말했다.

"스베드베리와 교대했어."

"그럼 대체 그 친군 지금 어디 있는 거야?"

아무도 마르틴손이 있는 곳을 몰랐다. 발란데르는 안내 데스크에 전화해 그가 한 시간 전에 간 곳을 알아냈다.

"그의 집에 전화해 줘요." 발란데르가 말했다.

그리고 그는 손목시계를 보았다.

"오전 열 시에 다시 모이지." 그가 말했다. "수고들 했어. 그때 보자고."

안내 데스크가 그에게 마르틴손을 연결해 주었을 때쯤에는 모두가 사무실 밖으로 나간 뒤였다.

"죄송합니다." 마르틴손이 말했다. "회의가 있다는 걸 잊어버렸습니다."

"자식들은 어떤가?"

"리카르드가 수두에 걸리지만 않았어도 말이죠."

"뢰브그렌의 자식들 말이네. 두 딸."

그가 그렇게 말하자 마르틴손은 놀란 것 같았다. "제 메모를 받지 못하셨습니까?"

"어떤 메모도 못 받았는데."

"안내 데스크 여자 중 한 명한테 메모를 맡겼는데요."

"알아보지. 일단 말해 봐."

"딸 하나는 쉰 살로 캐나다에 살고 있습니다. 그곳이 어딘지는 몰라도 위니펙에요. 전화를 걸었을 땐 거기가 한밤중이라는 걸 까맣게 잊었습니다. 그녀는 제 말을 믿으려고 하지 않더군요. 남편을 바꿨을 때까진 이해하지 못했을 정도니까요. 그건 그렇고, 그녀의 남편은 경찰입니다. 진짜 캐나다 기마경찰이요. 내일 다시 전화할 생각입니다. 어쨌든 그녀는 당연히 날아오겠다고 했습니다. 다른 딸은 스웨덴에 살고 있는데도 연락이 더 어려웠습니다. 그녀는 마흔일곱 살로 예테보리에 있는 루뷔 호텔의 뷔페 매니저입니다. 노르웨이 시엔의 핸드볼 팀 코치를 맡고 있다고도 합니다. 그들이 그녀에게 소식을 전해 주겠답니다. 안내 데스크에 뢰브그렌의 다른 친척 명단을 남겼습니다. 친척이 많더군요. 그들 대부분이 스코네에 삽니다. 그들 중 몇몇이 내일 신문을 보게 되면 전화하겠죠."

"수고했네." 발란데르가 말했다. "내일 아침 여섯 시에 병원에서 나와 교대하겠나? 그녀가 그때도 살아 있다면 말일세."

"그러겠습니다." 마르틴손이 말했다. "그런데 그 시간에 교대해도 괜찮으시겠습니까?"

"안 괜찮을 게 뭐지?"

"경위님은 이 사건의 수사 책임자 아니십니까. 좀 주무셔야 할 텐데요."

"하룻밤쯤은 괜찮아." 그는 그렇게 대답하고 전화를 끊었다.

그는 미동도 없이 앉아 허공을 노려보았다. 우리가 이 사건을 해결할 수 있을까? 범인들이 이미 잡을 수 없을 만큼 멀리 도망친 게 아닐까? 그는 코트를 입고 책상 램프를 끈 다음 사무실을 나섰다. 안내 데스크로 이어지는 복도는 적막했다. 그는 교환원이 잡지를 넘기며 앉아 있는 칸막이의 유리에 머리를 갖다 댔다. 그 잡지가 경마 가이드라는 것을 알아보았다. 요즘은 죄다 경마를 하는 걸까?

"마르틴손이 제게 메모를 남겼을 텐데요." 그가 말했다.

30년 넘게 경찰 부서의 일을 해 온 에바라는 이름의 교환원이 친근하게 고개를 끄덕이고 카운터를 가리켰다.

"여기에 청년 취업 부서 소개로 온 여자가 한 명 있어요." 그녀가 미소를 지으며 말했다. "착하고 예쁘지만 일이 서툴러요. 아마 그 애가 경위님에게 갖다 준다는 걸 잊어버렸을 거예요."

발란데르가 끄덕였다. "저는 퇴근합니다." 그가 말했다. "아마 두어 시간 집에 있을 겁니다. 무슨 일이 생기면 제 아버지 집으로 전화 주십시오."

"가엾은 뢰브그렌 부인이 생각나셨나 보군요." 에바가 말했다.

발란데르가 고개를 끄덕였다.

"끔찍한 일이죠."

"그래요." 발란데르가 말했다. "저는 가끔 이 나라가 어떻게 될지 궁금합니다."

그가 경찰서 유리문을 통해 밖으로 나갔을 때 바람이 그의 얼굴을 때렸다. 바람이 엘 듯이 찼고, 그는 몸을 숙이고 주차장으로 발걸음을 서둘렀다. 그는 바람은 괜찮다고 생각했다. 눈이 내리지 않는 한은. 룬나르프 방문에 대가를 치를 자를 잡기 전에는 내리지 않길 바랐다.

그는 차에 올라 사물함에 넣어 둔 카세트들을 살피며 오랜 시간을 보냈다. 확신은 없었지만 카세트덱에 베르디의 〈레퀴엠〉을 꽂았다. 그는 차에 비싼 스피커를 설치했고, 그 장엄한 음이 귀에 밀려들었다. 차를 출발시킨 그는 오른쪽으로 돌아 외스텔레덴 방면 드라곤가탄으로 향했다. 낙엽들이 도로를 굴러다녔고, 자전거를 탄 사람이 힘겹게 바람을 거스르고 있었다. 허기가 그를 다시 괴롭혔고, 그는 간선도로를 가로질러 OK 카페테리아 앞에서 유턴했다. 식습관은 내일부터 바꿔야겠다고 생각했다. 7시를 넘겨 가면 아버지는 자신이 당신을 방치했다고 비난할 터였다.

그는 스페셜 햄버거를 먹었다. 너무 빨리 먹어서 설사가 났다. 변기에 앉았을 때 속옷을 갈아입었어야 했다는 것을 깨달았고, 자신이 얼마나 지쳤는지를 깨달았다. 그는 누가 문을 두드릴 때까지 일어나지 않았다.

주유를 하고 동쪽으로 차를 몰아 산스코옌을 지난 다음 코세베르가로 향하는 도로로 방향을 틀었다. 아버지는 뢰데루프와 바다 사이에 있는 평야에 내팽개쳐진 것처럼 보이는 작은 농가에서 살았다. 그가 집 앞의 자갈 진입로로 접어들었을 때는 7시 직전이었다. 이 진입로는 최근 아버지와 길게 이어진 논쟁의 원인이 되었다. 이곳은 농가만큼이나 오래된 예쁜 조약돌로 이루어진 뜰이었다. 어느 날 아버지는 이곳을 자갈로 덮으려는 계획을 세웠다. 발란데르가 말리자 아버지는 격분했다.

"난 후견인 따윈 필요 없다!" 아버지는 그렇게 소리쳤었다.

"왜 아름다운 조약돌 뜰을 망치시려는 거예요?"

이내 두 사람은 티격태격하기 시작했다. 그리고 이제 그 뜰은 타이어 밑에서 뽀드득 소리를 내는 회색 자갈로 덮여 있었다. 그는 별채의 불빛을 보았다. 다음은 아버지 차례일지 모른다는 생각이 들었다. 야심한 밤의 범인들이 강도질을 하기에 적합한 노인으로 아버지를 고를지도 몰랐다. 어쩌면 살인까지도.

아무도 도움을 청하는 아버지의 외침을 듣지 못하리라. 가장 가까운 이웃이 5백 미터는 떨어져 있었다. 이 바람 속에 그 이웃이 외침 소리를 들을 리 없었다. 그 이웃 역시 노인 혼자 살았다.

차에서 내려 기지개를 펴기 전에 〈디에스 이라이〉의 끝부분이 들렸다. 그는 아버지가 그림을 그리는, 아틀리에처럼 쓰는 별채로 걸음을 옮겼다. 아버지는 항상 그림을 그렸다. 아틀리에는 발란데르의 어린 시절 추억의 장소 중 하나였다. 아버지에게서는 테레빈유의 냄새가 났다. 아버지는 짙은 푸른색 오버올과 반쯤 자른 고무장화를 신고 끈적거리는 이젤 앞에 서 있곤 했다. 발란데르는 내여섯 살 때까지 아버지가 해마다 같은 그림을 그리는 줄 알았다. 그림은 절대 모티프가 바뀌지 않을 뿐이었다. 아버지는 우울한 가을 풍경을 그렸다. 반짝이는 거울 같은 호수, 앞쪽에는 헐벗은 가지의 구부러진 나무, 수평선 저 멀리에 비현실적인 노을빛이 어른거리는, 구름에 둘러싸인 산맥들. 가끔씩 아버지는 화폭 왼쪽 모서리에 그루터기에 서 있는 뇌조를 그려 넣었다.

실크 옷을 입고 손가락에 두꺼운 금반지를 낀 사람들이 정기적으로 집을 방문했었다. 그들은 녹슨 밴이나 기름을 많이 먹는 번쩍거리는 미국 차를 타고 와서 뇌조가 있는, 혹은 없는 그림들을 샀다.

아버지는 평생 같은 모티프의 그림을 그렸다. 가족은 아버지 그림을 판 돈으로 먹고살았고, 그림들은 전시회나 경매장에서 팔렸다. 가족은 말뫼 외곽 클라그스함에서 대장간을 개조한 집에서 살았다. 발란데르는 거기서 누나 크리스티나와 자랐고, 둘의 어린 시절은 톡 쏘는 테레빈유의 냄새에 둘러싸여 있었다.

홀아비가 되었을 때 아버지는 그 대장간 집을 팔고 외롭다고 끊임

없이 투덜거리면서도 시골로 이사했다. 발란데르는 끝내 그 이유를 이해할 수 없었다.

그는 별채의 문을 열었고, 뇌조가 없는 그림을 그리고 있는 아버지를 보았다. 아버지는 막 전면에 나무를 그리는 참이었다. 아버지는 인사말을 중얼거리면서도 붓으로 토닥거리기를 멈추지 않았다. 발란데르는 연기를 내는 버너 위에 놓인 더러운 주전자에서 커피를 한 잔 따랐다.

그는 키가 작고 구부정하지만 여전히 에너지와 강한 의지를 발산하는, 여든에 가까운 아버지를 보았다. 나도 늙으면 아버지처럼 될까? 그는 생각했다. 어렸을 땐 어머니를 닮았었지. 지금은 외할아버지를 닮았지만. 아마 늙으면 아버지처럼 보일 테지.

"커피 한 잔 마시려무나." 아버지가 말했다. "곧 끝날 게다."

"마시고 있어요." 발란데르가 말했다.

기분이 좋지 않으시군. 발란데르는 생각했다. 변덕이 죽 끓는 듯한 독재자. 대체 나에게 뭘 원하시는 거지?

"저 바빠요." 발란데르가 말했다. "사실 밤새워야 해요. 원하시는 게 뭐예요?"

"밤을 왜 새우는데?"

"병원에 붙어 있어야 해요."

"왜? 누가 아프냐?"

발란데르는 한숨을 쉬었다. 수백 차례의 심문을 해 왔지만 그는 결코 자신에게 질문을 하는 아버지의 고집을 따를 수는 없었다. 그리고 아버지는 자신의 일에 관심도 없었다. 발란데르는 열여덟 살에 경찰이 되겠다고 결심했을 때, 아버지가 깊이 실망했다는 것을 알았다. 하지만 그는 아버지가 정말 자신이 뭐가 되길 바랐는지 도무지 생각해 낼 수 없었다. 그는 그에 관한 이야기를 시도하려고 애썼지만 성공한 적은 없었다.

그는 몇 번인가 스톡홀름에 살며 미용실을 운영하는, 아버지와 가까운 크리스티나 누나의 집에 묵으며 그것을 물은 적이 있었다. 하지만 누나도 알지 못했다. 그는 아버지가 자신이 그림을 배워 같은 모티프의 그림을 세대를 이어 그리길 바랐는지 궁금해하며 미지근한 커피를 마셨다.

아버지는 붓을 내려놓고 더러운 천에 손을 닦았다. 아버지가 다가와 커피를 따를 때, 발란데르는 더러운 옷과 씻지 않은 몸에서 풍기는 시큼한 냄새를 맡았다.

어떻게 아버지에게 악취가 난다고 말할 수 있겠는가? 어쩌면 아버지는 더 이상 자신을 돌볼 수 없는지도 몰랐다. 그렇다면 내가 어떻게 해야 하지? 내 집에 아버지를 모실 수도 없고, 모신다 해도 결코 원만히 지낼 수 없으리라. 우리는 서로를 죽일 터였다. 그는 아버지가 커피를 후루룩거리며 코를 문지르는 모습을 보았다.

"넌 한동안 날 보러 오지도 않았어." 아버지가 비난하듯 말했다.

"그저께도 왔잖아요."

"삼십 분간 말이냐!"

"뭐, 어쨌든 왔잖아요."

"왜 날 보러 오는 게 싫은 게냐?"

"안 싫어요! 가끔은 할 일이 너무 많다고요."

아버지가 곧 무너질 듯한 오래된 터보건보통 앞쪽이 위로 휜, 좁고 길게 생긴 썰매
위에 앉자 아버지의 체중에 터보건이 삐걱거렸다.

"네 딸이 어제 날 찾아왔다고 말하고 싶었을 뿐이다."

발란데르는 충격을 받았다.

"린다가 여기에 왔었다고요?"

"귀가 먹었니?"

"그 애가 왜 왔는데요?"

"그림을 원하더구나."

"그림이요?"

"너와 달리 그 애는 정말 내 일의 진가를 알아보지."

발란데르는 자신이 들은 말을 믿는 데 시간이 걸렸다. 린다는 아주
어렸을 때를 빼곤 할아버지에게 관심이 없었다.

"그 애가 뭘 원했다고요?"

"말했잖니, 그림이라고! 내 말을 듣기나 하는 게냐!"

"듣고 있어요! 어디서 왔대요? 어디로 간대요? 대체 여기서 어떻
게 나간 거예요? 일일이 여쭤봐야 해요?"

"차로 왔다." 아버지가 말했다. "얼굴이 검은 젊은 남자가 그 애를
데려왔더구나."

"검다는 게 무슨 말이에요?"

"흑인이라는 말도 못 들어 본 게냐? 그 사람은 아주 예의가 발랐
고, 훌륭한 스웨덴어를 쓰더구나. 그림을 받은 다음 갔어. 너희가 자
주 연락을 하지 않으니 네가 알고 싶을 것 같았지."

"어디로 갔어요?"

"난들 알겠니?"

발란데르는 아버지와 자신 모두 린다가 정말 어디에서 사는지 모른다는 사실을 깨달았다. 가끔 그 애는 엄마 집에서 잤다. 하지만 곧 다시 잽싸게 사라져 자신의 비밀스러운 길로 모습을 감추었다. 그는 모나와 이야기해 봐야겠다고 생각했다. 헤어지든 합치든 이야기를 나눠 봐야 해. 이대로는 더 이상 견딜 수 없어.

"술 한잔할 테냐?" 아버지가 물었다.

술은 최후의 수단이었지만 그는 싫다고 해 봤자 소용이 없다는 것을 알았다.

"네, 그러죠." 그가 말했다.

오솔길이 별채에서 천장이 낮고 가구가 별로 없는 집으로 이어져 있다. 발란데르는 한눈에 집이 엉망진창이고 더럽다는 것을 알아보았다. 아버지는 집이 엉망이라는 것조차 보지 못하시는군. 그는 생각했다. 왜 나는 전에 눈치채지 못했을까? 그에 관해 크리스티나와 이야기해 봐야겠어. 아버지 혼자 이렇게 계속 사실 순 없어. 그 생각을 하고 있을 때 전화가 울렸다. 아버지가 수화기를 들었다.

"네 전화다." 아버지가 짜증을 숨기는 기색도 없이 말했다.

린다야. 그는 생각했다. 그 앨 거야. 하지만 뤼드베리가 병원에서 건 전화였다.

"부인이 사망했네." 그가 말했다.

"깨어나긴 했습니까?"

"사실, 그랬지. 십 분간. 의사들은 고비를 넘겼다고 생각했네. 그러다 사망했지."

"부인이 뭐든 말한 게 있습니까?"

뤼드베리는 고심하듯 대답했다. "자네가 와 보는 게 좋겠어."

"그녀가 뭐라고 했습니까?"

"자네가 듣고 싶지 않을 말이야."

"병원으로 가겠습니다."

"서로 오는 게 좋을 것 같네. 말했듯이 그녀는 죽었으니까."

발란데르는 전화를 끊었다. "가 봐야겠어요." 그가 말했다.

아버지가 그를 노려보았다. "넌 날 싫어하는구나." 그가 말했다.

"내일 다시 올게요." 발란데르는 아버지가 사는 상태를 어떻게 해야 할지 생각하며 대답했다. "내일 꼭 올게요. 내일은 앉아서 얘기 좀 해요. 저녁을 먹으면서요. 좋으시다면 포커도 치고요."

발란데르는 형편없는 카드 플레이어였지만 포커가 아버지를 달랠 것임을 알았다. "일곱 시에 올게요." 그가 말했다.

이내 그는 위스타드로 차를 몰았다. 나선 지 얼마 안 된 똑같은 유리문으로 걸어 들어갔다. 에바가 그를 보고 고개를 끄덕였다.

"뤼드베리가 구내식당에서 기다리고 있어요." 그녀가 말했다.

그는 거기에서 커피 잔 위로 몸을 구부리고 있었다. 발란데르는 뤼드베리의 또 다른 얼굴을 보고, 자신이 듣기 싫은 말을 들으리라는 것을 알았다.

4

구내식당에는 발란데르와 뤼드베리뿐이었다. 멀리서 체포에 불응하는 주정뱅이가 일으키는 소동이 들렸다. 그것만 빼면 조용했다. 라디에이터에서 나는 희미한 끽끽 소리만 들릴 뿐이었다.

발란데르는 뤼드베리 앞에 앉았다.

"코트를 벗지그래." 뤼드베리가 말했다. "그러지 않으면 다시 바람 속으로 나가게 될 때 얼어 죽을 걸세."

"먼저 얘기부터 들고요. 그런 다음 코트를 벗을지 말지 결정할 겁니다."

뤼드베리가 어깨를 으쓱했다. "그녀가 죽었네." 그가 말했다.

"그러니까, 그건 압니다."

"하지만 죽기 전에 잠깐 의식이 돌아왔어."

"그래서 무슨 말을 하던가요?"

"말했다고 할 정도도 아니었어. 속삭였어. 아니면 쌕쌕거렸거나."

"녹음하셨습니까?"

뤼드베리는 고개를 저었다. "어쨌든 들리지도 않았을 거야." 그가 말했다. "그녀가 하는 말을 듣기가 거의 불가능했어. 대부분은 헛소리였지. 하지만 내가 확실히 이해한 걸 적어 왔네."

뤼드베리는 주머니에서 다 떨어진 수첩을 꺼냈다. 수첩은 넓적한 고무 밴드로 둘러 있었고, 수첩 사이에는 연필이 끼워져 있었다.

"남편의 이름을 말했어." 뤼드베리가 입을 열었다. "남편이 어떻게 됐는지 알고 싶어 하는 것 같더군. 그리고 이해할 수 없는 말을 중얼거렸네. 그때 내가 물었지. 그날 밤에 누가 왔었는지. 놈들을 아는지. 어떻게 생겼는지. 그게 내가 물은 거였네. 그녀가 의식이 있는 동안 그 말들을 반복해서 물었지. 그리고 정말 그녀는 내가 묻는 말을 이해하는 것 같더군."

"그랬더니 뭐라던가요?"

"간신히 한 마디만 알아들었네. '외국'."

"'외국'?"

"그래. '외국'."

"그녀가 자신과 남편을 폭행한 자들이 외국인이라고 했다고요?"

뤼드베리가 끄덕였다.

"확실합니까?"

"내가 아닌 걸 확실하다고 하겠나?"

"아니요."

"그렇다면 뭐. 이제 우린 그녀가 이승에서 남긴 마지막 메시지가 '외국'이라는 걸 아네. 그게 '누가 그토록 잔악한 범죄를 저질렀는가'

에 대한 대답이지."

발란데르는 코트를 벗고 커피 한 잔을 가져왔다.

"대체 그게 무슨 뜻입니까?" 그가 투덜댔다.

"자넬 기다리면서 그걸 생각하며 여기에 앉아 있었지." 뤼드베리가 대답했다. "어쩌면 놈들은 스웨덴 사람처럼 보이지 않았는지도 몰라. 외국어로 말했을지도 모르고. 사투리를 썼는지도 몰라. 많은 가능성이 있네."

"스웨덴인처럼 보이지 않았다는 건 뭡니까?" 발란데르가 물었다.

"내 말뜻을 알 텐데." 뤼드베리가 말했다. "오히려 자네가 더 피해자의 생각을 짐작할 수 있을 것 같은데."

"그러니까 피해자의 착각일지도 모른다고요?"

뤼드베리가 끄덕였다. "충분히 가능해."

"대단히 가능성이 높은 건 아니고요?"

"왜 목숨이 얼마 남지 않은 피해자가 마지막 순간에 진실이 아닌 말을 해야 하지? 노인들은 대개 거짓말을 하지 않네."

발란데르는 식은 커피를 한 모금 마셨다.

"그건 우리가 한 명이나 둘 이상의 외국인을 찾기 시작해야 한다는 뜻이군요." 그가 말했다. "전 피해자가 뭔가 다른 말을 하길 바랐는데요."

"맞아, 빌어먹게 짜증 나는 일이지."

그들은 잠시 생각에 빠져 말없이 앉아 있었다. 더 이상 밖에서 나는 주정뱅이의 소란은 들리지 않았다.

"생각해 보십시오." 발란데르가 잠시 후 입을 열었다. "룬나르프에서의 두 살인에 대한 경찰의 단서라고는 범인이 어쩌면 외국인일지도 모른다는 것뿐입니다."

"더 나빠." 뤼드베리가 대답했다.

발란데르는 그가 말하는 뜻을 알았다. 룬나르프에서 20킬로미터 떨어진 곳에 규모가 큰 난민 캠프가 있었고, 그곳은 몇 차례 난민 배격 운동의 중심이 되었다. 한밤중 캠프의 뜰에서 십자가가 불탔고, 돌멩이가 창문을 깨고 날아들었으며, 건물 벽에는 스프레이 페인트로 욕설이 쓰였다. 하게홀름 옛 성 안의 캠프는 주위 지역사회의 격렬한 반대에도 불구하고 설립되었다. 그리고 그 반대는 계속되었다. 난민에 대한 적대감이 타오르고 있는 중이었다.

하지만 발란데르와 뤼드베리는 대중이 모르는 무언가를 알았다. 하게홀름에 수용된 망명 신청자 중 두 명이 농기계를 임대하는 가게를 털다가 현행범으로 체포된 적이 있었다. 다행히 주인은 난민을 반대하는 사람이 아니었고, 그래서 조용히 넘어갈 수 있었다. 가게를 턴 두 남자는 난민 신청이 거부되었기 때문에 더 이상 스웨덴에 체류하고 있지는 않았다. 발란데르와 뤼드베리는 만약 그 사건이 공론화되었다면 무슨 일이 일어났을지 몇 차례인가 이야기를 나눈 적이 있었다.

"망명을 요청하는 난민이 살인을 저질렀다는 걸 믿기 어렵습니다." 발란데르가 말했다.

뤼드베리가 발란데르에게 당혹한 표정을 지어 보였다. "그 올가미에 대해 내가 말한 걸 기억하나?"

"매듭에 대한 거요?"

"난 그걸 알아보지 못했어. 그리고 난 젊었을 때 매해 여름을 보트를 타며 보냈기 때문에 매듭에 대해서는 꽤 알지."

발란데르는 뤼드베리를 주의 깊게 살폈다. "하시려는 말이 뭡니까?" 그가 물었다.

"내가 하려는 말은 이 매듭이 스웨덴 보이스카우트 출신이 묶은 게 아니라는 것이네."

"대체 그게 무슨 말입니까?"

"그 매듭은 외국인이 묶은 거야."

발란데르가 대답하려는 참에 에바가 커피를 마시러 구내식당에 들어왔다.

"되도록이면 집에 가서 쉬지그래요." 그녀가 말했다. "그건 그렇고, 기자들이 계속 전화해서 경찰의 성명을 듣고 싶어 해요."

"뭐에 대한 성명이요?" 발란데르가 물었다. "날씨?"

"그들이 피해자가 죽은 걸 안 것 같아요."

발란데르는 머리를 젓고 있는 뤼드베리를 보았다.

"오늘 밤에는 발표하지 않을 겁니다." 그가 말했다. "내일까지 기다릴 겁니다."

발란데르가 자리에서 일어나 창가로 갔다. 바람이 거세게 불고 있었지만 하늘은 아직 청명했다. 추운 밤이 이어질 징조였다.

"무슨 일이 있었는지 발표하지 않을 수가 없겠군요." 그가 말했다. "피해자가 죽기 전에 말을 했다는 걸요. 게다가 그걸 발표하면 그녀가 한 말을 말해야 할 겁니다. 그럼 지옥이 열리겠지요."

"당분간 그건 대외비로 해야 해." 뤼드베리가 자리에서 일어나 모자를 쓰며 말했다. "수사상의 이유로 말이야."

발란데르가 놀란 얼굴로 그를 보았다.

"그리고 나중에 우리가 중요한 정보를 언론에 알리지 않았다는 질책을 감수하실 겁니까? 우리가 외국인 범죄자들을 비호했다는?"

"그건 많은 무고한 사람들에게 영향을 줄 걸세." 뤼드베리가 말했다. "경찰이 어떤 외국인들을 찾고 있다는 말이 새어 나가면 난민 캠프에 무슨 일이 일어날 거라고 생각하나?"

발란데르는 뤼드베리가 옳다는 것을 알았다. 갑자기 그는 자신의 의견에 자신이 없어졌다.

"하룻밤 동안 생각해 보죠." 그가 말했다. "내일 아침 여덟 시에 우리 둘이서만 회의를 하자고요. 그런 다음 결정을 내리죠."

뤼드베리가 고개를 끄덕이고 문을 향해 절뚝이며 걸었다. 그는 이내 걸음을 멈추고 다시 발란데르를 향했다.

"우리가 간과해서는 안 될 한 가지 가능성이 있네." 그가 말했다. "그런 짓을 한 자들이 정말로 난민일지도 모른다는 것."

발란데르는 커피 잔을 헹구고 그것을 건조대에 놓았다.

정말 그랬으면 좋겠군. 그는 생각했다. 정말 범인들이 난민 캠프에 있었으면. 그렇다면 그게 누구든 어떤 이유로든 스웨덴 국경을 넘을 수 있다는 이 독단적이고 모호한 정책에 종지부를 찍게 할 거야. 하지만 물론 그는 뤼드베리에게 그 말을 할 수 없었다. 그것은 자신만의 의견이었다.

그는 강풍과 싸우며 주차된 곳까지 갔다. 피곤했음에도 집까지 차를 몰고 갈 의욕이 생기지 않았다. 저녁이면 외로움이 그를 강타했다. 그는 시동을 걸고 카세트테이프를 교체했다. 〈피델리오〉 서곡이 차 안의 어둠을 채웠다.

아내의 일탈이 완벽한 놀라움으로 다가왔다. 하지만 그는 자신이 그것을 받아들이는 데 여전히 힘든 시간을 견디고 있음에도, 마음 깊은 데서는 그런 일이 생기기 오래전부터 위험을 감지했었다는 것을 알았다. 그 자체의 황량함으로 서서히 붕괴되고 있는 결혼 생활을 하고 있었다는 것을. 자신들은 너무 어렸을 때 결혼을 했고, 사이가 멀어지고 있다는 것을 너무 늦게 알아차렸다. 셋 중 사신늘을 둘러싸고 있는 공허에 가장 솔직하게 반응한 사람은 린다였으리라.

모나가 이혼하고 싶다고 한 10월 그날 밤, 그는 자신이 그게 닥쳐오는 것을 알고 있었다는 사실을 깨달았다. 하지만 그 생각은 너무 고통스러웠고, 그는 되도록 그 생각을 하지 않으려 애쓰며 일에 매달림으로써 그 사실을 외면했다. 그는 아내가 가장 세밀한 부분까지 준비해 집을 나갈 채비를 하고 있었다는 것을 너무 늦게 알았다. 어느 금요일 저녁 아내는 이혼하고 싶다고 말했고, 일요일에 그를 떠나 말뫼에 미리 빌려 놓은 아파트로 이사했다. 버려졌다는 느낌이 수치와 분노와 함께 그를 가득 채웠다. 무기력한 분노 속에 그는 아내의 따귀를 때렸다.

그런 일이 있은 후에는 침묵만이 감돌았다. 아내는 그가 집을 비운 낮 동안 자신의 물건 몇 가지를 챙겨 갔다. 하지만 대부분을 남기고 떠났고, 아내가 과거의 모든 것, 자신을 떠올리게 하는 추억조차 없는 생활과 맞바꾸려고 준비한 것처럼 보여 그는 깊은 상처를 받았다.

그는 아내에게 전화를 걸었었다. 늦은 저녁에 두 사람은 대화를 나누었다. 질투에 눈이 먼 그는 그녀에게 다른 남자가 생겨서 자신을 떠난 것인지 물었다.

"새로운 삶을 살려고." 그녀는 그렇게 대답했다. "너무 늦기 전에."

그는 아내에게 간청했다. 강하게도 말해 보았다. 그동안 자신이 무관심했던 것에 용서를 구했다. 하지만 아무것도 아내의 마음을 바꾸지 못했다.

크리스마스이브 이틀 전, 이혼 서류가 배달되었다. 봉투를 열었을 때 그는 그것으로 끝이라는 것을 깨닫고 내면에서 무언가가 갈라지는 것을 느꼈다. 달아나려는 시도처럼, 그는 크리스마스 연휴 동안 병가를 내고 덴마크로 목적 없는 여행을 떠났었다. 북ᅢᄃ스엘란에서 갑작스러운 눈보라에 발이 묶였고, 그는 길렐라이에의 해변 근처 펜션의 난방이 안 되는 방에서 크리스마스를 보냈다. 거기서 그는 아내에게 긴 편지를 썼다. 일어난 일을 받아들인다는 의미의 편지였음에도 그는 그 편지를 결국 갈기갈기 찢어 상징적인 제스처로 바다에 뿌렸다.

새해가 되기 이틀 전 그는 위스타드로 돌아왔고, 출근했다. 새해 전날을 스바르테에서 발생한 배우자 학대와 관련한 심각한 사건을 조사하며 보내면서 자신이 모나에게 육체적 학대를 한 것 같은 끔찍한 생각이 들었다.

〈피델리오〉가 귀에 거슬리는 날카로운 소리를 내며 그쳤다. 테이프가 씹힌 모양이었다. 그는 자동적으로 켜진 라디오의 아이스하키 중계를 들었다.

그는 집으로 갈 생각에 주차장에서 차를 뺐다. 하지만 집과 반대 방향으로 차를 몰아 트렐레보리와 스카뇌르 방면인 서쪽을 향해 해안 도로로 빠졌다. 옛 교도소를 지나치며 액셀을 밟았다. 운전은 언제나 골치 아픈 생각에서 벗어나게 해 주었다.

거의 트렐레보리에 다다랐다는 것을 깨달았다. 큰 페리가 막 부두에 들어오는 참이었고, 그는 충동적으로 잠시 여기에 들르기로 결정했다. 위스타드 경찰서에서 근무했던 경찰 몇몇이 트렐레보리의 페리 선착장 출입국 경찰이 된 것을 알고 있었다. 그들 중 몇 명이 야근 중일지도 모른다는 생각이 들었다.

그는 연노랑 불빛에 물든 부두를 가로질렀다. 대형 트럭이 선사시대 괴물처럼 으르렁거리며 그를 향해 다가왔다.

그는 '관계자 외 출입 금지'라는 글자가 쓰인 문을 지났다. 그곳에 있는 두 명의 수속 경찰 모두 모르는 사람이었다. 발란데르는 자신을 소개했다. 둘 중 더 나이가 많은 사람은 잿빛 턱수염을 길렀고, 이마에 길게 난 흉터가 있었다.

"위스타드에서 일어난 끔찍한 사건을 맡으셨군요." 그가 말했다. "범인들을 잡으셨습니까?"

"아직요." 발란데르가 대답했다.

대화는 페리에서 내려 입국 수속을 하는 승객들 때문에 방해를 받았다. 그들 대부분은 베를린에서 연말연시를 보내고 돌아오는 스웨덴인이었다. 스웨덴으로의 여행으로 새롭게 얻은 자유를 행사하는 몇몇 동독인 또한 있었다.

20분 후에는 아홉 명의 승객만 남았다. 저마다의 이유로 스웨덴으로의 망명을 신청하려는 사람들이었다.

"오늘 밤은 꽤 조용한 편이군요." 더 젊은 경찰이 말했다. "가끔씩 백 명에 육박하는 망명 신청자가 한 페리로 도착합니다. 그게 어떨지 상상해 보세요."

다섯 명은 에티오피아인 가족이었다. 그중 한 명만이 여권을 가지고 있었고, 발란데르는 그들이 어떻게 여권 하나로 긴 여행을 하고 국경들을 넘었는지 궁금했다. 에티오피아인 가족 외에 레바논인 두 명과 이란인 두 명이 수속을 기다리고 있었다.

발란데르는 아홉 명의 망명 신청자가 희망을 품고 있는 것인지 단지 겁을 먹은 것인지 판단하기가 어려웠다.

"이제 어떻게 되는 겁니까?" 그가 물었다.

"말뫼의 출입국 경찰이 그들을 데리러 올 겁니다." 나이 든 경찰이 대답했다. "오늘 밤은 그들 차롑니다. 페리에 여권이 없는 사람들이 많을 경우 우리는 무선으로 통보하죠. 가끔은 추가 인력을 요청해야 합니다."

"말뫼에서는 어떻게 됩니까?" 발란데르가 물었다.

"그들은 기름 저장항貯藏港 앞바다에 정박한 배들 중 한 곳으로 보내질 겁니다. 이동 허락이 떨어질 때까지 거기서 대기해야 하죠. 그러니까, 망명 허가가 떨어질 때까지요."

"여기 이 사람들은 어떻게 될 것 같습니까?"

담당자가 어깨를 으쓱했다.

"아마 허가되겠죠." 그가 대답했다. "커피 좀 드릴까요? 다음 페리가 오기 전까지 잠시 시간이 있습니다."

발란데르는 머리를 저었다. "다음에요. 가 봐야 합니다."

"놈들을 잡으시길 바라겠습니다."

"그래요." 발란데르가 말했다. "저도 바랍니다."

위스타드로 돌아가는 길에 토끼 한 마리를 치었다. 헤드라이트 불빛에 토끼가 보였을 때 브레이크를 밟았지만 왼쪽 앞바퀴에 부드러운 충격이 전해졌다. 그는 토끼가 살아 있는지 확인하기 위해 차를 세우지 않았다.

난 뭐가 문제인 걸까? 그는 생각했다.

그날 밤 발란데르는 잠자리가 뒤숭숭했다. 새벽 5시가 막 지났을 때, 그는 잠에서 깨기 시작했다. 입 안이 말라 있었고, 누군가가 자신의 목을 조르는 꿈을 꾸고 있었다. 다시 잠들 수 없다는 것을 깨달은 그는 침대에서 일어나 커피를 끓였다. 부엌 창밖에 있는 온도계가 영하 6도를 가리켰다. 거리를 가로지른 전깃줄에 매달린 등이 바람에 흔들리고 있었다. 그는 식탁 앞에 앉아 어제저녁 뤼드베리와 나눈 대화를 생각했다. 두려워한 일이 현실이 되었다. 뢰브그렌 부인은 죽기 전에 자신들에게 단서를 전혀 주지 않았다. 그녀의 '외국' 어쩌고 한 언급은 지나치게 모호할 뿐이었다. 해결을 이끌 단 하나의 단서도 얻지 못했다.

그는 자신이 원하는 두꺼운 스웨터를 찾는 데 많은 시간을 잡아먹었다. 밖으로 나가자 바람이 살을 엘 듯했고, 차를 몰고 외스텔레덴으로 향하다 말뫼 방면 간선도로로 방향을 틀었다. 뤼드베리를 만나기 전 뉘스트룀 부부를 만나야 했다. 뭔가 매우 앞뒤가 맞지 않는다는 느낌을 떨칠 수 없었다. 이와 같은 범행은 대개 무작위적으로 일어나지 않았다. 그에 앞서 노부부에게 숨겨 둔 돈이 있다는 소문이 돌았어야 했다. 놈들의 수법은 매우 잔인했지만 살해 현장에서 보이는 체계적인 폭력은 특정할 게 없었다.

뉘스트룀 부부의 집으로 향하는 좁은 길로 방향을 틀며 시골 사람들은 일찍 일어나리라 생각했다. 부부는 사건에 대해 생각할 시간을 가졌을 것이었다.

집 앞에 차를 세우고 시동을 껐다. 그 순간 부엌의 불빛이 꺼졌다. 겁을 먹은 거야. 범인들이 돌아왔다고 생각한 것이리라. 그는 헤드라이트를 켜 두고 차에서 내려 계단을 향해 자갈이 깔린 마당을 가로질렀다.

그는 집 옆의 덤불에서 번쩍인 불빛을 보았다기보다 감지했다. 고막을 찢는 듯한 소음에 바닥에 납작 엎드렸다. 자갈이 얼굴을 때려 순간적으로 그는 총에 맞았다고 생각했다.

"경찰입니다! 쏘지 마세요! 젠장, 쏘지 마시라고요!"

손전등 불빛이 그의 얼굴을 비추었다. 손전등을 쥔 손이 떨리는 통에 불빛이 이리저리 흔들렸다. 뉘스트룀이 구닥다리 엽총을 들고 그 앞에 서 있었다.

"댁이오?" 그가 물었다.

발란데르는 몸을 일으키고 옷을 털었다. "뭘 조준하신 겁니까?"

"하늘을 향해 쐈다오." 뉘스트룀이 말했다.

"총기 허가는 받으셨습니까?" 발란데르가 물었다. "받지 않으셨다면 문제가 될 수도 있습니다."

"밤새도록 불침번을 서고 있었소." 뉘스트룀이 말했다. 발란데르는 그의 흥분한 목소리를 들을 수 있었다.

"헤드라이트를 꺼야겠습니다." 발란데르가 말했다. "그런 다음 둘이서 얘기를 나누죠."

주방 테이블 위에 탄약 상자 두 개가 놓여 있었다. 소파 위에는 쇠지렛대와 큰 망치가 놓여 있었다. 창틀에 앉은 검은 고양이가 집 안으로 들어오는 발란데르를 위협적인 눈빛으로 노려보았다. 한나 뉘스트룀은 스토브 옆에서 커피를 저으며 서 있었다.

"경찰인 줄 몰랐소." 뉘스트룀이 시괴의 뉘앙스들 풍기며 말했다. "게다가 이렇게 이른 시간에."

발란데르는 큰 망치를 치우고 그 자리에 앉았다.

"뢰브그렌 부인이 지난밤에 사망하셨습니다." 그가 말했다. "와서 직접 말씀드려야겠다고 생각했죠."

발란데르는 누군가의 죽음을 알릴 때마다 언제나 비현실적인 감각을 느꼈다. 모르는 사람에게 아이나 친척이 죽었다고 품위 있게 전하는 것은 불가능했다. 경찰이 사람들에게 알리는 죽음은 언제나 예상치 못한 죽음이었고, 대개 폭력적이고 섬뜩한 죽음이었다. 누군가는 가게에 뭔가를 사러 차를 몰고 나갔다가 죽는다. 자전거에 탄 아이가 놀이터에서 집으로 돌아오다가 차에 치인다. 어떤 이들은 폭행을 당하고 강도를 당하고 자살을 하거나 익사한다. 경찰이 문가에 서 있을 때, 사람들은 그 뉴스를 받아들이길 거부한다.

이 부부는 침묵했다. 여자는 스푼으로 커피를 저었다. 남자는 엽총을 만지작거렸고, 발란데르는 신중하게 총구를 피해 앉았다.

"그러니까, 마리아가 죽었군요." 뉘스트룀이 천천히 말했다.

"의사들은 할 수 있는 모든 걸 했습니다."

"아마 그랬겠죠." 한나 뉘스트룀이 의외로 단호하게 말했다. "남편이 죽은 마당에 살면 뭐하겠어요."

남자가 식탁 위에 엽총을 놓고 일어났다. 발란데르는 그가 한쪽 무릎에 체중을 싣고 있다는 것을 알아챘다.

"난 나가서 말에게 건초나 좀 줘야겠소." 그가 낡을 대로 낡은 모자를 쓰며 말했다.

"같이 가도 되겠습니까?" 발란데르가 물었다.

"안 될 게 뭐겠소?" 남자가 문을 열며 말했다.

마구간에 들어서자 암말이 있는 칸막이에서 울음소리가 들렸다. 뉘스트룀의 숙련된 팔이 칸막이 안으로 건초를 던졌다.

"나중에 청소해 주마." 그가 갈기를 쓰다듬으며 말했다.

"왜 그들은 말을 길렀습니까?" 발란데르가 궁금해했다.

"은퇴한 낙농가에 빈 마구간은 시체 안치소나 같소." 뉘스트룀이 대답했다. "말은 가족이었지."

발란데르는 이곳 마구간에서라면 질문을 해도 좋을 것 같다는 생각이 들었다.

"어젯밤에도 안 주무시고 불침번을 서셨겠군요." 그가 말했다. "선생님은 겁을 먹으셨고, 저는 그걸 이해할 수 있습니다. 이런 생각을 해 보셨을 겁니다. '왜 이웃집이 당한 걸까?'라는. 이런 생각도 하셨을 겁니다. '왜 그들이지? 우리가 아니라?'"

"그들은 가진 돈이 없었소." 뉘스트룀이 말했다. "특별히 값나는 것도. 어쨌든, 어제 경찰이 왔을 때 내가 말한 대로 훔쳐 갈 만한 게 아무것도 없었소. 혹시 훔쳐 갈 만한 게 있다면 벽시계뿐이지."

"혹시요?"

"두 딸 중 하나가 그걸 사 왔을 거요. 정확히는 기억이 안 나지만."

"돈이 없었다고요." 발란데르가 말했다. "적도 없었고요."

무언가가 그에게 떠올랐다.

"선생님은 집 안에 돈을 두고 계십니까?" 그가 물었다. "누군가가 그걸 훔치려다가 집을 잘못 안 것일 수도 있을까요?"

"우리 돈은 모두 은행에 있소." 뉘스트룀이 대답했다. "그리고 우리도 적이라곤 없다오."

그들은 집으로 돌아가 커피를 마셨다. 발란데르는 한나 뉘스트룀의 눈이 벌게진 것을 보았다. 자신들이 마구간에 가 있는 동안 숨죽여 운 것처럼.

"최근에 평상시와 다른 뭔가가 있었습니까?" 그가 두 사람에게 물었다. "두 분이 모르는 사람이 뢰브그렌 씨 댁을 방문했다든가?"

두 사람은 서로의 얼굴을 쳐다보더니 고개를 저었다.

"그들과 마지막으로 이야기를 나누신 게 언제였습니까?"

"우린 그저께 저기서 커피를 마셨어요." 한나가 말했다. "언제나처럼요. 우린 매일 함께 커피를 마셨죠. 사십 년 동안."

"두 분에게 두려운 기색이 있었나요?" 발란데르가 물었다. "걱정스러워 보인다든가?"

"요하네스는 감기에 걸려 있었어요." 한나가 대답했다. "하지만 그것 말고는 평상시랑 다를 게 없었어요."

희망이 없어 보였다. 발란데르는 그들에게 달리 뭘 물어야 할지 몰랐다. 그가 얻은 모든 대답은 문이 쾅 하고 닫히는 것 같았다.

"뢰브그렌 부부는 아는 외국인이 있었습니까?" 그가 물었다.

남자가 놀라서 눈썹을 치켜세웠다.

"외국인 말이오?"

"스웨덴인이 아니면 어떤 사람이든요." 발란데르는 혹시나 해서 물었다.

"몇 년 전 한여름에 덴마크인 몇 명이 그들 마당에서 캠프를 한 적이 있었소."

발란데르는 손목시계를 보았다. 오전 8시에 뤼드베리와 약속이 있었고, 그는 늦고 싶지 않았다.

"잘 생각해 보십시오." 그가 말했다. "수사에 도움이 될지도 모릅니다."

뉘스트룀이 차가 있는 데까지 그를 따라왔다.

"난 총기 허가증이 있소." 그가 말했다. "그리고 당신을 겨냥한 게 아니오. 당신에게 겁만 줄 생각이었지."

"잘하셨습니다." 발란데르가 대답했다. "하지만 오늘 밤엔 잠을 좀 주무셔야 할 것 같습니다. 이런 짓을 한 자는 다시 오지 않습니다."

"당신 같으면 잠이 오겠소?" 뉘스트룀이 물었다. "당신 이웃이 말 못하는 짐승처럼 도살당했다면 잠이 오겠소?"

적절한 대답이 생각나지 않아 발란데르는 아무 말도 하지 않았다.

"커피 감사합니다." 그는 그렇게 말하고 차에 올라 그곳을 떠났다.

잘못하다가는 미궁에 빠질 것 같다는 생각이 들었다. 실낱같은 단서 하나 없었다. 뤼드베리가 이상하게 여기는 매듭과 '외국'이라는 말뿐. 침대 밑에 숨긴 돈 한 푼 없는 두 노인, 골동품 가구 한 점 없는 두 노인이 한낱 강도 짓 이상으로 보이는 방식으로 살해되었다. 증오 혹은 복수의 살인.

분명 두 노인에게 예사롭지 않은 무언가가 있었다는 생각이 들었다. 저 말이 말을 할 수만 있다면! 그는 말에 대해 편치 않은 감정을 느꼈다. 모호한 예감을. 하지만 그는 불편함을 무시하기에는 너무 경험이 많은 경찰이었다.

8시 직전에 위스타드 경찰서 앞에 차를 세웠다. 바람은 잠잠해져 있었다. 오늘은 기온이 조금 오른 것 같았다. 눈만 내리지 않기를.

그는 안내 데스크에 있는 에바에게 고개를 끄덕였다. "뤼드베리 보셨어요?"

"사무실에 있어요." 에바가 대답했다. "그들이 벌써 전화하고 있어요. TV, 라디오, 신문에서요. 그리고 서장도요."

"잠시만 시간을 벌어 주세요." 발란데르가 말했다. "일단 뤼드베리와 얘길 좀 하고요."

그는 자신의 방과 문 몇 개를 사이에 둔 뤼드베리의 사무실로 가기 전에 자신의 사무실에 재킷을 걸어 두었다. 노크를 하자 대답을 하는 듯한 끙 소리가 들렸다.

발란데르가 들어갔을 때, 뤼드베리는 창밖을 내다보고 서 있었다. 충분히 잠을 자지 못한 게 분명해 보였다.

"안녕하십니까." 발란데르가 말했다. "커피를 좀 타 올까요?"

"좋지. 설탕은 빼고. 설탕을 끊었네."

발란데르는 밖으로 나가 플라스틱 머그잔 두 개에 커피를 담아 뤼드베리의 사무실로 향했다. 그는 문 앞에 멈춰 섰다. 내 결정이 뭐였더라? '수사상의 이유'라는 명목으로 피해자의 마지막 말을 언론에 알리지 않는다? 아니면 알려야 한다?

결정을 내리지 못해 짜증이 난 그가 발로 문을 밀어 열었다. 뤼드베리는 책상 앞에 앉아 성긴 머리를 빗고 있었다. 발란데르는 스프링이 나간 손님용 의자에 몸을 묻었다.

"새 의자를 사셔야겠습니다." 그가 말했다.

"거기에 쓸 예산은 없어." 뤼드베리가 책상 서랍에 빗을 넣으며 말했다.

발란데르는 의자 옆 바닥에 머그잔을 놓았다.

"저는 꼭두새벽에 일어나." 그가 말했다. "차를 몰고 가서 뉘스트룀과 얘길 나눴습니다. 그 노인은 덤불숲에 숨어서 엽총으로 저를 겨누고 있더군요."

뤼드베리가 볼을 만졌다.

"산탄총은 아니었습니다." 발란데르가 말했다. "바닥에 납작 엎드렸죠. 그는 총기 허가를 받았더군요. 하지만 누가 알겠습니까?"

"뭔가 새로운 이야기라도 들었나?"

"전혀요. 새로운 말은 전혀 없었습니다. 숨겨 놓은 돈도 전혀 없었고요. 물론 그들이 거짓말을 하지 않았다는 전제하에서요."

"왜 그들이 거짓말을 하겠나?"

"그러니까요. 그들이 왜?"

뤼드베리가 커피를 홀짝이더니 얼굴을 찌푸렸다.

"경찰이 위암에 잘 걸린다는 걸 아나?" 그가 물었다.

"그건 몰랐는데요."

"그게 만약 사실이라면 그게 다 우리가 마시는 형편없는 커피 탓일 걸세."

"하지만 그렇게 마시는 커피 덕에 사건을 해결하죠."

"지금처럼?"

발란데르가 머리를 저었다. "정말 우리가 해야 할 일이 뭡니까? 전혀 없습니다."

"자넨 너무 성질이 급해, 쿠르트." 뤼드베리가 코를 만지며 그를 보았다. "내가 학교 선생처럼 굴었다면 미안하네." 그가 말을 이었다. "하지만 이 사건은 끈기가 있어야 할 것 같아."

두 사람은 다시 수사의 진행을 검토했다. 감식반은 현장에서 지문을 채취했고, 그것들을 중앙 지문 기록소에 조회 중이었다. 한손은 노인 폭행 전과가 있는 범죄자들의 소재를 파악하느라 바빴다. 조사 결과, 그들은 교도소에 수감 중이거나 알리바이가 있었다. 경찰들은 룬나르프 거주자들을 계속 탐문 중이었고, 그들이 돌리는 질문지가 어쩌면 실마리를 가져다줄지도 모를 일이었다. 뤼드베리와 발란데르 모두 위스타드 경찰이 자신들의 일을 정확하고 체계적으로 수행 중이라는 사실을 알고 있었다. 조만간 무언가가 떠오를 것이었다. 자취와 실마리가. 시간문제일 뿐이었다. 체계적인 수사와 기다림의 문제.

"동기." 발란데르가 입을 열었다. "만약 그 동기가 돈도 아니고, 은닉된 돈이 있다는 소문도 아니라면 뭘까요? 그 올가미는요? 아마 저와 같은 생각을 하셨을 겁니다. 이 사건의 이면에는 복수나 증오가 숨어 있습니다. 그 둘 다거나요."

"절박한 강도 한 쌍을 생각해 보자고." 뢰드베리가 말했다. "뢰브그렌이 돈을 숨겨 뒀다고 놈들이 확신했다고 쳐 보게. 놈들이 사람 목숨을 파리 목숨처럼 여겼다고 쳐 보자고. 그렇다면 고문이 놀랄 일은 아니지."

"누가 그렇게까지 절박할까요?"

"자네도 알다시피 사람들을 무슨 짓이라도 하게 하는 마약이란 게 있네."

발란데르는 그게 뭔지 알았다. 범죄는 점점 심각해지고 있었고, 그 범죄의 이면에는 거의 언제나 마약 밀거래와 마약 중독자가 도사리고 있었다. 위스타드 관할이 증가하는 범죄의 추세에서 벗어나 있다 하더라도 그는 환상을 품지 않았다. 범죄가 사람들에게 슬금슬금 다가오고 있었다.

더 이상 안전지대는 존재하지 않았다. 별 볼 일 없는 작은 마을 룬나르프가 그 사실을 입증했다. 그는 불편한 의자에 허리를 꼿꼿이 펴고 앉아 있었다.

"우리가 어떻게 해야 하죠?" 그가 물었다.

"수사 책임자는 자네야." 뢰드베리가 대답했다.

"의견을 듣고 싶습니다."

뢰드베리는 자리에서 일어나 창가로 갔다. 그는 화분의 흙에 손가락을 갖다 대었다. 흙은 말라 있었다.

"내 생각을 알고 싶다면 말해 주지. 하지만 백 퍼센트 확신하는 건 아니야. 어떻게 결정하든 소동이 일어날 걸세. 하지만 어쨌든 며칠간은 입을 다물고 있는 게 좋을 거야. 그동안 조사해야 할 게 많네."

"예를 들면?"

"뢰브그렌 부부에게 외국인 지인이 있었는가?"

"오늘 아침에 그걸 물어봤죠. 두 노인은 몇몇 덴마크인을 알았을지도 모릅니다."

"그렇군."

"덴마크 야영객들이 마당에 묵었다는데, 정말일까요?"

"아닐 건 뭔가. 그게 뭐든 우린 체크해 봐야 해. 거기엔 이웃들 이상으로 물을 사람이 많네. 내가 어제 자네 말을 정확히 이해했다면 뢰브그렌 부부는 가족이 많아."

발란데르는 뤼드베리의 말이 옳다는 것을 알았다. 경찰이 외국과 연관된 한 사람이나 여러 사람을 찾는다는 사실에 대해서는 말을 아껴야 할 수사상의 이유가 있었다.

"스웨덴에서 범죄를 저지른 자들에 대해 우리가 아는 게 뭐죠?" 그가 물었다. "경찰청에 그에 관한 특별 파일이 있습니까?"

"온 데 다 있지." 뤼드베리가 말했다. "컴퓨터 앞에 누군가를 앉히고 중앙 범죄자 데이터베이스에 접속하게 하면 뭔가가 나올 걸세."

발란데르가 자리에서 일어섰다.

뤼드베리가 의아한 표정으로 그를 보았다. "올가미에 대해 물어볼 생각 아니었나?"

"깜빡했군요."

"림함에 매듭이라면 모르는 게 없는, 돛을 만드는 사람이 있을 걸세. 작년 언젠가 신문에서 그에 관한 기사를 읽었지. 난 그를 찾아볼 생각이었네. 뭔가가 나올 거라는 확신에서는 아니야. 하지만 혹시 모르니까."

"먼저 회의부터 하러 가죠." 발란데르가 말했다. "그런 다음 림함에 가 보세요."

오전 10시에 그들 모두는 발란데르의 사무실에 모였다.

회의는 매우 간단했다. 발란데르는 그들에게 피해자가 죽기 전에 한 말을 알려 주었다. 당분간 그 정보를 발설해서는 안 된다고 덧붙였다. 모두 이의가 없어 보였다.

마르틴손이 외국인 범죄자 검색을 위해 컴퓨터 앞에 앉았다. 나머지 경찰들은 룬나르프의 탐문을 위해 제 갈 길을 나섰다. 발란데르는 필시 이 나라에 불법체류 중일 젊은 폴란드 가족에 대한 조사를 스베드베리에게 일임했다. 왜 그들이 룬나르프에서 살고 있는지 알고 싶었다. 뤼드베리는 돛을 만드는 사람을 찾아 림함으로 출발했다.

사무실에 혼자 남은 발란데르는 벽에 걸린 지도를 보기 위해 잠시 서 있었다. 범인들은 어디에서 왔을까? 일을 끝내고 어느 길로 도망쳤을까?

책상 앞에 앉은 그는 에바에게 전화로 이제 전화를 연결해도 된다고 말했다. 그는 한 시간 이상 많은 기자와 통화했다. 하지만 지역 라디오 방송국 여자에게서는 연락이 없었다.

잠시 후 노렌이 노크했다.

"자넨 룬나르프로 간 줄 알았는데." 발란데르가 의외라는 듯이 말했다.

"가는 중이었죠." 노렌이 말했다. "그런데 뭔가가 생각났습니다."

몸이 젖은 그가 의자 끝에 엉덩이를 걸쳤다. 조금 전에 비가 내리기 시작했다. 기온은 이제 1도쯤 오른 상태였다.

"아무 의미도 없을지 모릅니다." 노렌이 말했다. "그냥 생각난 것뿐입니다."

"다 뭔가 의미가 있는 거야." 발란데르가 말했다.

"그 말을 기억하십니까?" 노렌이 물었다.

"물론이지."

"저더러 그 말에게 건초 좀 갖다 주라고 하셨죠."

"물도."

"건초와 물. 하지만 저는 그러지 않았습니다."

발란데르가 눈살을 찌푸렸다. "왜지?"

"말에게는 이미 건초가 있었습니다. 물도요." 발란데르는 노렌을 보며 잠시 말없이 앉아 있었다.

"계속하게." 그가 말했다. "뭔가 있군."

노렌이 어깨를 으쓱했다.

"어렸을 때 집에서 말을 키웠습니다." 그가 말했다. "칸막이 안에 있는 말에게 건초를 주면 있는 대로 다 먹어 치우기 때문에 때마다 주죠. 그러니까 제 말은, 누군가가 그 말에게 건초를 갖다 줬을 거라는 겁니다. 아마 우리가 도착하기 한 시간쯤 전에요."

발란데르는 전화기로 손을 뻗었다.

"뉘스트룀에게 전화하시려는 거라면 안 하셔도 됩니다." 노렌이 말했다.

발란데르는 뻗은 손을 거뒀다.

"여기 오기 전에 그에게 물었습니다. 그랬더니 자기가 준 게 아니라더군요."

"죽은 사람이 말에게 먹이를 줄 순 없지." 발란데르가 말했다. "누가 줬을까?"

노렌이 자리에서 일어났다. "이상한 노릇이군요." 그가 말했다. "우선 한 사람을 죽인다. 그런 다음 다른 사람에게 올가미를 건다. 그리고 마구간으로 가서 말에게 건초를 준다. 대체 어떤 놈이 그렇게 이상한 짓을 할까요?"

"그러게." 발란데르가 말했다. "누가 그런 짓을 할까?"

"별 뜻 없는지도 모릅니다." 노렌이 말했다.

"아니면 있거나." 발란데르가 말했다. "나에게 잘 말했어."

노렌이 인사를 하고 나갔다.

발란데르는 자리에 앉아 방금 들은 이야기를 생각했다.

자신의 예감이 옳았다. 그 말과 관련해 무언가가 있었다.

울리는 전화에 생각이 방해를 받았다. 또 다른 기자가 이야기를 나누고 싶어 했다. 오후 12시 45분에 경찰서를 나섰다. 그는 아주 오랫동안 보지 못했던 한 친구를 방문했다.

5

쿠르트 발란데르는 E65번 도로를 타고 가다가 세룬순드 성 유적지 방향으로 빠졌다. 그는 차에서 내려 오줌을 누기 위해 지퍼를 내렸다. 으르렁대는 바람 소리 사이로 스투루프 공항에서 비행기가 이륙하는 소리가 들렸다. 차에 오르기 전 그는 구두에서 진흙을 긁어냈다. 날씨의 변화가 급작스러웠다. 차의 온도계가 영하 5도를 가리켰다. 뭉게구름이 하늘을 가로지르며 차와 레이스를 펼치고 있었다.

성 유적지를 지나자 자갈길이 갈라졌고, 그는 왼쪽으로 계속 나아갔다. 전에 이 길을 와 본 적이 없었지만 그는 이 길이 맞다고 확신했다. 거의 10년 전에 이 길에 대해 들었음에도 그는 이 길을 자세히 기억했다. 그는 길치가 아니었다.

1킬로미터쯤 가자 길 상태가 나빠졌다. 그는 천천히 나아가면서 대형 트럭들이 어떻게 이 길을 지날지 궁금했다. 길이 갑작스럽게 경사가 지더니 눈앞에 긴 마구간이 딸린 넓은 농장이 나타났다. 그는 마당으로 들어가 차를 세웠다. 차에서 내리자 머리 위에서 까마귀 떼가 깍깍거렸다.

농장은 묘하게 적막해 보였다. 바람이 마구간 문을 흔들어 댔다. 잠시 그는 자신이 길을 잘못 든 게 아닌지 의심스러웠다.

괴괴하군. 그는 생각했다. 깍깍거리는 까마귀 떼가 어우러진 스코네의 겨울. 구두 굽이 박히는 진흙탕.

금발의 젊은 여자가 마구간 문들 가운데 하나에서 나왔다. 얼마나 린다와 닮았는지. 딸아이 같은 금발, 똑같이 마른 체형, 걸을 때 똑같이 어색해 보이는 몸짓. 그는 가까이 다가가 그녀를 보았다.

여자는 마구간 고미다락에 닿도록 사다리를 끌어당기기 시작했다. 그를 본 그녀가 사다리를 놓고 회색 바지에 손을 닦았다.

"안녕하세요." 발란데르가 말했다. "스텐 비덴을 찾고 있습니다. 맞게 찾아왔습니까?"

"경찰이세요?" 여자가 물었다.

"네." 발란데르가 놀라며 대답했다. "어떻게 알았죠?"

"목소리를 들으면 알 수 있죠." 여자가 꼼짝도 안 하는 듯한 사다리를 다시 당기며 말했다.

"그는 집에 있습니까?" 발란데르가 말했다.

"사다리를 움직이게 좀 도와주세요." 여자가 말했다.

그는 사다리 가로대 하나가 마구간 외벽 마감재에 걸려 있는 것을 보았다. 그는 사다리를 잡고 그 가로대가 마감재에서 떨어지도록 비틀었다.

"고마워요." 여자가 말했다. "스텐은 사무실에 있을 거예요." 그녀가 마구간에서 멀지 않은 곳에 있는 빨간 벽돌 건물을 가리켰다.

"여기서 일합니까?" 발란데르가 물었다.

"네." 여자가 잽싸게 사다리를 오르며 말했다. "제가 당신이라면 이제 비킬 거예요."

놀랄 만큼 강한 팔로 그녀는 건초 더미를 고미다락 문 아래로 던지기 시작했다. 발란데르는 사무실을 향해 걸었다. 그가 막 두꺼운 문을 두드리려는 순간 한 남자가 건물 끝에서 돌아 나왔다.

발란데르는 스텐 비덴을 10년도 더 전에 보고 못 봤지만 그는 변하지 않은 것 같았다. 똑같이 헝클어진 머리, 똑같이 갸름한 일굴, 똑같이 아랫입술가에 난 습진.

"이야, 이거 놀라운데." 신경질적인 웃음을 터뜨리며 남자가 말했다. "난 편자 대장장인 줄 알았어. 근데 자네군. 어쨌든, 이게 얼마만이야?"

"십일 년이 다 됐지." 발란데르가 말했다. "칠십구 년 여름이니까."

"그 여름에 우리의 모든 꿈이 결딴났지." 스텐 비덴이 말했다. "커피 좀 들겠나?"

두 사람은 빨간 벽돌 건물로 들어갔다. 발란데르는 벽가에서 나는 기름 냄새를 맡았다. 녹투성이 콤바인이 어둠에 싸인 채 서 있었다. 비덴이 또 다른 문을 열었다. 방에 들어섰을 때 발란데르 옆을 후다닥 지나친 고양이는 이곳이 거처이고, 사무실의 동거인 같았다. 정리되지 않은 침대가 한쪽 벽에 놓여 있었다. 테이블 위에는 TV와 비디오와 전자레인지가 있었다. 낡은 안락의자에는 옷가지가 높이 쌓여 있었다. 공간 대부분을 차지한 것은 커다란 책상이었다. 비덴은 넓은 창틀 중 한 곳에 놓인 팩스 옆에 있던 보온병에서 커피를 따랐다.

발란데르는 오페라 가수가 되겠다던 비덴의 잃어버린 꿈을 떠올렸다. 1970년대 말 두 사람은 결코 이룰 수 없는 자신들의 미래를 꿈꿨었다. 발란데르는 오페라 기획자가 될 터였고, 비덴의 테너는 전 세계 오페라 무대에서 울려 퍼질 터였다.

당시 발란데르는 경찰이었다. 그리고 지금도 여전히 경찰이었다.

비덴은 자신의 목소리가 그렇게까지 훌륭하지 않다는 것을 깨닫고 쇠락해 가는 아버지의 경주마 마사를 물려받았다. 그들의 옛 우정은 실망감의 공유를 견딜 수 없었다. 한때 두 사람은 매일 보는 사이였지만 마지막 만남 이후로 11년이 흘렀다. 서로 50킬로미터도 떨어지지 않은 곳에 살면서도.

"살이 쪘군." 나무 의자에서 신문 더미를 치우면서 비덴이 말했다.

"자넨 그대로고." 발란데르가 자신의 짜증을 의식하며 말했다.

"경주마 트레이너는 좀처럼 살이 찌지 않아." 비덴이 다시 신경질적으로 웃으며 말했다. "마른 다리, 마른 지갑. 물론 성공한 트레이너는 예외지만. 칸이나 스트라세르 같은. 그들은 그럴 여유가 있지."

"그래서, 어떻게 지내?" 발란데르가 의자에 앉으며 물었다.

"그냥 그래." 비덴이 말했다. "그럭저럭 살아. 늘 말 한 마리가 성적을 내 주더군. 수망아지를 사들이고 그 정도를 유지하는 형편이야. 하지만 사실은……," 그가 말을 멈췄다.

이윽고 그는 팔을 뻗어 책상 서랍을 열고 반쯤 남은 위스키병을 꺼냈다.

"한잔할래?" 그가 물었다.

발란데르는 머리를 저었다. "근무 중인 고주망태 경찰은 꼴사나울 테니." 그가 말했다. "가끔은 그러기도 하지만."

"자, 어쨌든 스콜^{skål} 건배." 비덴이 병나발을 불며 말했다.

그는 구겨진 담뱃갑에서 담배 한 개비를 뽑고 라이터를 찾으려고 신문과 경마 가이드를 뒤적였다.

"모나는 어떻게 지내?" 그가 물었다. "린다는? 아버지는? 그리고 누나는? 이름이 뭐였더라, 셰르스틴?"

"크리스티나."

"맞아, 크리스티나. 너도 알다시피 난 기억력이 좋지 않잖아."

"음악을 잊은 적은 없잖아."

"내가?"

그는 다시 병나발을 불었고, 발란데르는 그에게 무언가 골칫거리가 있다는 것을 알았다. 불쑥 찾아오지 말아야 했는지도 몰랐다. 스텐은 예전 기억을 떠올리길 원치 않는지도 몰랐다.

"모나와 난 헤어졌어." 발란데르가 말했다. "그리고 린다는 독립했지. 아버지는 여전하시고. 아버지는 여전해. 계속 그림을 그리시지. 약간 치매기가 있으신 것 같아. 정말 아버지를 어떻게 해야 할지 모르겠어."

"내가 결혼했었다는 건 알았어?" 비덴이 말했다.

발란데르는 그가 자신이 한 말을 듣기나 했는지 궁금했다. "그건 몰랐는데."

"난 결국 이 빌어먹을 마구간을 물려받았지. 아버지는 결국 말들을 돌보기에 너무 늙었다는 걸 깨달았고, 심각할 정도로 술을 마시기 시작했어. 전에는 늘 주량을 지켰는데 말이야. 난 내가 아버지와 아버지의 술친구들을 다룰 수 없다는 걸 깨달았어. 그래서 여기서 일했던 여자 중 한 명과 결혼했지. 그녀가 아버지와 친했다는 주된 이유로 말이야. 아내는 아버지를 늙은 말처럼 다뤘지. 술을 끊게 하려고 하지는 않았지만 주량의 한계를 정했어. 너무 더러울 땐 호스를 가져와 아버지를 씻겼고. 그런데 아버지가 죽자 그녀에게서 아버지 같은 냄새가 풍기는 것 같더군. 그래서 이혼했어."

그는 한참을 병나발을 불었고, 발란데르는 그가 취하기 시작했다는 것을 알았다.

"난 매일 여길 팔 생각을 하고 있어." 그가 말했다. "이 농장 전체가 내 거니까. 전부 다 해서 백만은 받을 수 있을 거야. 담보대출을 갚고 나면 나에게 사십만 크로나는 떨어지겠지. 그럼 캠핑카를 사서 여길 뜰 거야."

"어디로?"

"그게 문젠데. 모르겠어. 가고 싶은 데로 가겠지."

발란데르는 이 이야기를 듣고 있기가 불편했다. 비덴은 겉으로는 달라진 게 없었지만 내면은 무언가 큰 변화를 겪었다. 자신에게 이야기하고 있는 것은 갈라지고 절망에 빠진 유령의 목소리였다. 10년 전 스텐 비덴은 행복했고, 활기가 넘쳤고, 파티에 가장 먼저 초대받는 사람이었다. 이제 그는 삶에 의욕이 없어 보였다.

발란데르가 경찰인지 물었던 여자가 말을 타고 창문을 지나쳤다.

"저 여잔 누구야?" 그가 물었다. "내가 경찰이냐고 묻던데."

"이름은 루이스야." 비덴이 말했다. "저 아이라면 냄새를 맡았겠지. 열두 살 이후로 보호시설들을 들락거렸으니까. 내가 저 아이의 후견인이야. 말을 다뤄. 하지만 경찰은 싫어해. 전에 어떤 경찰한테 강간을 당했대."

그는 또 한 번 병나발을 불더니 헝클어진 침대를 가리켰다.

"가끔 나와 자지." 그가 말했다. "어쨌든 그렇게 느껴져. 그녀가 날 침대로 데려가니까. 그 반대가 아니라. 법에 걸리는 거겠지, 맞아?"

"왜 법에 걸리겠어. 그녀는 미성년자가 아니야, 그렇지?"

"열아홉이야. 근데 후견인이 피보호자와 자도 되나?"

발란데르는 비덴의 목소리에서 공격적인 낌새를 알아챘다. 그는 이곳에 온 것을 후회했다. 방문의 이유가 있었다고는 해도 그것은 수사와 관련된 것이었지만 이제 그는 그게 구실에 지나지 않았던 게 아닌가 하는 의구심이 들었다. 모나에 대한 이야기를 하기 위해 비덴을 보러 온 걸까? 일종의 위안을 찾으려고? 더 이상 뭐가 뭔지 알 수 없었다.

"말에 대해 물어볼 게 있어서 왔어." 그가 말했다. "룬나르프에서 두 건의 살인이 있었다는 걸 신문에서 봤겠지?"

"난 신문을 보지 않아." 비덴이 말했다. "경마 가이드와 최종 배당 리스트만 봐. 그것만. 세상에 무슨 일이 일어나든 관심이 없어."

"노부부가 살해됐어." 발란데르가 말을 이었다. "그리고 두 사람은 말을 갖고 있었어."

"말도 죽였어?"

"아니. 근데 범인들이 떠나기 전에 말에게 건초를 준 것 같아. 너와 얘길 나누고 싶었던 게 그거야. 말이 건초 한 더미를 먹는 데 얼마나 걸리지?"

비덴은 병을 비우고 또 다른 담배에 불을 붙였다.

"장난해?" 그가 말했다. "나한테 말이 건초 한 더미를 먹는 데 얼마나 걸리는지 물으려고 여기까지 왔다고?"

"마침 네가 나와 함께 가서 그 말을 보면 어떨까 생각 중이었어." 발란데르가 빠르게 결정을 내리며 말했다. 그는 슬슬 화가 나기 시작했다.

"그럴 시간이 없어." 비덴이 말했다. "대장장이가 오늘 올 거야. 게다가 비타민 주사가 필요한 말이 열여섯 마리야."

"내일은 어때?"

비덴이 그를 향해 눈을 게슴츠레하게 떴다. "돈을 주나?"

"돈이 지불될 거야."

비덴이 더러운 종잇조각에 자신의 전화번호를 적었다.

"어쩌면." 그가 말했다. "아침에 전화해."

밖으로 나섰을 때 발란데르는 바람이 더 강해진 것을 알아차렸다.

여자가 말을 타고 다가왔다.

"멋진 말이군." 그가 말했다.

"매스커레이드 퀸이야." 비덴이 말했다. "녀석은 절대 우승 한번 못할 거야. 트렐레보리의 어느 도급업자의 부자 과부가 저 녀석의 주인이지. 난 실제로 저 말을 승마 학교에 팔라고 그 여자에게 솔직하게 제안했어. 하지만 그 여자는 녀석이 우승할 거라고 생각하더군. 그리고 난 트레이닝비實를 챙기지. 하지만 이 말이 경주에서 우승할 일은 없어."

차 있는 데서 그들은 작별 인사를 했다.

"아버지가 어떻게 죽었는지 알아?" 비덴이 갑자기 물었다.

"아니."

"아버지는 어느 가을날 밤 성 유적지를 배회했어. 거기에 앉아서 술을 마시곤 하셨지. 그러다 발을 헛디뎌 해자에 빠져 익사했어. 그곳에 물풀이 너무 무성해서 아무것도 보이지 않았지. 하지만 아버지 노사가 물 위에 띠 있었어. '삶을 살아라'라는 문구가 쓰인. 그건 방콕에서의 섹스 관광 패키지를 파는 어느 여행사의 광고였지."

"만나서 반가웠어." 발란데르가 말했다. "내일 전화할게."

"그러든지." 비덴은 그렇게 말하고 마구간으로 발걸음을 옮겼다.

발란데르는 차를 몰고 떠났다. 백미러로 말을 탄 여자에게 뭐라고 하는 비덴이 보였다.

난 여기 왜 왔을까? 그는 또다시 생각했다. 예전, 오래전에 우리는 친구였지. 우리는 이룰 수 없는 꿈을 공유했는데. 그 꿈이 환영幻影처럼 사라지자 아무것도 남지 않았다. 우리 둘 다 오페라를 사랑한 것은 사실일 터였다. 하지만 어쩌면 그것 역시 판타지였을 뿐인지도 몰랐다.

그는 빠른 속도로 차를 몰았다. 마음의 짐을 떨쳐 버리려는 듯 액셀을 세게 밟았다. 간선도로에 올라 정지 신호에 걸렸을 때, 카폰이 울렸다. 연결 상태가 매우 좋지 않아 그는 전화를 건 사람이 한손이라는 것을 겨우 알아차렸다.

"들어오는 게 좋겠어." 목소리가 소리쳤다. "내 말이 들리나?"

"무슨 일인데?" 발란데르가 맞받아 소리쳤다.

"그들을 죽인 자가 누군지 아는, 하게스타드에서 온 농부가 여기와 있어." 한손이 소리쳤다.

발란데르는 심장이 빠르게 뛰는 것을 느꼈다.

"누구?" 그가 소리쳤다. "누구라고?"

연결이 급작스럽게 끊겼다. 수화기에서 치직거리는 소리가 났다.

"젠장." 그가 소리를 질렀다.

그는 위스타드로 방향을 틀었다. 너무 속도를 내는 거 아닌가. 노렌과 페테르스가 오늘 교통 근무를 서고 있다면 난 진짜 문제에 봉착하는 거야.

그가 마을의 중심을 향해 언덕을 오르자 엔진이 신음하기 시작했다. 휘발유가 다 떨어져 있었다. 경고등이 갑자기 깜빡이지 않았다.

그는 엔진이 완전히 나가기 전에 간신히 병원 맞은편의 주유소에 닿았다. 주유기에 돈을 넣으러 차에서 내렸다가 현금이 없다는 것을 알았다. 그는 같은 건물에 있는 열쇠 가게로 들어가 몇 년 전 절도 사건 때문에 안면이 있는 주인에게서 20크로나를 빌렸다.

그는 주차를 하고 허겁지겁 경찰서로 들어갔다. 에바가 그에게 무언가 말을 하려고 했지만 그는 손을 내저으며 그녀를 물리쳤다.

한손의 사무실 문이 약간 열려 있어서 발란데르는 노크를 생략하고 들어갔다. 비어 있었다. 그는 복도에서 한 팔 가득 프린트물을 들고 있는 마르틴손을 발견했다.

"경위님을 찾고 있었습니다." 마르틴손이 말했다. "중요할지도 모를 걸 찾았습니다. 이건 어쩌면 핀란드인이 한 짓일지도 모릅니다."

"단서가 없을 때 우린 대개 핀란드인을 찾지." 발란데르가 말했다.

"지금은 시간이 없네. 한손이 어딨는지 아나?"

"아시다시피 그는 절대 사무실을 안 떠나지 않습니까."

"그렇다면 우린 지명수배를 내려야 해. 그 친군 지금 거기에 없으니까."

그는 구내식당에 머리를 디밀었지만 거기에는 오믈렛을 만들고 있는 서무 직원뿐이었다. 한손 녀석은 대체 어디 있는 거야? 그는 그런 생각을 하며 자신이 사무실 문을 열어젖혔다. 그곳 역시 아무도 없었다. 그는 안내 데스크의 에바에게 전화를 걸었다.

"한손, 어딨습니까?" 그가 물었다.

"그렇게 돌진해 들어가시지만 않았어도 당신이 왔을 때 말했을 거예요." 에바가 말했다. "유니언 은행에 간다고 했어요."

"거기엔 뭣 때문에 간답니까? 누구와 함께 갔나요?"

"네, 하지만 누군지는 모르겠어요."

발란데르는 수화기를 내리치듯 내려놓았다. 도대체 무슨 짓을 하고 있는 걸까? 그는 다시 수화기를 들었다.

"한손에게 전화를 걸어 주시겠어요?" 그가 에바에게 부탁했다.

"유니언 은행으로요?"

"그가 있는 곳이 거기라면요."

그가 에바에게 사람을 찾아 달라고 부탁하는 것은 아주 드문 일이었다. 할 필요가 있는 일이 있다면 스스로 했다. 과거에는 그것을 경험이라고 생각했다. 부자와 오만한 사람만이 다른 사람에게 발품을 시켰다. 전화번호부에서 번호를 찾아 수화기를 들 수 없다는 것은 변명의 여지가 없는 게으름이었다.

전화가 울려 그의 생각을 방해했다. 유니언 은행에서 전화를 걸어 온 한손이었다.

"자네가 오기 전에 돌아갈 수 있을 거라고 생각했네." 한손이 말했다. "아마 내가 왜 여기에 있는지 궁금할 거야."

"그렇다고 할 수 있지."

"우린 뢰브그렌의 은행 계좌를 살펴보고 있어."

"우리라니?"

"헤르딘이라는 남자와. 어쨌든 자네가 그와 직접 얘기하는 게 나을 거야. 삼십 분 내로 돌아갈 테니까."

발란데르는 30분 후, 마침내 헤르딘이라는 남자와 만났다. 그는 마르고 강단 있어 보이는 체격에 키가 거의 2미터에 육박했고, 발란데르는 거인과 악수하는 기분이었다.

"시간이 좀 걸렸어." 한손이 말했다. "하지만 결과를 얻었지. 헤르딘이 하는 말을 들어 보게. 그리고 우리가 발견한 걸 말이야."

헤르딘은 말없이 나무 의자에 꼿꼿이 앉아 있었다. 발란데르는 그가 경찰서에 오기 전에 일요일에나 입는 가장 좋은 옷으로 갈아입었을 거라고 생각했다. 비록 칼라가 해지고 낡은 양복이었지만.

"처음부터 시작하는 게 좋겠군요." 발란데르가 수첩을 집어 들며 말했다.

헤르딘이 한손에게 당혹스러운 눈빛을 보냈다.

"또다시 처음부터 말해야 하오?" 그가 물었다.

"그게 아마 최선일 겁니다." 한손이 말했다.

"얘기가 긴데." 헤르딘이 머뭇거렸다.

"성함이?" 발란데르가 물었다. "그것부터 시작하죠."

"라르스 헤르딘이오. 하게스타드 근처에 오만 평의 농장을 갖고 있소. 가축을 쳐서 간신히 연명하는 정도지. 쉽지 않소."

"이분의 신원은 확실해." 한손이 끼어들었고, 발란데르는 그가 얼른 경마 가이드로 돌아가고 싶어 한다고 생각했다.

"제가 제대로 이해했다면, 선생님은 뢰브그렌 부부 살해와 관련 있는 정보를 갖고 있다고 생각해서 여기에 오신 거군요." 발란데르는 자신이 좀 더 간단히 표현할 수 있었으면 좋겠다고 생각하며 그렇게 말했다.

"그 돈 때문인 게 분명해요." 라르스 헤르딘이 말했다.

"무슨 돈이요?"

"그들이 가진 전 재산!"

"좀 명확히 말씀해 주시겠습니까?"

"그 독일 돈 말이오."

발란데르가 한손을 보자 그가 어깨를 살짝 으쓱했다. 발란데르는 그 제스처를 참을성을 가지라는 뜻으로 해석했다.

"좀 더 자세한 설명이 필요한 것 같군요." 그가 말했다. "좀 더 명확히 말씀해 주시겠습니까?"

"뢰브그렌과 그의 아버지는 전쟁 중에 돈을 벌었소." 헤르딘이 말했다. "그들은 스몰란드의 삼림 초목지에서 몰래 가축을 키웠지. 그리고 늙은 말들을 사들였소. 그런 다음 그 고기를 암시장을 통해 독일에 팔았소. 그들은 그걸 팔아 터무니없이 많은 돈을 벌었지. 뢰브그렌 부자는 탐욕스럽고 영리했소. 그는 그 돈을 투자했고, 해마다 점점 불어났소."

"뢰브그렌의 아버지를 말씀하시는 겁니까?"

"그의 아버지는 전쟁이 끝나고 바로 죽었소. 난 뢰브그렌, 그 사람을 말하는 거요."

"그러니까, 뢰브그렌이 부자였다고 말씀하시는 겁니까?"

"그 가족이 아니라 뢰브그렌만. 아내는 그 돈에 대해 몰랐소."

"그가 그 돈을 아내에게 비밀로 했다고요?"

헤르딘이 끄덕였다. "누구도 내 누이만큼 악랄하게 속지는 않았을 거요."

놀란 발란데르가 눈썹을 치켜세웠다.

"마리아 뢰브그렌이 내 누이요. 여동생은 놈의 꿍친 돈 탓에 살해됐소."

발란데르는 감추기 힘든 신랄한 말투를 들었다. 어쩌면 증오 범죄였을지도 모르겠군. 그는 생각했다.

"그리고 그 돈이 집에 있었습니까?"

"가끔씩만." 헤르딘이 대답했다.

"가끔씩이요?"

"그가 큰돈을 인출했을 때는."

"좀 더 자세히 말씀해 주시겠습니까?"

갑자기 무언가가 해진 양복을 입은 남자의 내면을 화나게 한 것처럼 보였다.

"요하네스 뢰브그렌은 짐승이었소." 그가 말했다. "죽는 게 나아. 하지만 마리아도 죽어야 했다는 걸 용서할 수 없어."

라르스 헤르딘의 갑작스러운 폭발에 한손도 발란데르도 반응할 새가 없었다. 그는 옆 테이블에 놓인 단단한 유리 재떨이를 움켜쥐더니 온 힘을 다해 벽에 내던졌고, 재떨이는 발란데르의 머리 옆 벽에 부딪혀 박살이 났다. 유리 조각이 사방으로 튀었고, 발란데르는 아랫입술을 찌르는 조각 하나를 느꼈다.

폭발 이후의 침묵에 귀가 먹먹했다.

의자에서 튀어 오른 한손이 팔다리가 긴 헤르딘에게 덤벼들 준비를 하는 것처럼 보여 발란데르는 손을 들어 제지했고, 한손은 도로 자리에 앉았다.

"용서하시오." 헤르딘이 말했다. "빗자루와 쓰레받기를 주면 내가 청소하겠소. 재떨이는 물어 드리겠소."

"청소부가 처리할 겁니다." 발란데르가 말했다. "하던 얘기를 계속하시죠."

헤르딘은 이제 완전히 진정한 것처럼 보였다.

"요하네스 뢰브그렌은 짐승이었소." 그가 그 말을 반복했다. "놈은 모든 사람들을 좋아하는 척했소. 하지만 놈은 오로지 돈만 생각했고, 놈의 아비는 전쟁으로 돈을 벌었소. 물가가 올랐다든가 농부들이 불쌍하다며 불평을 해 대곤 했지. 하지만 놈은 돈을 갖고 있었고, 점점 불려 나갔소."

"그리고 은행에 그 돈을 넣어 뒀고요?"

헤르딘이 어깨를 으쓱했다. "은행에 주식에 채권에, 그게 뭐든 누가 알겠소."

"왜 가끔씩 집에 돈을 두었을까요?"

"뢰브그렌에겐 정부가 있었소." 헤르딘이 말했다. "1950년대에 그의 아들을 낳은 여자가 크리스티안스타드에 살았소. 마리아는 아무것도 몰랐소. 그 여자의 존재도, 그 아이 존재도. 놈이 해마다 정부에게 준 돈이 일평생 마리아에게 쓴 돈보다 많았소."

"우리가 말하는 금액이 어느 정도입니까?"

"한 해에 두세 번, 놈은 그 여자에게 이십오만에서 삼십만씩 줬소. 놈은 현금으로 그 돈을 인출했소. 그런 다음 구실을 만들어서 크리스티안스타드로 갔을 거요."

발란데르는 잠시 자신이 들은 말을 생각했다. 그는 어떤 질문이 가장 중요할지 결정하려고 애썼다. 세밀한 점까지 알아내려면 시간이 걸릴 것이었다.

"은행에서는 뭐라던가?" 그가 한손에게 물었다.

"수색영장이 없다면 아무것도 알려 줄 수 없다더군." 한손이 말했다. "그들은 그의 입출금 내역을 보여 주지 않았어. 하지만 한 질문에 대한 답은 얻었지. '그가 최근에 은행에 들른 적이 있는가?'"

"그랬더니?"

한손이 끄덕였다. "지난주 목요일. 그가 죽기 사흘 전에."

"확실하대?"

"직원 한 명이 그를 알아봤다는군."

"그가 큰돈을 인출했나?"

"정확한 말을 하지 않아. 하지만 지점장이 등을 돌리자 그 직원이 끄덕이더군."

"이 조서를 꾸미고 나서 검사와 얘기해 봐야겠군." 발란데르가 말했다. "그런 다음 그의 자산을 조사해 보고 상황을 검토해 보자고."

"피 묻은 돈이오." 헤르딘이 말했다.

발란데르는 그가 다시 뭔가를 던질지 의문이 들었다.

"여쭤볼 게 많이 남았습니다." 그가 말했다. "하지만 지금은 한 가지가 다른 무엇보다 중요합니다. 이 모든 걸 어떻게 아셨습니까? 선생님은 뢰브그렌이 아내에게도 비밀을 지켰다고 말씀하셨습니다. 선생님은 어떻게 아셨습니까?"

헤르딘은 그 질문에 대답하지 않았다. 그는 아무 말 없이 바닥을 응시했다.

발란데르가 한손을 보자 그가 머리를 저었다.

"그 질문에 대답하셔야 합니다." 발란데르가 말했다.

"난 아무것도 대답할 필요가 없소." 헤르딘이 말했다. "그들을 죽인 사람은 내가 아니오. 내가 내 누이를 죽였을 것 같소?"

발란데르는 다른 각도에서 그 질문에 접근하려고 애썼다. "방금 선생님이 우리에게 한 말을 몇 명이나 알고 있습니까?"

헤르딘은 대답하지 않았다.

"무슨 말씀을 하시든 이 방에서 새어 나가지 않을 겁니다."

헤르딘은 바닥을 응시했다. 발란데르는 직감적으로 기다려야 한다는 것을 알았다.

"커피 좀 갖다 주겠나?" 그가 한손에게 부탁했다. "페이스트리가 있다면 그것도."

한손이 나간 동안 헤르딘은 바닥을 계속 응시했고, 발란데르는 기다렸다. 한손이 커피를 가져왔고, 헤르딘은 눅눅한 페이스트리를 먹었다.

발란데르는 다시 질문할 때라고 생각했다. "이제 대답하셔야 합니다. 선택의 여지는 없습니다." 그가 말했다.

헤르딘이 머리를 들고 그의 눈을 응시했다.

"두 사람이 결혼했을 때, 난 요하네스 뢰브그렌의 친절하지만 과묵한 외관 이면에 또 다른 사람이 있다고 느꼈소. 그에게 구린 구석이 있다고 생각했소. 마리아는 내 여동생이오. 난 그 애가 잘되길 바랐지. 난 뢰브그렌이 그 애에게 구애하려고 우리 부모님 집에 처음 왔을 때부터 그가 의심스러웠소. 그가 누군지 알아내는 데 삼십 년이 걸렸지. 그게 내 일이었소."

"선생님이 알아낸 걸 동생에게 말씀하셨습니까?"

"안 했소. 한마디도."

"아무한테도요? 아내분에게도요?"

"난 결혼하지 않았소."

발란데르는 앞에 앉은 남자를 바라보았다. 그에게는 단단하고 완강한 무언가가 있었다. 자갈을 먹고 자란 사람처럼.

"마지막 질문입니다." 발란데르가 말했다. "이제 우린 뢰브그렌에게 돈이 많았다는 걸 압니다. 어쩌면 그가 살해된 날 밤에도 집에 많은 돈이 있었을지 모릅니다. 우린 그걸 밝혀내야 하죠. 하지만 그걸 누가 알았을까요? 선생님을 빼고요."

헤르딘이 그를 보았다. 발란데르는 그의 눈에서 번뜩이는 공포를 보았다.

"난 그에 대해 아무것도 모르오." 헤르딘이 말했다.

발란데르가 끄덕였다.

"이만하죠." 그가 메모하던 수첩을 내려놓으며 말했다. "하지만 다시 선생님의 도움이 필요할 겁니다."

"이제 가도 되겠소?" 헤르딘이 자리에서 일어나며 말했다.

"가셔도 됩니다." 발란데르가 대답했다. "하지만 우리와 연락이 닿는 곳에서 벗어나시면 안 됩니다. 또 다른 게 생각나시면 언제든 말씀해 주십시오."

헤르딘은 문으로 향하며 하고 싶은 말이 남았다는 듯 머뭇거렸다. 이내 그는 문을 열고 밖으로 나갔다.

"마르틴손에게 그에 대해 조사해 보라고 하게." 발란데르가 말했다. "아마 아무것도 나올 게 없겠지만. 하지만 확실히 해 두는 게 좋으니까."

"그의 말을 어떻게 생각해?" 한손이 궁금해했다.

발란데르는 대답하기 전에 잠시 생각했다.

"그가 확신하는 뭔가가 있어. 그가 거짓말을 했거나 말을 지어냈다고는 생각하지 않아. 난 그가 요하네스 뢰브그렌의 이중생활을 알아냈다는 걸 믿네. 그는 동생을 보호하고 있었을 거야."

"그가 이 사건에 연루됐다고 보나?"

발란데르는 확신을 갖고 대답했다. "헤르딘은 그들을 죽이지 않았어. 누가 그랬는지 그가 안다고도 생각하지 않아. 그는 두 가지 이유로 우리에게 온 걸세. 우릴 돕고 싶었던 거야. 요하네스 뢰브그렌을 죽인 범인에게 감사하기 위해. 동생을 죽인 놈들의 얼굴에 침을 뱉기 위해. 그로서는 뢰브그렌을 죽인 자가 그에게 호의를 베푼 셈이지.

그리고 마리아를 죽인 자는 광장에서 목을 베야 하고."

한손이 자리에서 일어섰다. "마르틴손에게 전하지. 당장 필요한 게 있나?"

발란데르는 손목시계를 보았다.

"한 시간 내로 내 방에서 회의를 하자고. 뤼드베리에게 연락해 보게. 돛을 만드는 사람을 찾으러 말뫼로 가고 있을 거야."

한손이 그에게 묻는 듯한 표정을 지었다.

"올가미, 매듭 말이야. 나중에 알려 줄게."

한손이 나가고 발란데르는 혼자 남았다. 돌파구가 나타났군. 모든 성공적인 범죄 수사는 벽을 뚫는 곳에 이르는 법이다. 우린 우리가 뭘 발견할지 몰라. 하지만 언제나 어딘가에 해답이 있지.

그는 창가로 가서 황혼을 바라보았다. 창틀을 통해 찬 바람이 들어왔고, 더욱 세진 바람에 가로등이 흔들리는 거리를 내려다보았다.

그는 뉘스트룀과 그의 아내를 생각했다. 일평생 그들은 가식적인 남자와 가깝게 지냈다.

그 사실이 드러나면 그들의 반응은 어떨까? 부정? 씁쓸? 경악?

그는 자리로 돌아가 앉았다. 이 같은 돌파구에 따른 첫 안도감은 종종 아주 빨리 사라졌다. 이제 가장 흔한 동기가 나타났다. 돈. 하지만 지금까지는 명확한 면을 가리키는, 보이지 않는 손가락이 없었다. 아직 살인자가 누구인지 몰랐다.

발란데르는 다시 한번 손목시계에 흘깃 시선을 던졌다. 서두르면 기차역 핫도그 매대까지 차를 몰고 가서 회의가 시작되기 전에 그것을 한 입 먹을 수 있을 터였다. 오늘도 식습관의 변화 없이 하루가 지나가고 있었다.

그가 막 재킷을 입으려는 참에 전화가 울렸다. 동시에 문을 노크하는 소리가 들렸다. 그가 전화기를 잡으며 소리치는 순간 재킷이 바닥에 떨어졌다. "들어와."

뤼드베리가 문가에 서 있었다. 그는 큰 비닐 봉투를 들고 있었다.

전화기에서는 에바의 목소리가 들렸다.

"TV 기자들이 당신과 얘기하고 싶어 해요." 그녀가 말했다.

그는 다시 미디어를 상대하기 전에 재빨리 뤼드베리와 이야기를 나누기로 결정했다.

"지금 회의 중이고 삼십 분은 걸릴 거라고 말해 줘요."

"확실해요?"

"뭐가 확실하다는 거죠?"

"삼십 분 후에 그들을 만날 거라는 게요? 스웨덴 TV는 계속 기다리는 걸 좋아하지 않아요. 그들은 자신들이 요구하면 모두가 무릎을 꿇을 거라고 생각하죠."

"난 그러지 않을 겁니다. 하지만 삼십 분 내로 그들을 만날 순 있을 겁니다."

그는 전화를 끊었다.

뤼드베리는 창가 옆 의자에 앉아 있었다. 그는 종이 냅킨으로 머리를 말리느라 바빴다.

"좋은 뉴스가 있습니다." 발란데르가 말했다.

뤼드베리 머리의 물기가 말라 가고 있었다.

"동기를 알아낸 것 같습니다. 돈이요. 뢰브그렌 부부와 가까이 지낸 사람들 가운데에서 범인을 찾아야 할 것 같습니다."

뤼드베리가 젖은 냅킨을 쓰레기통에 던졌다.

"끔찍한 하루였어." 그가 말했다. "좋은 뉴스야 환영이지."

발란데르는 라르스 헤르딘이라는 농부가 했던 말을 전하는 데 5분을 썼다. 뤼드베리는 바닥에 널린 유리 조각을 침울하게 응시했다.

"이상한 이야기군." 발란데르가 이야기를 마치자 뤼드베리가 말했다. "사실이라기엔 이상한 이야기야."

"사실인지 파악해 봐야죠." 발란데르가 말을 이었다. "누군가는 뢰브그렌이 집에 가끔 큰돈을 두었다는 걸 알았습니다. 그 동기가 이게 강도 사건이라는 걸 말해 주죠. 강도가 살인으로 발전한 겁니다. 만약 뢰브그렌에 대한 헤르딘의 말이 맞다면, 그가 대단히 인색한 사람이었다면, 그는 당연히 돈을 어디에 숨겼는지 말하길 거부했을 겁니다. 삶의 마지막이 된 날 밤 마리아 뢰브그렌은 무슨 일이 일어났는지도 모른 채 요하네스의 마지막 여행에 강제로 동반자가 돼야 했습니다. 그러니까 문제는 상당한 현금이 불규칙적으로 인출된다는 사실을 헤르딘 외에 누가 알고 있었느냐는 겁니다. 우리가 그 대답을 할 수 있다면 모든 것에 대답을 할 수 있을 겁니다."

뤼드베리는 발란데르가 말을 끝낸 뒤에도 생각에 잠긴 채 앉아 있었다.

"제가 놓친 게 있습니까?" 발란데르가 물었다.

"난 그녀가 죽기 전에 한 말을 생각 중일세." 뤼드베리가 말했다. "외국. 그리고 내가 이 봉투에 담아 온 걸 생각 중이야."

그가 자리에서 일어나 봉투에 담긴 내용물을 책상 위에 쏟았다. 한 무더기의 로프 조각들. 정교하게 매듭지어진 로프들.

"난 자네가 상상도 못 할 냄새를 풍기는 어떤 아파트에서 나이 든 돛 장인을 만났네." 뤼드베리가 얼굴을 찌푸리며 말했다. "아흔에 가까운 남자로, 사실상 노망이 든 거나 마찬가지인 사람이야. 사회복지사에게 연락해야 하는 게 아닌가 의구심이 들 정도였지. 그는 내가 자기 아들이 아닌지 혼란스러워하더군. 나중에 이웃 사람한테 들으니, 아들은 삼십 년 전에 죽었다더군. 어쨌든 그는 분명 매듭에 대해 모르는 게 없었어. 그 집에서 나왔을 땐 네 시간이 흘러 있었네. 이 로프들은 선물이지."

"알고 싶은 건 알아내셨습니까?"

"노인은 이 올가미를 보더니 매듭이 엉터리 같다고 했네. 그리고 이 엉터리 올가미에 대해 말하게 하는 데 세 시간이 걸렸어. 말하는 한동안은 졸기까지 했지."

뤼드베리는 로프 조각을 모아 가져왔을 때처럼 봉투에 모아 담았다. "깨고 나서는 자신의 뱃사람이었던 삶에 대해 얘기하더군. 그러더니 그 매듭을 아르헨티나에서 봤다는 거야. 아르헨티나 뱃사람들이 개의 목줄에 그 매듭을 썼다더군."

발란데르가 고개를 끄덕였다.

"그러니까 당신 말이 맞았군요. 그 매듭은 외국에서 쓰는 방식이었습니다. 이제 문제는 이 모든 게 헤르딘의 이야기와 어떻게 맞아떨어지느냐는 겁니다."

그들은 복도로 나가 뤼드베리는 자신의 사무실로, 발란데르는 그 프린트물을 보기 위해 마르틴손을 만나러 갔다. 그 프린트물은 스웨덴에서 범죄를 저지른 범죄자거나 용의자인, 외국 출생 시민들에 관한 완벽한 통계였다. 마르틴손이 노인과 연관된 폭행 건을 체크해 놓았다. 지난 12개월 동안 스코네에 혼자 사는 노인을 혼자서든 여럿이서든 폭행한 사건이 적어도 네 건 있었다. 하지만 마르틴손은 그들 모두가 교도소에 있다는 사실 또한 알아냈다. 그는 지금 살인 사건이 있었던 당일, 그들 중 누가 외출이 허락됐는지에 대한 통보를 기다리고 있었다.

서무과 지원이 발란데르의 사무실 바닥을 쓸기로 했기 때문에 그들은 뤼드베리의 사무실에서 회의를 했다. 발란데르의 전화가 거의 끊임없이 울렸지만 서무과 직원은 그 전화를 받지 않았다.

긴 회의였다. 모두가 라르스 헤르딘의 진술이 해결의 돌파구라는 데 동의했다. 이제 그들은 나아갈 방향을 잡았다. 동시에 그들은 룬나르프 주민들과의 인터뷰로 모은 모든 정보를 검토했고, 경찰에 제보한 사람과 그들이 보낸 설문에 응했던 사람들을 검토했다. 토요일 늦은 밤, 룬나르프에서 몇 킬로미터 떨어진 마을을 빠른 속도로 지나친 차 한 대가 특별한 주목을 끌었다. 새벽 3시에 예테보리로 향하던 트럭 운전사가 있었다. 그는 살인 사건에 대해 듣고 경찰에 전화했다. 확신하지는 못했지만 그는 다양한 차종의 사진을 보고 나서 그 차가 닛산인 것 같다고 말했다.

"렌터카를 잊지 마." 발란데르가 말했다. "요즘 사람들은 편한 걸 원해. 강도들은 훔치는 것만큼이나 자주 차를 빌리지."

회의가 끝났을 때는 이미 오후 6시였다. 발란데르는 동료 모두가 이제 의욕적이 되었다는 것을 알아차렸다. 라르스 헤르딘의 방문 이

후 눈에 보이는 낙관주의가 감돌았다.

그는 자신의 사무실로 가서 헤르딘과의 인터뷰 메모를 타이프로 정서했다. 한손이 헤르딘을 인터뷰했던 메모를 갖고 있어서 자신의 메모와 비교해 보았다. 그는 한눈에 라르스 헤르딘이 한 치의 머뭇거림도 없었다는 것을 알았다. 메모 내용은 양쪽 모두 동일했다.

7시가 막 지났을 때, 서류를 옆으로 치웠다. 그는 방송국 기자들이 다시 전화하지 않았다는 것을 깨달았다. 에바가 퇴근 전에 어떤 메시지를 남기지 않았는지 안내 데스크에 물었다.

대답한 여자는 임시직이었다. "여기엔 아무것도 없어요." 그녀가 말했다.

그는 구내식당으로 가 충동적으로 TV를 켰다. 지방 뉴스가 막 시작된 참이었다. 그는 테이블에 몸을 기댄 채 말뫼시 예산이 얼마나 부족한지에 대한 보도를 건성으로 보았다.

그는 스텐 비덴에 대해 생각했다. 그리고 전쟁 중에 나치에게 고기를 팔았던 뢰브그렌에 대해. 그는 자신에 대해 생각했고, 지나치게 나온 배에 대해 생각했다.

그가 TV를 끄려는 참에 여자 앵커가 룬나르프에서 일어난 살인 사건을 보도하기 시작했다. 위스타드 경찰이 신원이 확인되지 않은 외국인을 찾는 데 수사를 집중하고 있다는 언급에 그는 망연자실했다. '경찰은 범인이 외국인이라는 것을 확신하고 있다. 망명을 희망하는 난민 신청자도 배제할 수 없다.'

마침내 리포터가 발란데르를 언급했다. '믿을 만한 익명의 제보자에게서 얻은 이 정보에 대해서는, 거듭된 노력에도 불구하고 경찰 담

당자에게서 어떠한 코멘트도 들을 수 없었다.'

그 리포터는 위스타드 경찰서 앞에서 말하고 있었다. 이내 그녀가 사라지고 기상 리포터가 나타났다. 서쪽에서 악천후가 다가오고 있었다. 바람이 세질 테지만 눈은 내리지 않을 것이었다. 기온은 계속 영상에 머무를 것으로 예상되었다.

발란데르는 TV를 껐다. 그는 자신이 화가 났는지 단지 피곤한 것인지 마음을 정할 수가 없었다. 단지 배가 고픈 것이거나.

경찰서의 누군가가 정보를 누설했다. 어쩌면 요즘 사람들은 기밀을 넘기는 대가로 돈을 받을 터였다. 국영방송국이 비자금도 갖고 있을까?

누굴까? 그는 궁금했다. 자신을 제외한 누군가일 것이었다. 그리고 왜? 돈이 아니라면 무언가 다른 설명이 있을까? 인종 간의 증오? 난민에 대한 공포? 사무실을 향해 복도를 걸을 때 사무실에서 울리는 전화벨 소리가 들렸다.

긴 하루였다. 차를 몰고 집으로 돌아가 저녁 준비를 하고 싶었다. 그는 한숨을 쉬면서 자리에 앉아 전화기를 끌어당겼다. 이제 시작이야. TV에 보도된 내용을 부정하기. 나무 십자가 태우기가 재발하지 않길 기원하며.

6

밤사이 폭풍이 스코네를 가로질렀다. 쿠르트 발란데르는 사방이 어두워지고 조용해질 무렵 겨울바람이 지붕을 뜯을 때 위스키를 마시고 독일 음반 〈아이다〉를 들으며 어수선한 집에 앉아 있었다. 그는 창가로 가서 어둠을 내다보았다. 바람이 울부짖고 있었고, 어딘가에서 간판이 벽에 부딪고 있었다.

손목시계의 형광 시곗바늘이 새벽 2시 50분을 가리켰다. 아주 이상하게도 더 이상 피곤하지 않았다. 그가 경찰서에서 나온 것은 한밤중이 지나서였다. 마지막으로 전화를 걸어 온 사람은 이름을 밝히길 거부한 남자였다. 그는 이번만은 경찰이 민족주의자들의 움직임에 따라 외국인들을 국외로 추방해야 한다고 주장했다. 발란데르는 한동안 그 남자가 하는 말을 이해하려고 애썼다. 이내 그는 수화기를 내동댕이치고 안내 데스크에 전화해, 걸려 오는 전화를 통화대기하게 했다. 그는 사무실 불을 끄고 적막한 복도를 지나 차를 몰고 곧장 집으로 왔다. 현관문을 열 즈음 정보를 흘린 자를 찾아내기로 마음먹었다. 그것은 그의 일과 무관했다. 경찰 내부에서 갈등이 일어나면 그것은 경찰서장이 개입할 일이었다. 며칠 내로 비에르크는 겨울 휴가에서 돌아올 터였다. 그때 그가 그 건을 처리할 것이었다. 진실은 드러나리라.

하지만 발란데르는 첫 위스키 잔을 비웠을 때에야 비에르크가 아무 일도 하지 않으리라는 것을 깨달았다. 경찰 개개인이 침묵의 서약에 묶여 있다 해도 어느 경찰이 스웨덴 TV와 접촉해 사건 회의 내용을 말했다 한들 범법 행위로 간주될 일은 없을 것이었다. 스웨덴 TV가 비밀 정보원에게 대가를 지불했다는 것을 증명하기가 쉽지도 않을 것이었다. 발란데르는 단지 스웨덴 TV가 그들의 장부에 그러한 비용을 어떠한 명목으로 책정하는지 궁금할 뿐이었다. 그리고 어쨌든 비에르크는 살인 사건 수사 중 내부 충성에 관한 문제를 의문에 부치지 않으리라.

위스키 두 잔째를 마실 때쯤 그는 정보를 누출한 자가 누구였는지에 대한 걱정으로 돌아갔다. 자신을 빼고, 뤼드베리를 빼도 무방할 거라고 생각했다. 그렇긴 해도 왜 뤼드베리가 아니라는 것을 확신했을까? 다른 누구보다 그를 잘 알아서?

폭풍에 전기가 나간 것 같았다. 그는 어둠 속에 홀로 앉아 생각에 잠겼다. 살해된 부부에 대해, 라르스 헤르딘에 대해 생각했고, 올가미의 이상한 매듭에 대한 생각이 스텐 비덴과 모나, 린다와 나이를 먹어 가는 아버지에 대한 생각과 섞였다. 어둠 속 어딘가에서 어마어마한 허무가 손을 흔들고 있었다. 조소하는 듯한 얼굴이 그가 삶을 견뎌 내려 할 때마다 경멸적으로 웃어 댔다.

전기가 다시 들어왔을 때 그는 깨어났다. 그는 한 시간 넘게 잠들어 있었다. 레코드가 전축에서 여전히 돌고 있었다. 그는 잔을 비우고 침대로 가서 누웠다.

모나와 이야기해야 해. 그는 생각했다. 그동안 있었던 일들에 대해 모나와 이야기해야 해. 그리고 딸과도 이야기해야 해. 아버지 집에 가서 아버지를 위해 뭘 할 수 있는지도 알아봐야 해. 게다가 정말 살인자들을 잡지 않으면 안 돼······.

그는 다시 잠이 들었다. 전화가 울렸을 때 그는 자신이 사무실에 있다고 생각했다. 잠결에 전화기를 잡아챘다. 이 시간에 누구 전화일까? 그는 대답을 하며 그 사람이 모나이길 바랐다.

처음에 그는 전화선을 타고 들리는 남자의 목소리가 스텐 비덴 같다고 생각했다.

"자, 이제 사흘 남았어." 남자가 말했다.

"누구요?" 발란데르가 말했다.

"내가 누군진 중요하지 않아." 남자가 대답했다. "난 만 명의 구원자 중 하나야."

"난 모르는 사람과 얘기하지 않아." 잠이 확 달아난 발란데르가 말했다.

"끊지 마." 남자가 말했다. "외국인 범죄자들을 잡는 데 남은 시간은 이제 사흘뿐이야. 사흘. 더 이상은 없어."

"무슨 말을 하는지 모르겠군." 발란데르가 모르는 목소리에 불안을 느끼며 말했다.

"사흘 안에 살인자들을 잡고 놈들을 공개해." 남자가 말했다. "아니면 우리가 한다."

"한다니, 뭘? 그리고 '우리'가 누구야?"

"사흘이야. 그 이상은 안 돼. 사흘이 지나면 뭔가가 불탈 테니까."

연결이 끊겼다.

발란데르는 부엌으로 가 불을 켜고 테이블 앞에 앉았다. 그는 모나가 장보기 목록을 쓰곤 했던 낡은 수첩에 통화 내용을 적었다. 종이 맨 위에는 '빵'이라고 적혀 있었다. 그 아래에 모나가 적은 글씨들은 읽을 수가 없었다.

그의 경찰 경력에 익명의 위협 전화를 받은 것이 이번이 처음이 아니었다. 7년 전, 무고하게 공갈 폭행죄를 뒤집어썼다며 그에게 협박 편지를 보내고 한밤중에 전화를 걸어 괴롭힌 사내가 있었다. 결국 모나가 진저리를 내며 그에게 무언가 조치를 취하라고 강력하게 말했다. 발란데르는 스베드베리를 시켜 그에게 긴 옥살이를 하게 될 거라는 경고를 보냈다. 한번은 타이어가 펑크 난 적도 있었다.

하지만 이자의 메시지는 달랐다. 그는 '뭔가가 불탈 것'이라고 했다. 그것은 난민 캠프든 외국인이 소유한 집이든 레스토랑이든 어떤 것도 될 수가 있다는 것을 의미했다.

사흘. 72시간. 그것은 금요일이나 늦어도 13일 토요일을 뜻했다.

그는 다시 침대로 가서 누웠고, 자려고 노력했다. 바람이 집의 외벽에서 찢기고 갈라졌다. 다시 전화를 걸어 올 그자를 기다리며 잠을 잘 수 있을까?

그는 새벽 6시 30분에 경찰서로 돌아갔다. 당직 경찰과 몇 마디 말을 주고받으며, 적어도 폭풍이 몰아친 밤 동안에는 별일이 없었다는 것을 알았다. 위스타드 외곽에서 대형 트럭 한 대가 전복했고, 스코뷔에서 비계 몇 개가 쓰러졌다. 그것뿐이었다.

그는 커피를 타서 사무실로 갔다. 책상 서랍에 처박아 둔 오래된 전기면도기로 뺨에 자란 다박나룻을 밀었다. 그런 다음 조간신문을 가지러 나갔다. 신문을 자세히 들여다볼수록 짜증이 일었다. 어젯밤 늦게까지 여러 기자에게 전화상으로 전한 사실에도 불구하고 그들은 경찰이 시민권을 얻은 외국인에게 수사의 초점을 맞추고 있다는 것을 부정하는 기사를 모호하고 불완전하게 썼다. 그 사실을 마지못해 받아들인다는 듯한 논조였다.

그는 오후에 다시 한번 기자회견을 열어 수사 상황을 설명하기로 마음먹었다. 어젯밤에 받은 익명의 전화 협박에 대해서도 밝힐 생각이었다.

그는 책상 뒤의 책장에서 지역 내에 산재한 각종 난민 센터가 기록된 서류철을 꺼냈다. 위스타드에는 대규모 난민 센터뿐 아니라 관할 도처에 소규모 난민 센터가 널려 있었다.

하지만 위스타드 경찰서 관할 내 난민 캠프와 연결 지을 실질적인 위협을 증명할 게 무어란 말인가? 아무것도. 그 위협은 레스토랑이나 개인의 집에도 똑같이 적용될지 몰랐다. 예를 들면 위스타드에 얼마나 많은 피자 가게가 있는가? 열두 군데? 그 이상?

그가 확신하는 한 가지가 있었다. 그 위협을 진지하게 받아들여야 한다는 것. 작년에 스웨덴에 거주하는 외국인이나 망명을 요청하는 난민에게 공개적인 폭력을 쓰는 데 주저하지 않았던 잘 조직된 분파 때문에 많은 사건이 있었다는 게 그것을 증명했다.

그는 손목시계를 보았다. 7시 45분이었다. 수화기를 들고 뤼드베리의 집 전화번호의 다이얼을 돌렸다. 열 번의 신호음을 들은 후 그는 전화를 끊었다. 뤼드베리는 출근 중이었다.

마르틴손이 문가에서 머리를 들이밀었다.

"안녕하세요." 그가 말했다. "오늘 회의가 몇 시였죠?"

"열 시." 발란데르가 말했다.

"끔찍한 날씨 아닙니까?"

"눈만 내리지 않으면 돼. 바람은 감수할 수 있어."

뤼드베리를 기다리는 동안 그는 스텐 비덴이 준 쪽지를 찾았다. 헤르딘이 다녀간 후 그는 밤 동안 누군가가 말에게 건초를 주는 게 그리 드문 일은 아닐지도 모른다는 것을 깨달았다. 살인자가 요하네스와 마리아의 지인 혹은 그들의 가족이라면 그들은 당연히 말에 대해 알 터였다. 어쩌면 그들은 요하네스 뢰브그렌이 밤에 마구간에 가는 습관이 있다는 것도 알았을 것이었다.

발란데르는 비덴이 거기에 새로운 설명을 더해 줄지 모른다는 모호한 상상을 했다. 어쩌면 자신이 비덴에게 전화하는 진짜 이유는 그와 연락을 끊지 않기 위해서인지도 몰랐다. 1분 넘게 전화가 울리도록 내버려 두었는데도 아무도 전화를 받지 않았다. 그는 전화를 끊고 이따 다시 하기로 했다.

그는 뤼드베리가 오기 전에 걸길 원했던 또 한 통의 전화를 걸었다. 그 번호의 다이얼을 돌리고 기다렸다.

"검찰청입니다." 발랄한 여자 목소리가 대답했다.

"쿠르트 발란데르입니다. 오케손 있습니까?"

"부재중이세요. 잊으셨어요?"

그는 잊고 있었다. 페르 오케손 검사가 모 대학에서 수업을 듣는 중이라는 사실을 새까맣게 잊어버리고 있었다. 그리고 그들은 최근인 11월 말에 함께 저녁 식사를 했었다. "원하시면 그의 부관을 연결해 드릴게요." 안내원이 말했다.

"그렇게 해 주세요." 발란데르가 말했다.

놀랍게도 여자가 전화를 받았다. "아네테 브롤린입니다."

"검사님께 전할 말이 있는데요." 발란데르가 말했다.

"말씀하세요." 여자가 말했다. "뭐에 대한 거죠?"

발란데르는 자기소개를 하지 않았다는 것을 깨달았다. 그는 그녀에게 이름을 말하고 이어 말했다. "두 건의 살인에 관한 겁니다. 검사님께 설명을 해 두는 게 좋을 것 같다고 생각했습니다. 페르가 부재중이라는 걸 깜빡했죠."

"당신이 오늘 아침에 전화하지 않았다면 제가 전화했을 거예요." 여자가 말했다.

발란데르는 그녀의 목소리에서 비난의 톤을 감지했다. 피곤한 여자군. 경찰이 검사에게 어떻게 협력해야 하는지에 대해서 날 가르치겠다고?

"사실 할 얘기는 많지 않습니다." 그는 자신의 목소리가 약간 적대적으로 변했다는 것을 느끼며 그렇게 말했다.

"체포 단계인가요?"

"아니요. 현재 상황을 설명해 둘 생각입니다."

"좋아요. 열한 시에 제 사무실에서 뵐까요? 열 시 십오 분에 영장 신청 건이 있어요. 열한 시까지는 돌아올 거예요."

"저는 좀 늦을지도 모릅니다. 열 시에 회의가 있어서요. 길어질지 도 모릅니다."

"될 수 있으면 열한 시까지 오세요."

그녀가 전화를 끊었고, 그는 수화기를 든 채 앉아 있었다.

경찰과 검찰의 협력은 언제나 쉽지 않았다. 그러나 발란데르는 페르 오케손과 공고한 신뢰를 쌓은 허물없는 사이였다. 그들은 종종 서로에게 조언을 구하려고 전화했다. 그들은 보통 옳은 구속과 석방에 의견을 같이했다.

"빌어먹을." 그가 크게 소리 내어 말했다. "대체 아네테 브롤린이 라는 여자는 뭐 하는 여자야?"

바로 그때 복도를 절룩이는, 오해할 수 없는 뤼드베리의 발소리가 들렸다. 그가 문에서 머리를 디밀고 들어가도 되느냐고 물었다. 뤼드 베리는 유행이 지난 털 재킷을 입고 베레모를 쓰고 있었다. 그는 자리에 앉을 때 얼굴을 찌푸렸다.

"또 아픕니까?" 발란데르가 그의 다리를 가리키며 물었다.

"비가 올 땐 괜찮아." 뤼드베리가 말했다. "눈이 와도. 추워도. 하지만 이 빌어먹을 다리가 바람엔 못 견디네. 원하는 게 뭔가?"

발란데르는 그에게 밤에 받은 전화에 대해서 말했다.

"어떻게 생각하십니까?" 그가 이야기를 마치고 덧붙였다. "진지하게 받아들여야 합니까, 아닙니까?"

"진지하게. 적어도 우린 그게 사실이라고 생각하고 대처해야 해."

"저는 오늘 오후에 기자회견을 열 생각입니다. 현재의 수사 상황을 알리고 우리가 라르스 헤르딘의 증언에 수사의 초점을 맞추고 있다고 말할 생각입니다. 물론 그의 이름은 언급하지 않고요. 그러면서 협박에 대해 말할 겁니다. 이 사건에 연루된 외국인들에 관한 모든 소문은 근거가 없다고요."

"하지만 그건 정확한 사실은 아니지." 뤼드베리는 생각에 빠져 있었다.

"무슨 말씀입니까?"

"피해자가 남긴 말. 그리고 매듭은 아르헨티나에서 쓰는 방법일지 모른다는 것."

"뢰브그렌이 잘 아는 사람이 저지른 일일지도 모른다는 걸 강도와 어떻게 연관 지으실 생각입니까?"

"아직 몰라. 곧 추정할 수 있겠지. 아닌가?"

"잠정적으로는요." 발란데르가 말했다. "경찰이라면 모두 나중에 그 추정을 버리거나 그 추정을 발전시켜 결론을 내리죠."

뤼드베리가 아픈 다리를 옮겼다.

"정보 누설 건은 어쩔 셈인가?" 그가 물었다.

"회의 시간에 지랄을 할 생각입니다." 발란데르가 말했다. "그럼 비에르크가 돌아와서 처리하겠죠."

"그가 그럴까?"

"아니요."

"맞아."

발란데르가 양팔을 넓게 펼쳤다.

"지금 그 사실을 받아들이는 편이 낫죠. 방송국에 정보를 누설한 녀석은 조심할 겁니다. 그건 그렇고, 스웨덴 텔레비전이 정보 제공을 대가로 경찰한테 얼마나 줄까요?"

"꽤 많이 주겠지." 뤼드베리가 말했다. "그게 그들이 다른 좋은 프로그램을 못 만드는 이유야."

그가 의자에서 몸을 일으켰다.

"이걸 잊지 말게." 그가 문틀을 잡고 몸을 지탱하며 말했다. "정보를 판 경찰은 다시 판다는 걸."

"그게 무슨 뜻입니까?"

"녀석은 우리 단서 중 하나가 외국인을 가리키고 있다고 주장할지도 몰라. 어쨌든 그게 사실이고."

"그건 단서도 아닙니다." 발란데르가 말했다. "죽어 가는 여자가 죽기 전에 남긴 분명치 않은 말이죠."

뤼드베리가 어깨를 으쓱했다.

"마음대로 생각하게." 그가 말했다. "이따 보세."

회의는 최악의 상태에 빠졌다. 발란데르는 정보 유출과 그 유출이 미치는 결과에 대해 말하기로 마음먹었다. 자신이 받은 익명의 전화에 대해 말한 다음 사흘이라는 기한 전에 어떤 조치를 취해야 할지 의견을 모을 생각이었다. 하지만 그가 이 자리에 아마도 돈 때문에 경찰 정보를 넘길 만큼 불충한 사람이 있다며 격분해서 말했을 때, 그에 못지않게 맹렬한 저항에 부딪혔다. 몇몇 사람은 그 정보가 병원에서 샜을 거라고 말했다. 노부인이 마지막 말을 내뱉었을 때 의사나

간호사들이 전하지 않았겠느냐고.

발란데르는 그들의 이의를 반박하려고 애썼지만 그들은 끝까지 저항했다. 결국 수사를 위해 그가 그 논쟁을 마무리했을 때는 뚱한 분위기가 회의를 잠식했다. 어제의 낙관주의가 처지고 느슨한 분위기로 대체되었다. 발란데르는 잘못된 걸음을 내디뎠다.

트럭 운전사와 충돌할 뻔했던 그 차의 소유주를 파악하려는 노력은 아무런 결과도 얻지 못했다. 추가 인원이 이 건에 배치되었다.

라르스 헤르딘의 과거사에 대한 조사는 계속되고 있었다. 첫 번째 조사로 드러난 것 중에는 주목할 만한 게 없었다. 그에게는 전과가 없었고, 눈에 띄는 빚도 없었다.

"우린 이 남자를 진공청소기로 훑어야 해." 발란데르가 말했다. "알아야 할 게 있다면 모조리 알아야 해. 난 지금 검사를 만나러 갈 거야. 은행에 가져갈 영장을 청구할 생각이야."

페테르스가 그날의 가장 큰 뉴스를 가져왔다.

"뢰브그렌은 두 군데에 귀중품 보관 박스를 가지고 있었습니다." 그가 말했다. "유니언 은행에 하나, 머천트뱅크에 하나. 그의 열쇠고리에 있는 열쇠들을 조사했죠."

"잘했군." 발란데르가 말했다. "검사를 만난 후에 그것들을 확인해 보자고."

뢰브그렌의 가족, 친구들 그리고 친척들의 체크가 이어졌다.

뤼드베리가 오후 3시에 말뫼의 공항 터미널에 도착 예정인, 캐나다에 사는 딸을 맡기로 결정되었다.

"다른 딸은 어디 있지?" 발란데르가 물었다. "핸드볼 코치는?"

"그 여자는 이미 도착했어." 스베드베리가 말했다. "친척 집에 머무르고 있지."

"자네가 가서 그 여잘 만나 봐." 발란데르가 말했다. "돌파구가 될 만한 또 다른 제보는 없나? 그건 그렇고, 딸 중 누구에게 벽시계가 주어졌는지 물어들 보세요."

마르틴손이 모든 제보를 검토했었다. 경찰이 알게 된 모든 것은 컴퓨터에 저장되었다. 그리고 그가 그것들을 대충 분류했다. 어처구니없는 제보들은 제외되었다.

"훌다 윙베손이 발뷔에서 전화해 결정타를 가한 신의 손이 못마땅하다더군요." 마르틴손이 말했다.

"그 여잔 늘 전화해 대지." 뤼드베리가 한숨을 쉬었다. "송아지가 도망치면 신의 심기가 불편한 뜻이라나."

"저는 그 여자를 CF 리스트에 넣었습니다." 마르틴손이 말했다.

마르틴손이 CF가 '미친 바보들crazy fools'을 뜻한다고 설명했을 때 뚱한 분위기가 조금은 풀어졌다.

즉각적인 관심을 끌 만한 제보는 없었다. 그렇더라도 모든 게 확인되었다. 마침내 크리스티안스타드에 있는 요하네스 뢰브그렌의 정부와 둘의 자식에 관한 건이 남았다.

발란데르는 사무실을 둘러보았다. 좀처럼 자신을 드러내지 않는, 일 처리가 꼼꼼하고 믿을 만한 서른 살의 베테랑, 토마스 네슬룬드가 구석 자리에 앉아 아랫입술을 잡아당기며 경청하고 있었다.

"자넨 나와 같이 가세." 발란데르가 말했다. "그 전에 좀 알아볼 게 있네. 헤르딘에게 전화해서 크리스티안스타드에 사는 여자에 대해 모조리 알아봐. 그리고 물론 그 아이에 대해서도."

기자회견은 오후 4시로 정해졌다. 발란데르와 네슬룬드는 그때까지 크리스티안스타드에서 돌아올 수 있길 바랐다. 뤼드베리는 그들이 늦는다면 자신이 기자회견을 주재한다는 데 동의했다.

"기자회견 원고는 제가 쓰겠습니다." 발란데르가 말했다. "더 할 얘기가 없다면 이만 끝내지."

경찰서 건물 내에 있는 페르 오케손의 사무실 문을 노크한 때는 오전 11시 25분이었다. 문을 열어 준 여자는 매우 젊고 굉장히 매력적이었다. 발란데르는 그녀를 응시했다.

"충분히 보셨나요?" 그녀가 말했다. "삼십 분 늦으셨군요."

"회의가 길어질지도 모른다고 말하지 않았습니까."

그는 그 사무실을 거의 알아보지 못했다. 페르 오케손의 살풍경하고 소박했던 공간에 예쁜 커튼이 달리고 벽 주위에는 화분이 놓여 있었다.

그의 눈이 책상 뒤에 앉는 그녀를 좇았다. 그녀는 채 서른 살이 되어 보이지 않았다. 한눈에 보기에도 질이 좋아 보이는, 의심할 나위 없이 비싼 진갈색 정장을 입고 있었다.

"앉으세요." 그녀가 말했다. "어쨌든 악수는 해야겠죠. 저는 오케손 검사님이 부재중인 동안 그분의 자리를 대신할 거예요. 그러니 한동안은 같이 일해야겠죠."

그는 손을 내밂과 동시에 그녀가 결혼반지를 끼고 있다는 것을 알아차렸다. 놀랍게도 그는 자신이 실망감을 느꼈다는 것을 깨달았다.

진갈색 짧은 머리가 얼굴을 감싸고 있었고, 탈색한 머리 한 타래가 한쪽 귀 옆에서 웨이브져 있었다.

"위스타드에 온 걸 환영합니다." 그가 말했다. "페르가 부재중이란 걸 자주 까먹는다는 걸 인정해야겠군요."

"서로 이름으로 부르기로 해요. 저는 아네테예요."

"쿠르트입니다. 위스타드는 마음에 드십니까?"

그녀가 그 물음에 퉁명스럽게 대답했다. "아직 모르겠어요. 스톡홀름 사람이라면 스코네의 느긋한 속도에 적응하는 게 분명 쉽지 않을 거예요."

"느긋이요?"

"당신은 삼십 분 늦었어요."

발란데르는 슬슬 화가 나기 시작했다. 도발하는 걸까? 회의가 길어질지도 모른다는 말이 이해가 가지 않는 걸까? 스코네 사람이라면 모두 느긋하다고 여기는 걸까?

"난 스코네 사람들이 여느 사람보다 느긋하다고 생각하지 않습니다." 그가 말했다. "스톡홀름 사람들이 모두 거만하지 않듯이. 그렇겠죠?"

"뭐라고요?"

"됐습니다."

그녀가 의자에 몸을 기댔다. 그는 그녀를 보기가 불편했다.

"그 사건을 요약해 주세요." 그녀가 말했다.

발란데르는 가능한 한 간결하게 말하려고 애썼다. 의도와 상관없이 그는 자신이 방어적인 위치에 놓였다는 것을 알았다. 경찰 측의 정보 누설에 관한 언급은 피했다. 그녀는 몇 가지 간단한 질문을 했고, 그는 대답했다. 젊은데도 불구하고 그녀가 전문적인 경험이 있다는 것을 알 수 있었다.

"우린 뢰브그렌의 은행 입출금 내역을 확인해야 합니다." 그가 말했다. "열어 보고 싶은 귀중품 보관 박스 두 개도 있고."

그녀는 그가 필요한 서류를 작성했다.

"이걸 판사에게도 보여야 합니까?" 그녀가 발란데르에게 서류를 내밀 때 그가 물었다.

"그건 나중에 하죠." 그녀가 말했다. "그리고 수사 자료의 모든 복사본을 받아 볼 수 있다면 고맙겠어요."

그가 고개를 끄덕이고 나가려고 자리에서 일어났다.

"신문에 난 이 기사 말이에요." 그녀가 물었다. "외국인들이 연루되었을 가능성이 있는 건가요?"

"루머입니다. 그게 어떤 건지 알잖습니까."

"내가요?" 그녀가 물었다.

그는 사무실을 나설 때 자신이 땀을 흘리고 있다는 것을 알았다. 대단한 여자군. 그는 생각했다. 어떻게 저런 사람이 검사가 될 수 있지? 삼류 사기꾼이나 잡고 거리를 깨끗하게 유지하기 위해 삶을 바치겠다?

그는 다음에 뭘 해야 할지 결정할 수가 없어서 경찰서 안내 데스크 앞에 멈춰 섰다. 식사. 그는 결정했다. 지금 뭐라도 먹지 않으면 먹을 새가 없을 거야. 점심을 먹으면서 기자회견 원고를 쓸 수 있겠지.

그가 경찰서 밖으로 걸어 나갔을 때는 기분이 거의 가라앉아 있었다. 폭풍은 사그라들지 않았다.

그는 차를 몰고 집으로 가 간단한 샐러드를 만들 생각이었다. 종일 아무것도 먹지 않았는데도 위가 더부룩하고 무거웠다. 하지만 집에 가는 대신 그는 광장에 있는 혼파이퍼라는 레스토랑의 유혹에 굴복했다. 오늘도 심각한 식습관에 태클을 걸지 않을 생각이었다.

그는 12시 45분에 경찰서로 돌아왔다. 또 너무 빨리 먹는 바람에 설사가 나서 화장실에 갔다. 위가 어느 정도 안정되었을 때 서기 중한 명에게 기자회견 원고를 건네고 네슬룬드의 방으로 향했다.

"헤르딘과 연락이 안 됩니다." 네슬룬드가 말했다. "그는 푈레달렌에 있는 자연보호 단체와 겨울 하이킹 중입니다."

"그럼 우리가 차를 가지고 가서 그를 찾아봐야겠지." 발란데르가 말했다.

"그러는 게 낫겠다고 생각했습니다. 그럼 경위님은 귀중품 보관소를 체크하십시오. 그 여자와 아이와 관련된 모든 게 그토록 비밀이었다면 잠긴 그곳에 뭔가가 있을 겁니다. 그러니까, 우린 그런 식으로 시간을 벌충해야 할 겁니다."

발란데르가 끄덕였다. 네슬룬드가 옳았다. 그는 문가에서 황소처럼 달려 나갈 기세였다.

"오케이, 그게 우리가 할 일이야." 그가 말했다. "오늘 그를 만나지 못하면 내일 아침 우리가 크리스티안스타드로 가야 할 거야."

그는 차를 타고 은행으로 가기 전에 한 번 더 스텐 비덴에게 전화를 걸었다. 이번에도 답이 없었다.

그는 안내 데스크에 있는 에바에게 그 번호를 주었다.

"알아봐 줘요." 그가 말했다. "이 번호가 옳은 번호인지 체크해 줘요. 스텐 비덴이라는 이름으로 등록돼 있는지요. 아니면 내가 모르는 이름의 마사로 되어 있는지."

"아마 한손이 알 거예요." 에바가 말했다.

"난 경주마를 말한 겁니다. 트로트 경주마가 아니라."

"ㄱ라면 온갖 데 다 걸겠요." 에바가 웃으며 말했다.

"유니언 은행에 있을 테니까 급한 일이 생기면 알려 줘요." 발란데르가 말했다.

그는 광장의 서점 맞은편에 주차했다. 강력한 바람이 주차기에 돈을 넣은 후 뽑은 주차 티켓을 날려 버릴 뻔했다. 도시가 유기된 것처럼 보였다. 바람이 사람들을 건물 안에 가둬 두었다.

그는 광장 주변의 전자 제품 매장 앞에 멈춰 섰다. 외로운 밤을 타개할 일환으로 비디오를 살지 고민 중이었다. 가격을 보고 이번 달에 살 여유가 되는지 계산해 보았다. 아니면 대신 새 스테레오에 투자해야 할까? 어쨌든 잠이 오지 않아 누워서 뒤척일 때 의지가 되는 것은 음악이었다.

그는 유리창에서 몸을 떼고 중국 레스토랑이 있는 데까지 걸어갔다. 유니언 은행은 바로 그 옆에 있었다. 유리문을 열고 들어간 작은 로비에는 고객이 한 사람뿐이었다. 보청기를 낀 농부가 높은 이자율에 대해 새된 목소리로 불평을 늘어놓는 중이었다. 왼쪽의 사무실 문이 열려 있었다. 사무실 안의 남자는 컴퓨터 스크린을 뚫어지게 보고 앉아 있었다. 발란데르는 그곳이 자신이 가야 할 곳이라고 추측했다.

발란데르가 문가에 나타나자 남자는 그가 은행 강도라도 된다는 양 재빨리 고개를 들었다. 발란데르는 사무실 안으로 들어가 자기소개를 했다.

"저희로서는 이번 일에 매우 유감입니다." 남자가 말했다. "제가 이 은행에 근무하는 동안 우린 경찰과 어떤 마찰도 없었죠."

발란데르는 남자의 태도에 곧 짜증이 났다. 스웨덴은 사람들이 그 무엇보다 성가신 것을 싫어하는 것처럼 보이는 나라로 바뀌어 버렸다. 틀에 박힌 일상보다 신성시되는 것은 없었다.

"어쩔 수 없군요." 발란데르는 아네테 브롤린이 작성한 서류를 건네며 그렇게 말했다. 남자는 주의 깊게 그것들을 읽었다.

"이게 정말 필요한 일입니까?" 그가 물었다. "귀중품 보관 박스의 중요한 점은 사찰로부터 보호된다는 것입니다."

"네, 필요한 일입니다." 발란데르가 말했다. "그리고 오래 걸리지 않을 겁니다."

한숨을 내쉬며 남자가 책상에서 일어섰다. 발란데르는 그가 이 방문을 준비했다는 것을 알았다. 그들은 바가 설치된 문을 통과해 귀중품 보관소로 들어갔다. 뢰브그렌의 박스는 한 귀퉁이의 바닥에 있었다. 발란데르는 꺼낸 박스를 테이블 위에 놓았다. 그는 덮개를 들어 올리고 내용물을 살피기 시작했다. 거기에는 장례 방식에 관한 서류들과 룬나르프의 농장 권리 증서, 오래된 사진들과 옛 우표가 붙은 바랜 봉투가 있었다. 그것뿐이었다.

아무것도 없군. 그는 생각했다. 기대했던 건 아무것도 없어.

남자가 한쪽에서 그를 지켜보고 서 있었다. 발란데르는 장례 문서에 있는 이름들과 부동산 권리 증서의 번호를 적었다. 그리고 박스를 닫았다.

"됐습니까?"

"당장은요." 발란데르가 말했다. "이제 뢰브그렌의 이 은행 계좌를 보고 싶습니다."

귀중품 보관소를 나서다가 그에게 뭔가가 떠올랐다. "뢰브그렌 외에 그의 박스를 열 수 있는 사람이 있었습니까?" 그가 물었다.

"아니요." 지점장이 대답했다.

"그가 최근에 그 박스를 열었습니까?"

"명부를 체크해 봤는데, 그가 마지막으로 박스를 연 지 수년이 지났습니다."

두 사람이 로비로 돌아왔을 때에도 그 농부는 여전히 투덜대고 있었다. 그는 곡물 가격이 떨어지는 것에 대해 장광설을 늘어놓기 시작했다.

"제 사무실에 모든 정보가 있습니다." 남자가 말했다.

발란데르는 그의 책상 옆에 앉아서 프린트물 두 장을 훑어보았다. 요하네스 뢰브그렌의 계좌는 네 개였다. 마리아 뢰브그렌은 그중 두 계좌의 공동 서명자였다. 이 두 계좌의 총액은 9만 크로나였다. 이 두 계좌에는 오랫동안 손을 대지 않았다. 지난 며칠간 그 계좌에 이자가 지급되었다. 세 번째 계좌는 뢰브그렌이 현역 농부였던 시절에 남긴 것이었다. 잔고는 132크로나 97외레였다.

하나가 더 남았다. 그것의 잔고는 거의 1백만 크로나였다. 거기에 마리아 뢰브그렌은 서명하지 않았다. 1월 1일에 그 계좌에 9만 크로나 이상의 이자가 지급되었다. 1월 4일에 뢰브그렌은 2만7천 크로나를 인출했다. 발란데르는 책상에 앉은 남자를 올려다보았다.

"이 계좌의 내역을 언제까지 역추적할 수 있습니까?"

"이론적으로는 십 년이요. 하지만 그건 물론 시간이 좀 걸릴 겁니다. 컴퓨터를 조사해야 할 테죠."

"작년부터 시작합시다. 1989년 한 해 이 계좌의 모든 내역을 보고 싶습니다."

책임자는 자리에서 일어나 방에서 나갔다. 발란데르는 다른 서류들을 살피기 시작했다. 요하네스 뢰브그렌은 은행이 관리하는 이런저런 펀드에 7십만 크로나에 가까운 돈이 있었다.

지금까지는 헤르딘의 이야기가 신빙성이 있어 보이는군. 그는 생각했다.

그는 자신의 이웃에게 돈 한 푼 없었다고 한 뉘스트룀과의 대화를 떠올렸다. 그것이 그가 자신의 이웃에 대해 아는 정도였다.

5분쯤 후에 남자가 로비에서 돌아왔다. 그는 발란데르에게 또 다른 프린트물을 건넸다. 1989년에 뢰브그렌은 세 번에 걸쳐 총 7만8천 크로나를 인출했다. 1월과 7월과 9월이었다.

"이 서류들을 가져가도 됩니까?" 그가 물었다.

남자가 끄덕였다.

"지난번에 요하네스 뢰브그렌에게 돈을 내준 직원과 이야기를 나누고 싶습니다." 그가 말했다.

"브리타레나 보덴요." 남자가 말했다.

사무실에 들어온 여자는 매우 젊었다. 발란데르는 그녀가 채 스무

살이 되지 않았을 거라고 생각했다.

"그녀가 모든 내용을 알 겁니다." 남자가 말했다.

발란데르는 끄덕이고 자기소개를 했다. "아는 걸 말해 주십시오."

"아주 큰돈이었어요." 젊은 여자가 말했다. "그렇지 않으면 기억하지 못했을 거예요."

"그가 불안해 보였습니까? 초조해하거나?"

"제 기억으로 아니에요."

"그 돈을 어떤 식으로 원했습니까?"

"천 크로나 지폐로요."

"천으로만?"

"얼마는 오백짜리로도 가져가셨어요."

"그가 돈을 어디에 넣었습니까?"

젊은 여자는 기억력이 뛰어났다.

"갈색 서류 가방에요. 끈이 달린 구식 가방이요."

"그걸 다시 본다면 알아보시겠습니까?"

"아마도요. 손잡이가 닳아 있었어요."

"닳았다는 게 어떤 거죠?"

"가죽이 갈라져 있었어요."

발란데르는 끄덕였다. 여자의 기억은 훌륭했다. "기억나는 게 또 있습니까?"

"그분은 돈을 챙긴 다음 가셨어요."

"그리고 혼자였고요?"

"네."

"밖에서 그를 기다리고 있었다든가 한 사람은 없었습니까?"

"창구에서는 밖이 보이지 않아요."

"그게 몇 시였는지 기억하십니까?"

여자는 대답하기 전에 생각을 더듬었다. "저는 그 후에 곧바로 점심을 먹으러 갔어요. 정오쯤이었어요."

"큰 도움이 되었습니다. 그 밖에 기억나는 게 더 있으면 알려 주십시오."

발란데르는 자리에서 일어나 로비로 갔다. 그는 잠시 멈춰 서서 주위를 둘러보았다. 젊은 여자의 말이 옳았다. 창구에서는 바깥 거리에서 누가 기다리든 보는 게 불가능했다.

그 농부가 가고 새 고객이 들어왔다. 외국어로 말하고 있는 누군가가 창구 중 한 군데에서 환전을 하고 있었다.

그는 밖으로 나갔다. 머천트뱅크는 함가탄 가까이에 있었다.

훨씬 더 친절한 지점장이 그를 지하의 귀중품 보관소로 안내했다. 발란데르는 강철 박스를 연 순간 실망했다. 박스는 비어 있었다. 이 귀중품 박스 역시 요하네스 뢰브그렌 말고는 아무도 접근할 수 없었다. 그는 그것을 1962년에 빌렸다.

"그가 마지막으로 온 게 언젭니까?" 발란데르가 물었다. 그 대답이 그를 놀라게 했다.

"일월 사일이요." 지점장이 방명록을 보고 대답했다. "정확히 오후 한 시 십오 분. 이십 분간 머물렀습니다."

하지만 발란데르가 뢰브그렌이 은행을 나섰을 때 무언가를 들고 있었는지 은행 직원 모두에게 물었을 때 아무도 그것을 기억하지 못했다. 그가 서류 가방을 들고 있었는지 아무도 기억하지 못했다. 기억하는 사람은 유니언 은행의 그 젊은 여자뿐이군. 그는 생각했다. 모든 은행이 그 여자 같은 사람을 채용해야 했다.

발란데르는 다시 바람이 휘몰아치는 거리로 나가 프리돌프 카페에서 커피 한 잔을 시키고 시나몬 빵을 먹었다.

정오에서 한 시 십오 분 사이에 뢰브그렌이 한 일이 궁금하군. 그는 생각했다. 첫 번째 은행과 두 번째 은행 방문 사이에 그는 뭘 했을까? 그리고 어떻게 위스타드로 왔지? 어떻게 돌아갔을까? 그는 차를 갖고 있지 않았다.

그는 수첩을 꺼내 그것으로 테이블에서 빵 부스러기를 쓸어 내렸다. 한 시간 반 후 그는 가능한 한 빨리 답을 얻어야 할 질문들의 개요를 작성했다.

차로 돌아가는 길에 남성용 옷집에 들러 양말 한 켤레를 샀다. 가격에 충격을 받았지만 군말 없이 돈을 지불했다. 모나가 늘 자신의 옷을 샀었다. 그는 자신이 마지막으로 양말을 산 게 언제인지 기억해 보려 했다.

차로 돌아왔을 때 와이퍼 밑에 끼워져 있는 주차 티켓을 발견했다. 내가 그 돈을 내지 않으면 그들은 결국 나에 대한 법적 절차를 밟겠지. 그는 생각했다. 그럼 검사 대리인 브롤린이 날 강제로 법정에 세우고 비난하리라.

그는 그 티켓을 사물함에 던지고 그녀가 얼마나 멋진지 다시금 생각했다. 예쁘고 매력적이야. 이내 그는 방금 먹은 그 빵bun 엉덩이라는 뜻이 있다이 생각났다.

네슬룬드가 전화를 걸어 온 것은 3시 조금 못 돼서였다. 그때 발란데르는 크리스티안스타드로 가는 것을 미루기로 결정했다.

"저는 흠뻑 젖었습니다." 네슬룬드가 말했다. "헤르딘 뒤를 쫓아 진흙탕투성이인 필레달렌 일대를 온통 걸어다녔죠."

"그를 철저히 캐." 발란데르가 말했다. "약간의 압박을 가하라고. 그가 아는 모든 걸 알고 싶으니까."

"그를 연행해야 합니까?" 네슬룬드가 물었다.

"그의 집으로 가게. 어쩌면 그는 자신의 집 부엌 식탁에서는 더 많은 얘기를 편하게 할지도 몰라."

기자회견은 4시에 시작되었다. 발란데르는 뤼드베리를 보았지만 아무도 그가 거기에 있는지 알지 못했다.

회견실은 가득 찼다. 발란데르는 지역 라디오 방송국 기자가 자리에 있는 것을 보았고, 린다에 대해서 그녀가 정말 아는 게 무엇인지 알아내겠다고 마음먹었다.

그는 위가 뒤틀리는 것을 느꼈다. 난 많은 걸 억누르고 있어. 그는 생각했다. 해야 할 다른 모든 것들과 마찬가지로 나에겐 시간이 없어. 난 죽은 자를 위해 살인자를 찾는 중이고 산 자에게는 신경 쓸 여유조차 없어. 뒤숭숭한 순간에 그의 의식은 온통 단 한 가지 욕구에 차 있었다. 벗어나기. 달아나기. 사라지기. 새 삶을 시작하기.

그는 작은 단상에 올라서서 기자회견장에 온 기자들에게 환영의 인사를 던졌다.

한 시간도 채 못 되어 기자회견은 끝났다. 발란데르는 경찰이 살인자와 관련해 외국인을 찾고 있다는 모든 소문을 꽤 잘 발뺌했다고 생각했다. 자신에게 두통거리를 안겨 줄 어떤 질문도 받지 않았다. 그는 단상을 내려오면서 만족을 느꼈다.

지역 라디오 방송국에서 온 젊은 여자는 그가 텔레비전 방송국과 인터뷰하는 동안 기다렸다. 언제나처럼 TV 카메라가 얼굴을 비추자 그는 긴장했고 말을 더듬었다. 하지만 텔레비전 방송국 기자는 만족해하며 재촬영을 요구하지 않았다.

"당신들은 더 나은 정보 제공자를 구해야 할 겁니다." 인터뷰가 끝났을 때 발란데르가 말했다.

"그래야 할 것 같군요." 기자가 웃으며 대답했다.

TV 방송국 스태프들이 떠났을 때, 발란데르는 지역 라디오 방송국에서 온 젊은 여자에게 자신의 사무실로 가자고 제안했다.

그는 카메라 앞보다 무선 마이크 앞에서 덜 긴장했다. 그녀는 인터뷰를 마치고 녹음기를 껐다. 발란데르가 린다에 관한 이야기를 꺼낼 참에 뤼드베리가 문을 노크하며 안으로 들어왔다.

"거의 다 끝났습니다." 발란데르가 말했다.

"다 끝났어요." 젊은 여자가 그렇게 말하며 자리에서 일어났다.

맥이 빠진 발란데르는 그녀가 나가는 모습을 지켜보았다. 그는 린다에 관해 한마디도 꺼내지 못했다.

"더 큰 골칫거리가 생겼네." 뤼드베리가 말했다. "이곳 위스타드에 있는 난민 캠프에서 전화가 왔어. 난민 캠프 마당에 차를 타고 난입한 누군가가 썩은 순무 포대를 던져 레바논 난민 노인의 머리를 맞혔다는군."

"빌어먹을." 발란데르가 말했다. "어떻게 됐습니까?"

"노인은 병원에서 붕대를 감고 있는 중이네. 하지만 감독관이 불안해해."

"그들이 자동차 번호를 봤습니까?"

"모든 게 너무 빨리 일어났어."

발란데르는 잠시 생각에 빠졌다.

"당장은 특별한 조치를 취하지 말죠." 그가 말했다. "모든 조간에 외국인이 살인자라는 것에 대한 강한 부정이 있을 겁니다. 오늘 밤 TV에서도 그럴 거고요. 그리고 우린 모든 게 가라앉길 바라야죠. 난민 캠프에 야간 순찰을 돌라고 하죠."

"그렇게 전하겠네." 뤼드베리가 말했다.

"그 후에 함께 정보를 정리하죠." 발란데르가 말했다.

8시 30분이었다. 발란데르와 뤼드베리가 정보 정리를 마친 때는.

"어떻게 생각하십니까?" 두 사람이 서류를 정리할 때 발란데르가 물었다.

뤼드베리가 이마를 긁었다. "이 헤르딘의 정보가 유용한 건 확실해. 우리가 그 미지의 여자와 아들을 찾을 수 있다면. 그렇게 되면 해결책이 가까이 있다는 걸 시사하는 게 많아. 우리가 알아차릴 수 없을 만큼 가까이에. 하지만 동시에……." 뤼드베리가 말을 멈췄다.

"동시에요?"

"모르겠어." 뤼드베리가 말을 이었다. "이 모든 것에 이상한 뭔가가 있네. 특히 그 올가미. 그게 뭔지 모르겠어."

그는 어깨를 으쓱하고 자리에서 일어섰다. "내일 계속하지." 그가 말했다.

"뢰브그렌의 집에서 갈색 서류 가방을 보신 기억이 있습니까?" 발란데르가 물었다.

뤼드베리는 머리를 저었다.

"기억나는 게 없는데." 그가 말했다. "하지만 옷장 밖으로 쏟아져 나온 온갖 잡동사니들이 있었지. 왜 노인들은 그런 잡동사니들을 끌어안고 살까?"

"내일 아침에 낡은 갈색 서류 가방을 찾아보도록 누군가를 보내겠습니다. 손잡이 가죽이 갈라진 서류 가방이요."

뤼드베리가 나갔다. 발란데르는 뤼드베리의 다리가 그를 매우 고통스럽게 하는 것을 볼 수 있었다. 그는 에바가 스텐 비덴과 연락이 닿았는지 알아봐야 했다. 하지만 신경 쓰지 않았다. 대신 부서 책자에서 아네테 브롤린의 집 주소를 찾아보았다. 놀랍게도 그녀가 자신의 이웃이나 마찬가지라는 사실을 알게 되었다.

저녁이나 같이하자고 할까. 그는 생각했다. 이내 그녀가 결혼반지를 끼고 있던 것이 생각났다.

그는 폭풍을 뚫고 집으로 가 욕조에 몸을 담갔다. 그리고 침대에 누워 주세페 베르디의 전기를 휙휙 넘겨 보았다.

그는 몇 시간 뒤에 불현듯 잠에서 깨었다. 추웠기 때문에. 손목시계가 거의 자정을 가리키고 있었다. 허탈했다. 이제 불면의 밤을 보내야 하리라. 허탈함에 쫓겨 옷을 입었다. 사무실에서 남은 밤의 몇 시간을 보내는 게 나을 것 같았다.

밖으로 나오자 바람이 잠잠해져 있었다. 다시 추워지고 있었다. 눈. 그는 생각했다. 이제 곧 내리겠군.

그는 외스텔레덴으로 향했다. 택시 한 대가 반대쪽을 향하는 중이었다. 빈 거리를 천천히 달렸다. 충동적으로 도시 서쪽에 있는 난민 캠프를 지나쳐 가자고 결정했다.

캠프는 휑한 벌판에 오두막들이 길게 늘어선 형태였다. 투광조명이 녹색 칠이 된 건물들을 비추고 있었다. 그는 주차장에 차를 세우고 차에서 내렸다. 멀지 않은 해변에서 파도가 부서지고 있었다.

그는 캠프를 보았다. 펜스 때문에 강제수용소처럼 보이는군. 그는 생각했다. 그가 막 차에 다시 탔을 때 희미하게 유리가 깨지는 소리가 들렸다. 다음 순간 둔탁하게 쿵 하는 소리가 들렸다.

이내 오두막 중 하나에서 불꽃이 치솟았다.

7

그는 겨울밤 급속히 번지는 불꽃을 망연자실하게 바라보며 거기에 얼마나 오랫동안 서 있었는지 깨닫지 못했다. 아마 몇 분쯤, 어쩌면 겨우 몇 초쯤일까. 하지만 간신히 정신을 차리고 카폰을 쥔 다음 경보를 알릴 만큼의 침착을 되찾았다.

전화기의 잡음 때문에 전화를 받은 사람의 말이 잘 들리지 않았다.

"위스타드의 난민 캠프에 불이 났소!" 발란데르가 고함쳤다. "여기로 소방대를 보내요! 바람이 강해지고 있소."

"성함을 여쭤봐도 될까요?" 응급 교환대의 남자가 물었다.

"위스타드 경찰서의 발란데르요. 불이 나기 시작했을 때 막 이곳을 지나치던 중이었소."

"주민등록번호를 말씀해 주시겠습니까?" 전화상의 냉정한 목소리가 말을 이었다.

"빌어먹을! 사-칠-일-일-이-일! 서두르란 말이오!"

그는 더 이상의 질문을 듣지 않으려고 전화를 끊었다. 게다가 응급 교환대가 관할 내 근무 중인 모든 경찰의 신원을 파악하고 있다는 것을 알았다. 그는 불타고 있는 오두막을 향해 길을 가로질러 뛰었다. 불은 부는 바람에 활활 타고 있었다. 순간적으로 이 불이 강한 폭풍이 몰아친 전날 밤 일어났다면 어땠을지 궁금했다. 지금도 불길은 옆 오두막으로 번지고 있었다.

왜 아무도 경고하지 않는 걸까? 그는 생각했다. 하지만 그는 모든 오두막에 난민들이 살고 있는지 어떤지 알지 못했다. 불꽃이 지금껏 핥았던 오두막의 문을 그가 두드릴 때 불의 열기가 얼굴을 때렸다.

불이 시작된 오두막은 이제 완전히 불꽃에 휩싸였다. 발란데르는 어떻게든 문에 다가가려 했다가 물러섰다. 그는 오두막 뒤로 달려갔다. 거기에는 창문이 하나 있을 뿐이었다. 창문을 두드리며 안을 들여다보려고 애썼다. 하지만 연기가 너무 자욱했고 희부연 막釁만 쏘아볼 뿐이었다. 창문을 깰 만한 것을 찾아 주위를 둘러보았지만 아무것도 찾지 못했다. 그는 재킷을 황급히 벗어 그것으로 팔을 감싸고 유리창에 주먹을 날렸다. 연기를 들이마시지 않으려고 숨을 참고 걸쇠를 더듬었다.

"나와요!" 그가 불길 속을 향해 소리를 질렀다. "나와요! 나와!"

오두막 안에는 2층 침대가 두 개 있었다. 창틀로 몸을 끌어 올렸을 때 허벅지를 파고드는 유리 조각을 느꼈다. 위쪽 침대는 비어 있었다. 하지만 아래쪽 침대 한 곳에 누군가가 누워 있었다.

발란데르가 다시 소리를 질렀지만 대답이 없었다. 이내 그는 창 안으로 몸을 들이밀었고, 바닥으로 떨어지면서 테이블 모서리에 머리를 찧었다. 침대를 향해 더듬거리며 나아갈 때는 질식할 것 같았다.

처음에 그는 자신이 시체를 만졌다고 생각했다. 이내 사람이라고 생각했던 것이 말아 놓은 매트리스일 뿐이라는 것을 깨달았다. 그때 재킷에 불이 붙었고, 그는 생각할 겨를도 없이 창밖으로 몸을 날렸다. 멀리서 사이렌 소리가 들렸고, 휘청이며 불길에서 벗어났을 때 오두막들 밖에서 서성이는, 옷도 제대로 걸치지 못한 사람들이 보였다. 이제 낮은 오두막 두 채 이상이 화염에 싸여 있었다. 발란데르는 그 문들을 열어젖혔고, 이곳에서 살고 있던 사람들의 흔적을 보았다. 하기만 안에서 자고 있던 사람들은 도망친 뒤였다. 머리가 쿵쾅거렸고, 허벅지가 아팠고, 들이마신 연기에 속이 메스꺼웠다. 그때 첫 소방차가 도착했고, 앰뷸런스가 그 뒤를 따랐다. 그는 페테르 에들레르 소방대장을 보았다. 그는 30대 중반이었고, 발란데르는 그의 취미가 연날리기였다는 것을 기억했다. 그에 관해서는 호의적인 이야기들만 들렸다. 그는 결코 확신을 잃지 않는 남자였다. 발란데르가 비틀거리며 에들레르에게 다가갔을 때, 에들레르는 그가 팔에 화상을 입었다는 것을 알아차렸다.

"불타고 있는 오두막들은 비었소." 그가 말했다. "다른 오두막들은 모르겠군."

"끔찍해 보이는군요." 에들레르가 말했다. "우리가 잡을 수 있을 것 같습니다."

소방관들이 이미 호스로 물을 뿌리고 있었다. 발란데르는 에들레르가 불을 고립시키기 위해 이미 타 버린 오두막들을 트랙터로 견인하라고 지시하는 소리를 들었다.

푸른 등을 번쩍이고 사이렌을 울리며 첫 번째 경찰차가 미끄러지

듯 멈춰 섰다. 발란데르는 거기에 탄 페테르스와 노렌을 보았다. 그는 절뚝이며 그 차에 다가갔다.

"다치셨습니까?" 노렌이 물었다.

"괜찮아." 발란데르가 말했다. "여기에 저지선을 치고 에들레르에게 도움이 필요한지 묻게."

페테르스가 그를 응시했다. "끔찍해 보이십니다. 어쩌다 여기에 계셨습니까?"

"막 지나는 참이었네." 발란데르가 대꾸했다. "자, 이제 움직이게."

다음 한 시간 동안 화재 현장 특유의 혼돈이 이어지다 효율적인 소방 활동이 결국 승리를 거두었다. 발란데르는 멍한 표정으로 목적도 없이 배회 중인 난민 캠프 책임자에게 캠프에 있던 난민들의 인원을 파악하라는 실질적인 압력을 행사해야 했다. 놀랍게도 이민 기관의 기록은 끔찍할 만큼 엉망인 것으로 드러났다. 그리고 책임자 역시 도움이 되지 않았다. 그러는 동안 트랙터가 불타는 오두막들을 견인했고, 이내 소방관들은 불길을 잡았다. 앰뷸런스가 몇몇 난민을 태우고 병원으로 갔다. 난민들 대부분이 충격을 받았고, 레바논 꼬마는 화재를 피하려다 넘어져 돌에 머리를 부딪혔다.

에들레르가 발란데르를 한쪽으로 데려갔다. "가서 치료를 받으십시오."

발란데르가 끄덕였다. 화상을 입은 팔이 따끔거렸고, 한쪽 다리가 피로 끈적거리는 게 느껴졌다.

"불이 난 순간 경위님이 신고하지 않았다면 일어났을 일에 대해서는 생각도 하기 싫군요." 에들레르가 말했다.

"대체 저들은 왜 오두막들을 저렇게 다닥다닥 붙여 놨답니까?" 발란데르가 물었다.

에들레르는 머리를 저었다. "이곳 책임자는 이제 나이가 많습니다. 경위님 말이 맞아요. 건물들이 지나치게 붙어 있죠."

발란데르는 이제 막 저지선 치기를 끝낸 노렌에게 다가갔다.

"아침에 내 사무실에서 이곳 감독관을 봤으면 하네."

노렌이 끄덕였다.

"머리도 보셨습니까?" 그가 물었다.

"굉음을 들었어. 그런 다음 오두막이 폭발했지. 눈에 띈 차는 없더군. 사람도. 폭탄이 설치됐다면 시한장치가 되어 있었을 거야."

"제가 댁이나 병원으로 모셔다 드릴까요?"

"운전할 수 있네. 난 이제 가는 게 좋겠어."

응급실에서 발란데르는 자신이 생각보다 더 많은 데를 다쳤다는 것을 알았다. 한쪽 팔에 큰 화상을 입었고, 사타구니와 한쪽 허벅지를 유리에 베인 데다 오른쪽 눈 위에 큰 혹이 생겼고, 이곳저곳에 심각한 찰과상을 입었다. 무의식적으로 혀를 깨물기까지 했다.

발란데르가 병원에서 나선 때는 새벽 4시가 다 되어서였다. 붕대가 지나치게 타이트하게 감겼고, 들이마신 연기 때문에 여전히 속이 메슥거렸다.

병원에서 나설 때 얼굴에 카메라 플래시가 번쩍였다. 그는 스코네에서 가장 큰 신문사에서 사진기자가 왔다는 것을 알아보았다. 그는 인터뷰를 원하며 어둠 속에서 모습을 드러낸 기자들을 물리치려고 손을 내저었다. 그리고 집을 향해 차를 몰았다.

스스로도 놀라울 만큼 잠이 쏟아졌다. 옷을 벗고 침대 이불 속으로 기어들었다. 몸이 쑤셨고, 머릿속에서 불꽃이 춤을 추고 있었다. 그럼에도 그는 곧장 곯아떨어졌다.

누군가가 머릿속에서 대형 망치를 계속 내리치는 바람에 발란데르는 아침 8시에 잠에서 깼다. 그는 다시 한번 신비로운 흑인 여성의 꿈을 꾸고 있던 참이었다. 하지만 그가 그녀에게 손을 뻗친 순간 갑자기 위스키병을 든 스텐 비덴이 나타났고, 그 여자는 발란데르에게 등을 돌리고 스텐과 함께 떠났다.

그는 자신이 어떤 감정인지 살피며 계속 누워 있었다. 목과 팔이 쑤셨다. 머리는 쾅쾅 울리고 있었다. 잠시 그는 벽을 향해 돌아눕고 다시 잠에 빠지고 싶은 유혹을 느꼈다. 사건 수사와 밤의 불꽃 모두 잊기 위해.

그는 결정의 기회를 얻지 못했다. 전화벨 소리에 방해를 받았다. 전화를 받을 기분이 아니야. 그는 생각했다.

전화한 사람은 모나였다.

"쿠르트," 그녀가 말했다. "모나야."

그는 압도적인 기쁨에 휩싸였다.

모나. 그는 생각했다. 맙소사! 모나라고! 당신을 얼마나 그리워했던가!

"신문에서 당신 사진을 봤어." 그녀가 말했다. "괜찮아?"

그는 병원 밖에 있던 사진기자와 카메라의 플래시를 떠올렸다.

"괜찮아." 그가 말했다. "약간 화끈거릴 뿐이야."

"더 나쁘진 않고?"

기쁨이 사라졌다. 이제 찌르는 듯한 위의 통증에 나쁜 기분이 돌아왔다.

"내가 어떤지 정말 관심이 있는 거야?"

"내가 관심을 가지면 안 돼?"

"왜 관심을 갖지?"

그의 귀에 그녀의 호흡 소리가 들렸다.

"당신이 아주 용감했다고 생각해." 그녀가 말했다. "당신이 자랑스러워. 신문에선 당신이 사람들을 구하려고 목숨을 걸었다고 했어."

"난 누구도 구하지 못했어! 비꼬는 거야?"

"당신이 다치지 않았는지 확인하고 싶었을 뿐이야."

"내가 그랬다면 어쩔 생각이었지?"

"내가 뭘 어째?"

"내가 다쳤다면. 내가 죽어 간다면. 그럼 어쩔 생각이지?"

"왜 그렇게 화를 내고그래?"

"화나지 않았어. 그냥 묻고 있는 거야. 당신이 집으로 오면 좋겠어. 여기로 돌아와. 나에게."

"그럴 수 없다는 거 알잖아. 하지만 난 우리가 서로 얘길 나눌 수 있길 바라."

"다신 전화하지 마! 그러면서 어떻게 우리가 얘길 나눌 수 있지?"

그는 그녀의 한숨 소리를 들었다. 그것이 그의 분노를 불러일으켰다. 어쩌면 불안일지도.

"물론 우린 만날 수 있어." 그녀가 말했다. "하지만 내 집에서는 아니야. 당신 집에서도."

그는 신속히 마음을 다스렸다. 그가 말한 것은 온전한 사실이 아니었다. 하지만 정말 거짓도 아니었다.

"우린 얘기할 게 많아." 그가 그녀에게 말했다. "현실적인 문제들. 당신이 괜찮다면 내가 말뫼로 갈게."

그녀는 대답하기 전에 사이를 두었다.

"오늘 밤은 안 돼." 그녀가 말했다. "하지만 내일은 괜찮을 거야."

"어디서? 같이 저녁 먹을까? 내가 아는 데는 사보이 호텔과 센트럴 호텔뿐이야."

"사보이는 비싸."

"그럼 센트럴은 어때? 몇 시에?"

"여덟 시?"

"거기서 봐."

대화는 끝났다. 그는 거실 거울로 자신의 지친 얼굴을 보았다. 그 만남을 고대하는 걸까? 아니면 불안을 느끼는 걸까? 어느 쪽일지 확신이 가지 않았다. 혼란을 느꼈다. 모나와 만나는 대신 사보이에서 아네테 브롤린을 만나는 자신을 상상했다. 하지만 그녀는 여전히 위스타드에서 검사 행세를 하고 있었고, 그녀는 흑인 여자로 바뀌었다.

발란데르는 옷을 입고 모닝커피를 건너뛴 다음 차를 세워 놓은 곳으로 갔다. 날씨는 다시 따뜻해져 있었다. 눅눅한 안개의 여운이 도시 저편 바다에서 떠돌고 있었다. 바람은 전혀 불지 않았다.

그가 경찰서를 들어섰을 때 정다운 끄덕임과 격려의 토닥임이 그를 맞았다. 에바가 포옹과 함께 배조림 한 단지를 건넸다. 그는 당황스러웠지만 약간의 자랑스러움 또한 느꼈다.

비에르크가 여기 있어야 했다고 그는 생각했다. 스페인이 아니라 위스타드에. 이것이 비에르크가 꿈꾸는 종류의 일이었다. 경찰서의 영웅들.

9시 30분쯤에는 모든 게 평상시로 돌아왔다. 그때쯤 그는 이미 난민 캠프 책임자에게 난민에 대한 느슨한 관리를 엄하게 질책하고 있었다. 자기는 그렇지 않다고 격렬하게 자기방어를 했음에도 무관심과 게으름을 온몸으로 발산하는 작고 통통한 책임자는 자신이 규칙을 따랐고, 말 그대로 이민 기관의 규정을 따랐다고 주장했다.

"캠프를 안전하게 하는 건 경찰의 일이오." 그가 그 책임에 대한 발란데르의 힐난을 전가하려 애쓰며 말했다.

"당신이 그 빌어먹을 오두막에 몇 명이 사는지, 그들이 누구인지도 모르는 판국에 우리가 무슨 안전을 보장합니까?"

경찰서를 나서는 책임자의 얼굴이 벌게져 있었다.

"난 항의를 제기할 거요." 그가 말했다.

"왕에게 제기하쇼." 발란데르가 대꾸했다. "총리에게 하든가. 유럽 인권 재판소에 하든가. 당신이 하고 싶은 사람 누구에게든 하쇼. 하지만 지금 당장은 당신 캠프의 인원수와 그들의 이름과 그들이 어느 오두막에 사는지 정확한 리스트를 작성해야 할 겁니다."

사건 회의가 시작되기 직전 에들레르에게서 전화가 왔다.

"어떠십니까?" 그가 물었다. "새벽의 영웅 나리."

"시끄럽소." 발란데르가 대답했다. "뭐라도 찾았소?"

"어렵지 않았습니다." 에들레르가 대답했다. "휘발유에 적신 천들로 점화한 작고 간소한 기폭제를 찾았습니다."

"확실합니까?"

"확실하고말고요! 몇 시간 내로 보고서를 받으실 겁니다."

"우린 살인과 병행해 방화 건을 수사해야 할 거요. 하지만 무슨 일이 더 일어나면 심리스함이나 말뫼에서 인원 보강이 필요하겠지."

"심리스함에 남은 경찰이 있습니까? 저는 그 경찰서가 문을 닫았다고 생각했는데요."

"해체된 건 의용 소방대요. 사실 심리스함이 우리 관할이 될 거라는 소문을 들었소."

발란데르는 에들레르가 자신에게 했던 말을 들려주며 회의를 시작했다. 난민 캠프 공격의 동기에 관한 간단한 논의가 뒤를 이었다. 모두가 꽤 잘 조직된 젊은 녀석들의 장난일 것이라는 데 동의했지만 일어난 일에 대한 심각함을 부정하지 않았다.

"책임지고 이 녀석들을 잡는 게 중요해." 한손이 말했다. "룬나르프의 살인자들을 잡는 것만큼이나."

"아마 노인에게 순무를 던진 녀석일 거야." 스베드베리가 말했다.

발란데르는 그의 목소리에서 경멸을 들었다.

"노인과 이야기해 봐. 어쩌면 그가 자네한테 인상착의를 말해 줄지도 모르니까."

"난 아랍어를 몰라." 스베드베리가 말했다.

"우린 통역이 있잖아, 제발! 난 오늘 오후까지 그가 한 말을 알고 싶네."

회의는 짧게 끝났다. 지금은 회의보다 사실을 입증하는 데 바쁜 단계였다. 결론을 내리고 결과를 얻기는 이른 때였다.

"오후 회의는 없을 거야." 발란데르가 결정을 내렸다. "특별한 일이 없는 한. 마르틴손은 캠프에 가 봐. 스베드베리, 자네가 마르틴손이 하던 급한 일을 인계받는 게 좋겠어."

"저는 트럭 운전수가 봤다는 차를 수배하는 중이었습니다." 마르틴손이 말했다. "제 자료를 드리죠."

회의가 끝났을 때 네슬룬드와 뤼드베리는 발란데르의 사무실에 남았다.

"야근 체제로 돌입해야겠습니다." 발란데르가 말했다. "비에르크는 언제 복귀하죠?"

두 사람 모두 알지 못했다.

"무슨 일이 일어났는지 알고는 있을까?" 뤼드베리가 궁금해했다.

"그가 신경이나 쓸까요?" 발란데르가 되물었다.

그는 에바에게 전화해 즉시 답을 얻어 냈다. 그녀는 그가 타고 올 비행기도 알고 있었다.

"토요일 밤이라는군요." 그가 두 사람에게 말했다. "하지만 제가 서장 대리인 이상 난 우리에게 필요한 야근을 하게 할 생각입니다."

뤼드베리가 뢰브그렌의 농장을 방문했던 이야기를 꺼냈다.

"농장 주위를 기웃거려 봤지." 그가 말했다. "사실 내가 그곳을 온통 엉망으로 만들어 놨네. 마구간 밖의 건초 더미들 주위를 파 보기까지 했어. 하지만 갈색 서류 가방은 없었네."

발란데르는 그럴 거라고 생각했다. 뤼드베르는 자신이 1백 퍼센트 확신할 때까지 포기하지 않았다.

"그러니까 지금 우리가 아는 건 이겁니다." 그가 말했다. "이만칠천 크로나가 든 갈색 서류 가방이 사라졌다는 것."

"사람들은 그보다 적은 액수로도 살인을 하지."

그들은 그 말을 생각하며 잠시 침묵 속에 앉아 있었다.

"그 차를 찾아내는 게 왜 그리 어려운지 이해할 수 없습니다." 발란데르가 이마의 무른 혹을 문지르며 말했다. "기자회견장에서 그 내용을 공표했고, 그 운전자를 알게 되면 우리에게 연락하라고 했는데도요."

"기다려 보게." 뤼드베리가 말했다.

"딸들과의 인터뷰에서 뭐가 나왔습니까? 보고서가 있다면 크리스티안스타드로 가는 차 안에서 읽겠습니다. 그건 그렇고 어젯밤의 그 공격이 제가 받은 협박과 어떤 관계가 있다고 생각하십니까?"

뤼드베리와 네슬룬드 모두 머리를 저었다.

"저도 그래요." 발란데르가 말했다. "그건 우리가 금요일이나 토요일에 일어날 일에 대비가 필요하다는 뜻입니다. 오늘 오후까지 이 문제에 대응할 방안을 생각해 봐 주세요."

뤼드베리가 얼굴을 찌푸렸다.

"난 그런 거에 신통치 않아."

"당신은 훌륭한 경찰이에요. 잘하실 겁니다."

뤼드베리가 그에게 회의적인 눈빛을 보냈다. 그러더니 나가려고 자리에서 일어났다. 그가 문가에 멈춰 섰다.

"나와 얘기를 나눴던 그 딸, 캐나다에서 온 여자 말일세. 그 딸은 남편과 있네. 캐나다 기마경찰 말일세. 그는 우리가 왜 총을 소지하지 않는지 궁금해하더군."

"우리도 몇 년 내로 소지하게 되겠죠." 발란데르가 말했다.

그가 라르스 헤르딘과의 대화에 대해 네슬룬드에게 간략히 설명하려는 참에 전화가 울렸다. 에바가 이민 기관의 수장에게서 전화가 왔다고 말했다.

발란데르는 여자 목소리를 듣고 깜짝 놀랐다. 그는 모든 고위 공직자가 여전히 오만한 자부심으로 가득 찬 나이 든 양반이리라고 생각했다.

여자의 목소리는 예의 발랐지만 그녀의 말에 즉시 짜증이 났다.

"우린 매우 불쾌합니다." 여자가 말했다. "경찰은 우리의 난민들을 안전하게 지켜야 할 의무가 있습니다."

발란데르는 딱 그 빌어먹을 책임자 같다고 생각했다.

"우린 우리가 할 일을 했습니다." 그가 짜증을 숨기려고 애쓰며 말했다. 그 말이 작은 도시의 경찰서장 대리가 여자 정부 고위 관리가 했어야 할 말을 반박하는 지휘 체계의 위반일지도 모른다는 생각이 그의 뇌리를 스쳤다.

"명백히 그걸로는 충분치 않아요."

"다양한 성격의 각 캠프에 수용된 난민의 인원에 대한 최신 정보를 우리가 받을 수 있다면 우리 일이 훨씬 쉬워질 겁니다."

"이민 기관은 난민들에 대한 완벽한 데이터를 갖고 있어요."

"저는 전혀 그런 인상을 받지 못했습니다."

"이민국 장관이 매우 우려하고 있습니다."

발란데르는 정기적으로 TV에서 인터뷰를 했던 빨간 머리 여자를 떠올렸다.

"그분이 우리에게 연락하신다면 환영입니다." 발란데르가 이렇게 말했을 때 어떤 서류를 넘겨 보고 있던 네슬룬드가 얼굴을 찌푸렸다.

"경찰에게 이 난민들을 보호할 인원이 충분히 할당되지 않은 게 분명하군요."

"아니면 대처하기엔 이민자가 너무 많을지도요. 게다가 이민 기관은 그들이 어디에서 사는지도 모릅니다."

"그게 무슨 뜻이죠?" 예의 발랐던 목소리는 이제 냉랭했다.

발란데르는 분노가 솟구치는 것을 느꼈다.

"어젯밤 화재로 놀랍도록 엉망진창인 캠프 상황이 확인됐습니다. 그게 제 말뜻입니다. 대개 이민국의 명확한 지시를 받기는 어렵죠. 이민국에선 종종 이민자의 국외 추방을 경찰에 지시하지만 우린 강제 추방자를 어디서 찾아야 할지도 모릅니다. 때때로 우린 강제 추방해야 할 사람들을 찾는 데 몇 주씩 시간을 낭비합니다."

그의 말은 사실이었다. 이민 기관의 무능 때문에 절망에 빠진 말뫼의 동료들에게서 들은 이야기가 있었다.

"그건 사실이 아니에요." 여자가 말했다. "그리고 난 당신과 논쟁하는 데 귀중한 시간을 낭비할 생각이 없어요."

대화는 끝났다.

"미친년." 발란데르는 그렇게 말하며 수화기를 쾅 내려놓았다.

"누구였습니까?" 네슬룬드가 물었다.

"이상향에 사는," 발란데르가 대꾸했다. "이민 기관장. 커피 마시고 싶지 않나?"

뤼드베리가 뢰브그렌의 두 딸의 진술서를 가지고 왔다. 발란데르는 자신이 방금 한 통화의 내용을 말했다.

"곧 우려의 뜻을 비치는 이민국 장관의 전화가 오겠군." 짓궂은 웃음을 지으며 뤼드베리가 말했다.

"그 전화를 받아 주세요." 발란데르가 말했다. "전 네 시까지는 크리스티안스타드에서 돌아와야 하니까요."

네슬룬드가 커피가 담긴 머그잔 두 개를 가지고 나타났을 때 발란데르는 더 이상 커피 생각이 없었다. 벌써 건물 밖으로 나갔어야 했다. 붕대가 너무 꽉 조여서 두통이 일었다. 드라이브가 두통을 가시게 할 터였다.

"이야기는 차에서 듣지." 그가 커피 잔을 밀치며 말했다.

네슬룬드는 확신이 없어 보였다.

"우리가 어디로 가야 하는지 확실히 모르겠습니다. 헤르딘은 뢰브그렌의 금융자산에 대해선 빠삭했을지 몰라도 그 미스터리한 여자에 대해선 사실 아무것도 몰랐습니다."

"그는 분명 뭔가 알고 있을 거야."

"저는 그를 체로 쳐 봤습니다." 네슬룬드가 말했다. "사실 그가 진실을 말했다고 생각합니다. 그가 분명히 아는 유일한 것은 그 여자가 존재했다는 겁니다."

"그가 그걸 어떻게 알았을까?"

"그는 전에 크리스티안스타드에 간 적이 있었고, 거리에서 뢰브그렌과 그 여자를 봤죠."

"그게 언제였지?"

네슬룬드가 수첩을 훑었다.

"십일 년 전이요."

발란데르가 커피 잔을 만지작거렸다.

"들어맞지 않아." 그가 말했다. "그는 훨씬 더 많은 걸 알아. 거기에 아들이 있다는 걸 그가 어떻게 그리도 확신할 수 있겠나? 여자에게 얼마를 지불했는지 어떻게 알지? 좀 세게 나가진 않았나?"

"누군가에게서 편지를 받았다고 주장하더군요."

"누구한테?"

"말하지 않았습니다."

발란데르는 잠시 그에 관해 생각했다.

"어쨌든 크리스티안스타드로 가세." 그가 말했다. "그곳에 있는 동료 경찰이 우릴 도와주겠지. 그런 다음 헤르딘을 만나자고."

그들은 경찰차에 올랐다. 발란데르는 뒷좌석에 타고 네슬룬드에게 운전대를 맡겼다. 두 사람이 도시를 벗어날 때쯤 발란데르는 네슬룬드가 지나치게 빨리 차를 몰고 있다는 것을 알아차렸다.

"이건 응급차가 아니야." 그가 말했다. "천천히 몰게. 이 서류들을 읽고 생각을 좀 해야 하니까."

네슬룬드가 속도를 늦췄다.

바깥 풍경은 안개가 잔뜩 낀 잿빛이었다. 발란데르는 음울하고 적막한 창밖을 응시했다. 스코네의 봄과 여름은 고향처럼 편하게 느껴졌지만 가을과 겨울의 황량한 정적에는 소외감이 느껴졌다.

그는 좌석에 등을 기대고 눈을 감았다. 몸이 쑤셨고, 팔의 화상 부위가 따끔거렸다. 그리고 심장이 두근대는 것을 느꼈다. 많은 이혼한 남자가 심장마비에 걸린다고 그는 생각했다. 우린 너무 많이 먹어서 살이 찌고 버림받았다는 사실에 괴로워해. 그리고 새로운 관계에 몰두하다가 결국 심장이 멈춰 버리지.

모나에 대한 생각이 그를 분노하게 하고 슬프게 했다. 그는 눈을 뜨고 다시 스코네 풍경을 바라보았다.

그는 뢰브그렌 딸들의 진술서를 읽었다. 단서가 될 만한 것은 전혀 없었다. 적의도 없었고, 폭발할 것 같은 적개심도 없었다. 그리고 둘 다 돈이 없었다. 요하네스 뢰브그렌은 딸들에게조차 자신의 막대한 자산에 대해 함구했다.

발란데르는 그 남자를 상상하려 애썼다. 그는 어떻게 작동됐을까? 그를 구동한 것은 무엇이었을까? 그는 자신이 죽은 뒤 그 돈이 어떻게 될 거라고 생각했을까?

생각의 꼬리를 물다가 퍼뜩 떠오른 게 있었다. 어딘가에 유언장이 있을 게 분명했다. 하지만 귀중품 보관 박스에 없다면 어디에 있지?

"위스타드에 은행이 얼마나 있지?" 그가 네슬룬드에게 물었다.

네슬룬드는 위스타드에 관한 모든 것을 알고 있었다. "열 개소일 겁니다."

"내일 우리가 여태 방문하지 않았던 곳들을 조사해 보게. 뢰브그렌은 더 많은 귀중품 보관 박스를 갖고 있었겠지? 그가 룬나르프에서 어떻게 왕래했는지도 알고 싶네. 택시로든 버스로든 무엇으로든."

네슬룬드가 끄덕였다. "스쿨버스를 탔을 겁니다."

"누군가가 그를 봤겠군."

그들은 말뫼에서 북쪽으로 이어지는 간선도로에서 빠져 토멜릴라로 가는 경로를 택했다.

"헤르딘의 집 안 내부는 어때 보이던가?" 발란데르가 물었다.

"구식이더군요. 하지만 깨끗하고 정돈이 잘돼 있었습니다. 이상하게도 요리를 하는 데 전자레인지를 쓰던데요. 제게 직접 구운 빵을 주더군요. 새장에는 큰 앵무새가 있었습니다. 농장은 잘 관리돼 있었고요. 모든 곳이 깔끔해 보입니다. 주저앉은 울타리도 없고요."

"무슨 차를 몰던가?"

"빨간색 메르세데스요."

"메르세데스?"

"네, 메르세데스요."

"겨우 먹고살 정도라고 말했던 같은데."

"음, 삼십만 이상은 줬을 것 같던데요."

발란데르는 잠시 생각했다. "라르스 헤르딘에 대해 더 알아봐야겠어. 범인이 누구인지 모른다고 했지만 그는 은연중에 뭔가를 쉽게 알았을 거야."

"그게 메르세데스와 무슨 관계가 있습니까?"

"전혀. 그가 자신이 그렇다고 생각하는 것보다 우리에게 더 중요한 사람이라는 직감이 들었을 뿐이야. 요즘 농부들이 어떻게 삼십만 크로나짜리 차를 살 형편이 되는지도 궁금한걸. 어쩌면 영수증에는 트랙터 구입이라고 쓰여 있을지도 몰라."

그들이 크리스티안스타드에 도착해 경찰서 밖에 차를 세웠을 때 진눈깨비가 흩날렸다. 발란데르는 처음으로 목구멍이 간지러운 것을 느꼈다. 감기에 걸릴 것 같다는 신호였다. 빌어먹을. 지금 아프면 안 돼. 코를 훌쩍이며 열에 벌건 모습으로 모나를 만나고 싶지 않다고.

위스타드 경찰서와 크리스티안스타드 경찰서는 이렇다 할 협력 관계에 놓였던 적이 없었다. 하지만 발란데르는 국가 차원에서 행한 다양한 콘퍼런스 참석을 통해 이곳 경찰 몇몇을 꽤 잘 알고 있었다. 그는 누구보다 예란 보만이 근무 중이길 바랐다. 그는 발란데르와 동갑이었고, 두 사람은 튈뢰산드에서 열린 콘퍼런스에서 같이 위스키를 마신 적이 있었다. 둘은 경찰 교육부가 주관한 모임의 지루한 강연을 함께 견뎠었다. 그 교육의 목적은 경찰들에게 영감을 불어넣고 각각의 위치에서의 근무 정책을 더욱 효과적으로 증진시키는 데 있었다. 그날 저녁 두 사람은 합석한 자리에서 위스키 반병을 비웠고, 곧 서로 공통점이 많다는 것을 발견했다. 특히 두 사람의 아버지는 경찰이 되겠다는 그들의 결정을 꽤나 못마땅해했다.

발란데르와 네슬룬드는 안내 데스크로 갔다. 낯설게 들리는, 경쾌한 노를란드 억양으로 말하는 데스크의 젊은 여자가 두 사람에게 예란 보만이 근무 중이라고 말했다.

"지금 심문 중이신데, 오래 걸리지는 않을 거예요."

발란데르는 볼일을 보러 화장실에 갔다. 그는 거울 속 자신의 모습을 보고 움찔했다. 멍과 찰과상이 선홍색을 띠고 있었다. 찬물을 얼굴에 뿌렸다. 그때 복도에서 보만의 목소리가 들렸다.

재회는 따뜻했다. 발란데르는 보만을 다시 보게 되어서 기뻤다. 그들은 커피를 타 사무실로 갔다. 발란데르는 그들이 자신들과 정확히 똑같은 책상을 쓰고 있다는 것에 주목했지만 똑같은 것은 그것뿐으로, 보만의 사무실 가구가 더 나았다. 그래서 사무실이 더욱 쾌적하게 보였다. 아네테 브롤린이 인계한 무미건조한 사무실을 바꿔 놓은 방식처럼.

보만은 물론 룬나르프에서의 살인에 대해 알고 있었다. 난민 캠프에 대한 공격과, 신문에서 지나치게 과장했지만 발란데르가 구조를 시도한 사실 역시. 그들은 잠시 난민들에 관해 이야기를 나누었다. 보만은 발란데르와 마찬가지로 망명을 열망하는 사람들이 혼란스럽고 체계적이지 못한 방식으로 대우받는다는 인상을 받았다. 크리스티안스타드 경찰도 이민국의 수많은 국외 추방 명령을 수행하는 데 많은 어려움을 겪고 있었다. 크리스마스 몇 주 전인 최근에 그들은 불가리아인 몇 명을 추방하라는 지시를 받았다. 이민국에 의하면 그들은 크리스티안스타드 내 난민 캠프에서 살고 있었다. 며칠간의 수색 후 경찰은 불가리아인들이 북쪽으로 1천 킬로미터 이상 떨어진 아리에플로그에 있는 캠프에서 살고 있다는 것을 알아냈다.

그들은 두 사람의 방문 이유로 화제를 바꾸었다. 발란데르는 보만에게 자세히 설명해 주었다.

"그러니까 자네는 우리가 그 여자를 찾아 주었으면 한다는 거군." 그가 설명을 마치자 보만이 그렇게 말했다.

"나쁜 계획은 아닌 것 같은데."

네슬룬드는 내내 말없이 앉아 있었다.

"좋은 생각이 있네." 보만이 말했다. "요하네스 뢰브그렌이 그 여자와의 사이에서 낳은 아들이 있다면 그 아이는 이 마을에서 태어났겠지. 우린 이 마을의 기록을 찾아볼 수 있을 거야. 뢰브그렌은 아이의 아버지로 등록돼 있을 테고. 그럴 것 같지 않아?"

발란데르가 끄덕였다. "그리고 우린 그 아이가 언제 태어났는지 대충 알아. 만약 헤르딘의 이야기가 맞다면 1947년에서 1957년 사이의 십 년으로 압축할 수 있지. 그리고 난 맞을 거라고 보네."

"크리스티안스타드에서 십 년간 얼마나 많은 아이가 태어나는지 아나?" 보만이 물었다. "컴퓨터가 보급되기 전이라면 체크하는 데 끔찍이도 긴 시간이 걸릴 거야."

"물론 '부친 불명'이라고 기입됐을 가능성도 있어." 발란데르가 말했다. "하지만 각별히 주의해서 모든 케이스를 살펴야 할 거야."

"왜 그 여자를 찾는다고 방송을 하지 않나?" 보만이 물었다. "그런 다음 그 여자에게 연락하라고 하면 되잖아."

"그 여자가 그러지 않을 거라고 확신하니까." 발란데르가 말했다. "느낌이 그래. 프로답게 들리지 않을진 몰라도. 하지만 대신 이런 방법을 시도하는 게 나을 것 같네."

"우리가 찾을 수 있을 거야." 보만이 말했다. "우린 사라지기가 거의 불가능한 시대와 사회에서 사니까. 시체를 완전히 없애는 여간 독창적인 자살이라면 모를까. 지난여름에 그런 사건이 있었지. 적어도 난 그렇게 생각하네. 모든 것에 싫증이 난 남자였어. 아내가 실종 신고를 했지. 그의 보트가 사라졌고. 우린 끝내 그를 못 찾았어. 그리고 우리도 찾을 거라고 생각하지 않았지. 난 그가 바다로 나가 보트에 구멍을 내 자살한 것 같아. 하지만 이 여자와 아들은 존재하니까 우린 두 사람을 찾을 거야. 그 일에 바로 인원을 배치하지."

발란데르는 목이 아팠다. 그리고 땀이 나기 시작했다. 보만과 사건 이야기를 하면서 여기에 앉아 머물고 싶었다. 그는 보만이 능력 있는 경찰이라고 생각했다. 그의 주장은 그럴싸했다. 하지만 발란데르는 너무 지쳐 있었다. 그들은 미진한 부분을 논의했고, 보만은 차가 있는 데까지 두 사람을 배웅했다.

"우리가 그녀를 찾을 걸세." 그가 다시 한번 말했다.

"언제 저녁때 한번 보자고." 발란데르가 말했다. "조용한 데서. 위스키나 마시면서."

보만이 끄덕였다. "또 지루한 강연이 있을지도 모르지."

진눈깨비가 여전히 내리고 있었다. 발란데르는 구두 안으로 스미는 축축함을 느꼈다. 그는 다시 뒷좌석으로 기어들어 가 구석에서 몸을 웅크렸다. 곧 잠이 들었다.

그는 네슬룬드가 위스타드 경찰서 앞에 차를 세울 때까지 깨지 않았다. 열이 나고 우울했다. 진눈깨비는 계속 내리고 있었다. 그는 에바에게 아스피린 두 알을 얻었다. 집으로 가서 침대에 누워야 한다는 것을 알았지만 새로이 맞은 국면이 있는지 체크하고 싶었다. 그리고 뤼드베리가 난민을 보호하기 위해 생각해 둔 대책을 듣고 싶었다.

책상에는 전화 메시지가 높이 쌓여 있었다. 전화한 많은 사람 중에는 아네테 브롤린이 있었다. 그리고 아버지. 하지만 린다는 없었다. 비덴도. 그는 메시지들을 대충 모은 다음 아네테 브롤린과 아버지가 남긴 메시지를 제외한 나머지 것들을 옆으로 치웠다. 그리고 마르틴손에게 전화했다.

"빙고." 마르틴손이 말했다. "전 우리가 그걸 찾을 줄 알았습니다. 묘사된 것과 정확히 들어맞는 차를 지난주 예테보리의 에이비스 렌터카에서 누가 빌려 갔습니다. 돌아오지 않았고요. 이상한 게 하나 있습니다."

"뭐지?"

"그 차를 렌트한 사람은 여자였습니다."

"그게 뭐가 이상하지?"

"그 살인자가 여자일 거라는 생각이 들지 않아서요."

"지금 그 생각을 할 필요는 없네. 우린 그 차를 찾아야 해. 그리고 운전자를. 그게 여자라 해도. 그런 다음 여자든 남자든 사건과 연루됐는지 조사하면 돼. 수사에서 누군가를 배제하는 건 긍정적인 단서를 얻는 것만큼이나 중요하지. 그리고 혹시 알아볼지도 모르니까 그 트럭 운전사에게 차 번호를 알려 주게."

그는 전화를 끊고 뤼드베리의 사무실로 갔다.

"어떠십니까?" 그가 물었다.

"분명 그리 재밌는 일은 아니군." 뤼드베리가 침울하게 대답했다.

"누군가가 경찰 일이 재밌을 거라던데요."

하지만 뤼드베리는 발란데르가 예상한 대로 그 일을 철저하게 해냈다. 지도 위 다양한 캠프들의 위치에 핀이 꽂혀 있었고, 뤼드베리는 캠프마다 간단한 메모를 적어 두었다. 그는 자신이 생각한 스케줄에 따라 당분간 야간 순찰대가 캠프들 주위를 돌길 제안했다.

"좋습니다." 발란데르가 말했다. "그게 중요한 업무라는 걸 순찰대에게 확실히 이해시켜 두죠."

그는 뤼드베리에게 자신이 작성한 크리스티안스타드 방문 보고서를 주었다. 그런 다음 자리에서 일어났다.

"전 이제 집에 갑니다." 그가 말했다.

"좀 후줄근해 보이는군."

"감기에 걸리려나 봅니다. 지금 같아선 모든 게 알아서 굴러가는 것 같군요."

그는 곧장 집으로 가서 차를 한 잔 끓여 침대로 기어들었다. 몇 시간 뒤에 일어났을 때 손도 대지 않은 찻잔이 그대로 침대 옆 탁자에 놓여 있었다. 상태가 좀 나아진 것 같았다. 그는 차가워진 차를 쏟아 버리고 커피를 끓였다. 그리고 아버지에게 전화를 걸었다.

발란데르는 아버지가 화재에 대해 아무것도 듣지 못했으리라는 걸 깨달았다. "카드를 치기로 하지 않았니?" 아버지가 쥐어박듯 말했다.

"저 아파요." 발란데르가 말했다.

"넌 아픈 적이 없어."

"감기에 걸렸어요."

"감기를 아프다고는 하지 않는다."

"모두가 아버지처럼 건강하진 않다고요."

"그게 무슨 뜻이냐?"

발란데르는 한숨을 쉬었다. 뭔가를 생각해 내지 않으면 아버지와의 이 대화는 안 좋게 끝날 터였다.

"곧 나을 테니 아침 일찍 뵈러 갈게요." 그가 말했다. "여덟 시쯤에요. 그때 일어나 계신다면요."

"난 네 시면 일어난다."

"네, 하지만 전 아니에요."

그는 끊겠다고 말하고 전화를 끊었다. 끊음과 동시에 그 약속을 후

회했다. 차를 몰고 가 아버지를 만나며 하루를 시작하는 것은 우울감과 죄책감으로 가득 찬 하루를 맞는 것과 같았다.

그는 아파트를 둘러보았다. 모든 곳에 먼지가 쌓여 있었다. 자주 환기를 했는데도 퀴퀴한 냄새마저 났다. 외로움과 퀴퀴한 냄새.

그는 매일 밤 자신을 찾아오는 흑인 여자를 생각했다. 어디서 왔을까? 그녀를 어디서 봤던가? 신문 기사 사진이나 TV에서 봤을까?

그는 꿈속에서 왜 자신이 모나와의 경험과는 매우 달랐던 에로틱한 집착을 했는지 궁금했다. 그 생각에 흥분이 되었다. 어쩌면 아네테 브롤린에게 전화를 했어야 했는지도 몰랐다. 하지만 그럴 용기가 나지 않았다. 심통이 난 그는 꽃무늬 소파에 앉아서 TV를 켰다. 막 시작한 덴마크 채널 뉴스가 나왔다.

앵커가 톱기사를 보도했다. 심각한 기근. 혼동 상황의 루마니아. 오덴세Odense 덴마크 남부의 항구도시에서 압수된 막대한 양의 은닉 마약. 발란데르는 리모컨을 집어 TV를 껐다. 더 이상 뉴스를 소화할 수 없었다.

그는 모나를 생각했다. 생각이 예상치 않은 방향으로 흘렀다. 모나가 돌아오길 정말 바라는지 더는 확신할 수 없었다. 어느 게 더 낫다고 어떻게 확신하지? 확신할 수 없었다. 그는 단지 자신을 기만하고 있었다.

가만히 있지 못하고 그는 부엌으로 가 주스 한 잔을 마셨다. 그리고 자리에 앉아 상세한 조사 진행 보고서를 썼다. 쓰기를 마치고 테이블에 메모들을 펼쳐 놓고 그것들이 퍼즐 조각이라는 양 메모들을 바라보았다. 찾는 해답에서 그리 멀리 있지 않을지도 모른다는 생각이 강하게 들었다. 여전히 미진한 부분들이 있을지라도 많은 세부 사항이 들어맞았다.

특정 인물을 지목하기는 불가능했다. 실제적인 용의자들조차 없었다. 하지만 그는 여전히 경찰이 해답에 근접했다는 것을 느꼈다. 그 생각에 기쁘기도 초조하기도 했다. 지금까지 몇 번이나 어려운 사건의 수사를 맡으면서 처음에 간단해 보였던 것이 결국 막다른 벽에 부닥쳤고, 가장 나쁘게는 미궁에 빠져 버렸던가.

인내심을 길러야 해. 그는 생각했다. 인내심을.

다시 한번 아네테 브롤린에게 전화해 볼까 생각했다. 하지만 그녀에게 뭐라고 말해야 할지 몰랐다. 게다가 남편이 받을지도 몰랐다.

자리에 앉아 다시 TV를 켰다. 그는 거기서 자신의 얼굴을 맞닥뜨리고 기절초풍했다. 여자 리포터의 웅웅대는 목소리가 들렸다. 요지는 발란데르와 위스타드 경찰이 많은 다양한 캠프의 난민들의 안전에 아무런 관심을 보이지 않는 듯 보인다는 것이었다.

발란데르의 얼굴이 사라지고 대형 오피스 블록 거리에서 인터뷰를 하고 있는 여자가 나타났다. 그녀의 이름이 화면에 떴을 때 자신이 그 여자를 안다는 것을 깨달았다. 바로 그날 자신과 통화했던 이민 기관의 수장이었다.

"경찰이 보여 준 무관심의 이면에 인종차별주의 요소가 없다고 할 수 없습니다." 그녀가 말했다.

속에서 쓴 물이 올라왔다. 암캐 같은 년. 그는 생각했다. 네 말은 염병할 거짓말이야. 게다가 저 빌어먹을 리포터는 왜 나에게 연락을 안 했지? 뤼드베리의 난민 보호 계획을 알려 줄 수도 있었어. 인종차별주의라고? 대체 저 여자는 무슨 말을 하고 있는 거지? 분노가 부당하게 비난받은 부끄러움과 섞였다.

이내 전화가 울렸다. 받지 말아야겠다고 생각했다. 하지만 결국 그는 거실로 가서 수화기를 들었다.

같은 목소리였다. 약간 쉰 나직한 목소리. 발란데르는 이 사내가 마우스피스 대용으로 손수건을 물고 있다고 추측했다.

"경찰의 대응을 기다리는 중이다." 그가 말했다.

"지옥에나 가!" 발란데르가 으르렁댔다.

"늦어도 도요일까지야."

"어젯밤 불을 낸 게 네놈이었나?" 그가 전화기에 대고 소리쳤다.

"늦어도 토요일이야." 사내는 냉정한 목소리로 그 말을 반복했다.

이내 전화가 끊겼다.

발란데르는 욕지기를 느꼈다. 그는 불길한 예감을 떨칠 수 없었다. 그것은 몸에 천천히 퍼지는 통증 같았다.

넌 지금 겁을 먹은 거야. 그는 생각했다. 지금 쿠르트 발란데르가 겁을 먹었어. 그는 부엌으로 가 창가에 서서 거리를 내다보았다. 바람은 불지 않았다. 가로등이 흔들리지 않았다.

무언가가 일어나고 있었다. 그는 그것을 확신했다. 하지만 뭐가? 그리고 어디에서?

8

아침에 그는 가지고 있는 가장 좋은 양복을 꺼냈다. 그는 칼라의 얼룩을 낙담한 눈으로 응시했다.

에바. 그는 생각했다. 이것은 그녀에게 좋은 프로젝트였다. 내가 모나를 만날 예정이라는 말을 들으면 그녀는 이 얼룩을 제거하는 데 열정을 쏟으리라. 에바는 범죄와 폭력의 증가보다 이혼이 우리 사회의 미래에 보다 큰 위협이라고 생각하는 여자다.

그는 차 뒷좌석에 양복을 놓고 경찰서로 향했다. 무겁게 드리운 구름이 도시 전체를 감쌌다. 눈이 내릴까? 그는 궁금했다. 난 눈이 정말 싫어. 그는 천천히 동쪽 방면 산스코겐을 향해 가다가 버려진 골프장을 지난 다음 코세베르가 쪽으로 빠졌다.

요 며칠간 처음으로 충분한 수면을 취한 것 같았다. 한 번도 깨지 않고 아홉 시간. 이마의 혹이 가라앉기 시작했고, 팔의 화상은 더 이상 따끔거리지 않았다. 그는 전날 밤에 메모했던 사건의 개요를 머릿속에서 체계적으로 정리했다. 가장 시급한 일은 뢰브그렌의 미스터리한 여인을 찾는 것이었다. 그리고 두 사람의 아들을. 사건의 인물들을 둘러싸고 있는 서클 어딘가에서 이 사건에 책임이 있는 두 사람이 발견될 것이었다. 살인은 사라진 2만7천 크로나와 관계있었다. 아마 뢰브그렌의 또 다른 자산과도.

누군가가 그 돈에 대해 알았고, 급히 떠나기 전에 말에게 먹이를 줄 시간을 냈다. 요하네스 뢰브그렌의 일상을 잘 아는 누군가가

예볘노리의 렌터카는 퍼즐에 맞지 않았다. 그것은 이 사건과 아무런 관련이 없는지도 몰랐다. 그는 손목시계를 보았다. 7시 40분. 1월 11일 목요일.

곧장 아버지의 집으로 가는 대신 그는 아버지 집을 지나쳐 몇 킬로미터를 더 간 다음 자갈길로 빠져 다그 함마르셸드^{Dag Hammarskjöld} 전 유엔 사무총장의 사유지였던 바코크라를 향해 모래 언덕들을 넘으며 나아갔다. 그 정치가는 그 사유지를 스웨덴에 유증했다. 발란데르는 주차장에 차를 세우고 언덕을 걸어 올라갔다. 그는 거기서 자신의 발밑 개울에서 이어진, 넓게 펼쳐진 바다를 볼 수 있었다.

거기에는 스톤서클^{stone circle} 둥글게 줄지어 놓은 거대한 돌이 있었다. 몇 년 전에 세운 사색의 스톤서클. 그것은 고독 그리고 마음의 평화로의 초대였다. 그는 돌 위에 앉아 바다를 바라보았다.

그는 특별히 철학적 사색에 마음이 기운 적이 없었고, 자신을 탐구할 필요를 느낀 적이 없었다. 그에게 삶이란 해결이 필요한, 난무하는 현실적 의문들이었다. 앞에 놓인 무언가는 피할 수 없었다. 그가 아무리 의미를 부여하려 해도 바꿀 수 없는 무언가.

몇 분간의 고독은 전적으로 또 다른 무언가였다. 아무 생각 없이 자리에 앉아 귀를 기울이고 바다를 바라보는 것이 그에게 큰 위안을 주었다.

바다에는 어딘가로 향하는 보트 한 척이 있었다. 커다란 바닷새가 미풍을 타고 소리 없이 활공했다. 모든 것이 조용했다. 10분 뒤 그는 서 있었고, 차로 돌아갔다.

발란데르가 별채에 발을 들였을 때 아버지는 그림을 그리고 있었다. 이번 그림에는 뇌조가 있었다. 아버지가 뿌루퉁한 표정으로 그를 보았다. 발란데르는 이 노인이 꾀죄죄하다는 걸 알았다. 그리고 끔찍한 냄새를 풍겼다.

"웬일이냐?" 아버지가 말했다.

"어제 약속했잖아요."

"넌 여덟 시라고 했다."

"맙소사, 전 십일 분 늦었을 뿐이라고요."

"시간도 못 지키면서 네가 경찰이라고 할 수 있니?"

발란데르는 대꾸하지 않았다. 대신 그는 크리스티나 누나를 떠올렸다. 오늘 시간을 내 그녀에게 전화해야 하리라. 누나에게 빠르게 진행되는 아버지의 노화 상태를 아는지 묻자. 그는 늘 노망이 천천히 진행되는 거라고 생각했었다. 이제 그는 전혀 그렇지 않다는 것을 깨달았다.

아버지는 팔레트에서 붓에 묻은 색을 찾고 있었다. 손은 아직 떨리지 않았다. 이내 아버지는 확신을 갖고 뇌조의 깃털에 연홍색 물감을 칠했다.

발란데르는 그림을 보려고 낡은 터보건 위에 앉았다. 아버지 몸에서 나는 악취가 코를 찔렀다. 발란데르는 모나와 신혼여행을 갔을 때 악취를 풍기며 파리 지하철 벤치에 누워 있던 남자가 떠올랐다.

무슨 말이라도 해야 해. 그는 생각했다. 아버지가 아이로 퇴행하고 있다고 해도 난 계속 아버지가 어른인 것처럼 말해야 해.

아버지는 대단한 집중력을 발휘하며 그림에 몰두하고 있었다. 아버지는 깊은 노티프의 그림을 얼마나 많이 그려 왔을까? 발란데르는 궁금했다. 그는 머릿속으로 대충 7천 점일 거라고 추산했다.

그는 자리에서 일어나 등유 스토브에서 김을 내뿜고 있는 주전자에서 커피를 따랐다.

"기분이 어떠세요?" 그가 물었다.

"네가 나만큼 나이를 먹으면 기분이 어떤지 알겠지." 아버지가 퉁명스럽게 대답했다.

"이사에 대해 생각해 보신 적 있으세요?"

"내가 어디로 이사를 간단 말이냐? 그리고 어쨌든 간에 내가 왜 이사를 해야 하지?"

그 대답은 채찍을 휘두르는 소리 같았다.

"노인 요양 아파트로요."

아버지가 붓이 무기인 양 그것으로 그를 사납게 가리켰다.

"내가 죽길 바라는 게냐?"

"당연히 아니죠! 그게 아버지에게 좋을 거예요."

"고루한 늙은이들 사이에서 내가 살아남을 성싶냐? 그리고 그들은 내 방에서 그림도 못 그리게 할 테지."

"요즘은 개인 아파트를 가질 수 있어요."

"난 이미 내 집을 갖고 있다. 아마 넌 그걸 눈치채지 못했겠지만. 아니면 그걸 알아차리기에 너무 아픈 게냐?"

"그냥 가벼운 감기에 걸렸을 뿐이에요."

그 순간 그는 그 감기가 나았다는 것을 깨달았다. 전에도 이런 일을 몇 차례 겪었었다. 해야 할 일이 너무 많으면 그는 자신이 앓는 걸 허용하지 않았다. 그러나 일단 수사가 종료되면 거의 즉시 굴복했다.

"오늘 밤 모나를 보기로 했어요." 그가 말했다.

보호 시설 내 노인 전용 홈이나 아파트에 대해 계속 말하는 것은 의미가 없었다. 일단 누나와 이야기하는 게 우선이었다.

"그 애가 널 떠났다면 그 앤 널 떠난 거다. 잊어버려라."

"전 당연히 모나를 잊고 싶지 않아요."

아버지는 계속 그림을 그렸다. 이제 아버지는 핑크색 구름들을 손보고 있었다. 대화는 끝이 났다.

"뭐든 필요하신 게 있으세요?" 발란데르가 물었다.

아버지가 그를 보지 않고 대답했다. "벌써 가는 게냐?"

비난을 숨기는 기색도 없었다. 발란데르는 죄책감을 억누르려고 애써 봐야 소용없다는 것을 알았다.

"할 일이 있어요." 그가 말했다. "전 서장 대리예요. 우린 살인 사건을 해결하려고 애쓰는 중이고요. 방화범들도 잡아야 해요."

아버지가 코웃음을 치며 사타구니를 긁었다. "서장이라고. 그런다고 내가 놀랄 줄 알았니?"

발란데르는 자리에서 일어났다.

"갔다 올게요, 아버지." 그가 말했다. "이 엉망진창을 치우는 걸 도와 드리죠."

노인이 바닥에 붓을 집어 던지더니 아들 앞에 서서 주먹을 흔들었다. 그 버럭하는 모습에 발란데르는 대경실색했다.

"네가 여길 와서 이곳이 엉망이라고 내게 말할 수 있다고 생각하냐? 여기에 와서 내 삶을 간섭할 수 있다고 생각하는 게냐? 네게 이 말을 해 줘야겠다. 난 여기에 청소하는 여자와 가정부를 두고 있다. 그리고 어쨌거나 난 겨울에 리미니Rimini 이탈리아 북부 아드리아해에 면한 휴양지로 여행을 떠날 거다. 거기서 전시회를 할 생각이다. 한 폭당 이만오천 크로나를 받을 거야. 그런데 넌 여기에 노인 요양 시설에 대해 말하러 오다니. 확실히 말해 두는데, 넌 날 치우지 못해!"

그는 별채에서 걸어 나가 등 뒤로 문을 세차게 닫았다.

미치셨군. 발란데르는 생각했다. 이걸 멈춰야 해. 아버진 정말 당신에게 청소하는 여자랑 가정부가 있다고 상상하시는지도 몰라. 이탈리아에서 전시회를 열겠다는 상상도. 그는 자신이 다시 안으로 들어가야 하는지 확신이 서지 않았다. 아버지가 부엌에서 쿵쾅대는 소리가 들렸다. 냄비와 프라이팬 들이 바닥에 내팽개쳐지는 소리.

발란데르는 차를 세워 둔 곳으로 갔다. 최선은 누나에게 전화하는 것일 터였다. 지금 당장. 누나와 함께라면 이렇게는 사실 수 없다는 것을 설득할 수 있으리라.

9시에 그는 경찰서로 가 오후까지는 드라이클리닝이 될 거라고 약속하는 에바에게 양복을 맡겼다.

10시에 그는 아직 경찰서에 남아 있는 팀원들에게 사건 회의를 하겠다고 전화했다. 어젯밤 뉴스를 보고 그의 분노를 공유한 사람들에게. 간단한 논의 후 그들은 발란데르가 날카로운 반박문을 써서 그것을 방송국에 배포해야 한다는 데 동의했다.

"경찰국장은 왜 대응하지 않는 거죠?" 마르틴손이 궁금해했다.

그의 물음이 빈정거리는 웃음과 맞닥뜨렸다.

"그 양반이 말인가?" 뤼드베리가 말했다. "그는 그렇게 해서 뭔가 얻을 게 있을 때에만 대응할 거야. 그는 지방경찰이 뭘 하든 관심이 없어."

수사관들의 주의를 요하는 새로운 일은 아무것도 일어나지 않았다. 그들은 여전히 기본적인 일에 매달리고 있었다. 수집된 자료가 검토되었고, 다양한 제보가 체크된 뒤 일지에 기록되었다.

크리스티안스타드의 미스터리한 여인과 그녀의 아들이 가장 중요한 단서라는 데 모두가 동의했다. 그들이 해결하려고 애쓰는 살인 사건이 강도에 의한 짓이라는 것 또한 아무도 의심하지 않았다. 발란데르는 난민 캠프들에 아무 일이 없었는지 물었다.

"야간 근무서를 체크했네." 뤼드베리가 말했다. "조용했어. 어젯밤 일어난 가장 드라마틱한 일은 엘크가 E육십오 번 도로를 뛰어다녔다는 것일세."

"내일은 금요일이고," 발란데르가 말했다. "어제 전 익명의 전화를 또 받았습니다. 같은 놈한테서요. 놈은 내일이나 늦어도 토요일에는 무슨 일인가가 일어날 거라고 협박을 반복하더군요."

뤼드베리는 스톡홀름 경찰에 연락할 것을 제안했다. 추가 인력의 제공 여부를 그들에게 맡기자며.

"그렇게 하죠. 신중을 기하는 게 낫겠죠. 우리 관할에서는 난민 캠프들을 중점적으로 추가 야간 순찰대를 보내죠."

"그럼 자넨 초과근무를 인가해야 할 거야." 한손이 말했다.

"알아." 발란데르가 말했다. "난 이 특별 야간 업무에 페테르스와 노렌을 원해. 그리고 누군가를 시켜서 각 캠프의 책임자에게 실리세. 그들을 겁먹게 하고 싶지 않으니까. 그들에게 조금 더 경계하라고 알리고."

한 시간쯤 후에 회의가 끝났다. 발란데르는 스웨덴 텔레비전에 보낼 반박문을 쓸 준비를 하면서 사무실에 혼자 남았다.

전화가 울렸다. 크리스티안스타드에서 예란 보만이 건 전화였다.

"어젯밤 뉴스에서 자넬 봤어." 그가 웃음을 터뜨리며 말했다.

"짜증 나지 않았나?"

"맞아. 대응해야 해."

"지금 반박문을 작성 중이야."

"기자들이 생각하는 게 대체 뭐야?"

"진실에 대한 게 아닌 건 확실하고, 어떻게 큰 헤드라인을 얻느냐겠지."

"희소식이 있어."

발란데르는 자신이 긴장하는 것을 느꼈다.

"여자를 찾았나?"

"아마도. 지금 서류 몇 장을 팩스로 보내는 중이야. 우린 아홉 가지 가능성을 찾았어. 시민 등록부를 찾아본 건 그렇게 실속 없는 일은 아니었어. 우리가 찾은 걸 자네가 보는 게 좋을 것 같아. 우리가 우선 체크해야 할 게 뭔지 전화해서 알려 줘."

"좋아, 예란." 발란데르가 말했다. "전화하지."

팩스는 안내 데스크에 있었다. 처음 보는 임시 직원이 막 팩스를 받고 있었다.

"쿠르트 발란데르가 어느 분이죠?" 그녀가 물었다.

"나요." 그가 말했다. "에바는 어딨소?"

"세탁소에 가서야 할 일이 있어서요." 여자가 말했다.

발란데르는 부끄러움을 느꼈다. 자신이 개인적인 심부름으로 에바를 뛰게 하고 있었다.

보만은 모두 네 장을 보냈다. 발란데르는 사무실로 돌아가 책상 위에 그것들을 펼쳐 놓았다. 그는 한 여자씩 검토했다. '부친 불명'인 아이가 태어난 날을. 네 명을 소거하는 데는 많은 시간이 걸리지 않았다. 1950년대에 태어난 아들이 있는 다섯 명이 남았다.

두 사람은 여전히 크리스티안스타드에 살고 있었고, 심리스함 외곽 글라드삭스에 한 사람이 살았다. 나머지 두 사람 중 한 명은 스트룀순드에 살았고, 한 명은 오스트레일리아로 이민을 갔다. 누군가가 조사차 세상 저편으로 출장을 가게 될지도 모른다는 생각에 미소가 지어졌다.

그는 예란 보만에게 전화했다.

"조짐이 좋아 보이는데." 그가 말했다. "우리가 제대로 짚었다면 다섯 명 중에 한 명일 거야."

"내가 그들을 데려와야 하나?"

"아니, 내가 처리하겠네. 아니, 더 정확히는 우리가 함께 처리해야 할 것 같은데. 그러니까, 자네가 시간이 있다면."

"내 볼게. 오늘 시작할 건가?"

발란데르는 손목시계를 보았다.

"내일부터 하지." 그가 말했다. "내가 아홉 시까지 거기로 가겠네. 혹시 오늘 밤 문제가 생기지 않는다면."

그는 익명의 협박에 대해 예란에게 간략히 설명했다.

"며칠 전 날 밤의 방화범을 잡지 않았나?"

"아직."

"그 여자들이 이동하지 못하게 조치를 취해 놓겠네."

"글라드삭스에서 만나는 게 좋을 것 같은데." 발란데르가 제안했다. "그리로 가는 길 중간에서."

"심리스함에 있는 스베아 호텔에서 아홉 시에." 보만이 말했다. "커피 한 잔 마시고 시작하자고."

"좋아. 거기서 보세. 그리고 도와줘서 고맙네."

자, 이제 너희 개자식들 차례다. 발란데르는 전화를 끊으며 생각했다. 본때를 보여 주마. 그는 스웨덴 텔레비전에 보낼 반박문을 썼다. 그는 에둘러 쓰지 않았다. 그리고 복사본을 이민 기관, 이민국, 지방 경찰청장, 경찰청장에게도 보내기로 마음먹었다.

복도에서 뤼드베리가 그가 쓴 반박문을 꼼꼼히 읽었다.

"좋아. 하지만 그들이 이 반박문을 내보낼 거라곤 기대 말게. 이 나라의 기자들, 특히 텔레비전은 모험을 하지 않으니까."

그는 그 반박문의 타이핑을 맡기고 커피를 한잔하러 구내식당으로 갔다. 끼니를 까먹고 있었다. 거의 1시였고, 식사를 하러 가기 전에 전화 메시지들을 검토하기로 했다.

전날 밤 익명의 전화가 걸려 왔을 때 그는 위에 통증을 느꼈었다. 이제 그는 안 좋은 예감을 모두 떨친 상태였다. 무슨 일이 생기든 경찰은 준비가 되어 있었다.

그는 스텐 비덴에게 전화를 걸었다. 하지만 송신음이 울리기 전에 수화기를 내려놓았다. 스텐은 미뤄 둬도 괜찮을 것이었다. 말이 건초를 먹는 데 어느 정도 시간이 걸리는지는 알게 될 터였다.

대신 그는 검사실의 전화번호를 돌렸다. 교환대의 여자가 아네테 브롤린이 자리에 있다고 했다. 그는 전화를 끊고 건물 내 다른 동棟으로 걸음을 옮겼다. 그가 노크를 하려고 손을 올린 순간 문이 열렸다.

그녀는 코트를 입고 있었다. "점심을 먹으러 가려던 참이었어요."

"같이 가도 됩니까?"

그녀는 그 말을 잠시 생각하는 듯 보였다. 이내 그녀가 그에게 짧은 미소를 보냈다. "안 될 게 뭐죠?"

발란데르는 콘티넨털 호텔을 제안했다. 그들은 창가 테이블에 자리를 잡았고, 둘 다 절인 연어를 주문했다.

"어제 뉴스에서 당신을 봤어요." 아네테 브롤린이 말했다. "그들은 어떻게 그렇게도 부정확하고 편향적인 보도를 할 수 있죠?"

비난을 대비하고 있던 발란데르는 마음을 놓았다.

"기자들은 경찰을 만만하게 보죠." 그가 말했다. "우린 뭘 하든 비판의 대상이 됩니다. 그리고 그들은 가끔 우리가 수사상의 이유로 어떤 정보를 비밀에 부치는 걸 이해하지 못하죠."

그는 그녀에게 정보 유출에 대해 이야기했다. 사건 회의에서 나왔던 정보가 그대로 TV 방송국에 나갔을 때 자신이 얼마나 분노했는지를. 그는 그녀가 귀를 기울이고 있다는 것을 알아차렸고, 검사로서의 역할과 비싼 옷 이면에 있는 인간적인 측면을 보았다고 느꼈다.

점심을 먹은 다음 그들은 커피를 주문했다.

"가족들도 이곳으로 이사했습니까?" 그가 물었다.

"남편은 아직 스톡홀름에 있어요." 그녀가 말했다. "그리고 아이들은 올해에는 학교를 옮기지 않을 거예요."

발란데르의 실망감이 손으로 만져질 듯했다. 그는 결혼반지가 아무 의미 없는 것이길 바랐다.

웨이터가 계산서를 가져왔고, 그는 계산을 하려고 지갑을 꺼냈다.

"각자 내죠." 그녀가 말했다.

그들은 커피를 한 잔 더 시켰다.

"이 도시에 대해 말해 주세요." 그녀가 말했다. "지난 몇 년간의 범죄 사건 수를 살펴봤어요. 스톡홀름과는 큰 차이가 있더군요."

"빠르게 변하고 있습니다." 그가 말했다. "곧 스웨덴의 모든 지방이 대도시의 외곽 수준이 될 겁니다. 이십 년 전 여기에는 마약이 없었죠. 십 년 전에 위스타드와 심리스함 같은 도시에 마약이 들어왔지만 우린 여전히 불미스러운 일을 통제했습니다. 요즘엔 마약이 도처에 널려 있습니다. 차를 몰고 스코네의 아름다운 옛 농장들을 지나칠 때 이따금 생각합니다. 저기에 거대한 암페타민 공장이 숨겨져 있을지 모른다고요."

"폭력 범죄는 아주 적어요." 그녀가 말했다. "게다가 잔혹하지도 않고요."

"그렇게 될 겁니다." 그가 말했다. "불행히도 그렇게 말하게 될 것 같군요. 대도시와 지방의 차이가 거의 없어지고 있죠. 조직 범죄가 말뫼에서 확산되고 있습니다. 국경 개방과 모든 페리의 입항은 지하 세계에 사탕 같죠."

"그래도 이곳은 차분한 느낌이 있어요." 그녀가 사색하듯 말했다. "스톡홀름에서는 완전히 사라진 어떤 느낌이요."

그들은 콘티넨털 호텔을 나섰다. 발란데르는 스틱가탄 근처에 주차했었다.

"여기에 정말 주차가 허용되나요?" 그녀가 물었다.

"아니요." 그가 대답했다. "하지만 딱지를 끊으면 벌금을 내죠. 될 대로 되라고 벌금을 안 냈다가 법정에 설지 모르지만요."

그들은 경찰서로 돌아갔다.

"언제 저녁을 함께 먹는 게 어떨지 하는데요." 그가 말했다. "이 지역을 보여 드리죠."

"좋을 것 같군요." 그녀가 말했다.

"집에는 자주 가십니까?" 그가 물었다.

"이 주에 한 번씩이요."

"그럼 남편은요? 아이들은?"

"남편은 시간이 되면 와요. 그리고 아이들은 오고 싶을 때 오죠."

사랑합니다. 발란데르는 생각했다. 오늘 밤 모나를 만나서 다른 여자를 사랑하고 있다고 말해야겠어.

두 사람은 안내 데스크에서 인사하고 헤어졌다.

"월요일에 브리핑하죠." 발란데르가 말했다. "우린 몇 가지 단서를 쫓고 있습니다."

"체포에 더 가까워졌나요?"

"아니요. 하지만 은행 조사로 좋은 결과를 얻었습니다."

그녀가 끄덕였다.

"가급적 월요일 열 시 전에요." 그녀가 말했다. "그날 지방법원에서 구류 심리와 협상이 있어요."

두 사람은 9시로 정했다. 발란데르는 복도 끝에서 사라지는 그녀를 지켜보았다. 사무실로 돌아갔을 때 그는 낯선 들뜬 기분을 느꼈다. 아네테 브롤린. 그는 생각했다. 모든 게 가능한 세상에서 일어날 법한 어떤 것.

그는 남은 하루를 전에 건성으로 넘겼던 여러 진술서를 읽는 데 바쳤다. 최종 검시 보고서도 도착했다. 그는 노부부가 당한 폭력의 정도에 다시 한번 충격을 받았다. 두 딸의 진술서와 룬나르프의 가가호호를 방문한 탐문 보고서를 읽었다. 모든 정보가 일치했고 앞뒤가 맞았다. 아무도 요하네스 뢰브그렌이 표면상의 모습보다 더 의미심장하게 복잡한 인물이었다는 것을 알지 못했다. 단순해 보이는 농부는 이중인격을 감추고 있었다. 전쟁 중인 1943년 가을에 그는 폭행과 구타 건으로 법정에 선 적이 있었다. 하지만 무혐의로 풀려났다. 누군가가 그 판결문의 복사본을 구해 왔고, 발란데르는 주의 깊게 그것을 읽었다. 하지만 노인의 죽음이 이 판결문과 관련 있는 타당한 복수의 동기로 보이지 않았다. 그것은 에리크슬룬드의 시민 회관에서 주먹다짐으로 이어진 평범한 다툼이었던 것으로 보였다.

에바가 그의 양복을 가져왔다.

"당신은 천삽니다." 그가 말했다.

"오늘 밤 멋진 시간 보내세요." 그녀가 미소를 지으며 말했다.

발란데르는 목이 메는 느낌을 받았다. 다른 뜻 없는 그녀의 말은 진짜 말 그대로를 의미했다.

그는 5시까지 축구 복권 용지를 채우고, 카센터 약속을 잡고, 내일 있을 중요한 심문을 생각하며 시간을 보냈다. 복귀할 비에르크를 위해 보고서를 준비해야 한다고 자신을 일깨우는 메모 또한 썼다.

5시가 막 지났을 때 토마스 네슬룬드가 문을 열고 머리를 들이밀었다.

"계셨습니까?" 그가 말했다. "퇴근하신 줄 알았습니다."

"내가 왜 퇴근했겠나?"

"에바가 그렇게 말해서요."

에바가 날 감시하는 모양이군. 그는 미소를 지으며 그렇게 생각했다. 내일 심리스함으로 가기 전에 그녀에게 꽃다발을 선물해야겠어.

네슬룬드가 사무실 안으로 들어왔다.

"지금 시간 있으십니까?" 그가 물었다.

"많이는 못 내."

"빨리 말씀드리겠습니다. 클라스 몬손에 관한 겁니다."

발란데르는 그게 누구였는지 떠올리기 위해 잠시 생각해야 했다.

"가게를 턴 놈?"

"그놈이요. 놈은 머리에 스타킹을 뒤집어쓰고 있었지만 녀석을 알아본 목격자가 있습니다. 팔뚝의 문신으로요. 그가 그놈이라는 데 의심의 여지가 없습니다. 하지만 새로 온 검사가 동의하지 않습니다."

발란데르가 눈썹을 치켜세웠다. "그게 무슨 말이지?"

"그녀는 조사가 엉성했다고 생각합니다."

"그랬나?"

네슬룬드가 재미있다는 듯이 그를 보았다.

"여느 조사와 다를 게 없었습니다. 여느 건과 다름없는 건이었죠."

"그래서 그녀가 뭐라고 했는데?"

"우리가 더 확실한 증거를 찾아내지 못하면 구류 반대를 고려하겠답니다. 여기에 와서 대단한 사람이라도 된 양 행세하는 그 빌어먹을 스톡홀름 암캐가요!"

발란데르는 화가 치솟는 것을 느꼈지만 자신의 감정을 배반하지 않도록 주의했다.

"페르라면 문제 삼지 않았을 겁니다." 네슬룬드가 말을 이었다. "이 개자식이 그 상점을 턴 놈이 빌어먹게 분명합니다."

"보고서를 갖고 있나?" 발란데르가 물었다.

"스베드베리에게 꼼꼼히 읽어 달라고 했습니다."

"내일 내가 볼 수 있게 여기에 그걸 갖다 놓게."

네슬룬드가 자리에서 일어났다.

"누군가 그 암캐에게 말해야 할 겁니다." 그가 말했다.

발란데르가 끄덕이고 미소를 지었다. "우린 스톡홀름에서 온 검사를 받아들일 수 없고, 우리가 일하는 방식을 방해받아서도 안 되지."

"그렇게 말씀하실 줄 알았습니다." 네슬룬드가 그렇게 말하고 방에서 나갔다.

발란데르는 저녁을 함께할 멋진 구실이라고 생각했다. 그는 재킷을 입고 깨끗한 양복을 팔에 걸친 다음 불을 껐다.

재빨리 샤워를 마친 그는 7시 직전에 말뫼에 도착했다. 스토르토르예트 광장 근처에 주차를 하고 콕 술집의 지하 계단을 내려갔다. 레스토랑에서 모나와 만나기 전 술을 두어 잔 마실 생각이었다.

가격이 충격적이었지만 그래도 그는 위스키 큰 잔을 주문했다. 몰트를 선호했지만 일반적인 블렌드를 시켜야 했다.

첫 모금을 마시다 옷에 술을 흘렸다. 이제 옷깃에 새로운 얼룩이 생겼다. 저번 얼룩과 거의 같은 위치에. 집에 가야겠어. 그는 자책감에 휩싸여 생각했다. 집에 가서 잠이나 자야겠어. 온몸에 흘리지 않고는 글라스조차 집을 수 없다니. 동시에 그는 이 감정이 순수한 자기기만이라는 것을 알았다. 자기기만과 불안감으로 모나를 만난다고. 모나에게 프러포즈한 때 이후로 가장 중요한 만남이 될지도 몰랐다. 이제 그는 이미 기정사실이 된 이혼을 막기 위해 안간힘을 쓰고 있었다.

하지만 정말 그러고 싶은 걸까? 그는 종이 냅킨으로 깃을 닦고 술잔을 비운 뒤 다시 한 잔을 주문했다. 10분 내로 나가야 할 터였다. 그때쯤에는 마음을 정할 것이었다. 모나에게 무슨 말을 해야 하지? 그리고 그녀의 대답은 어떨까?

주문한 술이 왔고 그는 그것을 한 번에 들이켰다. 술이 관자놀이를 태웠고, 땀이 나는 것을 느낄 수 있었다. 그는 모나가 자신이 듣길 기다렸던 말을 해 주길 마음속 깊이 바랐다.

이혼을 원한 쪽이 그녀였기 때문에 먼저 이혼하지 않겠다는 말을 꺼낼 쪽 역시 그녀여야 했다.

그는 돈을 내고 술집에서 나왔다. 너무 일찍 도착하지 않도록 천천히 걸었다.

발가탄 모퉁이에서 파란색 신호등을 기다리면서 그는 누 가지를 말해야겠다고 생각했다. 모나와 빈다에 관한 진지한 이야기를 할 생각이었다. 그리고 아버지에 대해 그녀의 조언을 구할 생각이었다. 모나는 아버지를 잘 알았다. 비록 두 사람이 사이가 안 좋았을지라도 모나는 아버지의 변덕스러운 성격을 이해했다.

크리스티나에게 전화해야 해. 그는 건널목을 건너며 생각했다. 어쩌면 고의적으로 전화하길 잊어버렸는지도 몰랐다. 운하교運河橋를 건너고, 젊은 애들이 잔뜩 탄 차를 지나쳤다. 명백히 술에 취한 소년이 열린 창밖으로 몸을 내밀고 뭐라고 소리치고 있었다.

발란데르는 20년도 더 전에 이 다리를 얼마나 많이 건너곤 했는지 떠올렸다. 이 도시는 여전히 달라진 게 없어 보였다. 그는 순찰 경관 시절, 대개는 자신보다 연상인 파트너와 이 주변의 순찰을 돌았고, 검문을 위해 기차역으로 가곤 했다. 때때로 두 사람은 술에 취한 사람과 기차표가 없는 사람을 내쫓아야 했지만 폭력 행위는 거의 볼 수 없었다.

그런 세상은 더 이상 존재하지 않아. 그는 생각했다. 그런 세상은 사라졌고, 우린 결코 그런 세상으로 돌아갈 수 없을 거야. 역으로 갔다. 역은 많이 변했지만 돌바닥은 여전했다. 그리고 기차 바퀴가 내는 거슬리는 소리와 엔진이 멈출 때 나는 소리도.

난데없이 딸이 눈에 띄었다. 처음에 그는 자신의 상상이라고 생각했다. 스텐 비덴의 말 사육장에서 건초를 나르던 여자일지도 몰랐다. 하지만 곧 확신했다. 린다였다. 딸은 무인 발권기에서 표를 끊으려고 애쓰는 칠흑같이 까만 남자 옆에 서 있었다. 그는 딸보다 40센티미터 이상 키가 컸고, 곱슬곱슬한 흑발에 자주색 오버올을 입고 있었다.

미행 중이기라도 한 것처럼 발란데르는 재빨리 기둥 뒤로 몸을 숨겼다. 남자가 뭐라고 말하자 린다가 웃음을 터뜨렸다. 그는 딸이 웃는 모습을 본 것이 몇 년 만이라는 것을 깨달았다.

그가 본 것이 자신을 슬프게 했다. 그는 자신이 딸에게 닿을 수 없다는 것을 감지했다. 딸아이가 그토록 가까이 있는데도 그곳은 손이 미치지 않는 곳이었다.

내 가족. 그는 생각했다. 기차역에서 내 딸을 감시하고 있다니. 그리고 딸애의 엄마인 모나는, 만나서 저녁을 먹고 아마도 서로에게 소리를 지르거나 악을 쓰지 않으려고 노력하며 그럭저럭 대화를 나눌 레스토랑에 이미 도착했을지도 몰랐다.

쳐다보고 있기가 힘들다는 것을 자각했다. 눈이 눈물로 흐려 있었다. 오랫동안 눈물을 흘린 적이 없었다. 마지막으로 린다가 웃는 모습을 본 것만큼, 눈물이 났던 것은 아득히 먼 기억에 있었다.

흑인과 린다는 플랫폼을 향해 걷고 있었다. 그는 급히 쫓아가 그에게서 딸을 떼어 내고 싶었다. 이내 두 사람이 시야에서 사라졌고, 그는 미행을 계속했다. 요란한 소리를 내는 싸늘한 바람이 부는 플랫폼의 그림자에 몸을 숨기고 그들을 쫓았다. 두 사람이 손을 잡고 웃으며 걷는 모습을 지켜보았다. 마지막으로 본 것은 푸른 문이 쉿 소리를 내며 닫힌 다음 란스크로나나 룬드로 떠나는 기차였다.

그는 딸이 행복해 보인다는 사실에 집중하려 애썼다. 근심 걱정 없던 꼬마 숙녀 때처럼. 하지만 자신이 느끼는 감정은 비참함뿐인 것처럼 보였다. 한심한 발란데르 경위와 그의 가련한 가정.

이제 약속에 늦었다. 지금쯤 모나는 몸을 돌려 떠났을 것이었다. 그녀는 늘 시간을 잘 지켰고, 기다리는 것을 질색했다. 특히 자신을.

그는 플랫폼을 따라 달리기 시작했다. 연홍색 엔진이 그의 옆에서 성난 짐승처럼 쉿소리를 냈다. 레스토랑으로 이끄는 계단에서 발을 헛디딜 정도로 서둘렀다. 머리를 민 도어맨이 그를 보고 떫은 얼굴을 했다.

"어디 가십니까?" 그가 물었다.

발란데르는 그 질문에 마비되었다. 그 말이 즉시 그를 일깨웠다. 도어맨은 그가 취했다고 생각했다. 도어맨은 그를 안으로 들이지 않을 생각이었다.

"아내와 저녁 먹으러 갑니다." 그가 말했다.

"아닌 것 같은데요." 도어맨이 말했다. "댁으로 가시는 게 좋을 것 같습니다."

발란데르는 피가 끓는 것을 느꼈다.

"난 경찰이오!" 그가 소리쳤다. "그리고 난 취하지 않았소. 당신이 생각하는 게 그거라면. 이제 정말 화를 내기 전에 비키시오."

"꺼져!" 도어맨이 말했다. "경찰을 부르기 전에."

순간 그는 도어맨의 코에 주먹을 날리고 싶은 기분이었다. 이내 평정을 되찾고 마음을 가라앉혔다.

그는 안주머니에서 신분증을 꺼냈다.

"난 정말 경찰이오." 그가 말했다. "그리고 난 취하지 않았소. 발을 헛디딘 거요. 그리고 내 아내가 여기서 날 기다리고 있소."

도어맨이 회의적인 눈으로 신분증을 면밀히 살폈다. 곧 얼굴이 밝아졌다.

"헤이, 당신을 압니다. 며칠 전 밤에 TV에 나오셨죠."

마침내 TV 덕을 보는군. 그는 생각했다.

"전 언제나," 도어맨이 말했다. "당신 편입니다."

"뭐가 내 편이란 말이오?"

"빌어먹을 깜둥이들을 엄하게 통제하는 거 말입니다. 우리가 이 나라에 들이는 것들은 어떤 종자입니까? 노인을 죽이는 걸 일삼는 것들입니까? 우리가 그들 모두를 내쫓아야 한다는 데서 난 당신 편입니다. 몽둥이로 그들을 몰아내야죠."

발란데르는 이 사내와 토론할 가치가 없다는 것을 알았다. 대신 그는 미소를 시도했다.

"그럼 난 들어가서 저녁을 먹어야겠소. 배가 고프군."

도어맨이 그를 위해 문을 열었다.

"우리가 조심하는 걸 이해하시겠죠?"

"걱정 마시오." 발란데르는 그렇게 대꾸하고 레스토랑의 온기 속으로 들어갔다.

그는 코트를 벗어 들고 주위를 둘러보았다. 모나는 운하가 보이는 창가 테이블에 앉아 있었다. 그녀가 자신이 도착한 것을 지켜보고 있었는지 궁금했다. 그는 고작해야 배에 힘을 주고 손으로 머리를 쓸어 넘긴 다음 그녀에게 걸어갈 수밖에 없었다.

시작부터 모든 게 잘못되었다. 그는 아내가 깃의 얼룩을 알아채는 모습을 보았고, 그래서 화가 났다. 그리고 그는 자신이 분노를 감추는 데 완벽히 성공했는지 알지 못했다.

"안녕." 그가 아내의 맞은편 자리에 앉으며 말했다.

"언제나처럼 늦었네. 그리고 살이 징말 많이 쪘어!"

그녀는 모욕으로 운을 뗐다. 애정은커녕 다정한 말조차 없이.

"하지만 당신은 똑같아 보여. 보기 좋게 그을었군."

"우린 마데이라Madeira 포르투갈령 휴양지에서 일주일을 보냈어."

마데이라. 처음엔 파리 그리고 마데이라. 자신들의 신혼여행지. 절벽 위에 위치한 호텔. 해변으로 나가면 있는, 작은 생선을 요리하는 레스토랑. 그리고 이제 모나는 다시 거기에 갔었다. 누군가와 함께.

"그렇군. 마데이라가 우리의 섬이라고 생각했는데."

"유치하게 굴지 마!"

"진심이야."

"그래서 유치하다는 거야."

"그래, 난 유치해! 그래서 문제 있어?"

통제를 벗어난 대화가 겉돌고 있었다. 상냥한 웨이트리스가 테이블로 다가왔을 때 얼음의 깊은 구멍에서 구조된 것 같았다.

와인이 나왔고, 분위기가 나아졌다. 발란데르는 자신의 아내였던 여자를 보며 앉아 있었고, 그녀가 지극히 아름답다고 생각했다. 그는 질투라는 날카로운 자상을 안기는 생각을 피하려고 애썼다.

그는 절대 그렇지 않았지만 아주 차분하다는 인상을 주려고 최선을 다했다. 두 사람은 스콜건배이라는 말과 함께 잔을 들어 올렸다.

"돌아와." 그가 애원했다. "다시 시작해."

"싫어. 당신은 끝났다는 걸 이해해야 해. 완전히."

"당신을 기다리는 동안 역에 갔었어." 그가 말했다. "거기서 린다를 봤어."

"린다?"

"놀란 것처럼 보이는군."

"난 그 애가 스톡홀름에 있다고 생각했어."

"그 애가 스톡홀름에서 뭘 하는데?"

"자신에게 맞는 곳인지 보러 대학을 방문했겠지."

"난 장님이 아니야. 그 애였어."

"그 애와 얘기했어?"

발란데르는 머리를 저었다. "기차에 막 타는 중이었어. 그럴 시간이 없었어."

"어떤 기차?"

"룬드나 란스크로나행. 흑인과 있더군."

"적어도 그건 다행이네."

"그거라는 게 무슨 뜻이야?"

"한동안 린다에게 있었던 일 중에 헤르만이 가장 낫다는 뜻이야."

"헤르만?"

"헤르만 음보야. 케냐 사람이야."

"그는 자주색 오버올을 입고 있었다고!"

"그는 가끔 재밌는 옷을 입어."

"그가 스웨덴에서 뭘 하는데?"

"의대에 다녀. 곧 의사가 될 거야."

발란데르는 그 말에 어이가 없었다. 나를 놀리는 걸까?

"의사?"

"그래! 의사! 닥터라고 부르든 뭐든. 그는 따뜻하고 사려 깊고 유머 감각이 있어."

"둘이 같이 살아?"

"그는 룬드에 있는 학생 아파트에 살아."

"둘이 같이 사느냐고 물었어!"

"린다가 마침내 결정한 것 같아."

"결정하다니, 뭘?"

"그의 집으로 이사하기로."

"그럼 어떻게 스톡홀름에 있는 대학에 다닌다는 거야?"

"그걸 제안한 사람은 헤르만이야."

웨이트리스가 두 사람의 잔을 채웠다. 발란데르는 자신이 취하기 시작했다는 것을 느꼈다.

"그 애가 어느 날 나에게 전화했어." 그가 말했다. "그 앤 위스타드에 있었지. 하지만 날 보러 오진 않았어. 만약 그 애를 보면 내가 보고 싶어 한다고 말해 줘."

"그 애가 알아서 할 거야."

"내가 부탁하는 건 그 애에게 말해 달라는 것뿐이야!"

"알았어! 소리치지 마!"

"소리치지 않았어!"

바로 그때 로스트비프가 나왔다. 그들은 말없이 먹었다. 발란데르는 어떤 맛도 느낄 수 없었다. 그는 와인 한 병을 더 주문하면서 어떻게 집에 가야 할지 걱정했다.

"당신은 좋아 보여." 그가 말했다.

그녀가 딱딱하게, 어쩌면 도전적인 모습으로도 보이게 고개를 끄덕였다.

"당신은 어때?"

"난 지옥 같은 시간을 보내고 있지. 그것만 빼면 모두 괜찮아."

"나에게 말하고 싶은 게 뭐야?"

그는 만남에 대한 구실을 생각했어야 했다는 것을 잊어버렸다. 지금 무슨 말을 해야 할지 몰랐다. 사실. 그는 씁쓸한 생각이 들었다. 왜 사실대로 말하면 안 되지?

"그냥 당신을 보고 싶었어. 다른 건 다 거짓말이야."

그녀가 미소 지었다.

"우리가 볼 수 있어서 기뻐." 그녀가 말했다.

갑자기 그는 눈물이 터져 나왔다.

"당신이 너무 그리워." 그가 중얼댔다.

그녀가 그의 손에 손을 올렸다. 하지만 말은 없었다. 그리고 그 순간 발란데르는 이것으로 끝이라는 것을 알았다. 이혼으로 달라질 것은 없을 터였다. 어쩌면 가끔씩 저녁이나 같이 먹든가. 하지만 자신들의 삶은 되돌릴 수 없는 다른 방향으로 가고 있었다. 그녀의 침묵이 그에게 그렇다고 말했다.

그는 아네테 브롤린에 대해 생각하기 시작했다. 그리고 꿈에서 자신을 찾아오는 흑인 여자를. 그는 외로움에 대한 준비가 되어 있지 않았다. 이제 그것을 억지로 받아들여야 할 것이고, 어쩌면 점차 새 삶을 꾸릴 수 있을지도 몰랐다.

"한 가지만 말해 줘." 그가 말했다. "왜 나를 떠났지?"

"당신을 떠나지 않았다면 난 죽었을 거야." 그녀가 말했다. "그게 당신 잘못이 아니었다는 걸 이해하길 비라. 이혼이 필요했다고 느낀 사람도 나고 결정한 사람도 나야. 어느 날엔가 당신은 내 말을 이해힐 거야."

"난 지금 이해하고 싶어."

그들이 레스토랑을 나설 때 그녀는 자신의 몫을 자신이 내길 원했다. 하지만 그가 자신이 내겠다고 고집을 피웠고, 그녀는 항복했다.

"집에 어떻게 갈 거야?" 그녀가 물었다.

"야간 버스가 있어." 그가 대답했다. "당신은 어떻게 갈 거야?"

"걸어서." 그녀가 말했다.

"조금만 바래다줄게."

그녀가 머리를 저었다.

"여기서 헤어져." 그녀가 말했다. "그게 가장 좋을 거야. 하지만 가끔 또 전화해. 연락을 유지하고 싶어."

그녀가 그의 볼에 짧은 키스를 했다. 그는 그녀가 활기찬 걸음으로 운하교를 건너는 모습을 지켜보았다. 그녀가 사보이 호텔과 관광 안내소 사이로 사라졌을 때, 그녀의 뒤를 쫓았다. 그날 저녁 일찍 그는 딸을 미행했었다. 이제 그는 아내의 뒤를 밟고 있었다.

스토르토르예트 광장 모퉁이 텔레비전 가게 가까이에 차가 기다리고 있었다. 그녀가 앞좌석에 올라탔다. 차가 지나칠 때 발란데르는 계단통에 몸을 숨겼다. 그는 운전대에 앉은 남자를 힐끗 보았다.

그는 차를 세워 둔 곳으로 걸어갔다. 위스타드로 가는 야간 버스는 없었다. 전화 부스에 멈춰 서서 아네테 브롤린의 집에 전화를 걸었다. 그녀가 받자마자 전화를 끊었다. 그는 차로 돌아가 마리아 칼라스 테이프를 카세트덱에 꽂고 눈을 감았다.

그는 추위에 놀라 눈을 떴다. 거의 두 시간이나 잠들어 있었다. 술이 깨지 않았지만 집에 운전해 가기로 마음먹었다. 간선도로가 아닌 스베달라와 스바네홀름을 지나갈 생각이었다. 경찰차와 마주칠 위험이 없는 길로.

하지만 그는 마주쳤다. 위스타드 경찰서 야간 순찰대가 난민 캠프들을 살피고 있다는 것을 까맣게 잊고 있었다. 그리고 그 명령을 내린 사람은 자신이었다.

하게홀름 주변이 조용하다는 것을 확인한 페테르스와 노렌은 스바네홀름과 슬리밍에 사이에서 불안정하게 움직이는 차에 다가갔다. 보통 때라면 둘 중 하나가 발란데르의 차를 알아보았겠지만 두 사람은 그가 밤의 이 시간에 이 주변을 운전하고 있을 것이라고는 생각지 못했다. 게다가 진흙으로 덮인 번호판을 읽을 수 없었다. 그들은 차를 세우고 앞유리를 노크할 때까지도 알아채지 못했다. 발란데르가 창문을 내렸을 때 그들은 자신들의 서장 대리를 알아보았다.

둘 중 누구도 입을 떼지 않았다. 노렌의 손전등이 발란데르의 벌게진 눈을 비쳤다.

"아무 이상 없나?" 발란데르가 마침내 물었다.

노렌과 페테르스는 서로의 얼굴을 보았다.

"네." 페테르스가 말했다. "아무 이상 없어 보입니다."

"좋아." 발란데르가 그렇게 말하고 창문을 올릴 때였다.

그때 노렌이 한 발자국 앞으로 나왔다.

"차에서 내리셔야겠습니다." 그가 말했다. "지금 당장이요."

발란데르는 손전등에서 나오는 날카로운 빛을 받으며 제대로 이해하시 못한 미심쩍은 얼굴을 했다. 이내 그는 노렌의 말을 따랐다. 차밖으로 나왔다. 밤은 추웠다. 그는 얼어붙고 있었다.

무언가가 종말을 고했다.

9

발란데르는 금요일 아침 7시에 심리스함의 스베아 호텔에 발을 들이면서 자신이 웃는 경관과는 거리가 멀다고 느꼈다. 스코네 전역에 거의 앞이 보이지 않을 정도로 진눈깨비가 내리고 있었고, 차에서 호텔로 걸어오는 동안 구두 안으로 물기가 스며들었다.

게다가 두통이 일었다. 그는 웨이트리스에게 아스피린 두 알을 부탁했다. 그녀가 흰 가루가 둥둥 뜬 물 한 잔을 가지고 돌아왔다. 커피를 마실 때 그는 손이 떨리는 것을 알아챘다.

그는 그 떨림이 안도감에서 기인한 것만큼이나 두려움에서 기인한 것이라고 생각했다. 몇 시간 전 노렌이 스바네홀름과 슬리밍에 사이의 도로에서 차에서 내리라고 했을 때, 그는 모든 게 끝났다고 생각했다. 경찰복을 벗어야 할 터였다. 음주 운전은 곧 정직을 뜻했다. 그리고 실형을 받고 나서 언젠가 경찰서로의 근무 복귀가 허락된다 하더라도 결코 이전 동료들의 얼굴을 볼 수 없을 것이었다.

그는 어떤 회사의 경비 팀장이 될 가능성을 따져 보았다. 신원 조회가 덜 까다로운 경비 회사의 면접을 통과할지도 몰랐다. 하지만 경찰로서의 20년 경력은 끝일 것이었다. 그리고 그는 속속들이 경찰이었다.

페테르스와 노렌을 매수하겠다는 생각은 고려조차 하지 않았다. 그는 그것이 불가능하다는 것을 알았다. 그가 할 수 있는 유일한 방법은 애원뿐이었다. 자신들의 공동체 정신에, 동지애에, 있지도 않은 우정에의 어필.

하지만 그는 그럴 필요가 없었다.

"페테르스와 가십시오. 저는 경위님 차를 댁으로 가져가겠습니다." 노렌이 말했다.

발란데르는 안도를 느꼈으나 노렌의 목소리에 담긴 오해할 수 없는 경멸의 기미 또한 놓치지 않았다. 그는 말없이 경찰차 뒷좌석에 올라탔다. 위스타드의 마리아가탄으로 가는 내내 페테르스는 말 한마디 없었다.

노렌이 뒤를 바짝 따랐다. 그는 차를 세웠고, 발란데르에게 키를 건넸다.

"누군가 경위님을 봤습니까?" 노렌이 물었다.

"자네들 빼고는 없네."

"빌어먹게 운이 좋으시군요."

페테르스가 끄덕였다. 이내 발란데르는 아무 일도 없으리라는 것을 알아차렸다. 노렌과 페테르스가 자신 때문에 심각한 직무 태만을 저지르고 있었다.

"고맙네." 그가 말했다.

"됐습니다." 노렌이 대꾸했다. 그런 다음 두 사람은 차를 타고 떠났다.

발란데르는 아파트로 올라가 위스키병에 남은 술을 해치웠다. 그리고 침대 위 이불에 누워 몇 시간 동안 곯아떨어졌다. 생각도 없이, 꿈도 꾸지 않고. 아침 6시 15분에 대충 면도를 하고 다시 차로 갔다.

그는 물론 여전히 술이 깨지 않았다는 것을 알았다. 하지만 이제 페테르스와 노렌을 만날 위험은 없었다. 두 사람은 6시에 근무가 끝났다.

그는 할 일에 집중하려고 애썼다. 예란 보만을 만나 룬나르프 살인 사건 수사차 함께 사라진 연결 고리를 찾을 예정이었다.

발란데르는 그 밖의 잡다한 생각들은 한쪽으로 치워 놓았다. 그 생각들을 다룰 에너지가 생기면 그때 다시 소환할 것이었다. 숙취가 가시면. 모든 걸 균형 있는 시각으로 볼 수 있을 때.

그가 호텔 식당에 있는 유일한 사람이었다. 날리는 진눈깨비 때문에 거의 보이지 않는 잿빛 바다를 내다보았다. 낚싯배 한 척이 부두를 나서는 중이었고, 그는 선체에 검은 페인트로 쓰인 숫자를 읽으려고 애썼다.

맥주 한 잔. 그는 생각했다. 나에게 지금 당장 필요한 건 필스너 한 잔이야.

그것은 강한 유혹이었다. 저녁에 마실 술을 사기 위해 주에서 운영하는 주류 판매점에 들러도 좋으리라는 생각도 했다. 그는 자신이 너무 빨리 술을 깨고 싶지 않아 한다는 것을 깨달았다.

나라는 놈은 썩어 빠진 경찰이군. 신뢰할 수 없는 경찰.

웨이트리스가 그의 잔에 다시 커피를 따라 주었다. 그는 그녀와 호텔 방으로 들어가는 자신을 상상했다. 드리운 커튼 안에서 자신의 존재를 잊고, 자신을 둘러싼 모든 것을 잊고 현실에서 벗어난 세상으로 침잠하리라.

그는 커피를 마저 마시고 서류 가방을 집어 들었다. 여전히 수사 보고서를 읽을 시간이 조금 남아 있었다. 가만히 있지 못하고 프런트로 간 그는 위스타드 경찰서에 전화했다. 에바가 받았다.

"이제 저녁은 즐거우셨어요?" 그녀가 물었다.

"그보다 좋을 수 없었죠." 그가 대답했다. "그리고 양복을 세탁해 주셔서 다시 한번 고맙습니다."

"언제든요."

"연락할 일이 있다면 저는 지금 심리스함에 있는 스베아 호텔에 있습니다. 이따가는 크리스티안스타드 경찰서의 보만과 이동할 거고요. 하지만 전화할 겁니다."

"모든 게 조용해요. 난민 캠프는 별일 없답니다."

그는 전화를 끊고 세수를 하기 위해 화장실로 갔다. 거울 속 자신의 모습을 외면했다. 손끝으로 이마의 혹을 조심스럽게 만졌다. 아팠다. 스트레칭을 하자 허벅지를 관통하는 통증이 느껴졌다.

그는 식당으로 돌아와서 아침을 주문했다. 식사를 하면서 신문을 대충 넘겨 보았다.

보만은 시간을 잘 지키는 사람이었다. 정각 9시. 그는 식당으로 걸어 들어왔다.

"대단한 날씨야!" 그가 말했다.

"눈보라보단 낫잖아." 발란데르가 말했다.

보만이 커피를 마시는 동안 두 사람은 그날 해야 할 일의 계획을 짰다.

"운이 따르는 것 같은데." 보만이 말했다. "글라드삭스에 사는 여자와 크리스티안스타드에 사는 두 여자는 별문제 없이 찾을 수 있을 것 같아."

두 사람은 글라드삭스에 사는 여자부터 시작했다.

"이름은 아니타 헤슬레르야." 보만이 말했다. "그리고 나이는 쉰여덟. 몇 년 전에 결혼했어. 남편은 부동산 중개인이고."

"헤슬레르는 처녀 적 성일까?" 발란데르가 궁금해했다.

"지금 이름은 요한손이야. 남편이 클라스 요한손. 그들은 도시에서 멀지 않은 교외에 살아. 조금 조사를 해 봤지. 우리가 아는 한 그 여잔 주부야."

그는 서류를 체크했다.

"1951년 삼월 구일, 크리스티안스타드의 산부인과에서 아들을 낳았어. 정확히 네 시 십삼 분에. 우리가 아는 한 그가 그 여자의 유일한 자식이야. 클라스 요한손에게는 전 부인과의 사이에서 네 명의 자식이 있어. 그는 여자보다 여섯 살 연하야."

"그렇다면 그녀의 아들은 서른아홉이군." 발란데르가 말했다.

"이름은 스테판. 오후스에서 살고, 크리스티안스타드에서 세무 평가 감독관으로 일해. 재정 상태는 안정적이야. 아내와 두 아이와 테라스하우스다닥다닥 붙여 지어 비슷하게 생긴 주택에 살아."

"세무 평가 감독관들은 대개 사람을 죽이지 않나?" 발란데르가 물었다.

"자주는 아니지." 보만이 대꾸했다.

두 사람은 글라드삭스로 차를 몰았다. 진눈깨비가 비로 바뀌어 있었다. 도시로 들어가기 직전 보만은 왼쪽으로 방향을 틀었다.

주거 구역에 있는 이층집들은 낮은 하얀 건물들이 주를 이루는 도시와 명확한 대조를 보였다. 발란데르는 이곳이 여느 대도시의 부유한 외곽이라고 말해도 좋을 듯싶었다.

그 집은 맨 끝에 있었다. 옆집에는 시멘트 슬래브 위에 거대한 위성방송 수신안테나가 서 있었다. 마당이 잘 관리되어 있었다. 두 사람은 잠시 차 안에 앉아서 붉은 벽돌 건물을 응시했다. 차고 앞 진입로에 하얀 닛산이 주차되어 있었다.

"남편의 사무실이 심리스함에 있으니까," 보만이 말했다. "그는 아마 집에 없을 거야. 듣자 하니 그는 돈 많은 독일인들에게 부동산을 파는 게 전문인 것 같아."

"그건 합법인가?" 발란데르가 놀라서 물었다.

보만이 어깨를 으쓱했다.

"그들은 가짜 소유주를 이용해." 그가 말했다. "독일인들은 돈을 잘 내고 증서는 스웨덴인 손에 놓이지. 스코네에 주거용 부동산을 부당하게 매매해서 괜찮은 돈벌이를 하는 사람들이 있어."

순간 그들은 커튼 뒤의 움직임을 일별했다. 숙련된 경찰의 눈이기에 알아차렸을 정도의 빠른 움직임이었다.

"집에 누가 있어." 발란데르가 말했다. "가서 인사를 해 볼까?"

문을 연 여자는 놀랄 만큼 매력적이었다. 헐렁한 추리닝을 입고 있었을지라도 그녀가 발하는 행복의 광채는 오해의 여지가 없었다. 발란데르는 순간적으로 이 여자는 스웨덴 사람처럼 보이지 않는다고 생각했다.

그는 또한 자신들의 소개가 자신들의 질문들을 합친 것만큼 중요할지도 모른다고 생각했다. 자신들이 경찰이라고 말하면 이 여자는 어떻게 반응할까?

그가 알아챈 게 있다면 그녀는 한쪽 눈썹을 살짝 치켜세웠다는 것뿐이었다. 그런 다음 가지런한 하얀 이를 드러내며 미소를 지었다. 발란데르는 보만이 옳게 조사했는지 의문이 들었다. 이 여자가 정말 쉰여덟이라고? 몰랐더라면 마흔다섯 살로 추측했을 것이었다.

"뜻밖이군요." 그녀가 말했다. "들어오세요."

그들은 그녀를 따라 고상한 가구들이 배치된 거실로 갔다. 벽은 책장으로 둘러싸여 있었다. 구석에는 최신식 방앤드올루프센[Bang & Olufsen 오디오 기기 등 고가의 전자 제품을 생산하는 회사] TV가 서 있었다. 수족관에는 호랑이 무늬 물고기가 유영하고 있었다. 발란데르는 요하네스 뢰브그렌과 이 방을 결부하는 데 어려움을 느꼈다. 둘과의 관계를 암시하는 게 전혀 없었다.

"마실 거를 드릴까요?" 여자가 물었다.

그들은 사양하고 자리에 앉았다.

"몇 가지 여쭤볼 게 있어서 왔습니다." 발란데르가 말했다. "제 이름은 쿠르트 발란데르고, 이 사람은 크리스티안스타드 경찰서에서 나온 예란 보만입니다."

"경찰의 방문을 받다니 흥분되는데요." 여자가 여전히 미소를 지으며 말했다. "이곳 글라드삭스에는 재밌는 일이 전혀 없어요."

"저희가 알고 싶은 건 요하네스 뢰브그렌이라는 남자를 아시느냐는 것뿐입니다." 발란데르가 말했다.

그녀가 그에게 놀란 표정을 지었다.

"요하네스 뢰브그렌이요? 아니요. 그가 누구죠?"

"정말 모르십니까?"

"정말이고말고요!"

"그는 며칠 전 룬나르프라는 동네에서 아내와 함께 살해됐습니다. 아마 신문에서 그 기사를 읽으셨을 겁니다."

그녀의 놀란 표정은 진짜처럼 보였다.

"이해가 안 가는데요." 그녀가 말했다. "그 사건과 관련해서 신문에서 뭔가 본 것 같긴 해요. 하지만 그게 저와 무슨 상관이죠?"

아무 상관도요. 발란데르는 그렇게 생각하며 보만을 힐끗 보았는데, 그는 자신의 생각을 공유한 것처럼 보였다. 이 여자가 요하네스 뢰브그렌과 무슨 관련이 있을까?

"1951년에 부인께서는 크리스티안스타드에서 아들을 낳으셨습니다." 보만이 말했다. "여러 기록상으로 부인의 아들은 부친 불명으로 돼 있습니다. 요하네스 뢰브그렌이라는 이름의 남자가 이 불명의 아버지일 수도 있을까요?"

그녀는 대답하기 전에 두 사람을 오랫동안 응시했다.

"왜 이런 질문을 하시는지 이해할 수 없군요." 그녀가 말했다. "하물며 그 살해된 농부와 그게 무슨 상관인지는 더 이해가 안 돼요. 하지만 도움이 되신다면 말씀드릴게요. 스테판의 아버지는 루네 스세르나라는 사람이었어요. 그는 유부남이었죠. 저는 제가 처한 상황을 알았고, 그의 이름을 밝히지 않더라도 아이를 낳길 선택했어요. 그 사람은 이십 년 전에 죽었어요. 그리고 스테판은 어린 시절 내내 친아버지와 잘 지냈어요."

"이 질문이 이상하셨으리라는 걸 압니다." 발란데르가 말했다. "하지만 저흰 때로 이상한 질문들을 해야 하죠."

그들은 몇 가지 질문을 더 하고 메모를 했다. 이내 질문이 끝났다.

"바쁘신데 방해한 걸 양해 바랍니다." 발란데르는 그렇게 말하고 자리에서 일어났다.

"제가 사실을 말했다고 생각하시나요?" 그녀가 말했다.

"네." 발란데르가 말했다. "저희는 부인이 사실을 말씀하셨다고 생각합니다. 하지만 아니라면 밝혀낼 겁니다. 조만간에요."

그녀가 웃음을 터뜨렸다. "전 사실을 말했어요." 그녀가 말했다. "전 괜찮은 거짓말쟁이가 못 되죠. 하지만 더 이상한 질문들이 있으시다면 다시 오셔도 괜찮아요."

두 사람은 집을 나서서 차로 돌아갔다.

"뭐, 여긴 됐군." 보만이 말했다.

"저 여잔 아니야." 발란데르가 말했다.

"오후스로 가서 아들과 얘기해 볼 필요가 있을까?"

"그는 건너뛰어도 될 것 같은데. 어쨌든 지금은."

그들은 발란데르의 차에 올라타 곧장 크리스티안스타드로 향했다. 비는 그쳐 있었고, 두 사람이 브뢰사르프의 언덕들이 있는 곳에 다다랐을 때쯤 하늘이 개기 시작했다. 크리스티안스타드 경찰서 앞에서 그들은 경찰차로 바꿔 타고 갔다.

"마르가레타 벨란데르는," 보만이 말했다. "마흔아홉이고, 크로카 르프스가탄에서 '웨이브'라는 미용실을 운영해. 아이가 셋이고, 이혼 했다가 재혼했고, 다시 이혼했어. 블레킹 못미처에 있는 테라스하우 스에서 살고 있어. 1958년 십이월에 아들을 낳았고. 아들의 이름은 닐스야. 듣기로는 대단한 사업가더군. 시장에서 수입산 장식품들을 판대. 색다른 너성봉 속옷을 취급하기도 하는 것 같아. 하필이면 쇨 베스보리에서 살아. 대체 누가 그런 도시의 통신 판매 회사에서 색다 른 여성용 속옷을 사지?"

"많은 사람이." 발란데르가 말했다.

"폭행 이력이 한 번 있어." 보만은 계속했다. "보고서를 본 건 아니 야. 하지만 일 년 형을 받았어. 그건 그 폭행이 꽤 심했다는 뜻이지."

"그 보고서를 보고 싶군." 발란데르가 말했다. "어디서 일어난 일 이지?"

"칼마르 지방법원에서 형을 선고받았어. 지방법원 사람들이 그 사 건에 관한 서류를 찾는 중이야."

"언제 있었던 일인데?"

"1981년 같아."

보만이 도시를 가로지르는 동안 발란데르는 생각에 잠긴 채 앉아 있었다.

"그렇다면 그 아이가 태어났을 때 여자는 겨우 열일곱이었어. 그리 고 뢰브그렌이 아버지라면 나이 차이가 너무 큰데."

"그 생각을 했지. 하지만 그건 많은 걸 의미하기도 해."

미용실은 크리스티안스타드 외곽의 아파트 단지 지하에 있었다.

"여기에 와야 할 것 같은데." 보만이 말했다. "그런데, 자네 머린 누가 잘라?"

발란데르는 모나가 자른다고 말할 뻔했다.

"여기저기서." 그가 얼버무렸다.

미용실에는 좌석이 세 개 있었다. 모든 좌석에 손님이 있었다. 한 여자가 머리가 감기는 동안 두 여자는 헤어드라이어 밑에서 머리를 말리는 중이었다. 손님의 머리를 감기고 있는 여자가 놀란 눈으로 두 사람을 보았다.

"저희는 예약제인데요." 그녀가 말했다. "오늘은 예약이 꽉 차 있어요. 그리고 아내분들을 위해 예약을 원하신다면 내일도요."

"마르가레타 벨란데르 씨신가요?" 예란 보만이 물었다.

그는 그녀에게 신분증을 보여 주었다.

"잠시 얘기를 나누고 싶습니다." 그가 말했다.

발란데르는 그녀가 겁에 질린 모습을 보았다.

"지금 당장 자리를 비울 순 없어요." 그녀가 말했다.

"얼마든지 기다리겠습니다." 보만이 말했다.

"대기실에서 기다려 주세요." 마르가레타 벨란데르가 말했다. "오래 걸리지 않을 거예요."

그곳은 아주 작은 방이었다. 식탁보가 덮인 테이블과 의자 두 개가 온 공간을 차지하고 있었다. 몇 개의 커피 잔과 더러운 커피 메이커 사이에 타블로이드판 신문이 쌓여 있었다. 발란데르는 벽에 핀으로 꽂힌 흑백 사진을 유심히 들여다보았다. 세일러복을 입은 젊은 남자의 흐릿하고 바랜 사진이었다. 발란데르는 모자 띠에 쓰인 '할란드'라는 글자를 읽을 수 있었다.

"할란드가," 그가 말했다. "순양함이었나, 구축함이었나?"

"구축함. 몇 년 전에 폐기됐지."

마르가레타 벨란데르가 방으로 들어왔다. 그녀는 타월로 손을 닦고 있었다.

"지금은 몇 분밖에 시간을 낼 수 없어요." 그녀가 말했다. "뭣 때문에 오셨죠?"

"요하네스 뢰브그렌이라는 남자를 아시는지요?" 발란데르가 운을 뗐다.

"그래서요?" 그녀가 말했다. "커피 드시겠어요?"

두 사람 모두 사양했고, 발란데르는 질문을 할 때 자신에게서 등을 돌린 여자에게 짜증이 났다.

"요하네스 뢰브그렌." 그가 반복했다. "위스타드 외곽 마을에 사는 농부입니다. 그를 아십니까?"

"살해된 남자요?" 그녀가 그를 똑바로 쳐다보며 물었다.

"네." 그가 말했다. "살해된 남자요. 바로 그 사람."

"아니요." 그녀가 플라스틱 컵에 커피를 따르며 대답했다. "제가 그 사람을 알아야 하나요?"

두 경찰은 눈빛을 교환했다. 그녀의 목소리에는 압박을 받았다는 것을 암시하는 무언가가 있었다.

"1958년 십이월에 닐스라는 아들을 낳으셨죠." 발란데르가 말했다. "부친 불명으로요."

그가 아들 이름을 언급한 순간 그녀는 울기 시작했다. 쓰러진 커피 컵이 바닥으로 떨어졌다.

"그 애가 무슨 짓을 했나요?" 그녀가 물었다. "이번엔 무슨 짓을 한 건가요?"

그들은 그녀가 진정되기를 기다렸다.

"저희는 나쁜 소식을 가지고 온 게 아닙니다." 발란데르가 그녀를 안심시켰다. "하지만 저희는 요하네스 뢰브그렌이 닐스의 아버지인지 알고 싶습니다."

"아니에요."

그녀의 대답에는 확신이 없었다.

"그렇다면 저희에게 아드님 아버지의 이름을 말씀해 주십시오."

"왜 알고 싶어 하죠?"

"수사상 중요합니다."

"저는 이미 요하네스 뢰브그렌이라는 사람이 누구든 모른다고 말씀드렸어요."

"닐스의 아버지 이름이 뭡니까?"

"말씀드릴 수 없어요."

"이 방에서 어떤 말도 새어 나가지 않을 겁니다."

그녀는 조금 길다 싶을 만큼 오래 말이 없다가 대답했다. "닐스의 아버지가 누구였는지 몰라요."

"여자들은 대개 압니다."

"한때 한 남자 이상과 잠자리를 했어요. 그게 누구인지 몰라요. 그게 '부친 불명'으로 출생신고한 이유예요."

그녀가 재빨리 자리에서 일어섰다.

"일하러 가야 해요." 그녀가 말했다. "노부인들이 헤어드라이어 밑에서 산 채로 익을 거예요."

"기다릴 수 있습니다."

"하지만 난 당신들에게 드릴 말씀이 없다고요!" 그녀는 점점 더 흥분하는 것처럼 보였다.

"질문이 더 있습니다."

10분 후 그녀가 돌아왔다. 들고 있던 지폐들을 의자 등받이에 걸어둔 백에 쑤셔 넣었다. 그녀는 이제 침착해 보였고, 논쟁할 준비가 되어 있었다.

"뢰브그렌이라는 이름의 사람은 누구든 몰라요." 그녀가 말했다.

"그리고 1958년에 태어난 아들의 아버지가 누구인지도 모른다고 말씀하시는 겁니까?"

"맞아요."

"이 질문을 법정에서 대답하셔야 할지도 모른다는 걸 아십니까?"

"전 사실을 말하고 있어요."

"닐스를 어디서 만날 수 있습니까?"

"그 애는 여기저기 다녀요."

"우리 기록에 따르면 아드님 집은 쇨베스보리에 있습니다."

"그럼 거기로 가시든가요!"

"저희가 하려는 게 그겁니다."

"저는 더 말씀드릴 게 없어요."

발란데르는 잠시 주저했다. 이내 그는 벽에 핀으로 꽂힌 사진을 가리켰다.

"저분이 닐스의 아버지입니까?" 그가 물었다.

그녀는 막 담배에 불을 붙인 참이었다. 그녀는 연기를 내뿜을 때 쉿소리 같은 소리를 냈다.

"저는 어떤 뢰브그렌도 몰라요. 당신들이 무슨 말을 하는지도 모른다고요."

"좋습니다, 그럼," 보만이 말했다. "저희는 이제 가겠습니다. 하지만 다시 찾아뵐지도 모릅니다."

"더는 할 얘기가 없어요. 왜 저를 그냥 내버려 두지 않죠?"

"경찰이 살인범을 찾고 있을 땐 아무도 그냥 내버려 둘 수 없습니다." 보만이 말했다. "원래 그런 거죠."

그들이 밖으로 나왔을 때는 해가 빛나고 있었다. 두 사람은 잠시 차 옆에 서 있었다.

"어떻게 생각해?" 보만이 물었다.

"모르겠군. 하지만 뭔가가 있어."

"세 번째 여자를 만나러 가기 전에 아들을 찾아봐야 할까?"

"그래야 할 것 같아."

그들은 차를 몰고 쉴베스보리로 가, 맞는 주소라고 생각되는 곳을 어렵게 찾아냈다. 도시의 중심부에서 벗어난 곳의, 폐차와 기계 부품들이 널려 있는 허물어져 가는 목재 가옥. 쇠사슬에 묶인 사나운 독일셰퍼드가 짖어 댔다. 집은 사람이 살지 않는 것처럼 보였다. 보만이 몸을 숙여 문에 못으로 박아 놓은 엉성한 글씨의 문패를 보았다.

"닐스 벨란데르." 그가 말했다. "여기군."

그가 몇 차례 노크했지만 대답이 없었다. 그들은 집 주위를 한 바퀴 돌았다.

"빌어먹게 지저분하군." 보만이 말했다.

다시 문 앞으로 왔을 때, 발란데르는 손잡이를 돌려 보았다. 집은 잠겨 있지 않았다. 발란데르가 보만을 보자 그가 어깨를 으쓱했다.

"문이 열려 있다면 들어갈 수 있는 거야." 그가 말했다. "들어가 보자고."

그들은 퀴퀴한 냄새가 나는 현관 복도로 발을 내딛고 귀를 기울였다. 조용했다. 어두운 구석에서 쉿소리를 내며 튀어 올라 2층 계단으로 사라진 고양이 때문에 두 사람 모두 펄쩍 뛰었다. 왼쪽에 있는 방은 사무실처럼 보였다. 거기에는 낡은 서류 캐비닛 두 개와, 전화기와 자동 응답기가 놓인, 극도로 지저분한 책상이 있었다. 발란데르는 책상 위에 놓인 상자의 뚜껑을 열어 보았다. 안에는 주소 라벨이 붙은 검은색 가죽 속옷 한 세트가 들어 있었다.

"알링소스 드라곤가타의 프레드리크 오베리가 이걸 주문했군." 그가 얼굴을 찌푸리며 말했다. "의심할 여지 없이 흔한 갈색 포장지로 포장하겠구먼."

두 사람은 다음 방으로 이동했는데, 그곳은 닐스 벨란데르의 색다른 속옷을 위한 창고였다. 거기에는 채찍과 개 목사리도 얼마간 있었다. 모든 게 정돈된 모습 없이 뒤죽박죽이었다.

다음 방은 싱크대에 더러운 접시가 쌓인 부엌이었다. 바닥에는 반쯤 먹다 남긴 치킨이 나뒹굴었다. 부엌에는 고양이 오줌 냄새가 풍겼다. 발란데르는 식료품 저장실로 통하는 문을 열었다. 그곳은 양조장으로, 커다란 통 두 개가 있었다. 보만이 킥킥대더니 머리를 저었다.

두 사람은 위층으로 올라가 침실을 엿보았다. 시트는 더러웠고, 바닥에는 옷가지가 쌓여 있었다. 커튼이 쳐져 있었고, 그들은 함께 총총 지나가는 고양이 일곱 마리를 세었다.

"돼지우리가 따로 없군." 보만이 그 말을 반복했다. "이런 데서 어떻게 살 수 있지?"

집은 누군가가 황급히 떠난 뒤 방치한 것처럼 보였다.

"나가는 게 좋을 것 같아." 발란데르가 말했다. "이곳을 철저히 조사하려면 수색영장이 필요할 거야."

그들은 아래층으로 내려왔다. 보만이 사무실로 들어가 자동 응답기의 버튼을 눌렀다. 닐스 벨란데르로 추정되는 남자가 지금 사무실에 아무도 없지만 자동 응답기에 주문을 남겨 달라고 말했다.

두 사람이 밖으로 나가 마당에 섰을 때 쇠사슬에 묶인 독일셰퍼드가 짖어 댔다. 집 왼쪽 구석에서 발란데르는 오래된 세탁기의 잔해 뒤에 숨어 있다시피 한 지하실 문을 발견했다.

그는 잠기지 않은 문을 열고 어둠 속으로 발을 내디뎠다. 그리고 두꺼비집을 찾아 머리 위를 더듬었다. 구석에 낡은 기름 보일러가 놓여 있었다. 지하실의 남은 공간은 빈 새장으로 가득했다. 그는 보만을 불렀다.

"가죽 속옷과 빈 새장이라." 발란데르가 말했다. "이 친구가 하는 게 정확히 뭘까?"

"알아내는 게 좋을 것 같군." 보만이 대답했다.

지하실 밖으로 나가려는 참에 발란데르는 보일러 뒤의 작은 철제 캐비닛을 보았다. 그는 허리를 숙이고 손잡이를 돌렸다. 캐비닛은 집 안의 모든 것처럼 잠겨 있지 않았다. 그는 캐비닛 안에 손을 넣어 비닐 봉투를 움켜잡았다. 그리고 그것을 끄집어내 주둥이를 열었다.

"이걸 봐." 그가 보만에게 말했다.

비닐 봉투 안에는 1천 크로나 지폐 뭉치가 들어 있었다. 발란데르가 세어 보니 스물세 장이었다.

"이 친구와 얘길 좀 해 봐야겠는걸." 보만이 말했다.

그들은 돈을 다시 넣어 놓고 밖으로 나왔다. 독일셰퍼드가 여전히 짖고 있었다.

"쇨베스보리의 동료들에게 얘기해야 할 거야." 보만이 말했다. "그들이 우릴 위해 그를 조사하도록."

쇨베스보리 경찰서에서 두 사람은 벨란데르를 아주 잘 아는 경관을 찾아냈다.

"그는 아마 온갖 불법적인 행위들을 하고 있을 겁니다." 그 경관이 말했다. "하지만 우리가 그에게 혐의를 두는 유일한 건 태국에서 불법적으로 새장에 들여오는 새입니다. 그리고 양조장이요."

"전에 공갈 폭행으로 형을 받았습니다." 보만이 말했다.

"그는 보통 싸움을 하지 않지만," 경관이 대답했다. "두 분을 위해 그를 조사해 보죠. 두 분은 정말 그가 살인에 손을 대기 시작했다고 생각하십니까?"

"우린 모르지만, 그를 찾을 필요가 있습니다."

그들은 크리스티안스타드로 출발했다. 다시 비가 내리고 있었다. 두 사람은 쇨베스보리 경찰서의 그 경찰에게서 좋은 인상을 받았고, 그가 자신들을 위해 벨란데르를 찾으리라는 기대를 품었다. 하지만 발란데르는 의문을 품었다.

"우린 아무것도 알아내지 못했어." 그가 말했다. "비닐 봉투의 천 크로나 지폐는 어떤 증거도 못 돼."

"하지만 무슨 일인가가 거기서 진행되고 있어." 보만이 말했다.

발란데르는 동의했다. 미용실 사장과 그녀의 아들에게는 무언가가 있었다.

그들은 점심을 먹기 위해 호텔 레스토랑 앞에 차를 세웠다. 발란데르는 위스타드 경찰서에 연락하려고 했지만, 쓰려고 한 공중전화가 고장이 나 있었다.

그들이 크리스티안스타드로 돌아온 것은 1시 30분 즈음이었다. 리스트의 세 번째 여자를 찾으러 가기 전 보만은 사무실에 들르길 원했다. 안내 데스크에서 젊은 여자가 그들을 불러 세웠다.

"위스타드에서 전화가 왔어요." 그녀가 말했다. "발란데르 경위님께 전화를 부탁한대요."

"내 사무실로 가지." 보만이 말했다.

보만이 커피를 타러 간 동안 발란데르는 안 좋은 예감을 느끼며 전화기의 다이얼을 돌렸다. 에바가 한마디 말 없이 뤼드베리에게 연결했다.

"돌아오는 게 좋을 것 같아." 뤼드베리가 말했다. "어떤 미친놈이 하게홀름에서 소말리아 난민을 쐈네."

"대체 그게 무슨 말이죠?"

"내가 말한 대로야. 그 소말리아인은 밖에서 산책 중이었어. 그런데 누군가가 엽총으로 그를 쐈어. 자네를 찾느라 애를 먹었네. 어디 있나?"

"그 사람, 죽었습니까?"

"머리가 날아갔어."

발란데르는 욕지기를 느꼈다. "지금 가겠습니다." 그가 말했다.

머그잔 두 개를 든 보만이 커피를 쏟지 않으려고 조심스레 들어왔을 때 그는 전화를 끊었다. 발란데르는 그에게 전화 내용을 말해 주었다.

"내가 빨리 데려다주지." 보만이 말했다. "자네 차는 부하를 시켜서 갖다 줄게."

모든 일이 빠르게 진행되었다. 몇 분 내로 사이렌을 울리는 차에 탄 발란데르는 위스타드로 향했다. 경찰서에서 뤼드베리와 만났고, 두 사람은 즉시 하게홀름으로 차를 몰았다.

"뭐든 단서가 있습니까?" 발란데르가 물었다.

"전혀. 하지만 쉬스벤스칸에 있는 신문사가 살인이 있고 몇 분 후에 전화를 받았어. 어떤 남자가 그게 요하네스 뢰브그렌 살인에 대한 복수라고 그랬다는군. 그리고 다음엔 마리아 뢰브그렌을 위해 여자 한 명을 죽이겠다고 했대."

"미쳤군요." 발란데르가 말했다. "우린 외국인 용의자도 없지 않습니까?"

"누군가의 관점은 다른 것 같아. 우리가 일부 외국인들을 보호하고 있다고 생각해."

"하지만 우린 벌써 그걸 부정했습니다."

"이 짓을 저지른 놈이 누구든 자네의 부정 따위 신경도 쓰지 않는 거야. 그자들은 그게 총을 꺼내 외국인들을 쏘기에 완벽한 사건이라고 보네."

"이건 미쳤어요!"

"자네 말대로 빌어먹게 미친 짓이지. 하지만 그게 사실이야!"

"신문사가 전화 내용을 녹음했습니까?"

"그래."

"그걸 듣고 싶습니다. 제게 전화를 건 자와 같은 자인지 알아야겠습니다."

차가 스코네의 풍광을 가르고 질주했다.

"이제 뭘 해야 하죠?" 발란데르가 물었다.

"룬나르프 살인자들을 잡아야지." 뤼드베리가 말했다. "그것도 최대한 빨리."

하게흘름은 혼돈의 도가니였다. 고통으로 울부짖는 난민들이 큰 식당에 모여 있었고, 기자들은 사람들을 인터뷰하는 중이었으며, 전화들은 울리고 있었다. 발란데르는 차에서 내려 캠프에서 몇백 미터 떨어진 진흙투성이 비포장도로에 내려섰다. 바람이 다시 몰아치고 있었고, 그는 재킷의 깃을 세웠다. 그 길 주변에 저지선이 쳐져 있었다. 죽은 남자가 진흙탕에 얼굴을 박고 엎드려 있었다.

발란데르는 조심스럽게 시체를 덮은 시트를 들추었다.

뤼드베리는 과장하지 않았다. 머리의 남은 부분이 거의 없었다.

"가까운 데서 쐈어." 가까이에 서 있던 한손이 말했다. "이 짓을 저지른 자는 몇 미터 떨어진 곳에 숨어 있다가 뛰쳐나와서 몇 발을 쏜 게 분명해."

"몇 발?" 발란데르가 말했다.

"캠프 책임자 말로는 연이어 두 발을 들었다는군."

발란데르는 주위를 둘러보았다.

"차의 흔적은?" 그가 물었다. "이 길이 어디로 통하지?"

"이 길로 더 가면 E육십오 번 도로와 만나."

"아무도 아무것도 못 봤나?"

"십오 개국 언어로 말하는 난민들에게 질문하긴 쉽지 않아. 하지만 애쓰고 있지."

"죽은 사람이 누구인지는 파악했나?"

"아내와 딸린 자식이 아홉이야."

발란데르는 못 믿겠다는 눈으로 한손을 바라보았다. "자식이 아홉이라고?"

"내일 아침 헤드라인들을 상상해 봐." 한손이 말했다. "무고한 난민이 산책 중에 살해되다. 아홉 명의 자식이 아버지 없이 남겨졌다."

스베드베리가 경찰차 중 한 대에서 내려 달려왔다.

"대장한테서 전화가 와 있어." 그가 말했다.

발란데르는 놀란 표정을 지었다.

"모레에나 스페인에서 돌아올 걸로 생각했는데."

"서장 말고. 경찰청장."

발란데르는 차로 가서 전화기를 들었다. 경찰청장의 목소리는 단호했고, 발란데르는 그가 한 말에 즉시 짜증이 났다.

"상황이 아주 안 좋아 보이네." 경찰청장이 말했다. "이 나라에서 인종차별 살인은 원치 않아."

"네." 발란데르가 말했다.

"이 사건을 최우선으로 수사하게."

"네. 하지만 저흰 이미 룬나르프 살인을 수사 중입니다."

"무슨 진전이라도 있나?"

"그렇다고 생각합니다. 하지만 시간이 걸릴 겁니다."

"나에게 직접 보고하게. 난 오늘 밤 TV 토론 프로그램에 나가야 하고, 구할 수 있는 정보는 뭐든 필요해."

"알겠습니다."

그가 전화를 끊었다.

발란데르는 차에 앉은 채 덩그러니 남겨졌다. 네슬룬드에게 이 건을 맡겨야겠어. 그는 생각했다. 난 스톡홀름으로 보낼 자료를 준비해야겠군. 그는 우울했다. 숙취는 사라졌고, 막 도착한 경찰차에서 내린 페테르스가 다가오는 모습을 보고 지난밤 일을 떠올렸다.

그는 모나와 그녀를 차에 태워 간 사내를 생각했다. 그리고 린다가 웃는 모습과 그 애 옆에 있던 흑인 남자를. 끝도 없이 똑같은 그림을 그리는 아버지를. 자신에 대해서도 생각했다.

살 때와 죽을 때.

발란데르는 수사 책임을 다하기 위해 억지로 차에서 내렸다. 좋은 일은 전혀 없어. 그는 생각했다. 마음대로 되는 건 아무것도 없어.

비가 여전히 내리고 있었다.

10

발란데르는 휘몰아치는 빗속에 서서 얼어붙고 있었다. 늦은 오후였고, 경찰은 살해 현장 주위에 투광 조명등을 설치했다. 그는 들것을 들고 진흙탕을 철벅거리는 응급 구조대원 두 명을 바라보았다. 그들은 죽은 소말리아인을 데려가는 중이었다. 그는 진흙탕을 바라보며 뤼드베리가 여기서 어떤 흔적이라도 발견할 수 있을 만큼 민완 경찰일지 궁금했다.

하지만 그는 살짝 안도감을 느꼈다. 10분 전까지 경찰들은 히스테릭한 여자와 울부짖는 아홉 명의 아이들에게 둘러싸여 있었다. 죽은 남자의 아내는 진흙탕에 몸을 던졌고, 귀를 찢는 듯한 그녀의 통곡 소리를 견딜 수 없었던 몇몇 경찰은 자리를 피했다. 발란데르는 놀란 눈으로, 비탄에 빠진 여자와 비통해하는 아이들을 대처할 줄 아는 유일한 사람을 보았다. 그 사람은 마르틴손이었다. 여태까지 경찰 생활을 하면서 혈족의 죽음을 누군가에게 통지하도록 강요받은 적이 없던 경찰서의 가장 젊은 경관. 그는 진흙탕에 무릎을 꿇고 그 여자를 잡고 있었고, 둘은 언어의 장벽을 뛰어넘어 서로를 이해하고 있었다. 호출을 받고 왔던 목사는 당연히 아무것도 할 수 없었다. 하지만 이내 마르틴손은 여자와 아이들을 돌볼 준비가 된 의사가 있는 캠프의 본관으로 그들을 돌려보내는 데 성공했다.

뤼드베리가 진흙탕을 저벅이며 다가왔다. 그의 바지는 허벅지까지 사방으로 진흙이 튀어 있었다.

"엉망진창이구먼." 그가 말했다. "하지만 한손과 스베드베리가 환상적인 일을 해냈네. 둘이 실제로 뭔가를 목격했다고 생각하는 난민 두 명과 통역사 한 명을 그럭저럭 찾아냈지."

"뭘 봤답니까?"

"내가 어찌 알겠나? 난 아랍어도 스와힐리어도 할 줄 모르네. 어쨌든 그들은 지금 위스타드로 가고 있어. 이민 기관이 우리에게 더 많은 통역사를 약속했네. 자네가 그 사람들을 인터뷰한다면 그게 최선일 거야."

발란데르가 끄덕였다. "우리가 여기서 계속 할 일이 있습니까?"

뤼드베리가 손때 묻은 수첩을 꺼냈다.

"그는 정확히 한 시에 살해됐어." 그가 말했다. "캠프 책임자는 라디오로 뉴스를 듣고 있다가 총소리를 들었네. 두 발. 그건 자네도 아는 얘기지. 남자는 땅에 쓰러지기도 전에 사망했네. 일반적인 산탄총으로 보이네. 위토르프제製 같아. 뉘트룩스 삼육일 거야. 그게 달세."

"정보가 많진 않군요."

"전혀 없다고 봐야지. 하지만 우리에게 해 줄 말이 있는 목격자들이 있을 테지."

"전 모두에게 초과근무를 시켰습니다." 발란데르가 말했다. "이제 필요하다면 밤낮으로 근무해야 할 겁니다."

경찰서로 돌아와 시작한 첫 인터뷰는 그를 거의 절망으로 몰아갔다. 스와힐리어를 할 줄 알아야 할 통역사는 말라위에서 온 젊은 남자의 사투리를 거의 이해하지 못했다. 무슨 까닭인지는 몰라도 통역사는 그 남자가 자이르와 잠비아의 일부 지역에서 쓰는 언어인 루말레를 안다는 사실을 알아내는 데 거의 20분을 할애했다. 이민 기관에서 온 사람 중 한 명이 루발레 말을 유창하게 하는 전직 선교사를 알고 있었다. 그녀는 아흔에 가까운 나이로 트렐레보리에 있는 보호시설에서 살고 있었다. 그쪽에 있는 동료 경찰에게 연락한 발란데르는 그 선교사를 위스타드까지 경찰차로 데려다주겠다는 그쪽 경찰의 약속을 받아 냈다. 발란데르는 아흔 먹은 선교사의 정신이 온전하지 않으리라 생각했지만 자신이 틀렸다는 것을 알게 되었다. 작고 머리가 하얀 노부인이 경찰서 정문에 눈빛을 빛내며 나타났고, 그가 미처 알아차리기도 전에 그녀는 젊은 남자와 열정적으로 대화를 나누고 있었다.

하지만 그 남자는 본 게 없는 것으로 밝혀졌다. "그에게 왜 목격자로 나섰는지 물어봐 주십시오." 발란데르가 지친 목소리로 말했다.

선교사와 젊은 남자가 장황하게 대화를 주고받았다.

"그는 그게 꽤 재미있을 거라고 생각했다는구려." 그녀가 마침내 그렇게 말했다. "이해 못 할 것도 없죠."

"이해가 가신다고요?" 발란데르는 궁금했다.

"당신도 젊은 시절이 있었을 거 아뇨." 노부인이 말했다.

말라위에서 온 젊은 남자는 하게홀름으로 보내졌고, 선교사는 트렐레보리로 돌아갔다. 다음 목격자는 실제로 그들에게 무언가를 말했다. 그는 통역사로 일한 이란인으로 스웨덴어를 유창하게 구사했다. 살해된 소말리아인처럼 그는 총소리가 났을 때 하게홀름 가까이에서 걷던 중이었다.

발란데르는 지도의 한 부분을 발췌해 하게홀름 주위의 지역을 보여 주었다. 그가 살해 현장에 X 표시를 하자 이란인은 총소리가 들렸을 때 자신이 있던 위치를 즉시 가리켰다. 발란데르는 그 거리를 3백 미터쯤이라고 추정했다.

"총소리 후에 차 소리를 들었습니다." 남자가 말했다.

"하지만 보진 못하셨고요?"

"네. 저는 숲속에 있었습니다. 길이 보이지 않았죠."

이란인이 다시 가리켰다. 남쪽을.

이내 그는 발란데르를 정말 놀라게 했다.

"차는 시트로엥이었습니다." 그가 말했다.

"시트로엥이요?"

"이곳 스웨덴에서 거북이라고 부르는 차 말입니다."

"그걸 어떻게 확신하십니까?"

"난 테헤란에서 자랐습니다. 우린 어렸을 때 엔진 소리로 어떤 차인지 알아맞히는 걸 배우죠. 시트로엥은 쉬워요. 그중에서도 거북이는요."

발란데르는 그가 한 말을 믿기가 어려웠다. "저와 주차장으로 간

다음 눈을 감고 뒤돌아 서 계십시오."

비가 내리는 밖에서 그는 자신의 푸조에 올라 주차장 주위를 돌기 시작했다. 그는 도는 내내 주의 깊게 이란인을 지켜보았다.

"좋습니다." 그가 한 바퀴를 돌고 나서 물었다. "이 차는 뭡니까?"

"푸조요." 이란인이 자신만만하게 대답했다.

"좋아요." 발란데르가 말했다. "빌어먹게 놀랍군요."

그는 그 남자를 돌려보내고 하게흘름과 서쪽 방면 E65번 도로에서 시트로엥을 찾으라는 지시를 내렸다. 뉴스 채널 또한 경찰이 살인과 관계 있을 거라 믿는 시트로엥을 찾는다는 뉴스를 내보냈다.

세 번째 목격자는 루마니아에서 온 젊은 여자였다. 그녀는 발란데르의 사무실에서 인터뷰를 하는 동안 아기를 어르며 앉아 있었다. 그녀의 통역사는 스웨덴어가 어눌했지만 발란데르는 여자의 말을 알아들었다.

그녀는 소말리아인과 같은 길을 걷고 있었고, 캠프로 돌아올 때 그를 지나쳤다.

"얼마나 걸렸습니까?" 발란데르가 물었다. "그를 지나친 다음 총소리가 난 때까지 시간이 얼마나 걸렸습니까?"

"아마 삼 분쯤요."

"누군가를 봤습니까?"

여자가 고개를 끄덕였고, 발란데르는 초조한 마음에 책상 너머로 몸을 기울였다.

"어디서요?" 그가 물었다. "지도상으로 가리켜 주십시오."

여자가 지도 위를 가리키는 동안 통역사가 아기를 안았다.

"여기요." 그녀가 펜으로 지도를 누르고 있었다.

"보신 걸 말씀해 주십시오." 그가 말했다. "서두르지 않으셔도 됩니다. 천천히 생각하세요."

여자는 한동안 생각했다.

"푸른색 오버올을 입은 남자요." 그녀가 말했다. "들판에 서 있었어요."

"어떻게 생겼습니까?"

"머리숱이 별로 없었어요."

"키는요?"

"보통이요."

"나 같은 보통 키인가요?" 발란데르가 자리에서 일어나 보였다.

"더 컸어요."

"나이는요?"

"젊지 않았어요. 늙지도 않았고요. 아마 마흔다섯."

"그가 당신을 보았습니까?"

"아닐걸요."

"그가 들판에서 뭘 하고 있었습니까?"

"먹고 있었어요."

"먹고 있었다고요?"

"사과를 먹고 있었어요."

발란데르는 잠시 생각했다. "푸른색 오버올을 입은 남자가 길가 들판에 서서 사과를 먹고 있었다고요. 제가 정확히 이해했습니까?"

"네."

"그는 혼자였습니까?"

"다른 사람은 보지 못했어요. 하지만 혼자인 것 같진 않았어요."

"왜죠?"

"누군가를 기다리는 것 같았어요."

"그 남자가 무기 같은 걸 들고 있었습니까?"

여자는 다시 생각에 빠졌다. "발치에 갈색 꾸러미 같은 게 있었던 것 같아요. 어쩌면 진흙이었는지도 모르고요."

"그 남자를 보신 다음 어떻게 했습니까?"

"가능한 한 빨리 캠프로 서둘렀어요."

"왜 서두르셨죠?"

"숲에서 낯선 남자들을 만날까 봐요."

발란데르가 끄덕였다. "차를 보셨습니까?" 그가 물었다.

"아니요. 차는 못 봤어요."

"그 남자를 더 자세히 묘사해 주실 수 있으시겠습니까?"

그녀는 대답하기 전에 오랫동안 생각했다.

"거칠어 보였어요." 그녀가 말했다. "손이 컸던 것 같아요."

"머리 색은요? 머리숱은 적었지만요."

"스웨덴색이요."

"금발이라는 말씀이십니까?"

"네. 그리고 이만큼 대머리였어요."

그녀는 허공에다 반달을 그렸다.

이내 그녀는 캠프로 돌아가도 좋다는 허락을 받았다. 발란데르는 커피를 가지러 갔다. 스베드베리가 피자를 시킬지 물었다. 그가 끄덕였다.

오후 9시에 수사 팀은 구내식당에서 만났다. 발란데르는 네슬룬드를 제외하고는 모두가 놀랄 만큼 초롱초롱해 보인다고 생각했다. 네슬룬드는 감기에 걸려 열이 높았지만 완강하게 퇴근을 거부했다.

그들이 피자와 샌드위치를 나눌 때, 발란데르는 현재 상황을 요약하려고 애썼다. 그는 한쪽 벽에 걸린 사진을 치우고 그 벽에 살해 현장을 나타내는 슬라이드 지도를 투사했다. 그는 범죄 현장에 X 표시를 하고 두 목격자의 위치와 동선을 그렸다.

"그러니까, 단서가 아예 없는 건 아니야." 그가 입을 열었다. "사건 발생 시간을 알고 있고, 믿을 만한 목격자가 두 명 있어. 첫 발포가 있기 몇 분 전에 여자 목격자가 길에서 아주 가까운 들판에 푸른색 오버올을 입고 서 있는 남자를 봤네. 이건 그 여자가 소말리아인을 지나치고 나서 총성이 들리기까지의 시간과 죽은 남자가 다다른 지점까지 간 시간과 정확히 일치해. 그리고 우린 그 범인이 시트로엥을 타고 남서쪽으로 도망쳤다는 걸 알아."

뤼드베리가 구내식당 안으로 들어오는 통에 발란데르의 사건 요약이 중단되었다. 모든 팀원이 웃기 시작했다. 뤼드베리는 턱에 이르기까지 온통 진흙을 뒤집어쓰고 있었다. 그는 젖고 더러워진 구두를 벗어 던지고 팀원이 건넨 샌드위치를 받아 들었다. 발란데르는 뤼드베리를 위해 인터뷰 내용을 반복해서 요약했다.

"마침맞게 오셨습니다." 발란데르가 말했다. "찾으신 거라도 있습니까?"

"몇 시간 동안 그 들판 주위를 누비고 다녔네." 뤼드베리가 대꾸했다. "그 루마니아 여자는 그 남자가 서 있었을 법한 곳을 꽤 정확하게 가리켰어. 우린 거기서 몇몇 발자국의 석고를 떴네. 고무장화를. 여자는 그게 그 남자가 신고 있었던 거라고 했네. 평범한 녹색 고무 장화. 그리고 사과 심도 찾았지."

뤼드베리가 주머니에서 비닐 봉투를 꺼냈다.

"약간의 운이 따른다면 여기서 지문을 얻을 수 있을지도 몰라." 그가 말했다.

"사과 심에서 지문을 얻을 수 있다고요?" 발란데르가 놀랐다는 듯이 말했다.

"어디서든 지문을 얻을 수 있네." 뤼드베리가 말했다. "모발, 타액, 피부 조각에서도 얻을 수 있을지 몰라."

그는 비닐 봉투가 도자기라도 된다는 듯 조심스럽게 그것을 테이블 위에 올려놓았다.

"그리고 그 발자국들을 따라갔지." 그가 말을 이었다. "그리고 만약 그 사과 사내가 범인이라면 나는 그 일이 이런 식으로 일어났다고 생각하네."

뤼드베리는 수첩에서 펜을 뽑아 벽에 투사된 지도로 갔다.

"놈은 길을 따라가는 소말리아인을 봤네. 그래서 사과 심을 던지고 앞에 있는 길로 곧장 걸어갔어. 놈의 발자국이 나 있었네. 그리고 약 사 미터 거리에서 두 발을 쐈어. 그런 다음 몸을 돌려 살해 현장에서 약 오십 미터 아래에 있는 길까지 달렸어. 그 길은 차 한 대가 돌 수 있을 정도의 너비야. 아니나 다를까, 거기에 타이어 자국이 있더군.

그리고 거기서 담배꽁초 두 개도 찾았네."

그는 주머니에서 또 다른 비닐 봉투를 꺼냈다.

"놈은 차로 껑충껑충 뛰어서 올라탄 다음 남쪽으로 차를 몰았지. 그게 그 일이 어떤 식으로 일어났는지 내가 생각하는 걸세. 그건 그렇고 경찰청에 내 세탁비를 청구해야겠어."

"제가 사인해 드리죠." 발란데르가 약속했다. "하지만 지금은 생각을 할 때입니다."

뤼드베리가 마치 학생처럼 손을 들었다.

"내게 몇 가지 생각이 있네." 그가 말했다. "우선 난 거기에 두 명이 있었다고 확신하네. 운전을 맡은 놈과 총을 쏜 놈."

"왜 그렇게 생각하십니까?" 발란데르가 물었다.

"긴장된 상황에서 사과를 먹기를 선택한 자는 아마 흡연자가 아닐 걸세. 난 차에서 기다린 놈이 있었을 거라고 생각하네. 흡연자가. 그리고 사과를 먹은 놈이 살인자고."

"타당해 보이는군요."

"게다가 난 이 모든 게 잘 계획된 거라고 느끼네. 하게홀름의 난민들이 그 길을 산책로로 이용한다는 걸 알아내긴 어렵지 않아. 대개 사람들은 떼를 지어 산책을 나갈 테니까. 하지만 때로 어떤 사람들은 혼자 걸을 테지. 만약 누군가가 농부 같은 옷차림을 했다면 아무도 그 사람을 의심스럽게 보지 않을 걸세. 그리고 그곳은 신중하게 선택된 곳이야. 왜냐하면 사람들 눈에 띄지 않고 아주 가까이에 차를 대기시킬 수 있으니까. 그래서 난 이게 냉혹한 처형이라고 생각하네. 살인자가 몰랐던 유일한 것은 누가 그 길을 홀로 걸을지였지. 하지만 놈들은 누구든 상관없었지."

침묵이 구내식당에 내려앉았다. 뤼드베리의 분석이 너무나 명확해서 아무도 토를 다는 사람이 없었다. 그 살인의 잔인함은 이제 명확했다.

마침내 침묵을 깬 사람은 스베드베리였다. "배달부가 쉬스벤스칸에서 카세트테이프를 가져왔어." 그가 말했다.

누군가가 녹음기를 찾아왔다. 발란데르는 그 목소리를 알아들었다. 자신에게 두 번 전화해 협박했던 자의 목소리였다.

"이 테이프를 스톡홀름으로 보낼 거야." 그가 말했다. "아마 그들이 그걸 분석해 뭔가를 찾아내겠지."

"난 놈이 먹었던 사과가 어떤 품종의 사과인지도 알아내야 한다고 생각하네." 뤼드베리가 말했다. "운이 따른다면 놈이 그걸 산 가게를 추적할 수 있겠지."

그들은 범행 동기로 옮겨 갔다.

"인종 혐오." 발란데르가 말했다. "그건 광범위할 수도 있어. 하지만 난 우리가 스웨덴 네오나치 그룹들을 찔러 볼 때라고 생각해. 분명히 보다 심각하고 새로운 단계로 접어들었어. 놈들은 이제 페인트로 슬로건 낙서나 하지 않아. 화염병을 던지고 사람을 죽이고 있지. 하지만 난 이 짓을 한 놈이 위스타드의 캠프에 불을 지른 놈과 같은 놈이라고 생각하진 않아. 그건 난민들에게 열을 올리는 주정뱅이의 행동이거나 장난에 가까운 짓이었던 것 같아. 살인은 다른 얘기야. 이건 단독 범행 아니면 특정 단체에 소속된 놈의 짓이야. 우린 놈들을 흔들어야 해. 나가서 시민들 제보를 독려할 필요도 있어. 난 이 스웨덴 네오나치 운동을 파악하는 데 스톡홀름에 지원을 요청할 생각이야. 이번 살인은 국가적 관심사니까. 그건 우리가 필요한 모든 정보를 구할 수 있다는 뜻이지. 그리고 누군가는 그 시트로엥을 봤을 거야."

"시트로엥 차주를 위한 클럽이 있습니다." 네슬룬드가 쉰 목소리로 말했다. "등록된 차의 목록과 그들의 목록을 대조해 볼 수 있죠. 그 클럽 사람들은 이 나라에 있는 모든 시트로엥을 알 겁니다."

임무가 배정되었다. 시간은 10시 30분에 가까웠다. 회의가 끝나기 전이었다. 아무도 집에 갈 생각조차 하지 않았다.

발란데르는 경찰서 기자회견장에서 즉흥적으로 기자회견을 마련했다. 그는 다시 한번 E65번 도로에서 시트로엥을 본 사람은 누구든 경찰에 알려 달라고 촉구했다. 살인자에 대한 예비 설명 또한 했다. 설명을 마쳤을 때 질문이 쏟아졌다.

"지금은 말씀드릴 게 없습니다." 그가 말했다. "저는 제가 아는 걸 모두 말했습니다."

발란데르가 사무실로 돌아갈 때, 한손이 다가와 경찰청장이 패널로 나왔던 토론 프로그램의 비디오를 보지 않겠느냐고 물었다.

"지금은 별로야." 그가 대꾸했다. "적어도 지금 당장은."

그는 책상을 치웠다. 누나에게 전화할 것을 상기시키는 쪽지를 수화기에 붙여 두었다. 이내 그는 예란 보만의 집으로 전화했다.

보만이 받았다. "어떻게 돼 가?" 그가 물었다.

"할 일이 많아." 발란데르가 말했다. "중노동을 해야 할 거야."

"나 역시 자네에게 전해 줄 좋은 소식이 있네."

"그런 말을 기다리고 있었지."

"쉴베스보리의 우리의 동료가 닐스 벨란데르를 찾아냈네. 듣자 하니 그는 가끔 가서 일하는 조선소에 보트를 한 척 갖고 있는 모양이야. 심문 기록을 내일 받겠지만 그들이 내게 중요한 말을 했네. 그는 그 비닐 봉투에 든 돈을 속옷 사업으로 벌었다고 주장한다는군. 그리고 그 지폐를 새 지폐로 교환해 주겠다는 데 동의했다니까 우린 지문을 조회할 수 있지."

"난 이곳 위스타드에 있는 유니언 은행을 방문해야겠군. 그 일련번호를 추적할 수 있는지 알아볼 필요가 있어."

"그 돈이 내일 올 거야. 하지만 솔직히 난 녀석이 아들일 것 같지 않아."

"왜?"

"모르겠어."

"자넨 좋은 소식이 있다고 말한 것 같은데?"

"그래. 세 번째 여자를 만났어. 혼자서 그 여자를 만나도 괜찮을 거라 생각했는데."

"물론 괜찮지."

"자네의 기억을 상기시키자면, 그 여자 이름은 엘렌 망누손이야. 예순 살이고, 이곳 크리스티안스타드에 있는 약국에서 일해. 전에 한 번 그녀를 만난 적이 있었지. 몇 년 전 그녀는 도로 인부를 차로 치어 죽였어. 에베뢰드에 있는 공항 밖에서. 햇빛 때문에 앞이 안 보였다는데, 그건 의심의 여지가 없는 사실이었어. 1955년에 낳은 아들을 부친 불명으로 신고했지. 아들 이름은 에리크고, 말뫼에서 살아. 지

223

방의회 공무원이야. 난 그 여자의 집으로 차를 몰고 갔어. 여자는 마치 경찰이 나타나길 기다리고 있었다는 듯이 겁에 질려 흥분해 있더군. 여자는 요하네스 뢰브그렌이 아들의 아버지가 아니라고 부인했어. 하지만 그녀가 거짓말을 하고 있다는 강한 느낌이 들더군. 자네가 내 판단을 믿는다면, 난 그녀에게 초점을 맞추고 싶네. 하지만 물론 그 새 장수와 그의 어머니를 배제하진 않을 거야."

"앞으로 이십사 시간 동안 지금 당장 할 일 이상으로 내가 많은 일을 할 수 있을지 의심스러웠네." 발란데르가 말했다. "자네가 이 일에 시간을 내줘서 얼마나 고마운지 몰라."

"보고서를 보낼게." 보만이 말했다. "그리고 그 돈도. 그 돈에 대한 수령증을 줘야 할 거야."

"이 일들이 끝나면 퍼질러 앉아서 위스키나 마시자고." 발란데르가 말했다.

"삼월에 스노예홀름 성에서 동유럽의 새 마약 루트에 관한 콘퍼런스가 있을 예정이야." 보만이 말했다. "그때 어때?"

"좋지." 발란데르가 말했다.

전화를 끊고 그는 시트로엥에 관해 들어온 정보가 있는지 들으러 마르틴손의 방으로 갔다.

마르틴손은 머리를 저었다. 아직 아무것도.

발란데르는 자신의 사무실로 돌아와 책상 위에 발을 올렸다. 11시 30분이었다. 그는 천천히 자신의 생각이 형체를 갖추도록 생각의 나래를 펼쳤다. 우선 그는 난민 캠프 밖에 있는 살인자를 머릿속에 떠올렸다. 뭔가 놓친 게 있을까? 실제로 일어난 일과 뤼드베리의 추론에 어떤 간극이 있거나 지금 당장 해야 할 일이 있을까?

그는 수사가 기대한 대로 잘 굴러가고 있다고 결론 내렸다. 지금 할 일은 각종 기술적 분석을 기다리는 것과 차를 추적할 수 있길 희망하는 것뿐이었다. 그는 의자에서 몸을 뒤척인 뒤 넥타이를 느슨하게 끄르고 보만이 한 말을 생각했다. 보만은 자신의 판단을 확신했다. 그 여자가 거짓말을 하고 있다고 보만이 느꼈다면 그것은 의심할 여지가 없는 사실이었다. 하지만 왜 닐스 벨란데르는 쉽게 생각하는 걸까?

그는 책상에서 발을 내리고 백지 한 장을 펼쳤다. 그리고 앞으로 며칠간 해야 할 모든 일을 적었다. 내일이 토요일이라도 유니언 은행의 문을 열게 하리라 마음먹었다.

그는 목록 작성을 마치고 자리에서 일어나 기지개를 켰다. 막 자정이 지나 있었다. 바깥 복도에서 한손과 마르틴손이 이야기를 나누는 소리가 들렸지만 무슨 말을 하고 있는지는 들리지 않았다.

창밖의 가로등이 바람에 흔들리고 있었다. 땀 냄새에 아래층 탈의실에서 샤워를 해야 할지 고민했다. 그는 창문을 열고 차가운 공기를 들이마셨다.

마음이 뒤숭숭했다. 어떻게 하면 재차 발생할 공격에서 살인을 막을 수 있을까?

다음에는 마리아 뢰브그렌의 죽음에 대한 응징으로 여자가 죽을 것이었다. 그는 책상 앞에 앉아 스코네 내 난민 캠프들에 대한 자료가 든 서류철을 꺼냈다.

살인자가 하게홀름으로 돌아올 것이라는 생각은 들지 않았다. 하지만 대안은 많았다. 살인자가 하계홀름에서 그랬던 것처럼 무작위로 희생자를 고를 작정이라면 손을 쓸 도리가 없었다. 게다가 난민들에게 집 밖으로 나가지 말라고 요구하는 것은 불가능했다.

그는 서류철을 옆으로 밀쳐 놓고 종이 한 장을 타이프라이터에 끼웠다. 비에르크를 위해 메모를 작성해 두는 편이 좋을 것 같았다. 그때 문이 열리고 스베드베리가 들어왔다.

"새로운 소식이라도?" 발란데르가 물었다.

"그렇게 봐도 돼." 스베드베리가 똥 씹은 표정으로 말했다.

"뭔데?"

"자네에게 어떻게 말해야 할지 잘 모르겠군. 방금 전에 뢰데루프 외곽에 사는 한 농부의 전화를 받았네."

"그가 시트로엥을 봤나?"

"아니. 하지만 그는 자네 아버지가 파자마 바람으로 들판을 서성인다고 하더구먼. 여행 가방을 들고."

발란데르는 화들짝 놀랐다. "대체 무슨 소리야?"

"농부의 말은 꽤 명료해 보였네. 그가 정말 통화하길 원한 사람은 자네였어. 하지만 교환대에서 실수로 그 전화를 나한테 돌린 거지. 난 어떻게 할지 자네가 판단해야 한다고 생각했어."

발란데르는 멍한 표정으로 말없이 앉아 있었다.

이윽고 그는 자리에서 일어났다. "어디야?" 그가 물었다.

"자네 아버지가 간선도로를 향해 걷고 있다는 것 같았어."

"내가 알아서 하지. 될 수 있는 한 빨리 돌아올 거야. 무슨 일이 생기면 연락해."

"나나 누가 같이 가는 게 좋지 않겠어?"

발란데르는 머리를 저었다.

"아버지는 노망이 들었어." 그가 말했다. "어딘가 요양소에 가시지 않으면 안 돼."

경찰서 정문을 나섰을 때, 발란데르는 저편 어둠 속에서 한 남자가 서 있는 것을 알아차렸다. 발란데르는 그가 석간신문을 내는 신문사 중 한 곳에서 나온 기자라는 것을 알았다.

"난 저 친구가 날 따라오는 걸 원치 않아." 그가 스베드베리에게 말했다.

스베드베리가 끄덕였다. "내가 차를 가지고 와서 저 친구 차 앞에 세울 때까지 기다리게. 그럼 빠져나갈 수 있을 거야."

발란데르는 기다렸다. 그는 그 기자가 재빨리 자신의 차로 가는 모습을 보았다. 잠시 후, 스베드베리가 차를 몰고 와 기자의 차 앞에서 시동을 껐다. 발란데르는 차를 몰고 나갔다.

그는 속도를 냈다. 지나치게 빨리. 그는 속도제한을 무시하고 산스코겐을 지나쳤다. 외로웠다. 겁에 질린 토끼가 비로 미끄러운 도로를 가로질러 도망쳤다.

아버지가 사는 동네에 닿았을 때, 그는 아버지를 찾을 필요도 없었다. 푸른색이 섞인 파자마 바람에 맨발로 들판을 철벅이며 걷는 노인이 헤드라이트 안에 들어왔다. 아버지는 낡은 모자를 쓰고 있었고, 커다란 여행 가방을 들고 있었다. 헤드라이트 불빛이 아버지의 눈을 멀게 했을 때, 아버지는 짜증을 내며 눈가에 손을 갖다 댔다. 그리고 다시 걷기 시작했다. 마치 어떤 특별한 목적지가 있다는 듯이 정력적으로.

발란데르는 시동을 끄고 헤드라이트는 켜 둔 채 차에서 내려 들판으로 나갔다.

"아버지!" 그가 소리쳤다. "대체 뭐 하시는 거예요?"

아버지는 대꾸하지 않고 계속 걸음을 옮겼다. 발란데르는 아버지를 쫓았다. 발을 헛디뎌 넘어지는 바람에 허리춤까지 젖고 말았다.

"아버지!" 그가 다시 외쳤다. "서세요! 어디 가시는 거예요?"

무응답. 아버지가 속도를 내는 것 같았다. 곧 두 사람은 간선도로에 닿을 참이었다. 발란데르는 아버지를 따라잡기 위해 비틀거리며 달려간 끝에 아버지의 팔을 낚아챘다. 하지만 아버지는 그의 손을 뿌리치고 계속 걸었다.

발란데르는 부아가 치밀었다. "경찰입니다." 그가 소리쳤다. "서지 않으면 경고사격을 할 겁니다."

아버지가 멈춰 서더니 몸을 돌렸다. 발란데르는 헤드라이트 불빛에 눈이 부셔 하는 아버지를 보았다.

"내가 뭐랬냐?" 노인이 괴성을 질렀다. "넌 날 죽이고 싶어 한다고 했지!"

이내 그는 발란데르에게 여행 가방을 던졌다. 가방이 열리고 내용물이 드러났다. 더러운 속옷, 물감들과 붓들. 발란데르는 안에서 거대한 슬픔이 차오르는 것을 느꼈다. 아버지는 갈피를 못 잡고 자신이 이탈리아를 향해 간다고 생각하며 밤 속으로 터벅터벅 걷고 있었다.

"진정하세요, 아버지." 그가 말했다. "저는 아버지를 기차역으로 데려다 드리려고 했을 뿐이에요. 그럼 걸어가실 필요 없잖아요."

아버지는 못 믿겠다는 눈빛이었다. "난 널 믿지 않아."

"아버지가 여행을 가신다면 전 당연히 아버지를 역으로 태워 드릴 거예요."

발란데르는 여행 가방을 바로 세워 닫은 다음 그것을 들고 차를 향해 걷기 시작했다. 그는 트렁크에 가방을 넣고 서서 기다렸다. 아버지는 헤드라이트 불빛에 잡힌 야수처럼 보였다. 치명적인 흰 빛을 기다리며 쫓기다 탈진한 한 마리 짐승.

아버지가 차를 향해 걷기 시작했다. 발란데르는 자신이 본 것이 자존감의 표출인지 굴욕의 표출인지 정할 수 없었다. 그는 뒷좌석 문을 열고 아버지를 태웠다. 그리고 트렁크에서 꺼내 온 담요를 아버지 어깨에 둘렀다.

차를 출발시키려고 할 때 어둠 속에서 한 남자가 걸어 나왔다. 더러운 오버올을 입은 노인.

"전화한 사람이 나요." 남자가 말했다. "상태가 어떻소?"

"다 괜찮습니다." 발란데르가 대답했다. "그리고 전화해 주셔서 감사합니다."

"내가 그분을 본 건 우연이었소."

"그러실 겁니다. 다시 한번 감사합니다."

그는 운전석에 올랐다. 고개를 돌리자 담요를 뒤집어쓴 아버지가 덜덜 떨며 몹시 추워하고 있었다.

"이제 역으로 모셔다 드릴게요, 아버지." 그가 말했다. "오래 걸리지 않을 거예요."

그는 곧장 병원 응급실로 차를 몰았다. 운 좋게도 마리아 뢰브그렌의 임종 때 봤던 젊은 의사를 만났다. 그는 있었던 일을 설명했다.

"아버님을 하룻밤 입원시키고 경과를 보겠습니다." 의사가 말했다. "추운 데 오래 계셔서 편찮으신지도 모릅니다. 날이 밝으면 사회복지사가 계실 곳을 알아볼 겁니다."

"감사합니다." 발란데르가 말했다. "아버지 옆에 좀 있겠습니다."

몸을 말린 아버지가 침상에 누워 있었다.

"이탈리아로 가는 침대차군." 그가 말했다. "드디어 갈 길을 가는 거야."

발란데르는 침상 옆 의자에 앉았다.

"맞아요." 그가 말했다. "이제 이탈리아로 가실 거예요."

그가 병원을 나선 때는 오전 2시가 넘어서였다. 그는 경찰서로 가는 지름길로 차를 몰았다. 한손을 제외하고 모두가 퇴근한 후였다. 한손은 경찰청장이 패널로 참가한 토론 프로그램의 녹화 테이프를 보고 있었다.

"무슨 일이라도 있나?" 발란데르가 물었다.

"전혀." 한손이 말했다. "물론 제보는 좀 있었어. 하지만 지진이 날 정도의 제보는 아니야. 그리고 내가 내 마음대로 눈 좀 붙이라고 다들 집으로 보냈어."

"잘했어. 그 차에 대한 제보가 없는 건 이상한데."

"지금 그걸 생각 중이었어. 아마 놈은 작은 길로 E육십오 번 도로를 탔다가 옆길로 빠진 모양이야. 지도를 살펴봤지. 그 지역은 온통 작은 길들로 된 미로더군. 거기다 겨울엔 아무도 가지 않는 광활한 자연보호 구역이 있고. 캠프들을 체크했던 순찰차들이 지금 이 길들을 이 잡듯이 살피는 중이야."

발란데르는 끄덕였다.

"빛을 비추도록 헬기 한 대를 보낼 예정이야." 그가 말했다. "그 차는 자연보호 구역 어딘가에 숨겨져 있을지도 몰라."

그가 커피 한 잔을 따랐다.

"스베드베리가 사네 아버지에 대한 말을 하더군." 한손이 말했다. "어떻게 됐어?"

"잘됐어. 노인네가 망령이 드는 모양이야. 병원에 계셔. 하지만 괜찮아."

"집에 가서 몇 시간이라도 자 둬. 피곤해 보여."

"작성해야 할 게 좀 있어."

한손은 비디오를 껐다.

"난 소파에 좀 누워야겠어." 그가 말했다.

발란데르는 자신의 사무실로 가서 타이프라이터 앞에 앉았다. 눈이 피로로 퀭했다. 그럼에도 그 피로가 기대치 않은 명확한 사고력을 가져다주었다. 노부부 살인이 있었다. 그리고 그 사건 수사가 또 다른 살인을 촉발했다. 더 많은 살인을 막기 위해 사건을 빨리 해결해야 한다. 이 모든 게 채 일주일도 안 돼서 일어났다.

그는 인편으로 공항에서 비에르크에게 전달하겠다고 결정하고 그를 위한 보고서를 썼다. 하품을 했다. 오전 3시 45분이었다. 아버지 생각을 하기엔 너무 피곤했다. 병원에서 사회복지사가 좋은 해결책을 제시하지 못할 거라는 생각이 두려울 뿐이었다.

누나 이름이 적힌 쪽지가 여전히 전화기에 붙어 있었다. 몇 시간 내로 날이 밝으면 누나에게 전화해야 할 것이었다.

그는 다시 하품을 하고 겨드랑이에 코를 대 보았다. 지독한 냄새가 났다. 그때 반쯤 열린 문으로 한손이 나타났다. 발란데르는 즉시 무슨 일이 일어났다는 것을 알았다.

"단서를 얻었어." 한손이 말했다.

"뭔데?"

"말뫼에 사는 어떤 남자의 전화를 받았는데 차를 도둑맞았대."

"시트로엥?"

한손이 끄덕였다.

"왜 그 사람은 새벽 네 시에야 그걸 알았지?"

"예테보리의 박람회에 갈 참이었대."

"그 사람이 말뫼의 우리 동료들에게 이걸 알렸고?"

한손이 끄덕였다. 발란데르는 수화기를 들었다.

"그럼 움직이자고." 그가 말했다.

말뫼의 경찰은 서둘러 그 남자를 인터뷰하겠다고 약속했다. 도난 당한 차의 등록 번호, 모델, 연식 그리고 컬러가 이미 전국으로 보내 졌다.

"BBM 백육십." 한손이 말했다. "흰 지붕에 비둘기색 거북이. 이 나라에 이런 차가 얼마나 있을까? 백 대?"

"그 차가 타 버리지 않았다면 찾을 수 있겠지." 발란데르가 말했 다. "해가 몇 시에 뜨지?"

"여덟 시나 아홉 시쯤." 한손이 대답했다.

"날이 밝는 대로 자연보호 구역 위에 띄울 헬기가 필요해. 자네가 그걸 맡아 주게."

한손이 끄덕였다. 그는 발란데르의 방에서 나가다 말고 멈춰 섰다.

"젠장! 한 가지가 더 있어."

"응?"

"차를 도둑맞았다고 전화한 남자 말이야. 그는 경찰이었어."

발란데르가 한손에게 어리둥절한 표정을 지어 보였다.

"경찰이라니? 그게 무슨 말이야?"

"그가 경찰이었다는 말이야. 자네와 나 같은."

11

발란데르는 경찰서 내 유치장 중 한 곳으로 가 눈을 붙이려고 누웠다. 각고의 노력을 기울인 끝에 그는 그럭저럭 손목시계의 알람을 설정할 수 있었다. 자신에게 두 시간의 수면을 허용할 생각이었다. 시계의 알람 소리에 깼을 때, 그는 약간의 두통을 느꼈다. 일어나자마자 든 생각은 아버지였다. 선반에서 발견한 구급상자에서 꺼낸 아스피린 몇 알을 미지근한 커피와 함께 삼켰다. 그리고 먼저 샤워를 해야 할지 스톡홀름에 있는 누나에게 전화를 해야 할지 고민하며 미적거렸다.

결국 그는 탈의실로 내려가 샤워를 했다. 서서히 두통이 가셨다. 하지만 책상 앞 의자에 몸을 묻었을 때 피로가 몸을 짓누르는 것을 느꼈다. 오전 7시 15분이었다. 누나는 언제나 일찍 일어났다. 그녀는 신호가 가자마자 전화를 받았다. 그는 가능한 한 부드럽게 무슨 일이 있었는지 말했다.

"왜 일찍 전화하지 않은 거야?" 그녀가 분개하며 물었다. "무슨 일이 일어나고 있는지 알아챘을 거 아냐."

"너무 늦게 안 것 같아." 그가 조심스럽게 대꾸했다.

발란데르가 사회복지사와 이야기를 나눈 다음 누나가 스코네에 오기로 두 사람은 합의를 보았다.

"모나와 린다는 어때?" 이야기가 마무리되었을 때 그녀가 그렇게 물었다.

그는 그 물음에 누나가 이혼에 대해 몰랐다는 것을 깨달았다.

"좋아." 그가 말했다. "나중에 전화할게."

그는 병원으로 차를 몰았다. 기온이 다시 영하로 떨어져 있었다. 남서쪽에서 불어오는 찬 바람이 도시를 관통 중이었다.

야간 근무자에게서 보고를 받은 간호사는 아버지가 잠을 설치셨다고 발란데르에게 전했다. 하지만 아버지는 들판을 가로지른 어젯밤의 산책 때문에 아픈 게 아니었다. 발란데르는 우선 사회복지사를 보기로 결정했다.

발란데르는 사회복지사를 불신했다. 경력상 그는 너무나 많이 사회복지사와 마주쳤었다. 경찰은 그릇된 관점으로 잘못된 행동을 하는 비행 청소년을 잡으면 사회복지사를 불렀다. 그들은 경찰의 의견에 힘든 결정을 내려야 할 때 종종 너무 무르거나 순종적이었다. 그들의 우유부단이 어린 범죄자들에게 잘못된 행동을 하도록 부추긴다고 느꼈기 때문에 그는 몇 번이나 복지국에 분통을 터뜨리곤 했다.

어쩌면 이 사람은 다를 거야. 그는 생각했다. 짧은 기다림 후에 그는 50대 여자를 맞았다. 발란데르는 아버지의 갑작스러운 정신적 저하를 설명했다. 얼마나 뜻밖의 일이고, 자신이 얼마나 무력감을 느꼈는지에 대해.

"일시적일 것일 수도 있어요." 사회복지사가 말했다. "나이 드신 분들은 간혹 정신적 혼란기로 힘들어하세요. 그게 지나가면 홈 케어를 받는 걸 충분히 이해하실 거예요. 만약 아버님이 정말 노인성 치매라고 밝혀지면 그땐 저희가 또 다른 방안을 말씀드릴게요."

두 사람은 아버지가 주말 동안 병원에 머무르는 것으로 결정했다. 그런 다음 그녀는 퇴원 이후 어떻게 할 것인지에 대해 의사들과 협의할 터였다. 발란데르는 계속 서 있었다. 이 여자는 자신이 무슨 말을 하는지 잘 아는 것처럼 보였다.

"어떻게 해야 할지 확신이 안 서는군요." 그가 말했다.

그녀가 끄덕였다. "우리가 어쩔 수 없이 부모의 부모가 되어야 하는 것만큼 골칫거리가 없죠." 그녀가 말했다. "저도 알아요. 우리 어머니는 결국 제가 집에서 모실 수 없을 만큼 아주 곤란하게 되셨죠."

발란데르는 4인용 침실에 있는 아버지를 보러 갔다. 모든 침대가 차 있었다. 한 남자는 깁스를 한 상태였고, 한 사람은 심각한 위통이 있는 것처럼 몸을 말고 있었다. 발란데르의 아버지는 천장을 응시하고 누워 있었다.

"어떠세요, 아버지?" 그가 물었다.

대답하기 전에 잠시 침묵이 있었다. "날 내버려 둬."

아버지가 낮은 목소리로 말했다. 그 말에 심술을 부리는 기색은 없었다. 발란데르는 아버지의 목소리에 슬픔이 가득 묻어 있다는 인상을 받았다. 그는 잠시 침대 가장자리에 앉았다가 자리에서 일어났다.

"또 올게요, 아버지. 그리고 크리스티나가 안부 전한대요."

무력감으로 가득 찬 발란데르는 서둘러 병원에서 나왔다. 찬 바람이 얼굴을 때렸다. 경찰서로 돌아갈 기분이 아니어서 지직거리는 카폰으로 한손에게 연락했다.

"난 말뢰로 가는 중이야." 그가 말했다. "헬기는 떴어?"

"한 시간 반 동안 떠 있었어." 한손이 대꾸했다. "아직 아무것도 못 찾았어. 경찰견 두 마리도 풀었어. 그 빌어먹을 차가 자연보호 구역 어딘가에 있다넌 ㄱ설 찾을 거야."

발란데르는 말뢰로 차를 몰았다. 오전 교통 체증은 매우 극심했다. 그는 다닥다닥 붙은 차들을 피해 어쩔 수 없이 갓길로 차를 몰았다. 경찰차를 타고 왔어야 했나. 그는 생각했다. 하지만 요즘에 별 차이가 없을 거야.

발란데르는 말뢰 경찰서에 도착했다. 차를 도난당했다는 남자가 거기서 그를 기다리고 있었다. 발란데르는 그를 만나러 가기 전에 도난 보고를 받은 경관과 이야기를 나누었다.

"그가 경찰이라는 게 사실입니까?" 발란데르가 물었다.

"그랬죠." 경관이 대답했다. "하지만 일찍 퇴직했습니다."

"왜죠?"

경관이 어깨를 으쓱했다. "불안 증세 때문에요. 솔직히 전 잘 모릅니다."

"그를 알긴 합니까?"

"그는 대개 남과 어울리지 않았습니다. 십 년 동안 함께 일했는데도 난 내가 그를 정말 안다고 말할 수 있을지 모르겠군요."

"하지만 분명 누군가는 알겠죠?"

경관이 다시 어깨를 으쓱했다. "찾아보죠." 그가 말했다. "하지만 누구나 차를 도둑맞을 수 있다는 건 잊지 마십시오."

발란데르는 방으로 들어가 루네 베리만이라는 그 남자에게 인사했다. 그는 쉰세 살이었고, 4년 전에 은퇴했다. 마르고 신경질적인 그는 이리저리 눈을 굴리고 있었다. 코 한쪽에 칼에 맞은 자국처럼 보이는 흉터가 코를 따라 길게 나 있었다.

발란데르는 앞에 앉아 있는 남자가 경계하고 있다는 것을 즉시 감지했다. 이유는 알 수 없었다. 하지만 그 느낌이 손으로 만져질 듯했고, 대화가 진행될수록 그 느낌은 점점 더 강해졌다.

"어떻게 된 일인지 말씀해 주십시오." 그가 말했다. "새벽 네 시에 차가 사라진 것을 발견하셨다고요."

"차를 몰고 예테보리에 갈 예정이었습니다. 장시간 운전을 할 때면 새벽 전에 출발하곤 합니다. 밖에 나갔더니 차가 사라졌더군요."

"차고에서요, 주차장에서요?"

"집 앞 거리에서요. 차고는 있습니다. 하지만 차고에는 쓸데없는 물건들이 가득 차 있어서 차를 대지 않습니다."

"어디 사십니까?"

"예게르스뢰 교외예요."

"선생님의 이웃 중 누가 뭔가 봤을까요?"

"물어봤습니다. 하지만 아무도 듣거나 본 게 없더군요."

"차를 마지막으로 보신 게 언젭니까?"

"난 하루 종일 집에 틀어박혀 있습니다. 하지만 차는 전날 밤에 거기에 있었습니다."

"잠겨 있었습니까?"

"물론 잠겨 있었죠."

"핸들도 잠겨 있었습니까?"

"불행히도 아니요. 그게 고장 났습니다."

그는 대답을 머뭇거리지 않았다. 하지만 발란데르는 이 남자가 경계하고 있다는 느낌을 떨칠 수 없었다.

"박람회에서 뭘 보려고 하셨습니까?" 그가 물었다.

맞은편에 앉은 남자는 놀란 것처럼 보였다. "이것과 그게 무슨 상관이 있습니까?"

"없습니다. 그냥 궁금해서요."

"알고 싶으시다면 에어쇼요."

"에어쇼요?"

"옛날 비행기에 관심이 있습니다. 직접 모형 비행기를 만들죠."

"일찍 은퇴하셨다는 게 정말입니까?"

"대체 내 도둑맞은 차와 그게 무슨 상관입니까?"

"전혀 없습니다."

"내 사생활을 찔러 보는 대신 왜 내 차의 수색을 시작하지 않는 겁니까?"

"우리는 이미 찾고 있는 중입니다. 아시다시피 우린 선생님 차를 훔친 자가 살인을 저질렀을 거라고 생각합니다. 아니면 처형을 집행했다고 말씀드려야 할지도 모르겠군요."

남자가 그를 똑바로 쏘아보았다. 신경질적으로 굴리던 눈이 멈추었다.

"나도 그렇게 들었습니다." 그가 말했다.

발란데르는 더 이상 질문거리가 없었다. "댁을 가 봤으면 하는데요. 차가 주차됐던 곳을 봤으면 합니다."

"커피를 대접할 수도 없습니다. 집이 엉망이라서요."

"결혼하셨습니까?"

"이혼했습니다."

두 사람은 발란데르의 차로 갔다. 그가 사는 곳은 예게르스뢰에 있는 경마장 바로 뒤에 위치한 오래된 동네였다. 그들은 앞에 작은 잔디밭이 있는 노란 벽돌집 앞에 멈췄다.

"당신이 차를 세운 바로 이곳에 차가 있었습니다." 남자가 말했다. "바로 여기요."

발란데르는 차를 몇 미터 뒤로 물리고 밖으로 나갔다. 발란데르는 차가 두 가로등 사이에 주차되어 있었다는 것을 알아보았다.

"밤이면 이 거리에 차를 많이들 세웁니까?" 그가 물었다.

"대개 집 앞에 한 대씩 세웁니다. 이곳에 사는 많은 사람이 차를 두 대씩 갖고 있죠. 차고에는 한 대밖에 들어가지 않습니다."

발란데르가 가로등을 가리켰다. "저것들은 다 켜집니까?" 그가 물었다.

"네. 하나라도 고장 나면 금세 알아챕니다."

발란데르는 주위를 둘러보며 머리를 굴렸다. 더는 질문이 없었다.

"조만간 다시 뵙죠." 그가 말했다.

"내 차를 돌려받고 싶군요." 남자가 대꾸했다.

발란데르는 한 가지 질문이 더 있다는 것을 깨달았다.

"총기 허가증이 있습니까?" 그가 물었다. "총을 갖고 계십니까?"

남자의 몸이 경직되었다. 그 순간 발란데르의 머리에 미친 생각이 스쳐 지나갔다. 차량 도난이 온전한 허구라는. 자신의 옆에 서 있는 남자는 전날 소말리아인을 쏜 두 남자 중 한 명이라는.

"대체 무슨 뜻입니까?" 남자가 말했다. "총기 면허? 그 일과 내가 관계있다는 멍청한 말일랑은 꺼내지도 마쇼."

"경찰이었으니 이런 질문들을 해야 한다는 걸 이해해 주십시오." 발란데르가 말했다. "집에 총이 있습니까?"

"총과 면허증이 있소."

"어떤 총입니까?"

"난 한 번에 한 방씩 쏘는 걸 선호하오. 무스를 사냥하는 데 쓰는 마우저를 갖고 있소."

"다른 건요?"

"엽총. 랜버 바론. 스페인 총이오. 토끼 사냥에 쓰지."

"그 총들을 가지러 사람을 보내겠습니다."

"왜?"

"왜냐하면 어젯밤에 살해된 남자가 지근거리에서 엽총에 맞았기 때문입니다."

남자가 그에게 경멸 섞인 눈빛을 보냈다. "당신, 미쳤군." 그가 말했다. "당신 완전히 미쳤어."

발란데르는 남자를 남겨 두고 차에 올랐다. 그는 곧장 말뫼 경찰서로 차를 몰았다. 그리고 위스타드에 전화해 보았다. 차는 발견되지 않았다. 그는 말뫼 경찰서 강력반의 책임자와 면담을 요청했다. 발란데르는 전에 그를 만난 적이 있었고, 그가 고압적이고 자만심이 강한 사람이라는 것을 알았다. 예란 보만을 만난 것처럼 콘퍼런스를 통해 만났었다.

발란데르는 자신이 수사 중인 사건을 설명했다.

"그의 총을 체크하고 싶습니다." 그가 말했다. "그의 집을 수색하길 원하고요. 그가 인종차별 단체와 어떤 연관이 있는지도 알고 싶습니다."

책임자는 그를 오래 응시했다. "그가 자동차 도난을 지어냈다고 믿을 만한 어떤 이유라도 있소? 그걸로 그가 그 살인에 연루됐다고?"

"그는 총을 여러 정 갖고 있습니다. 그리고 우린 모든 걸 조사해야 하죠."

"이 나라에는 수백, 수천 정의 총이 있소. 자동차 도난 사건으로 내가 그의 집을 수색할 영장을 얻을 수 있다고 생각하시오?"

"이 건이 최우선입니다." 발란데르는 그렇게 말하며 슬슬 짜증이 났다. "제가 지방경찰청장에게 전화하죠. 필요하다면 경찰청장에게라도."

"난 내가 할 수 있는 것만 할 거요." 책임자가 말했다. "하지만 당신이 동료의 사생활을 캐겠다면 아무도 좋아하지 않을 거요. 이게 언론에 샌다면 어쩔 생각이오?"

"난 상관없습니다." 발란데르가 말했다. "내가 맡은 살인이 세 건입니다. 그리고 누군가가 나에게 네 번째를 약속했죠. 난 그걸 막을 겁니다."

위스타드로 돌아오는 길에 발란데르는 하게홀름에 들렀다. 감식반이 조사를 마무리하는 참이었다. 그 현장에서 그는 살인이 어떻게 일어났는지에 대한 뤼드베리의 이론을 조사했고, 그가 옳았다고 결론내렸다. 그 차는 필시 뤼드베리가 집어낸 장소에 주차되었을 것이었다. 그는 그 전직 경찰에게 담배를 피우는지 묻지 않았다는 것을 깨달았다. 아니면 사과를 먹는지.

이어서 그는 위스타드로 갔다. 경찰서로 들어가는 길에 점심을 먹으러 나온 임시 직원을 만났다. 그는 그녀에게 자신이 먹을 피자를 부탁했다.

그는 한손의 사무실에 들렀다. 차는 여전히 발견되지 않았다.

"십오 분 후에 내 사무실에서 회의를 하지." 발란데르가 말했다. "다들 모이라고 말해 줘. 여기에 없는 사람이 있다면 전화해 주게."

발란데르는 코트도 벗지 않고 자리에 앉아 누나에게 다시 전화했다. 그가 내일 오전 10시에 스투루프 공항으로 그녀를 데리러 가는 것에 둘은 동의했다.

이마에 만져지는 혹은 이제 노란색과 검은색과 붉은색이 혼재된 색으로 변해 있었다. 20분 뒤에 마르틴손과 스베드베리를 제외한 모두가 모였다.

"스베드베리는 자갈 채취장을 조사하러 갔네." 뤼드베리가 말했다. "누가 전화했는데, 거기서 수상한 차를 봤나 봐. 마르틴손은 스코네 도로 위의 모든 시트로엥을 아는 것 같은 시트로엥 동호회의 어떤 남자를 찾는 중이야. 룬드에 있는 피부과 전문의라더군."

"룬드의 피부과 전문의요?" 발란데르가 놀라서 물었다.

"우표를 모으는 창녀들도 있네." 뤼드베리가 말했다. "피부과 전문의가 왜 시트로엥을 타면 안 되지?"

발란데르는 말뫼에서 전직 경찰을 만난 이야기를 했다. 그는 말뫼 경찰서에 그 남자를 철저히 조사해 달라고 했다는 말을 하면서 그 말이 얼마나 공허하게 들리는지 감지했다.

"그다지 범인일 가능성이 있는 것 같진 않은데." 한손이 말했다. "살인을 하고 싶어 하는 경찰은 자기 차를 잃어버렸다고 신고할 만큼 멍청하진 않을 것 같아. 안 그래?"

"그럴지도 모르지." 발란데르가 말했다. "하지만 우린 실낱같은 가능성이라도 무시할 상황이 아닌 데다 그게 그럴듯하게 보이지 않더라도 상관없네."

화제가 사라진 차로 바뀌었다.

"차가 그 지역을 떠나지 않았다는 내 믿음을 공고히 할 제보도," 한손이 말했다. "더는 없어."

발란데르는 상세 지도를 펼쳤고, 그들은 전쟁에 나설 준비라도 하는 것처럼 지도 위로 머리를 맞대었다.

"호수들." 뤼드베리가 말했다. "크라게홀름 호수, 스바네홀름 호수. 놈들이 그곳으로 차를 몰고 가서 거기다 버렸다고 추정해 보자고. 그 주변에는 소로가 많으니까."

"별로 가망성 없게 들리는데요." 발란데르가 반대했다. "그랬다면 쉽게 눈에 띄었을 겁니다."

어쨌든 그들은 그 호수들에 가 보기로 결정했다. 그리고 방치된 농가들을 수색해 보라고 경찰 몇 명을 보냈다. 말뫼에서 온 경찰견은 어떤 흔적도 찾지 못하고 철수했다. 헬기 수색 또한 결과를 내지 못했다.

"자네의 이란 친구가 실수한 게 아닐까?" 한손이 미심쩍어했다.

발란데르는 잠깐 그 말에 대해 생각했다.

"그를 다시 데려오지." 그가 말했다. "여섯 종의 다른 차들로 테스트해야겠어. 시트로엥을 포함해서."

한손이 그 목격자에게 전할 내용을 상세히 준비하기로 했다. 그들은 룬나르프 살인범 수색 건으로 넘어갔다. 이 건 역시 그날 이른 아침 트럭 운전사가 봤다는 차를 아직 찾지 못한 상태였다.

발란데르는 피곤에 전 동료들을 보았다. 오늘은 토요일이었고, 이들 중 많은 사람이 쉬지 않고 오랜 시간을 일하는 중이었다.

"월요일 아침까지 룬나르프 건은 보류하지." 그가 말했다. "당장은 하게홀름 건에 집중하자고. 지금 이 순간에 일이 없는 사람은 집으로 가서 좀 쉬어. 다음 주엔 지금 이상으로 바쁠 것처럼 보이니까."

이내 그는 비에르크가 월요일에 복귀한다는 것을 떠올렸다.

"비에르크가 수사를 인계할 거야." 그가 말했다. "그래서 자네들이 여태껏 한 수고에 지금 고맙다는 말을 하고 싶군."

"우린 합격 점을 받은 건가?" 한손이 빈정대듯 말했다.

"높은 점수를 받았지." 발란데르가 대꾸했다.

회의가 끝났을 때, 그는 뤼드베리에게 잠시 남아 달라고 부탁했다. 그는 조용하고 평온한 가운데 누군가와 현 상황을 논할 필요를 느꼈다. 그리고 언제나처럼 그가 가장 신뢰하는 뤼드베리가 그 누군가였다. 발란데르는 크리스티안스타드에서 보만이 알아낸 것을 그에게 말했다. 뤼드베리가 사려 깊게 고개를 끄덕였다. 발란데르는 그가 주저하는 모습을 보았다.

"헛다리일지도 모르네." 뤼드베리가 말했다. "룬나르프 살인 사건에 대해 오래 생각할수록 점점 더 혼란스러워."

"어떤 점이요?" 발란데르가 물었다.

"그 여자가 죽기 전에 했던 말이 머리에서 떠나지 않아. 난 그녀의 고통받은 내면과 상처받은 의식을 느끼네. 그녀는 남편이 죽었다는 것을 알아챘을 거야. 그래서 자기도 죽을 생각이었던 거지. 이제 모든 게 끝났다고 생각되면 수수께끼에 대한 해법을 제시하는 게 인간 본성일지도 모르네. 그래서 그녀는 한마디 말을 남겼지. '외국'. 그 여자는 그 말을 반복했어. 네다섯 번. 뭔가 의미가 있을 거야. 그리고 그 올가미. 그 매듭. 자네가 한 말이지. 그 살인에서는 복수와 증오의 냄새가 나. 하지만 우린 아직도 완전히 다른 방향을 쫓고 있어."

"스베드베리가 뢰브그렌과 관계된 모든 사람의 차트를 만들었습니다." 발란데르가 말했다. "거기엔 외국인과 연관된 게 없었죠. 오로지 스웨덴 농부들과 한두 명의 공예가뿐이었습니다."

"그의 이중생활을 잊지 말게." 뤼드베리가 말했다. "사십 년간 그를 알아 왔던 이웃 뉘스트룀은 그가 평범한 사람이라고 했어. 자산이 조금 있는. 이틀 후에 우린 그게 다 사실이 아니라는 걸 알게 됐지. 그러니 우리가 또 다른 거짓을 찾지 말아야 할 이유가 뭐지?"

"그래서 우리가 뭘 해야 한다고 생각하십니까?"

"정확히 우리가 지금 하고 있는 일을 해야지. 하지만 우리가 잘못된 추적을 하고 있는지도 모른다는 가능성은 열어 두고."

두 사람은 살해된 소말리아인으로 화제를 바꾸었다. 발란데르는 말뫼를 떠나면서부터 한 가지 생각을 하고 있었다.

"시간 좀 있으십니까?" 그가 물었다.

"물론." 뤼드베리가 놀란 얼굴로 대꾸했다. "당연히 시간을 낼 수 있지."

"그 전직 경찰에게는 뭔가가 있습니다." 발란데르가 말했다. "저도 그게 대부분 감이라는 걸 압니다. 경찰이 갖는 극히 신뢰할 수 없는 특성이죠. 하지만 그 양반을 지켜봐야 할 것 같아요. 당신과 제가요. 어쨌든 주말 동안에는요. 그럼 우리가 계속 지켜봐야 할지 더 많은 인원을 투입해야 할지 알 수 있을 겁니다. 하지만 제가 옳다면, 그가 사건과 관계있을지 모른다면 그의 차는 도둑맞은 게 아니고 그는 지금 약간 불안함을 느낄 겁니다."

"난 그가 살인을 계획하고 있었다면 차를 도둑맞은 체할 만큼 어리석은 경찰은 없다는 한손의 말에 동의하네." 뤼드베리가 반대했다.

"당신과 한손이 틀린 것 같은데요." 발란데르가 대꾸했다. "그가 전직 경찰이었다는 이유만으로 그렇게 생각한다는, 바로 그게 그에게서 모든 의혹을 걷어 내는 겁니다."

뤼드베리가 아픈 무릎을 문질렀다.

"그럼, 자네가 말한 대로 하지." 그가 말했다. "자네가 그게 중요하다고 생각한다면 내가 믿든 안 믿든 중요한 게 아니야."

"저는 그를 감시하에 두고 싶습니다." 발란데르가 말했다. "월요일 오전까지 교대로 감시하죠. 힘들겠지만 할 수 있을 겁니다. 괜찮으시다면 제가 밤에 하죠."

뤼드베리는 자신이 자정까지 감시하는 게 나을 것 같다고 말했다. 발란데르는 그에게 전직 경찰의 주소를 적어 주었다. 임시 직원이 발란데르가 부탁한 피자를 가지고 사무실로 들어왔다.

"식사하셨어요?" 발란데르가 물었다.

"응." 뤼드베리가 머뭇거리며 대답했다.

"아니, 안 드셨군요. 한 쪽씩 나눠 먹죠."

뤼드베리는 발란데르의 책상에서 피자를 먹었다. 그가 입을 훔치고 자리에서 일어났다.

"어쩌면 자네가 옳을지도 몰라." 그가 말했다.

"어쩌면요." 발란데르가 대꾸했다.

그날은 더 이상 아무 일도 일어나지 않았다. 그 차는 여전히 발견되지 않았다. 소방대가 호수들을 훑었지만 낡은 콤바인의 일부를 찾았을 뿐이었다. 몇 건의 제보가 있었다.

신문, 라디오 그리고 TV 기자들은 진행 상황을 알려 달라고 끊임없이 전화해 댔다. 발란데르는 거듭 사라진 흰 지붕의 연청색 시트로엥의 정보를 호소했다. 각종 난민 캠프의 책임자들은 불안해하며 경찰 보호의 증강을 요구하는 전화를 해 왔다. 발란데르는 최대한 참을성 있게 응대했다.

한 노부인이 비에레셰에서 차에 치여 사망했다. 발란데르가 오후에 쉬게 해 주겠다는 약속에도 불구하고 자갈 채취장에서 돌아온 스베드베리가 그 사건을 맡았다.

5시에는 네슬룬드에게 전화가 왔고, 발란데르는 그가 약간 취했다는 것을 눈치챘다. 네슬룬드는 무슨 일이 있는지, 스킬링에서 열리는 파티에 참석해도 될지 알고 싶어 했다. 발란데르는 파티에 가라고 말해 주었다.

그는 아버지에 대해 묻기 위해 병원에 두 번 전화했다. 그때마다 그들은 아버지가 지쳐 있고 말을 하려 하지 않는다고 말했다. 그는 스텐 비덴에게도 전화했다. 귀에 익은 목소리가 전화를 받았다.

"저는 사다리를 타고 고미다락으로 올라가는 당신을 도왔던 사람입니다." 발란데르가 말했다. "당신이 경찰이라고 짐작했던 사람이요. 스텐이 거기 있다면 그 친구와 통화하고 싶은데요."

"그는 덴마크에서 말을 사고 있어요." 루이스가 대답했다.

"언제 돌아옵니까?"

"내일쯤요."

"나에게 전화하라고 전해 주시겠습니까?"

"그럴게요."

그는 전화를 끊었다. 발란데르는 스텐 비덴이 덴마크에 있다는 인상을 전혀 받지 않았다. 어쩌면 그는 그 젊은 여자 바로 옆에 서서 대화 내용을 듣고 있었는지도 몰랐다. 어쩌면 자신이 전화를 걸었을 때, 정돈되지 않은 침대에 함께 있었는지도 몰랐다.

발란데르는 오늘 밤 스투루프 공항에 도착하는 비에르크가 비행기에서 내리는 순간 건네라며 순찰 경관 한 명에게 자신이 쓴 보고서를 주었다.

그는 월초에 냈어야 할 고지서들을 살펴보기로 마음먹었다. 그는 지로 용지들을 기입하고 마닐라 봉투에 수표를 넣고 봉했다. 이번 달에는 비디오도 스테레오도 살 형편이 되지 않았다.

다음으로 그는 2월 말 코펜하겐 왕립 오페라하우스로의 여행에 대한 질문에 답했다. 그는 '예스'라고 말했다. 〈보이체크〉는 그가 보지 못한 오페라였다.

오후 8시였다. 비예레셰에서의 치명적인 사고에 관한 스베드베리의 보고서를 읽었다. 그는 한눈에 형사소송까지 갈 문제가 아니라는 것을 알았다. 여자는 도로로 나섰다가 제한속도로 달리는 차에 치였다. 운전하고 있던 농부에게는 잘못이 없었고, 모든 목격자가 그에 동의했다. 그는 부검 보고서를 읽은 아네테 브롤린에게 제출할 보고서를 작성했다.

오후 8시 위스타드 교외의 한 아파트 앞에서 두 남자가 서로 치고받기 시작했다. 페테르스와 노렌이 재빨리 두 사람을 떼어 놓았다. 그들은 경찰에 잘 알려진 형제였다. 두 사람은 1년에 세 번쯤 싸움박질을 했다.

마르스빈스홀름에서 그레이하운드를 잃어버렸다는 신고를 받았다. 그 개는 서쪽으로 간 것처럼 보여, 그 신고는 스쿠루프 경찰서로 이관되었다.

오후 10시에 발란데르는 경찰서를 나섰다. 추웠고, 바람이 세차게 불고 있었다. 하늘은 맑고 별로 가득 차 있었다. 아직 눈은 내리지 않았다. 그는 집으로 가서 내구성이 좋은 속내의를 입고 털모자를 썼다. 그리고 부엌 창가에 놓아둔 시든 화분에 건성으로 물을 주었다.

그런 다음 말뫼로 차를 몰았다.

노렌이 그날 밤 당직이었다. 발란데르는 정기적으로 연락하겠다고 약속했다. 하지만 노렌은 아마 집으로 돌아와 휴일이 물 건너갔다는 것을 알게 될 비에르크를 상대하느라 바쁠 터였다.

발란데르는 스베달라에 있는 호텔 레스토랑 앞에 차를 세웠다. 그는 망설인 끝에 샐러드만 주문했다. 지금이 식습관을 바꾸기에 현명한 순간인지 의심스러웠지만 그는 야간 근무 전에 너무 많이 먹으면 잠이 들 것이란 사실을 알았다.

샐러드로 식사를 한 후 진한 커피를 몇 잔 마셨다. 한 나이 든 여자가 그의 테이블로 〈파수대여호와의 증인이 정기적으로 발행하는 성경 관련 출판물〉를 팔러 왔다. 그는 그것이 밤을 새우는 데 제격인 지루한 잡지라고 생각해 한 부를 샀다.

발란데르는 다시 E65번 도로에 올라 말뫼까지 죽 달렸다. 그는 이 일을 할 가치가 있는지 의심스러운 생각이 들기 시작했다. 내 직감을 믿는 걸 정당화한 걸까? 한손과 뤼드베리의 반대만으로 이 감시의 아이디어를 버리기에 부족했던 걸까? 그는 자신에 대해 확신이 없었다. 그리고 샐러드도 충분치 않았다.

그가 베리만이 사는 노란 벽돌집 근처 도로로 차를 돌린 때는 밤 11시 35분이었다. 그는 털모자를 귀까지 덮어쓰고 얼어붙은 밤으로 나갔다. 불이 꺼진 집들이 그를 에워쌌다. 멀리서 타이어가 끽 하고 내는 소리가 들렸다. 가능한 한 불빛이 없는 곳으로만 걷다가 로세날레라는 길로 접어들었다.

접어들자마자 거의 즉시 키가 큰 밤나무 아래 서 있는 뤼드베리가 눈에 들어왔다. 나무둥치가 너무 두꺼워서 그의 모습이 거의 완벽하게 감춰졌다.

발란데르는 거대한 나무둥치의 그림자로 슬그머니 다가갔다. 뤼드베리는 얼어붙어 있었다. 그는 손을 비비며 발을 구르는 중이었다.

"별일 없어요?" 발란데르가 물었다.

"열두 시간 동안은." 뤼드베리가 대답했다. "네 시에 그는 식료품을 사러 갔어. 두 시간 후엔 바람에 열린 문을 닫으러 나왔고. 하지만 분명히 경계하고 있더군. 결국 자네 말이 맞는 것 같아."

뤼드베리가 이웃집을 가리켰다.

"저 집은 비었네." 그가 말했다. "마당에서 거리와 그의 집 뒷문이 보여. 그는 뒷문으로 빠져나갈 생각을 하고 있을지도 몰라. 저기엔 자네가 앉을 수 있는 벤치가 있지. 자네가 옷을 충분히 따뜻하게 입었다면."

발란데르는 베리만의 집으로 오는 길에 공중전화 부스가 있는 것을 봐 두었다. 그는 가서 노렌에게 전화해 보라고 뤼드베리에게 말했다. 응급 상황이 없다면 뤼드베리는 그대로 차를 타고 집으로 갈 것이었다.

"일곱 시쯤 오겠네." 뤼드베리가 말했다. "얼어 죽지 말게."

그가 소리 없이 사라졌다. 발란데르는 노란 벽돌집을 바라보며 한동안 조용히 서 있었다. 아래층과 위층의 두 창문에서 불빛이 비쳤다. 커튼은 쳐져 있었다. 그는 손목시계를 보았다. 막 자정을 넘긴 시간. 뤼드베리는 돌아오지 않았다. 따라서 위스타드 경찰서에는 아무 일도 없는 모양이었다.

그는 종종걸음으로 거리를 가로질러 빈집 뒷마당의 문을 열었다. 어둠 속에서 더듬거리며 나아가 뤼드베리가 알려 준 벤치를 찾았다. 거기서 좋은 시야가 확보되었다. 몸을 따뜻하게 유지하기 위해 앞으로 다섯 걸음 갔다가 뒤로 다섯 걸음을 걸으며 서성이기 시작했다.

다음번에 손목시계를 보았을 때는 고작 12시 50분이었다. 긴 밤이 될 조짐이었다. 벌써 추위가 느껴졌다. 하늘의 별을 헤아리며 시간을 보내려고 애썼다. 목이 아프기 시작하자 종종걸음을 재개했다.

1시 30분에 1층의 불이 꺼졌다. 발란데르는 2층에서 라디오 소리가 들린 것 같다고 생각했다. 베리만 씨는 늦은 시간까지 자지 않는군. 그는 생각했다. 조기 퇴직 하면 그렇게 될지도 몰라. 1시 55분에 차 한 대가 지나갔고, 곧이어 다른 차가 그 뒤를 따랐다. 그리고 다시 모든 게 조용해졌다. 위층의 불은 여전히 켜져 있었다. 발란데르는 얼어붙고 있었다.

2시 55분에 그 불이 꺼졌다. 발란데르는 라디오가 들리는지 귀를 기울였다. 하지만 사위는 고요했다. 그는 체온을 유지하려고 팔을 흔들었다. 머릿속으로 슈트라우스의 왈츠 멜로디를 흥얼거렸다.

너무 경미해서 그는 그 소리를 놓칠 뻔했다.

문의 걸쇠가 찰칵하는 소리. 그게 다였다. 발란데르는 꼼짝도 하지 않고 서서 귀를 기울였다. 이내 그는 그림자를 알아보았다.

남자는 아주 조용히 움직이고 있는 게 분명했다. 그렇긴 해도 발란데르는 집 뒷마당을 빠져나가는 루네 베리만의 모습을 포착했다. 발란데르는 잠시 기다렸다. 이윽고 조심스럽게 울타리를 타 넘었다. 어둠 속에서 방향을 잡기가 쉽지 않았지만 헛간과 베리만의 집 마당 사이에 난 좁은 통로를 알아보았다. 그는 빠르게 움직였다. 보이는 게 거의 없었지만 아주 빠르게.

그는 로세날레 길과 평행으로 난 길로 나왔다. 1초만 늦었어도 그는 사거리 오른쪽으로 사라지는 베리만을 보지 못했을 터였다.

발란데르는 잠시 머뭇거렸다. 차가 겨우 50미터 떨어진 곳에 있었다. 지금 차에 타지 않으면 베리만은 근처 어딘가에 주차한 또 다른 차에 오를 것이고, 그를 쫓을 기회가 없을 것이었다.

그는 미친 사람처럼 달렸다. 얼어붙은 관절이 삐걱거렸고, 곧바로 숨이 찼다. 그는 차 키를 더듬으며 베리만을 따라잡겠다고 마음먹으면서 차 문을 열어젖혔다. 오른쪽이라고 생각한 길로 달려 나갔다. 그곳이 막다른 길이라는 것을 너무 늦게 보았다. 그는 욕설을 내뱉으며 후진했다. 베리만이 선택할 수 있는 길이 몇 개 있었을 터였다. 근처에는 공원도 있었다.

정해. 화가 머리끝까지 난 그는 생각했다. 정하라고, 빌어먹을.

그는 예게르스뢰 경마장과 대형 백화점들 사이에 있는 큰 주차장을 향해 차를 몰았다. 막 추적을 포기하려던 참에 베리만이 시야에 들어왔다. 그는 경마장 옆 새로 지은 호텔 근처에 있는 공중전화 부스에 있었다.

발란데르는 길 한쪽에 차를 대고 시동을 끄고 헤드라이트를 껐다. 공중전화 부스의 남자는 그를 알아채지 못했다.

몇 분 후 택시가 섰고, 베리만이 뒷좌석에 올랐다. 발란데르는 차를 출발시켰다. 택시는 예테보리 방면 고속도로를 탔다. 발란데르는 추적에 앞서 대형 트럭 한 대를 지나가게 해야 했다. 그는 주유 계기

판을 흘끔 보았다. 할름스타드 이상으로 택시를 쫓을 순 없을 것 같았다. 갑자기 택시가 오른쪽 깜빡이를 켰다. 그는 룬드 방면 출구로 나갈 생각이었다. 발란데르는 뒤를 쫓았다.

택시는 기차역에 멈춰 섰다. 발란데르가 그가 멈춰 선 곳을 지나칠 때 베리만은 기사에게 택시 요금을 치르고 있었다. 그는 간선도로에서 벗어나자마자 차를 세웠다. 베리만은 빠르게 걷고 있었다. 발란데르는 어둠을 끼고 그의 뒤를 밟았다.

뤼드베리의 밀이 낮았다. 그는 경계하고 있었다. 예고 없이 그는 잠깐 멈춰 서더니 주위를 둘러보았다. 발란데르는 황급히 어느 출입구로 몸을 던졌다. 계단 모서리에 이마를 부딪힌 그는 눈 위의 혹이 찢어지는 것을 느꼈다. 피가 얼굴로 흘러내렸다. 장갑으로 피를 닦고 천천히 열을 센 다음 추적에 나섰다. 눈 위의 피가 끈적거렸다.

베리만은 비계와 보호막 천으로 덮인 한 아파트 앞에 멈춰 섰다. 다시 그는 주위를 둘러보았고, 발란데르는 주차된 차 뒤에 몸을 웅크렸다.

이윽고 그가 발걸음을 떼었다. 발란데르는 그가 문을 닫는 소리가 들릴 때까지 기다렸다. 잠시 후에 3층 방의 불이 켜졌다.

그는 거리를 황급히 가로질러 보호막 천을 밀치고 안으로 들어갔다. 그리고 주저 없이 비계를 올랐다. 비계가 발밑에서 삐걱거렸다. 그리고 눈으로 흐르는 피를 계속 닦아야 했다. 그는 2층으로 몸을 끌어 올렸다. 불빛이 비치는 창문이 머리 위 1미터가 채 안 되는 곳에 있었다. 그는 손수건을 꺼내 흐르는 피를 막기 위해 그것을 머리에 묶었다.

조심스럽게 다음 비계로 몸을 끌어 올렸다. 그 과정에서 체력이 소모되어 그는 다음 단계로 가기 전에 1분 넘게 누워 있어야 했다. 그리고 벽돌 조각으로 뒤덮인 얼어붙은 널빤지를 따라 몸을 숙이고 앞으로 나아갔다. 자신이 땅에서 얼마나 높이 있는지 감히 생각조차 하지 않았다. 그 생각을 한다면 즉시 현기증이 일 것이었다.

그는 불이 켜진 방의 첫 번째 창틀 너머로 안을 들여다보았다. 그물 커튼을 통해 더블베드에서 잠들어 있는 여자가 보였다. 그녀의 옆자리 이불은 누군가가 서둘러 나간 것처럼 젖혀져 있었다.

그는 조금 더 기어갔다. 다음 창문을 들여다보자 베리만이 암갈색 가운을 입은 남자와 이야기를 나누고 있는 모습이 보였다. 실제로 전에 본 적이 있는 남자처럼 느껴졌다. 사과를 먹으며 들판에 서 있는 남자를 그 루마니아 여자가 잘 묘사한 덕분이었다.

그는 심장이 뛰는 것을 느꼈다. 결국 자신이 옳았다. 같은 남자가 분명했다. 그들은 낮은 목소리로 이야기를 나누고 있었다. 너무 낮아서 무슨 말을 하는지는 들리지 않았다. 가운을 입은 남자가 문으로 사라짐과 동시에 베리만이 발란데르를 보았다.

들켰다고 생각하며 그는 머리를 뒤로 물렸다. 이 개자식들은 나를 쏘는 데 주저하지 않을 것이었다. 공포로 몸이 굳었다. 난 죽을 거야. 절망적인 생각이 들었다. 놈들이 내 머리를 날려 버릴 거야. 하지만 아무 일도 일어나지 않았다.

마침내 몸을 일으킨 그는 불안에 떨며 다시 안을 들여다보았다. 가운을 입은 남자가 거기에 서 있었다. 사과를 먹으며. 베리만은 엽총 두 정을 들고 있었다. 그는 그중 하나를 테이블 위에 놓았다. 한 정은 코트 안에 갈무리했다. 발란데르는 충분히 보았다고 생각했다. 그는 몸을 돌려 왔던 방식으로 몸을 구부리고 돌아갔다.

어떻게 그런 일이 일어났는지 그는 결코 알지 못할 터였다.

그는 어둠 속에서 발을 헛디뎠다. 비계를 향해 손을 뻗었지만 그가 잡은 것은 허공이었다. 떨어졌다. 곧 죽으리라는 생각조차 할 시간이 없었다. 한쪽 다리가 두 널빤지 사이에 걸렸다. 몸이 확 멈추었고, 고통이 밀려들었다. 그는 땅에서 1미터 위에 거꾸로 매달려 있었다.

널빤지에서 헤어나려고 숨틀거렸다. 하지만 발이 단단히 끼여 있었다. 그는 공중에 매달려 아무것도 할 수 없었다. 관자놀이에서 맥박이 쿵쾅거렸다. 너무 지독한 고통에 눈에 눈물이 차올랐다. 그때 출입문이 열리는 소리가 들렸다.

베리만이 건물을 떠났다. 발란데르는 비명을 지르지 않으려고 손마디를 깨물었다. 보호막 천 사이로 그 남자가 갑자기 멈춰 서는 모습이 보였다. 바로 자신 앞에. 그는 번쩍이는 불빛을 보았다. 총을 쐈어. 발란데르는 생각했다. 이제 난 죽는군.

그는 베리만이 담배에 불을 붙였다는 것을 깨달았다. 발소리가 멀어져 갔다. 발란데르는 의식을 잃을 참이었다. 린다의 이미지가 그 앞에 스쳤다.

엄청난 노력 끝에 그는 몸을 흔들어 한 손으로 간신히 비계의 기둥을 잡았다. 그리고 단단히 발이 낀 널빤지를 잡을 만큼 충분히 몸을 일으켰다. 젖 먹던 힘까지 쥐어짰다. 그런 다음 힘껏 발을 잡아 뺐다. 발이 빠지며 쥐고 있던 널빤지를 놓쳤다. 자갈 더미 위에 등으로 떨어졌다. 그는 어딘가가 부러졌는지 느끼려고 애쓰며 미동도 없이 누워 있었다.

몸을 일으켜 세웠을 땐 너무 어지러워 쓰러지지 않으려고 벽을 잡아야 했다. 차로 돌아가는 데 거의 20분이 걸렸다. 새벽 4시 30분을 가리키고 있는 기차역 시계의 시곗바늘이 보였다.

발란데르는 운전석에 몸을 묻고 눈을 감았다. 이윽고 그는 위스타드로 돌아갔다. 잠을 좀 자야 해. 그는 생각했다. 하루가 기다리고 있으니까. 그리고 끝내야 할 일을 해야지.

욕실 거울로 얼굴을 보자 신음이 나왔다. 그는 따뜻한 물로 상처 부위를 씻어 냈다.

그가 이불 속으로 기어든 시간은 거의 6시였다. 그는 6시 45분에 알람을 맞추었다. 그 이상 잘 엄두가 나지 않았다.

가장 아프지 않은 자세를 찾으려고 애썼다. 막 잠이 들려는 순간에 현관문을 두드리는 소리에 몸을 벌떡 일으켰다. 조간신문. 이내 그는 몸을 뻗고 누웠다. 꿈속에서 아네테 브롤린이 자신에게 다가오고 있었다. 어딘가에서 말이 울었다.

1월 14일 일요일이었다. 북동쪽에서 거세지는 바람과 함께 날이 밝았다.

쿠르트 발란데르는 잠에 빠져들었다.

12

그는 자신이 오래 잤다고 생각했는데, 잠에서 깬 시계를 보니 잠깐 잤다는 것을 알았다. 그는 전화 때문에 잠에서 깼었다. 뤼드베리가 말뫼에서 공중전화로 전화를 걸어 왔다.

"돌아오세요." 발란데르가 말했다. "거기서 꽁꽁 어실 필요 없습니다. 이리 오세요. 저희 집으로."

"무슨 일 있었나?"

"놈입니다."

"확실해?"

"전적으로요."

발란데르는 고통스럽게 침대에서 내려왔다. 온몸에 통증이 일었고, 관자놀이가 욱신거렸다. 커피가 끓는 동안 그는 손거울과 거즈를 들고 부엌 테이블에 앉았다. 대단히 어렵게 이마에 난 상처에 거즈를 붙이는 데 성공했다. 얼굴은 파란색과 보라색 물감을 푼 팔레트였다.

한 시간이 채 안 되어 뤼드베리가 현관문에 나타났다. 커피를 마시면서 발란데르는 그에게 자신의 이야기를 들려주었다.

"좋아." 모든 이야기가 끝난 뒤 뤼드베리가 말했다. "수고했네. 이제 이 개자식들을 잡으러 가자고. 룬드에 사는 그자의 이름이 뭐지?"

"출입문에서 이름을 본다는 걸 깜빡했습니다. 그리고 놈들을 잡을 사람은 우리가 아니에요. 비에르크의 일이죠."

"그가 돌아왔나?"

"어젯밤에 도착했을 겁니다."

"그럼 서장을 침대에서 끌어내자고."

"검사도요. 그리고 말뫼와 룬드 경찰서의 협조도 구해야 할 겁니다. 맞죠?"

발란데르가 옷을 입고 있는 동안 뤼드베리는 전화를 걸었다. 발란데르는 그가 안 된다고 말하지 않아서 기뻤다. 그는 아네테 브롤린의 남편이 이번 주에 이곳에 와 있는지 궁금했다.

뤼드베르가 침실 문가에서 넥타이를 매고 있는 그를 지켜보았다.

"권투 선수처럼 보이는군." 그가 웃으며 말했다. "그로기 상태의 권투 선수."

"비에르크를 끌어내셨습니까?"

"그는 그간 있었던 일을 따라잡느라 밤을 새운 것 같아. 우리가 적어도 범인 중 하나를 잡았다니까 안도하더군."

"검사는요?"

"그녀는 곧 올 거야."

"그녀가 전화를 받았습니까?"

뤼드베리가 놀란 표정으로 그를 보았다. "달리 누가 받겠나?"

"예를 들면 남편이라든가."

"그럼 뭐가 달라지지?"

그는 대답하고 싶지 않았다. "맙소사, 끔찍한 기분이군요." 그는 대신 그렇게 말했다. "가시죠."

그들은 새벽빛 속으로 나갔다. 여전히 거센 바람이 불고 있었고, 하늘은 먹구름으로 뒤덮여 있었다.

"눈이 올 것 같습니까?" 발란데르가 물었다.

"이월 전엔 아니야." 뤼드베리가 말했다. "난 느낄 수 있네. 하지만 눈이 온 다음엔 추운 겨울을 맞아야겠지."

일요일의 정적이 경찰서를 지배했다. 교대하러 온 스베드베리가 노렌을 구해 주었다. 뤼드베리가 그에게 밤새 일어난 일을 간략히 설명했다.

"와, 무슨 그런 일이 다 있죠." 스베드베리가 말했다. "경찰이요?"

"전직 경찰."

"그가 그 차를 어디에 숨겼죠?"

"우리도 아직 몰라."

"이 건은 아직 아무도 모릅니까?"

"그럴걸."

비에르크와 아네테 브롤린이 동시에 경찰서에 도착했다. 베스트만란드 태생의 쉰네 살 비에르크는 보기 좋게 그을어 있었다. 발란데르는 늘 그가 중간 크기의 관할 구역에 이상적인 서장이라고 생각했다. 그는 그리 똑똑하진 않지만 친근했고, 경찰의 평판에 지극히 신경을 썼다.

그가 놀란 눈으로 발란데르를 보았다. "정말 끔찍해 보이는군."

"그들이 저를 두들겨 팼죠." 발란데르가 말했다.

"자네를 팼다고? 누가?"

"다른 경찰들이요. 서장님이 서장직을 맡기면 일어나는 일이죠. 서장님 탓입니다."

비에르크가 웃음을 터뜨렸다.

아네테 브롤린이 진짜 동정적인 표정처럼 보이는 얼굴을 하고 그를 보았다.

"아프겠어요." 그녀가 말했다.

"괜찮아질 겁니다." 발란데르가 말했다.

그는 양치질을 깜빡했다는 것을 떠올리고 대답을 할 때 얼굴을 돌렸다. 그들 모두 비에르크의 사무실로 갔다. 보고서가 없었기 때문에 발란데르가 사건을 요약해 주었다. 비에르크와 아네테 브롤린 모두 많은 질문을 했다.

"이런 도둑잡기 놀이 얘기로 날 일요일 아침에 침대에서 끌어낸 자가 자네가 아닌 다른 사람이었다면 안 믿었을 걸세." 비에르크가 말했다.

이내 그는 아네테 브롤린을 향했다. "이거면 우리가 그들을 체포하기에 충분합니까? 아니면 임의출두로 사정 청취를 해야 합니까?"

"사정 청취의 결과에 근거해 영장을 신청하죠." 아네테 브롤린이 말했다. "그리고 당연히, 라인업에 룬드에 사는 남자를 세우고, 그 루마니아 여자에게 특정하게 하면 좋을 거예요."

"그건 법원 명령이 필요할 겁니다." 비에르크가 말했다.

"그래요." 아네테 브롤린이 말했다. "하지만 우린 일시적인 확인을 할 수 있어요."

발란데르와 뤼드베리가 흥미를 갖고 그녀를 보았다.

"그 여자를 데려온 다음," 그녀가 말을 이었다. "복도에서 우연히 그 남자를 지나치게 하는 거죠."

발란데르가 동의의 의미로 고개를 끄덕였다. 아네테 브롤린은 규정을 유연한 시각으로 보는, 페르 오케손과 같은 부류의 검사였다.

"좋습니다." 비에르크가 말했다. "내가 말뫼와 룬드의 동료들과 연락하죠. 그럼 두 시간 내로 용의자들을 임의출두시키겠습니다. 열 시 정각에."

"침대에 있던 여자는 어떻게 할까요?" 발란데르가 물었다. "룬드에서 그 사내와 같이 있던."

"그 여자도 데려와야지." 비에르크가 말했다. "신문을 어떻게 나눠야 하지?"

"제가 베리만을 신문하겠습니다." 발란데르가 말했다. "사과를 우적이던 놈은 뤼드베리가 하고요."

"체포 결정은 세 시에 하죠." 아네테 브롤린이 말했다. "그때까지 전 집에 있을게요."

발란데르가 안내 데스크까지 그녀를 배웅했다. "어젯밤에 저녁 식사나 같이하자고 말할까 생각했습니다." 그가 말했다. "그런데 일이 터졌군요."

"저녁 시간은 많으니까요." 그녀가 말했다. "이번 일을 잘 해내신 것 같아요. 그가 범인이라는 걸 어떻게 아셨죠?"

"몰랐습니다. 감이었을 뿐이죠."

그는 시내로 향하는 그녀를 지켜보았다. 함께 저녁을 먹었던 그날 저녁 이후로 자신이 모나에 대한 생각을 전혀 하지 않았다는 게 떠올랐다.

모든 게 매우 빠르게 움직이기 시작했다. 일요일의 평온에서 불려 나온 한손은 루마니아 여자와 통역사를 수배하라는 지시를 받았다.

"우리의 동료들은 행복하지 않은 것 같군." 비에르크가 염려스러운 말투로 말했다. "자기네 관할서 경찰이었던 자가 용의자라는 건 결코 즐거운 게 아니니까. 이 일 때문에 끔찍한 겨울이 되겠어."

"끔찍하다니요?" 발란데르가 물었다.

"경찰에 대한 새로운 공격거리 말일세."

"그는 조기 퇴직 하지 않았습니까?"

"그렇더라도 말이야. 신문은 살인자가 경찰이었다는 사실을 떠들어 대겠지. 경찰에 대한 새로운 박해가 될 거야."

10시 조금 전이었다. 발란데르는 비계와 보호막용 천으로 싸인 건물에 도착했다. 그는 룬드 경찰서에서 나온 사복 차림의 경찰 네 명과 함께였다.

"그자에게는 총이 있습니다." 발란데르는 차 안에서 그들에게 말했다. "그리고 냉혹한 살인을 저지른 자죠. 하지만 안심해도 될 겁니다. 그는 확실히 우리가 올 거라고는 생각하지 않을 테니까요. 총은 둘이면 충분합니다."

발란데르는 자신의 리볼버를 가지고 왔다. 룬드로 오는 길에 그는 그것을 마지막으로 뺀 게 언제였는지 생각해 내려고 애썼다. 총을 뺀 게 3년도 더 된 일이었다는 것을 깨달았다. 모스뷔 해안 여름 별장에서 바리케이드를 치고 있던, 쿰라 교도소에서 탈출한 죄수를 체포하는 과정에서였다.

지금 그들은 룬드에 있는 건물 밖 차 안에 앉아 있었다. 발란데르는 자신이 생각했던 것보다 더 높이 올라갔었다는 것을 알게 되었다. 만약 곧장 땅으로 떨어졌다면 척추가 부러졌을 터였다.

오늘 오전 룬드 경찰은 신문 배달부로 위장한 경찰 한 명을 보내 이 건물을 확인했다.

"현 상황을 검토해 봅시다." 발란데르가 말했다. "뒤에 난 계단은 없습니까?"

그 옆에 앉은 경관이 머리를 저었다.

"건물 뒤편에 비계는요?"

"없습니다."

그 경관에 따르면 그 아파트 소유주는 발프리드 스트룀이라는 남자였다. 그는 어떤 경찰 기록에도 올라 있지 않았다. 직업이 무엇인지도 몰랐다.

10시 정각에 그들은 차에서 내려 길을 건넜다. 경찰 한 명은 건물의 출입구를 지켰다. 출입구에서 인터콤으로 호출하는 시스템이었지만 인터콤은 작동하지 않았다.

발란데르가 쇠지레와 스크루드라이버로 문을 열었다.

"한 사람은 복도를 지켜야 합니다." 그가 말했다. "당신과 내가 올라가죠. 이름이 뭡니까?"

"엔베리요."

"성 말고 이름은요?"

"칼레요."

"오케이, 칼레. 갑시다."

그들은 현관문 밖 어둠 속에서 귀를 기울였다. 발란데르가 리볼버를 꺼내며 자신처럼 하라는 뜻으로 엔베리에게 고개를 끄덕였다. 그런 다음 그는 초인종을 눌렀다.

잠옷 차림의 여자가 문을 열었다. 발란데르는 그녀를 알아보았다. 더블베드에서 잠들어 있던 여자와 같은 사람이었다. 그는 리볼버를 등 뒤로 숨겼다.

"경찰서에서 나왔습니다." 그가 말했다. "당신의 남편 발프리드 스트룀을 찾고 있습니다."

40대로 보이는 여자는 어쩔 줄 몰라 하며 겁먹은 표정을 지었다. 그녀는 옆으로 비켜나 두 경찰을 안으로 들였다.

어느새 발프리드 스트룀이 앞에 서 있었다. 그는 녹색 운동복 차림이었다.

"경찰입니다." 발란데르가 말했다. "저희와 같이 가셔야겠습니다."

반달 모양 대머리인 남자는 긴장한 것처럼 보였다. "왜요?"

"여쭤볼 게 있습니다."

"뭐에 대해서요?"

"경찰서로 가시면 압니다."

발란데르가 여자에게 몸을 돌렸다. "당신도 가셔야 합니다. 옷을 입으시죠."

남자는 완전히 침착해 보였다. "이유를 말하지 않으면 어디에도 가지 않겠소." 그가 말했다. "신분증을 보여 주시오."

안주머니에 손을 넣으면 총을 들고 있다는 사실을 숨길 수가 없을 터였다. 그는 왼손으로 총을 바꿔 들고 신분증이 든 지갑을 찾아 주머니를 더듬었다.

그 순간 스트룀이 곧장 달려들었다. 그가 발란데르의 이마 한가운데에 난 상처를 머리로 들이받았다. 발란데르는 뒤로 물러서다 리볼버를 떨어뜨렸다. 엔베리가 반응하기도 전에 녹색 운동복을 입은 남자는 문밖으로 사라졌다. 여자가 악을 썼고, 발란데르는 주섬주섬 리볼버를 찾았다. 그는 남자를 쫓아 계단을 달려 내려가며 아래층을 지키고 있는 두 경찰에게 경고의 소리를 질렀다.

스트룀은 빨랐다. 그는 출입문 안쪽에 서 있는 경찰의 턱을 팔꿈치로 가격했다. 밖에 있던 경관은 스트룀이 출입문을 박차고 거리로 뛰쳐나간 순간 문과 충돌했다. 눈으로 흐르는 피에 거의 앞을 볼 수 없는 발란데르는 계단참에서 의식을 잃고 쓰러진 경찰에게 발이 걸렸다. 그는 리볼버의 안전장치를 풀었다.

그는 이내 거리로 나왔다.

"어느 쪽으로 갔소?" 그가 보호막 천에 걸려 허둥대며 어리둥절해하는 경찰에게 소리쳤다.

"왼쪽이요."

발란데르는 달렸다. 전철 고가교로 막 사라지는 스트룀의 운동복이 시야에 들어왔다. 그는 모자를 벗어 얼굴을 닦았다. 교회에 가는 것으로 보이는 나이 든 부인 몇몇이 놀라서 옆으로 황급히 비켜 섰다. 그는 기차가 우르릉대며 달려올 때 고가교를 향해 달렸다.

그가 다시 거리로 내려섰을 때, 스트룀이 지나가는 차를 세우고 운전자를 끌어 내린 후 차를 몰고 사라지는 모습이 보였다.

근처에 있는 차는 말 운반용 밴뿐이었다. 그 차의 주인은 가게 옆에 놓인 자동판매기에서 콘돔 한 팩을 꺼내는 중이었다. 총을 들고 얼굴에 피 칠갑을 한 채 달려오는 발란데르를 본 그 남자는 콘돔 팩을 떨어뜨리고 죽어라 도망치기 시작했다.

발란데르는 밴의 운전석에 올라탔다. 뒤에서 말이 우는 소리가 들렸다. 시동이 걸려 있었고, 그는 1단 기어를 넣었다.

스트룀을 놓쳤다고 생각했지만 이내 다시 그 차가 보였다. 차는 빨간불을 무시하고 달리면서 성당 방면으로 좁은 길을 곧장 내려갔다. 발란데르는 빠른 기어로 바꾸면서 그 차를 시야에서 놓치지 않으려고 애썼다. 말들은 계속 울었고, 그는 뜨끈한 거름의 악취를 맡았다.

급커브에서 균형을 잃을 뻔했다. 주차된 차 두 대와 부딪혔지만 결국 간신히 중심을 잡았다.

추적은 병원이 있는 곳까지 계속되었다가 공업 지대로 이어졌다. 발란데르는 밴에 설치된 카폰을 보았다. 무거운 밴이 요동치는 동안 그는 한 손으로 응급 번호를 누르느라 고생했다.

응급 교환대 교환원이 전화를 받았을 때, 커브를 돌아야 했다. 그는 수화기를 떨어뜨렸고, 차를 세우지 않고서는 수화기를 찾을 수 없다는 것을 깨달았다.

이건 미친 짓이야. 그는 자포자기했다. 완전히 미친 짓이야. 이윽고 누나가 떠올랐다. 지금 누나를 스투루프 공항에서 만나야 했다.

스타판스토르프시와 만나는 교차로에서 추적은 끝났다.

버스를 피하려고 급정거한 스트룀의 차는 도로 밖으로 벗어났다. 그는 중심을 잃었고, 차는 콘크리트 기둥을 향해 곧장 내달렸다. 1백 미터 뒤에서 발란데르는 차에서 불길이 이는 모습을 보았다. 그가 브레이크를 세게 밟은 바람에 말 운반용 밴은 배수로로 미끄러져 전복했다. 뒷문이 열리며 풀려난 말 두 마리가 들판을 향해 질주했다.

스트룀은 충돌의 충격으로 차 밖으로 튕겨 나가 있었다. 한쪽 발이 살리고, 얼굴은 유리 파편에 깊이 베여 있었다. 다가가기도 전에 발란데르는 그가 죽었다는 것을 알았다.

근처 이웃에서 사람들이 달려오고 있었다. 차들이 갓길에 섰다. 그는 자신이 손에 총을 들고 있다는 것을 너무 늦게 깨달았다. 몇 분 후 첫 번째 경찰차가 도착했다. 이내 앰뷸런스도. 발란데르는 신분증을 보이고 경찰차에서 전화를 걸었다. 그는 비에르크를 연결해 달라고 했다.

"일은 잘됐나?" 비에르크가 물었다. "베리만은 이리로 오는 중일세. 만사가 순조롭게 진행 중이야. 그리고 그 유고슬라비아 여자가 통역사와 여기서 기다리고 있네."

"룬드 종합병원 시체 안치소로 그 두 사람을 보내 주십시오." 발란데르가 말했다. "그녀는 시체를 확인해야 할 겁니다. 그건 그렇고, 그 여자는 루마니아인입니다."

"대체 그게 무슨 말인가?" 비에르크가 말했다.

"방금 말씀드린 대롭니다." 발란데르는 그렇게 대답하고 전화를 끊었다.

그때 그는 들판을 가로질러 질주해 돌아오는 말 한 마리를 보았다. 아름다운 흰색 종마였다. 그는 그렇게 아름다운 말은 본 적이 없다고 생각했다.

그가 위스타드로 돌아왔을 때, 스트룀이 죽었다는 뉴스가 이미 퍼져 있었다. 그의 아내는 의식을 잃고 쓰러졌고, 의사는 경찰이 그녀를 심문하는 것을 허락하지 않았다.

뤼드베리는 발란데르에게 베리만이 모든 것을 부인했다고 알려 주었다. 그는 자신의 차를 훔치지 않았고, 그것을 버렸다고 했다. 하게홀름에는 있지도 않았다고 했다. 어젯밤에 스트룀을 만나지 않았다고 했다. 그는 즉시 말뫼로 돌려보내 달라고 했다.

"족제비 같은 자식." 발란데르가 말했다. "내가 박살 내 주마."

"여기선 아무도 박살 못 내." 비에르크가 말했다. "룬드를 가로지른 그 터무니없는 추격전이 이미 충분한 문제를 일으켰네. 멀쩡한 경찰 다섯이 무장도 안 한 남자 하나를 데려오지 못한다는 게 이해가 안 되는군. 그건 그렇고, 그 말 중 하나가 도망쳤다는 건 알고 있나? 그 말 이름은 슈퍼노바고, 말 주인이 십만 크로나를 불렀네."

발란데르는 속에서 치밀어 오르는 분노를 느꼈다. 왜 비에르크는 내게 필요한 지원을 이해 못 하는 거지? 거들먹거리며 투덜댈 게 아니라.

"지금 우린 루마니아 여자의 확인을 기다리는 중일세." 비에르크가 말했다. "나를 빼곤 아무도 언론을 상대하지 말게."

"들던 중 감사한 말씀이군요." 발란데르가 말했다.

그는 뤼드베리와 자신의 사무실로 가 문을 닫았다.

"자네가 지금 어떻게 보이는 줄 아나?" 뤼드베리가 물었다.

"제발 아무 말 마십시오."

"자네 누나가 전화했어. 내가 공항에서 그녀를 데려와 달라고 마르틴손에게 부탁했네. 자네가 잊어버렸을 거라고 생각했지. 마르틴손은 자네 일이 끝날 때까지 누나를 책임지겠다고 했네."

발란데르가 고마워하며 고개를 끄덕였다. 잠시 후 비에르크가 달려왔다.

"시체를 확인했어." 그가 말했다. "우리가 찾던 범인을 찾았네."

"그 여자가 그를 알아봤습니까?"

"일말의 의심도 없이. 들판에서 사과를 먹고 있던 놈이었네."

"그자는 대체 누굽니까?" 뤼드베리가 물었다.

"스트룀은 자신을 사업가라고 불렀네." 비에르크가 대꾸했다. "나이는 마흔일곱. 하지만 스톡홀름 경찰은 우리 물음에 즉각 답했네. 그는 1960년대 이래 민족주의 운동에 관여해 왔네. 처음엔 민주 동맹인가 뭔가로, 나중엔 과격파로. 하지만 결국 냉혹한 살인자가 된 데 대해서는 베리만이 할 말에 기대야지. 아니면 스트룀의 아내에게."

발란데르가 자리에서 일어났다. "이제 베리만을 족쳐야죠." 그가 말했다.

그들 셋은 베리만이 앉아서 담배를 피우고 있는 방으로 갔다. 발란데르가 신문을 이끌었다. 그는 즉각 공격적으로 나갔다.

"어젯밤 내가 뭘 하고 있었는지 알아?" 그가 물었다.

베리만이 그에게 경멸의 시선을 보냈다. "내가 그걸 어떻게 알지?"

"룬드로 가는 당신을 미행했지."

발란데르는 남자의 안색이 일순 바뀐 것을 놓치지 않았다.

"당신이 룬드로 가는 걸 미행했다고." 발란데르는 재차 그렇게 말했다. "그리고 난 스트룀이 사는 건물 밖의 비계를 타고 올라갔어. 당신이 당신의 엽총을 다른 것과 바꾸는 걸 봤고. 이제 스트룀은 죽었어. 하지만 하게홀름의 목격자가 놈이 범인이란 걸 확인했지. 할 말 있나?"

베리만은 아무 말도 하지 않았다. 그는 다음 담배에 불을 붙이고 허공을 응시했다.

"좋아, 처음부터 다시 시작하지. 우린 어떻게 된 일인지 다 알고 있어. 우리가 아직 모르는 건 두 가지뿐이야. 첫째, 차를 어떻게 했는가? 둘째, 왜 당신들은 소말리아인을 쐈는가?"

베리만은 말하지 않았다. 3시가 지나자마자 그는 공식적으로 체포됐고, 변호사가 선임되었다. 기소 이유는 살인 또는 살인 방조였다.

오후 4시에 발란데르는 발프리드 스트룀의 아내를 간단히 신문했다. 그녀는 여전히 충격에 빠져 있었지만 그의 질문에 대답했다. 그는 스트룀이 고급 차를 수입하는 일을 했었다는 사실을 알아냈다. 그녀는 스트룀이 스웨덴의 난민 정책에 격렬히 반대했다고 말했다. 그녀는 그와 1년 좀 넘는 결혼 생활을 했을 뿐이었다. 발란데르는 그녀가 꽤 빠르게 상실을 극복하리라 확신했다.

신문 후 그는 뤼드베리와 비에르크와 이야기를 나누었다. 이윽고 그들은 룬드를 떠나서는 안 된다는 경고와 함께 그 여자를 풀어 주고 집으로 보냈다.

발란데르와 뤼드베리는 베리만의 입을 열게 할 또 다른 시도를 했다. 젊고 야망이 있는 변호사는 증거를 제출할 이유가 없고, 자신이 볼 때 그 체포는 재판상의 오심과 같은 것이라고 주장했다.

그들은 조금 더 이야기를 나누었고, 뤼드베리는 한 가지 생각을 떠올렸다.

"스트룀이 어디로 도망치려고 했지?" 그가 발란데르에게 물었다.

그가 지도를 가리켰다.

"그 추격은 스타판스토르프에서 끝났네. 아마 놈은 거기나 그 부근 어딘가에 창고를 갖고 있었을 거야. 자네가 그곳의 샛길을 안다면 하게홀름에서 멀지 않은 곳에."

스트룀 아내와의 통화로 뤼드베리가 옳게 짚었다는 것이 확인되었다. 그는 정말 스타판스토르프와 베베뢰드 중간에 창고를 갖고 있었다. 그가 수입한 차를 보관한 곳이었다. 뤼드베리는 경찰차를 타고 그곳으로 갔다. 얼마 지나지 않아 발란데르는 그의 전화를 받았다.

"빙고." 그가 말했다. "여기에 하늘색 시트로엥이 있네."

"우리도 아이들에게 소리로 차를 구별하는 법을 가르쳐야 할지 모르겠습니다." 발란데르가 말했다.

그는 다시 베리만과 맞붙었다. 하지만 그는 입도 뻥긋하지 않았다.

뤼드베리가 시트로엥의 예비 조사 후 위스타드로 돌아왔다. 그는 사물함에서 탄약 한 박스를 찾아냈다. 그동안 말뫼와 룬드 경찰서는 베리만과 스트룀의 집을 수색했다.

"이 두 신사는 일종의 스웨덴 큐클럭스클랜KKK단의 일원처럼 보이는군." 비에르크가 말했다. "난 이 사건을 해결하기 어려울까 봐 두

273

렵네. 더 많은 사람이 연루됐을 테니."

그리고 베리만은 여전히 입을 다물고 있었다.

발란데르는 복귀한 비에르크가 언론을 상대할 것이라는 사실에 크나큰 안도를 느꼈다. 얼굴이 쓰리고 따끔거렸고, 매우 피곤했다. 6시가 되어서야 그는 마침내 마르틴손에게 전화할 시간을 냈고, 누나와 이야기를 나누었다. 그리고 차를 몰고 가 그녀를 태웠다. 그녀는 엉망인 그의 얼굴을 보고 깜짝 놀랐다.

"아버지가 날 보시지 않는 게 최선일 거야." 발란데르가 말했다. "난 차 안에서 기다릴게."

누나는 이미 아버지를 방문했었다고 말했다. 아버지는 여전히 지쳐 있었지만 딸을 보고 약간 밝아졌다고 했다.

"아버지는 그날 밤 일을 그다지 기억하지 못하시는 것 같아." 두 사람이 병원으로 향할 때 그녀가 말했다.

"그러실지도 몰라."

발란데르는 누나가 다시 아버지를 만나는 동안 차에서 기다렸다. 그는 눈을 감고 로시니 오페라를 들었다. 누나가 차 문을 열었을 때, 그는 화들짝 놀랐다. 그는 잠이 들어 있었다. 둘은 함께 뢰데루프에 있는 집으로 향했다.

발란데르는 아버지의 노쇠에 누나가 충격받았다는 것을 알 수 있었다. 둘은 함께 냄새나는 쓰레기와 더러운 옷들을 치웠다.

"어떻게 이렇게 된 거야?" 그녀가 그렇게 물었고, 발란데르는 누나가 자신을 비난하고 있다고 느꼈다.

어쩌면 누나가 옳으리라. 어쩌면 더 많은 일을 할 수 있었을지도 모르리라. 적어도 아버지의 노쇠를 더 일찍 알아챘을 수도 있었다. 둘은 청소를 끝내고 먹을거리를 산 다음 마리아가탄으로 돌아갔다. 둘은 식사하는 내내 아버지를 어떻게 해야 할지 이야기를 나누었다.

"우리가 양로원에 맡기면 아버지는 돌아가실 거야."

"선택지가 있나?" 발란데르가 물었다. "아버진 여기서 사실 수 없어. 우리와도 사실 수 없고. 뢰데루프의 집에서도 마찬가지야. 남은 게 뭐지?"

두 사람은 아버지가 당신의 집에 사시면서 누군가가 정기적으로 방문하는 게 최선이리라는 데 동의했다.

"아버지는 날 좋아하신 적이 없어." 커피를 마실 때 발란데르가 말했다.

"당연히 좋아하셔."

"내가 경찰이 되겠다고 마음먹은 이후로는."

"아버지가 다른 직업을 염두에 두고 계셨다고 생각해?"

"응, 하지만 그럼 뭐해? 그런 말은 한 번도 하신 적 없는데."

발란데르는 누나를 위해 소파에 잠자리를 마련했다. 아버지에 대해 더 이상 할 말이 없었을 때, 발란데르는 누나에게 그간 일어난 모든 일에 대해 말했다. 이야기하는 동안 그는 지금은 사라진, 오래전 두 사람을 묶었던 유대감을 느꼈다. 우린 서로에게 너무 소홀했어. 그는 생각했다. 그녀는 모나와 내가 왜 서로의 길을 가게 되었는지 물을 엄두조차 내지 못했다.

그는 코냑이 반쯤 든 병을 가져왔다. 그녀가 머리를 저어서 그는 자신의 잔에만 코냑을 따랐다.

심야 뉴스는 스트룀의 이야기로 도배되었다. 베리만의 신원은 드러나지 않았다. 발란데르는 그것이 그가 전직 경찰이기 때문이라는 것을 알았다. 그는 가능한 한 오래 베리만의 신원이 밝혀지지 않도록 경찰청장이 불가피한 연막을 피우는 데 고생했을 거라고 추측했다. 물론, 조만간 그 사실은 드러날 것이었다.

뉴스가 끝났을 때 전화가 울렸다.

발란데르는 누나에게 전화를 받아 달라고 했다. "누군지 묻고 내가 집에 있는지 확인해 보겠다고 말해." 그가 누나에게 말했다.

"브룰린이라는데." 복도에서 전화를 받은 누나가 다가와 말했다.

그는 고통으로 얼굴을 찌푸리며 의자에서 일어나 전화를 받았다.

"내가 당신을 깨우지 않았길 바라요." 아네테 브룰린이 말했다.

"전혀요. 누나가 집에 와 있습니다."

"전화를 걸어서 당신들 모두 대단한 일을 해낸 것 같다고 말해야겠다고 생각했을 뿐이에요."

"주로 운이 좋았죠."

그녀가 왜 전화했을까? 그는 궁금했다. 그는 빠른 결정을 내렸다.

"술 한잔 어떠십니까?" 그가 제안했다.

"좋아요. 어디서요?" 그는 그녀의 목소리에서 놀란 기색을 읽을 수 있었다.

"누나가 막 자러 갔습니다. 댁은 어떻습니까?"

"좋아요."

그는 전화를 끊고 거실로 갔다.

"난 자러 갈 생각이 전혀 없는데." 누나가 말했다.

"난 잠깐 나가 봐야 해. 기다리지 마. 얼마나 걸릴지 모르니까."

차가운 밤은 숨을 쉬기 좋았다. 그는 레게멘트스가탄으로 차를 돌리며 뜬금없는 안도를 느꼈다. 자신들은 48시간 내에 하게홀름에서 일어난 살인을 해결했다. 이제는 룬나르프에서 일어난 살인으로 주의를 돌려야 했다.

그는 자신이 임무를 완수했다는 것을 안다. 자신의 직감을 믿고 주저 없이 행동했기에 결과를 얻었다. 말 운반용 밴을 타고 한 미친 추격전을 생각하니 소름이 끼쳤다. 하지만 안도감은 여전했다.

아네테 브롤린은 한 세기 전의 건물 3층에 살았다. 그는 인터콤으로 그녀를 호출했고, 그녀가 대답했다. 아파트는 컸지만 가구는 별로 없었다. 한쪽 벽은 그림들이 걸리길 기다리며 텅 비어 있었다.

"진토닉? 미안하지만 선택지가 그리 많지 않아요."

"주십시오." 그가 말했다. "지금은 뭐든 좋습니다. 독하기만 하다면요."

그녀는 그의 맞은편 소파에 앉은 다음 다리를 접어 엉덩이 밑으로 넣었다. 그는 그녀가 지극히 아름답다고 생각했다.

"당신이 어떻게 보이는지 아세요?" 그녀가 웃으며 물었다.

"많은 사람이 묻는 말이죠." 그가 대꾸했다.

이내 그는 클라스 몬손이 떠올랐다. 아네테 브롤린이 구류를 거부한, 가게를 턴 사내. 정말 일 이야기는 하지 않겠다고 생각했지만 어쩔 수가 없었다.

"클라스 몬손." 그가 말했다. "그 이름을 기억하십니까?"

그녀가 끄덕였다.

"검사님이 우리 수사가 부실한 것 같다고 했다고 한손이 알려 주더 군요. 좀 더 주의 깊게 수사하지 않으면 몬손의 구류 연장 요구를 적 용하지 않겠다고요."

"수사는 부실했어요. 보고서도 엉성했고요. 증거가 충분치 않아 요. 모호하죠. 그런 자료에 근거해서 구류를 요청한다면 전 직무 유 기를 하는 거예요."

"수사는 최악까진 아니었습니다. 게다가 검사님은 중요한 사실을 잊고 있습니다."

"그게 뭐죠?"

"클라스 몬손이 범인이라는 점입니다. 그는 전에도 가게를 털었습 니다."

"그렇다면 당신들은 더 나은 보고서를 작성하셔야 할 거예요."

"보고서에 문제가 있다고는 생각하지 않는데요. 만약 놈을 풀어 주 면 녀석은 더 많은 범죄를 저지르게 될 겁니다."

"사람을 닥치는 대로 처넣을 순 없어요."

발란데르는 어깨를 으쓱했다. "더 명확한 증인을 찾아오면 구류하 실 겁니까?" 그가 물었다.

"목격자의 증언에 달렸죠."

"왜 그렇게 완고하십니까? 몬손은 유죄입니다. 우리가 잡아 놓기 만 한다면 놈은 자백할 겁니다. 하지만 풀려날 수 있다는 걸 조금이 라도 눈치챈다면 놈은 입을 다물 겁니다."

"검사들은 완고해야 해요. 그렇지 않다면 이 나라의 법과 질서에 무슨 일이 일어날 거라고 생각하세요?"

발란데르는 진 때문에 대담해지는 것을 느꼈다.

"그 질문은 하찮은 지방경찰의 질문이 될 수도 있죠." 그가 말했다. "전에 전 경찰이 된다는 게 시민의 재산과 안전을 지키는 것을 뜻한다고 믿었습니다. 아마 여전히 그걸 믿고 있을 겁니다. 하지만 전 법과 질서가 침식되어 가는 걸 봐 왔습니다. 범죄를 계속 저지르도록 거의 부추김을 당하고 있는 듯한 젊은이들을 봐 왔죠. 아무도 그 문제에 개입하려고 하지 않습니다. 아무도 피해자의 수가 증가하는 것에 관심이 없죠. 점점 더 나빠질 뿐입니다."

"이제 당신이 제 아버지 같군요." 그녀가 말했다. "아버지는 판사직을 은퇴하셨어요. 진짜 구식의 보수적인 공무원이셨죠."

"그러셨을 겁니다. 아마 저도 보수적이겠죠. 하지만 진심으로 하는 말입니다. 저는 정말, 때때로 법을 통하지 않고 직접 나서는 사람들이 이해됩니다."

"그럼 그런 개개인이 그릇된 인식으로 무고한 망명 신청자를 쏘는 치명적인 일을 어떻게 초래하는지도 이해하실 테죠?"

"그렇기도 하고 아니기도 합니다. 이곳의 불안감은 엄청납니다. 사람들이 두려워하고 있죠. 특히 이곳 같은 농업 공동체에서는요. 검사님은 이 지역에 지금 대단한 영웅이 있다는 걸 알게 되실 겁니다. 쳐진 커튼 뒤에서 박수를 받는 남자. 난민 수용을 거부하는 지방자치 의회의 투표가 시행될 거라고 생각하는 남자가요."

"그럼 우리가 의회의 결정을 무시하면 어떻게 될까요? 나라가 정하는 난민 정책이 있고, 그건 지켜져야 해요."

"틀렸습니다. 정확히 난민들에 대한 명확한 정책의 부재가 혼란을 초래하는 겁니다. 지금 우린 어떤 이유로든, 어떤 방식으로든, 누구든 국경을 넘을 수 있는 나라에 살고 있습니다. 국경 따윈 없는 거나 마찬가집니다. 관세청은 마비되었습니다. 매일 밤 마약과 불법 이민자들이 내리는 많은 공항은 감독이 되지 않고 있습니다."

그는 자신이 냉정을 잃었다는 것을 자각했다. 소말리아인 살해는 많은 문제가 내포된 범죄였다.

"물론 베리만은 최고형을 받고 구속되겠죠." 그는 말을 이었다. "하지만 이민 기관과 정부가 그 책임을 함께 져야 합니다."

"난센스예요."

"그래요? 루마니아 파시스트 비밀경찰에 속한 사람들이 이곳 스웨덴에 나타나기 시작했습니다. 망명을 요청하면서요. 그자들을 받아들여야 합니까?"

"원칙은 동등하게 적용돼야 해요."

"정말 그렇다고요? 언제나? 그게 잘못일 때도?"

그녀가 자리에서 일어나 두 사람의 잔을 채웠다. 발란데르에게 우울감이 밀려들었다. 우린 너무 다르군. 그는 생각했다. 고작 십 분 얘기했는데 큰 틈이 생겼어.

그는 공격적이 되었다. 그리고 그녀를 보고 점점 흥분하는 자신을 느꼈다. 모나와 마지막으로 사랑을 나눈 이래 얼마나 됐지? 거의 1년 전 일이었다. 섹스 없이 1년.

그는 머릿속으로 신음 소리를 냈다.

"통증이 있나요?" 그녀가 물었다.

그가 끄덕였다. 통증이 없었지만 동정을 얻고자 하는 욕망에 굴복했다.

"집에 가시는 게 좋을 것 같아요." 그녀가 말했다.

그게 그가 가장 하고 싶지 않은 일이었다. 그는 모나가 떠난 이후 집 따위는 없다고 느꼈다. 술을 들이켜고 다시 채워 달라며 잔을 내밀었다. 이제 그는 너무 취해서 자제심을 잃기 시작했다.

"한 잔 더요." 그가 말했다. "전 술을 마실 만하잖습니까."

"이제 가셔야 해요." 그녀가 말했다.

그녀의 목소리가 갑자기 차갑게 바뀌었다. 하지만 그는 개의치 않았다. 그녀가 그의 잔을 채워 가져왔을 때, 그는 의자에서 그녀를 잡고 자리에 앉혔다.

"여기 옆에 앉아요." 그가 그녀의 허벅지에 손을 올리며 말했다.

그녀가 손을 뿌리치고 그의 따귀를 갈겼다. 그녀는 반지를 낀 손으로 그를 쳤고, 그는 그것이 자신의 뺨을 찢는 것을 느꼈다.

"당장 집에 가요." 그녀가 말했다.

그는 테이블에 잔을 내려놓았다. "안 가겠다면 어쩌시겠습니까?" 그가 물었다. "경찰에 전화하실 겁니까?"

그녀는 대답하지 않았지만 그는 그녀가 격노했다는 것을 알았다. 그가 자리에서 일어나며 비틀거렸다. 갑자기 그는 자신이 무슨 짓을 하려고 했는지 깨달았다.

"용서하십시오." 그가 말했다. "너무 지쳤나 봅니다."

"지금 일은 잊기로 해요." 그녀가 대꾸했다. "하지만 이제 당신은 집에 가야 해요."

"내가 왜 그랬는지 모르겠군요." 그가 손을 내밀며 말했다.

그녀가 그 손을 잡았다.

"그냥 잊어버려요." 그녀가 말했다. "잘 가세요."

그는 뭔가 더 말하려고 애썼다. 혼란스러운 의식 속에서 자신이 용서받을 수 없고 위험한 짓을 했다는 생각이 그를 갉아 댔다. 모나와의 만남 이후 술에 취해 집으로 차를 몰고 갔을 때처럼. 그는 집을 나섰고, 등 뒤로 문이 닫히는 소리를 들었다.

술을 끊어야 해. 그는 화가 나서 생각했다. 감당이 안 되는군. 거리로 내려가면서 그는 폐 속 깊이 차가운 공기를 들이마셨다.

대체 어떻게 그렇게 멍청할 수가 있지? 그는 생각했다. 자기 자신과 여자와 세상에 대해 아무것도 모르는 술 취한 어린 녀석보다 나을 게 없군.

그는 마리아가탄의 집으로 갔다. 다음 날은 룬나르프 살인자들을 잡는 일로 돌아가야 할 터였다.

13

1월 15일 월요일 이른 아침, 발란데르는 말뫼가에 있는 쇼핑센터로 차를 몰고 가 꽃 두 다발을 샀다. 불과 일주일 전 그는 룬나르프 그리고 여전히 그의 모든 주의를 요하는 살인 현장으로 같은 길을 달렸었다. 지난주는 그의 경력상 가장 치열한 한 주였다. 백미러에 비친 얼굴을 보고 모든 찰과상, 모든 혹, 보라색에서 검은색으로 변해가는 멍들이 한 주간 일어난 사건들의 기념이라는 생각을 했다.

영하 6도였다. 바람은 불지 않았다. 폴란드에서 오는 하얀색 페리가 부두로 다가가고 있었다.

8시 조금 넘어 경찰서에 도착했을 때, 발란데르는 꽃다발 하나를 에바에게 주었다. 처음에 그녀는 사양했지만 그는 그녀가 기뻐한다는 것을 알 수 있었다. 또 다른 꽃다발은 사무실로 가져갔다. 책상 서랍에서 카드를 꺼내 아네테 브롤린에게 쓸 글을 오랜 시간을 들여 숙고했다. 아주 오래. 간신히 몇 줄을 썼을 때, 완벽한 문구를 찾으려는 모든 시도를 때려치웠다. 단순하게 어젯밤의 경솔한 행동을 사과했다. 자신의 경솔함을 피로 탓이라고 했다.

'사실 전 천성적으로 숫기가 없는 사람입니다.' 그는 그렇게 썼다. 전적으로 사실은 아니었다. 하지만 이 말이 아네테 브롤린에게 반대쪽 뺨을 내밀 기회를 줄 것이라고 생각했다.

그가 검사실로 가려는 참에 비에르크가 들어왔다. 평소처럼 그는 발란데르가 거의 듣지 못할 만큼 아주 살짝 노크했다.

"누가 자네에게 꽃을 보냈나?" 비에르크가 말했다. "사실 자넨 그걸 받을 만하지. 자네가 그 깜둥이 살인 사건을 그렇게 빨리 해결했다는 데 감탄했네."

발란데르는 비에르크가 소말리아인을 깜둥이라고 말한 것에 반감이 들었다. 방수포 아래 누워 있는 사람. 하지만 그는 그에 관해 논쟁할 의향이 없었다.

비에르크는 스페인에서 산 꽃무늬 셔츠를 입고 있었다. 그는 창가의 곧 무너질 듯한 나무 의자에 앉았다.

"이제 룬나르프에서 일어난 살인 사건을 수사해야 해서," 그가 말했다. "수사 보고서를 검토해 봤네. 구멍들이 커 보이는군. 자네가 베리만을 신문하는 데 집중하는 동안 뤼드베리가 그 수사를 담당해야 한다고 생각하는데 말이야. 어떻게 생각하나?"

발란데르가 질문에 질문으로 대답했다. "뤼드베리는 뭐랍니까?"

"아직 그와 얘기 안 했네."

"반대로 해야 할 것 같습니다. 뤼드베리는 다리가 불편하고, 그 사건을 수사하려면 아직 많이 돌아다녀야 하니까요."

발란데르의 말은 충분히 타당했지만 두 사람의 역할을 바꾸게 할 뤼드베리의 류머티즘을 염려해서는 아니었다. 그는 룬나르프 살인자들의 사냥을 포기하고 싶지 않았다. 경찰 업무는 팀워크였지만 그는 그 살인자들을 잡는 게 자신의 몫이라고 생각했다.

"세 번째 옵션이 있네." 비에르크가 말했다. "스베드베리와 한손에게 베리만을 맡길 수도 있지."

발란데르는 끄덕였다. 뤼드베리도 그 안에 동의할 것이었다.

비에르크가 무너질 듯한 의자에서 일어섰다.

"새 의자가 필요할 것 같군." 그가 말했다.

"더 많은 인력이 필요합니다." 발란데르가 대꾸했다.

비에르크가 나간 후 발란데르는 타이프라이터 앞에 앉아서 루네 베리만의 체포와 발프리드 스트룀의 사망에 관한 종합적인 보고서를 타이프했다. 그는 아네테 브롤린이 꼬투리 잡지 못할 특별한 노력을 기울여 보고서를 작성했다. 보고서를 쓰는 데 두 시간이 걸렸다. 마침내 그는 마지막 페이지를 타이프라이터에서 빼내고 거기에 사인한 다음 뤼드베리에게 가져갔다.

뤼드베리는 책상 앞에 앉아 있었다. 그는 피곤해 보였다. 발란데르가 그의 사무실에 들어섰을 때 그는 막 수화기를 내려놓는 참이었다.

"비에르크가 자네와 내가 일을 분담하길 원한다고 들었네." 그가 말했다. "내가 그자를 상대하지 않게 돼서 기쁘군."

발란데르가 책상 위에 자신의 보고서를 놓았다. "살펴보십시오." 그가 말했다. "이의가 없으시면 그걸 한손에게 주십시오."

"스베드베리는 오늘 아침에 베리만을 담당했네." 뤼드베리가 말했다. "하지만 여전히 말하길 거부하는 것 같아. 담배가 일치하는데도. 그 차가 있던 곳 주변 진흙탕에서 찾은 것과 같은 브랜드일세."

"어떻게 될지 궁금하군요." 발란데르가 말했다. "이 모든 일 뒤에 뭐가 있는 걸까요? 네오나치? 유럽 전역과 연결된 인종차별주의자? 어쨌든 누가 왜 이런 범죄를 저지르는 걸까요? 갑자기 길에 나타나 생판 모르는 사람을 쏜다고요? 그가 흑인이라는 이유로?"

"누군들 알겠나." 뤼드베리가 말했다. "하지만 그런 자들과 공존할 각오가 없으면 이 세상을 살아갈 수 없을지도 모르지."

뤼드베리가 한 시간 동안 보고서를 검토한 뒤 다시 만나기로 두 사람은 동의했다. 그런 다음 그들은 본격적으로 룬나르프 수사에 돌입할 것이었다.

발란데르는 검사실로 갔다. 아네테 브롤린은 지방법원에 있었다. 그는 안내 데스크에 있는 젊은 여자에게 그 꽃을 맡겼다.

"검사님의 생일 선물인가요?" 그녀가 물었다.

"뭐, 그런 거죠." 발란데르가 말했다.

그가 사무실로 돌아왔을 때, 크리스티나가 기다리고 있었다. 누나는 그가 오늘 아침 깼을 때 이미 떠나고 없었다. 누나는 의사와 사회복지사 모두와 이야기를 나누었다고 했다.

"아버지는 좀 나아지신 것 같아." 그녀가 말했다. "그들은 아버지가 일시적인 치매인 것 같대. 어쩌면 일시적인 혼란기였을 뿐인지도 모른대. 우린 정기적인 홈 케어를 해 보는 데 동의했어. 이따 오후에 병원에 같이 가면 어떨까 하는데. 시간이 안 되면 차를 빌려줘."

"당연히 같이 갈 수 있지. 홈 케어는 누가 하는 거지?"

"아버지 집에서 멀지 않은 데 사는 어느 여자분과 만나기로 했어."

발란데르는 끄덕였다. "나 혼자 이 일들을 진행하지 않아서 다행이야. 혼자서는 감당이 안 됐을 거야."

두 사람은 정오가 지나자마자 곧장 병원에 가기로 했다. 누나가 떠난 후 발란데르는 책상을 정돈한 다음 뢰브그렌 사건과 관련한 두꺼운 서류철을 책상에 놓았다. 그 사건을 시작할 때였다.

비에르크는 당분간 그 수사 팀에 네 명이 배치될 거라고 말했다. 네슬룬드는 감기로 누워 있었기 때문에 그중 세 명이 뤼드베리의 사무실에서 수사 회의를 가졌다. 마르틴손은 아무 말이 없었고, 숙취에 시달리는 것 같았다. 하지만 발란데르는 그가 하게홀름에서 히스테리를 일으킨 과부를 다루던 과단성 있는 태도를 기억했다.

그들은 모든 수사 자료를 철저히 검토하는 것으로 시작했다. 마르틴손이 중앙 범죄 기록부에서 뽑은 정보를 더했다. 발란데르는 이 꼼꼼하고 철저한 정밀 검토를 하면서 크나큰 안정을 느꼈다. 다른 사람이 보기에 이러한 작업은 참을 수 없을 만큼 지루한 일처럼 보일 터였다. 하지만 그것은 이 세 경관에게는 해당되지 않았다. 가장 대수롭지 않은 정보에서 해답과 진실을 발견할지도 몰랐다.

그들은 우선적으로 다뤄야 할 미진한 정보들을 분류했다.

"자네가 뢰브그렌이 위스타드로 이동한 경로를 맡게." 발란데르가 마르틴손에게 말했다. "우린 그가 어떻게 시내로 나와 어떻게 집으로 돌아갔는지 알 필요가 있어. 또 다른 귀중품 보관 박스가 있는지. 그가 두 은행을 방문한 사이에 빈 한 시간 동안 뭘 했는지. 그가 가게에 들러 뭘 샀는지. 그를 본 사람이 있는지도."

"네슬룬드가 이미 은행마다 전화를 걸고 있는 걸로 아는데요." 마르틴손이 말했다.

"그의 집에 전화해서 알아봐." 발란데르가 말했다. "이 건은 그가 나을 때까지 기다릴 수 없으니까."

뤼드베리가 라르스 헤르딘을 만나기로 했고, 발란데르는 뢰브그렌의 숨겨 둔 아들일지도 모른다고 예란 보만이 생각한 에리크 망누손이라는 남자와 이야기하러 다시 말뫼로 차를 몰고 가기로 했다.

"다른 건은 모두 기다려야 할 겁니다." 발란데르가 말했다. "이걸 가지고 시작하기로 하고 다섯 시에 다시 보죠."

발란데르는 병원으로 가기 전 크리스티안스타드의 보만에게 전화를 걸었다.

"에리크 망누손은 지방의회에서 일하네." 보만이 말했다. "미안하지만 그가 정확히 무슨 일을 하는지는 못 알아봤어. 우린 대개 주말이면 여기서 싸움꾼들과 주정뱅이들을 상대해야 하니까. 사람들을 체포하느라 시간이 없었네."

"괜찮아. 내가 찾아볼게." 발란데르가 말했다. "늦어도 내일 아침에는 전화해 주겠네."

정오가 지나자마자 그는 병원으로 출발했다. 누나가 안내 데스크에서 기다리고 있었다. 두 사람은 처음 24시간의 관찰 후 옮겨진 아버지의 병실로 엘리베이터를 타고 올라갔다.

두 사람이 도착했을 때, 아버지는 이미 퇴실하여 복도 의자에 앉아 자식들을 기다리고 있었다. 아버지는 모자를 쓰고 더러운 속옷과 물감이 가득 든 여행 가방을 옆에 끼고 있었다. 발란데르는 아버지가 입고 있는 옷을 알아보지 못했다.

"내가 사 드렸어." 누나가 말했다. "새 옷을 직접 사신 지 삼십 년은 됐을 거야."

"어떠세요, 아버지?" 발란데르가 물었다.

아버지가 그의 눈을 똑바로 쳐다보았다. 발란데르는 아버지가 회복되었음을 볼 수 있었다.

"집으로 돌아가서 기쁘겠지." 아버지가 퉁명스럽게 말하더니 자리에서 일어났다.

발란데르는 아버지가 크리스티나의 팔에 기댔을 때 여행 가방을 들었다. 뢰데루프로 가는 길에 누나는 아버지와 뒷좌석에 앉았다.

발란데르는 말뫼로 서둘러 떠나면서 6시쯤에 다시 오겠다고 약속했다. 누나는 아버지 집에서 하룻밤 머무를 예정이었고, 그에게 저녁거리를 사 오라고 말했다. 아버지는 입고 있는 옷을 즉각 작업복으로 갈아입었다. 그리고 끝내지 못한 그림에 몰두하며 이미 이젤 앞에 있었다.

"아버지에게 홈 케어가 가능할 거 같아?" 발란데르가 물었다.

"두고 봐야지." 누나가 대답했다.

발란데르가 말뫼 지방의회 본관 앞에 차를 세웠을 때는 거의 2시였다. 그는 주차를 하고 넓은 접수처로 갔다.

"에리크 망누손을 만나러 왔습니다." 그가 막 유리 칸막이를 연 여자에게 말했다.

"여기서 일하는 에리크 망누손이 최소 세 분이에요." 그녀가 말했다. "어느 분을 찾으시는 거죠?"

발란데르는 그녀에게 경찰 신분증을 꺼내 보였다.

"모르지만," 그가 말했다. "그 사람은 1950년대 말 출생입니다."

유리 칸막이 너머의 여자는 그 사람이 누군지 즉시 파악했다.

"그럼 중앙 보급부에 있는 에리크 망누손일 거예요." 그녀가 말했다. "다른 두 에리크 망누손은 나이가 더 많아요. 그가 무슨 잘못을 했나요?"

발란데르는 그녀의 숨김없는 호기심에 미소를 지었다.

"전혀요." 그가 말했다. "몇 가지 묻고 싶은 게 있을 뿐입니다."

그녀는 그에게 중앙 보급부로 가는 길을 말해 주었다. 그는 그녀에게 고맙다고 말하고 차로 돌아갔다. 지방의회의 중앙 창고는 기름 저장항 근처 북쪽 교외에 있었다. 발란데르는 정확한 위치를 찾는 데 오랜 시간을 헤매야 했다.

그는 '사무실'이라고 쓰인 문을 열고 들어갔다. 큰 유리창을 통해 긴 선반 열 사이를 왔다 갔다 하는 노란색 지게차가 보였다.

사무실에는 사람이 없었다. 그는 계단을 한참 내려가 거대한 창고로 갔다. 머리를 어깨까지 늘어뜨린 젊은 남자가 포장된 화장지 묶음을 쌓고 있었다. 발란데르는 그에게 다가갔다.

"에리크 망누손을 찾고 있는데요." 그가 말했다.

젊은 남자가 밴이 짐을 부리고 있는 곳 옆에 서 있는 노란색 지게차를 가리켰다.

지게차 운전석에 있는 남자는 금발이었다. 이 금발 머리 남자가 마리아 뢰브그렌의 목에 올가미를 건 사람이라면, 그녀가 그를 외국인이라고 생각하지 않았을 성싶었다. 그는 짜증과 함께 그 생각을 밀쳐냈다. 자신이 또 앞서가고 있었다.

"에리크 망누손!" 그가 엔진 소음에 맞서 소리쳤다. 남자는 시동을 끄고 뛰어내리기에 앞서 그에게 묻는 듯한 눈빛을 보냈다.

"에리크 망누손?" 발란데르가 물었다.

"그렇습니다만?"

"저는 경찰입니다. 잠시 이야기를 나누고 싶습니다."

발란데르는 그의 얼굴을 면밀히 살폈다. 그의 반응은 예상 밖이었다. 그는 단지 놀란 것처럼 보였다. 아주 자연스러운 놀람.

"왜죠?" 그가 물었다.

발란데르는 주위를 둘러보았다. "앉을 수 있는 곳이 있습니까?" 그가 물었다.

망누손은 커피 자판기가 있는 복도로 가는 방향으로 그를 이끌었다. 그곳에는 더러운 목재 테이블과 임시변통으로 쓰는 벤치 몇 개가 있었다. 발란데르는 1크로나 동전 두 개를 자판기에 넣고 커피 한 잔을 뽑았다. 망누손은 코담배 한 줌으로 만족했다.

"위스타드 경찰서에서 왔습니다." 그가 운을 뗐다. "룬나르프라는 마을에서 발생한 특별히 끔찍했던 살인에 관해 몇 가지 여쭤볼 게 있습니다. 신문에서 보셨겠죠?"

"그런 것 같습니다. 하지만 그게 저와 무슨 상관이죠?"

발란데르는 같은 게 궁금해지기 시작했다. 에리크 망누손이라는 이름의 남자는 직장으로 경찰이 찾아왔는데도 완벽하게 침착한 것으로 보였다.

"당신 아버지의 이름을 여쭤봐야겠습니다."

남자는 얼굴을 찌푸렸다.

"아버지요?" 그가 말했다. "전 아버지가 없습니다."

"누구나 아버지가 있습니다."

"어쨌든 아버지에 관해 아는 게 없습니다."

"어떻게 그럴 수 있죠?"

"제가 태어났을 때 어머니는 미혼이었습니다."

"어머니가 아버지가 누군지 말씀하신 적 없습니까?"

"네."

"여쭤보지도 않았습니까?"

"물론 여쭤봤죠. 전 어린 시절 내내 아버지가 누군지 알려 달라고 어머니를 괴롭혔습니다. 그러다 포기했죠."

"알려 달라고 하셨을 때 어머니는 뭐라고 하셨습니까?"

망누손은 자리에서 일어나 커피를 뽑기 위해 자판기 버튼을 눌렀다. "왜 제 아버지에 대해 물으시는 거죠? 그가 그 살인과 무슨 관계 있습니까?"

"조금 있으면 알게 되실 겁니다." 발란데르가 말했다. "아버지에 대해 물으셨을 때 어머니께서 뭐라고 하셨습니까?"

"이런저런 말이요."

"그게 무슨 뜻이죠?"

"언제는 당신도 정말 모른다고 하시고, 두 번 다시 볼 일 없는 세일 즈맨이라고도 하셨습니다. 그다음에는 또 다른 말씀이셨고요."

"그리고 당신은 그 말에 만족하셨고요?"

"그럼 대체 내가 어떻게 해야 합니까? 어머니가 나에게 말하고 싶지 않으시다면 말하지 않으실 겁니다."

발란데르는 자신이 얻고 있는 대답들에 관해 생각했다. 자신의 아버지에 관해 그렇게 무관심하다는 게 정말 가능할까?

"어머니와는 잘 지내십니까?" 그가 물었다.

"그건 무슨 뜻입니까?"

"자주 보십니까?"

"어머니가 가끔 전화하시죠. 저는 가끔 크리스티안스타드로 차를 몰고 갑니다. 전 양아버지와 더 잘 지내는 편입니다."

발란데르는 움찔했다. 보만은 양아버지에 관해 아무 말도 하지 않았다.

"어머니가 재혼하셨습니까?"

"어머니는 제가 어렸을 때 한 남자와 사셨습니다. 아마 결혼은 안하셨을 거예요. 하지만 저는 여전히 그분을 아버지라고 부릅니다. 그리고 제가 열다섯 살쯤에 두 분은 헤어지셨죠. 일 년 후에 우린 말뫼로 이사 갔고요."

"그분의 이름이 뭐죠?"

"'뭐였죠'죠. 돌아가셨습니다. 교통사고로요."

"그분이 당신의 친아버지가 아니라는 건 확실합니까?"

"우리처럼 닮지 않은 두 사람도 찾기 어려울 겁니다."

발란데르는 다른 방향을 시도했다. "룬나르프에서 살해된 남자는 요하네스 뢰브그렌입니다." 그가 말했다. "그가 당신의 아버지일 가능성이 있습니까?"

발란데르 맞은편에 앉은 남자가 놀란 표정을 지어 보였다.

"내가 어떻게 알겠습니까? 어머니에게 물어보셔야 할 겁니다."

"우린 벌써 그렇게 했습니다. 하지만 부인하시더군요."

"그럼 다시 물어보세요. 나도 아버지가 누군지 알고 싶으니까요. 살해됐든 안 됐든."

발란데르는 그를 믿기로 했다. 그는 망누손의 주소와 주민등록번호를 받아 적고 자리에서 일어났다.

"다시 연락드릴지도 모릅니다." 그가 말했다.

남자는 다시 지게차 운전석에 올랐다.

"전 상관없습니다." 그가 말했다. "어머니를 보시면 제 안부를 전해 주세요."

발란데르는 위스타드로 돌아왔다. 그는 광장 근처에 주차하고 약국에서 거즈를 좀 사기 위해 아래 거리로 향했다. 점원이 엉망이 된 그의 얼굴에 동정적인 시선을 던졌다. 그는 광장에 있는 슈퍼마켓에서 저녁거리를 샀다. 차로 돌아가다가 마음을 바꿔 국영 주류 판매점으로 발걸음을 옮겼다. 거기서 그는 위스키 한 병을 샀다. 정말 그럴 형편이 아니었음에도 그는 몰트를 골랐다.

발란데르는 오후 늦게야 경찰서로 돌아왔다. 뤼드베리도 마르틴손도 자리에 없었다. 그는 검사실로 갔다. 안내 데스크의 여자가 미소를 지었다.

"검사님이 그 꽃을 아주 좋아하셨어요." 그녀가 말했다.

"사무실에 계십니까?"

"지방법원에 계세요."

발란데르는 발걸음을 돌렸고, 복도에서 스베드베리와 마주쳤다.

"베리만 건은 어떻게 돼 가?" 발란데르가 물었다.

"여전히 입 다물고 있지만," 스베드베리가 말했다. "결국 입을 열게 될 거야. 증거가 쌓이고 있으니까. 감식반은 그 총이 범죄에 사용된 총이라고 특정할 수 있을 것 같다는군."

"그 밖에 다른 건?"

"스트룀과 베리만 둘 다 이민 배척 운동에 상당히 열심이었던 것 같아. 하지만 놈들이 단체의 지시에 따라 활동하고 있었는지, 자체적으로 조직해서 움직였는지는 몰라."

"그러니까 모두가 전적으로 만족하는 거야?"

"그렇게는 말할 수 없을걸. 비에르크는 범인을 잡긴 잡았어도 불안하대. 그도 그럴 것이 그 범인이 경찰이었던 걸로 드러났으니까. 난 그들이 이제 아무런 말도 할 수 없는 스트룀에게 모든 걸 뒤집어씌우고 베리만을 가볍게 다루지 않을까 의심스러워. 개인적으로 난 베리만이 이 일에 스트룀과 동등하게 관여했다고 생각해."

"난 스트룀이 우리 집에 전화한 놈이 아닌지 궁금해." 발란데르가 말했다. "확신하기에 충분할 만큼 놈의 목소리를 듣지 못했으니까."

스베드베리가 탐색하는 눈으로 그를 보았다. "무슨 뜻이야?"

"최악의 경우에 베리만과 스트룀의 그 살인 놀이를 인계할 준비가 된 다른 놈들이 있다는 뜻이야."

"내가 비에르크에게 캠프 순찰을 계속해야 한다고 말하지." 스베드베리가 말했다. "그건 그렇고, 이곳 위스타드에 불을 지른 게 소년

갱단이었다는 제보가 몇 건 들어왔어."

"순무가 든 포대에 머리를 맞은 그 노인도 잊지 마." 발란데르가 말했다.

"룬나르프 건은 어떻게 돼 가?"

발란데르는 대답하기 전에 머뭇거렸다. "확실한 건 없지만," 그가 말했다. "우린 다시 그 건을 진지하게 수사하는 중이야."

5시 30분에 마르틴손과 뤼드베리는 발란데르의 사무실에 있었다. 그는 뤼드베리가 여전히 피곤하고 지쳐 보인다고 생각했다. 마르틴손은 기분 좋은 상태가 아니었다.

"일월 사일 목요일에 뢰브그렌이 어떻게 위스타드로 갔다가 다시 돌아갔는지 미스터리입니다." 그가 말했다. "그 경로를 운행하는 버스 기사와 얘기해 봤습니다. 그는 요하네스와 마리아가 시내로 나갈 때면 자신이 모는 버스에 타곤 했답니다. 함께든 각각이든요. 그는 요하네스 뢰브그렌이 새해 들어서는 자신의 버스에 탄 적이 없다고 확신했습니다. 그리고 룬나르프로 가는 승객을 태운 택시는 없었습니다. 뉘스트룀의 말에 따르면, 두 사람은 어딜 가야 할 때면 버스를 탔습니다. 그리고 우린 뢰브그렌이 구두쇠였다는 걸 알죠."

"그 두 부부는 오후에 언제나 함께 커피를 마셨어." 발란데르가 말했다. "뉘스트룀은 뢰브그렌이 위스타드에 갔다면 알았을 거야."

"그게 바로 미스터립니다." 마르틴손이 말했다. "그 부부는 그가 그날 시내에 가지 않았다고 주장합니다. 그렇다 하더라도 우린 그가 열한 시 삼십 분에서 한 시 십오 분 사이에 두 은행에 갔다는 걸 알죠. 그는 적어도 서너 시간은 집 밖에 있었을 겁니다."

"이상하군." 발란데르가 말했다. "자넨 그 건을 계속 파고들게."

마르틴손은 수첩을 참고했다. "어쨌든 그는 시내에 또 다른 귀중품 보관 박스는 갖고 있지 않았습니다."

"좋아." 발란데르가 말했다. "적어도 우린 그 정도는 아는군."

"하지만 심리스함에 하나 갖고 있을지도 모릅니다." 마르틴손이 말했다. "아니면 트렐레보리나 말뫼에요."

"일단 그가 위스타드로 이동한 경로에 집중하자고." 발란데르가 뤼드베리에게 고개를 돌리며 말했다.

"헤르딘은 자신의 얘기를 고수하네." 그가 자신의 낡은 수첩을 힐 끗 본 후 말했다. "아주 우연히 그는 1979년 봄에 크리스티안스타드 에서 뢰브그렌과 그 여자를 만났네. 그리고 그 두 사람에게 아이가 생겼다는 건 익명의 편지로 알게 되었다는군."

"그가 그 여자를 묘사했습니까?"

"모호하게. 최악의 경우 우린 그 여자들 모두를 라인업에 세우고 헤르딘에게 맞는 사람을 지적하게 해야 할 거야. 그러니까, 그 여자 가 자네가 찾은 여자들 중에 있다면." 그가 마지막 말을 덧붙였다.

"그중에 있다는 걸 의심하시는 것 같은데요."

뤼드베리가 짜증스러운 기색으로 수첩을 탁 덮었다.

"맞는 게 하나도 없어." 그가 말했다. "자네도 그렇다는 걸 알겠지. 분명 우린 우리가 가진 단서를 따라야 해. 하지만 난 우리가 제대로 된 추적을 하고 있는지 전혀 확신이 안 가네. 나를 신경 쓰이게 하는 건 대안이 없다는 걸세."

발란데르는 두 사람에게 에리크 망누손과 만난 이야기를 했다.

"왜 그에게 살인이 일어났었던 날 밤의 알리바이를 묻지 않으셨습니까?" 마르틴손은 어이가 없다는 듯이 물었다.

발란데르는 시퍼렇게 든 멍 아래에서 붉어지는 얼굴을 느꼈다. 그것은 아예 생각도 하지 못했다. 하지만 그는 그렇게 말하지 않았다.

"기다려 보기로 했지." 그가 말했다. "그를 다시 방문할 구실을 찾고 싶었으니까."

그는 그 말이 얼마나 설득력 없게 들리는지 알았다. 하지만 뤼드베리도 마르틴손도 그의 설명에 반응을 보이지 않았다. 대화가 멎었다. 각자 자신의 생각에 빠져 있었다. 이와 정확히 똑같은 상황이 얼마나 많았던가. 수사가 갑자기 막다른 벽에 부닥친 상황. 움직이길 거부하는 말 같은. 이제 말이 움직이기 시작할 때까지 강제로 밀고 당겨야 할 터였다.

"어떤 방향으로 나아가야 합니까?" 마침내 정적이 숨이 막힐 지경이 되었을 때 발란데르가 물었다.

그는 자신의 질문에 대답했다. "자네가 맡은 건은 말이야, 마르틴손, 뢰브그렌이 어떻게 아무의 눈에도 띄지 않고 위스타드를 오갈 수 있었느냐의 문제. 우린 그걸 가능한 한 빨리 밝혀내야 해."

"부엌 선반 중 하나에 영수증이 가득 든 단지가 하나 있었네." 뤼드베리가 말했다. "그 금요일에 그는 상점에서 뭔가를 샀을지도 몰라. 그랬다면 점원이 그를 본 걸 기억할 테지."

"아니면 그는 하늘을 나는 양탄자를 가졌든가요." 마르틴손이 말했다. "그 건을 계속 파 보죠."

"그의 지인들." 발란데르가 말했다. "우린 그들 모두를 조사해야 합니다."

그가 두꺼운 서류철에서 이름과 주소 목록을 뽑아 뤼드베리에게 건넸다.

"장례식은 수요일이야." 뤼드베리가 말했다. "빌리에 교회에서. 난 장례식에 그다지 관심이 없네. 하지만 이걸 위해 가야 할 것 같아."

"저는 내일 크리스티안스타드에 다시 가 볼 생각입니다." 발란데르가 말했다. "보만은 엘렌 망누손을 의심하죠. 그 친구는 그 여자가 진실을 말했다고 생각하지 않습니다."

6시 조금 안 되어 회의가 끝났다. 그들은 내일 오후에 다시 회의를 하기로 했다.

"네슬룬드가 나오면 그 친구가 도난당한 렌터카 건을 조사하기로 하지." 발란데르가 말했다. "그건 그렇고, 우리가 그 폴란드 가족이 룬나르프에서 뭘 하는지 알아냈던가요?"

"남편은 요르드베리아의 설탕 정제 공장에서 일해." 뤼드베리가 말했다. "그의 서류는 모두 적법하네. 자기 자신이 그런지는 완벽히 알지 못하더라도."

발란데르는 뤼드베리와 마르틴손이 나간 뒤 잠시 사무실에 앉아 있었다. 책상 위에는 작년부터 조사해 왔던 폭행 사건 자료를 포함해 살펴봐야 할 서류 한 무더기가 쌓여 있었다. 책상에는 지난 폭풍 때 습격당한 트럭에서 사라진 수송아지를 포함한 갖가지 보고서들도 쌓여 있었다. 그 무더기 밑에서 자신의 임금 인상을 알리는 쪽지를 보았다. 한 달에 39크로나를 더 집에 가져갈 수 있게 되었다.

서류 무더기를 다 보았을 때는 7시 30분에 가까운 시각이었다. 그는 뢰데루프에 전화해서 누나에게 가는 길이라고 말했다.

"배고파 죽겠어." 그녀가 말했다. "맨날 이렇게 늦게까지 일하는 거야?"

발란데르는 푸치니 오페라 카세트를 골라 차로 가져갔다. 그는 아네테 브롤린이 어젯밤에 있었던 일을 잊어 주었는지 확인하고 싶었다. 하지만 그 확인은 기다려야 할 것이었다.

크리스티나는 도우미가 아버지를 돌보는 데 지장이 없는 믿음직한 50대 여자라고 말했다.

"아버지가 더 나은 사람을 찾아 달라고 하시지는 않을 거야." 어두운 마당 진입로에서 그와 만났을 때 누나가 그렇게 말했다.

"아버지는 뭐 하셔?"

"그림 그리셔." 그녀가 말했다.

누나가 저녁을 차리는 동안 발란데르는 작업실 터보건에 앉아서 가을 이미지가 드러나는 그림을 보았다. 아버지는 그간 있었던 일을 완전히 잊은 것처럼 보였다.

아버지를 더 자주 봐야 해. 발란데르는 생각했다. 적어도 일주일에 세 번, 가급적 특정한 시간에.

저녁 식사 후 두 사람은 두어 시간 동안 아버지와 카드 게임을 했다. 11시에 그는 집에 가려고 일어섰다.

"내일 집에 갈 거야." 크리스티나가 말했다. "더 이상 집을 비울 순 없어."

"와 줘서 고마워." 발란데르가 말했다.

그가 내일 아침 8시에 그녀를 공항에 데려다주기로 했다.

"스투루프 공항의 비행기는 만석이라," 그녀가 말했다. "에베뢰드 공항에서 출발해야 해."

어쨌든 크리스티안스타드로 가야 했기 때문에 발란데르에게는 마침맞게 좋았다.

자정이 막 지났을 때 마리아가탄의 자신의 아파트를 향해 걸었다. 그는 위스키를 따른 큰 잔을 욕실로 가져갔다. 그리고 뜨거운 물이 남긴 욕조에 오랫동안 기대고 몸을 녹였다.

머릿속에서 루네 베리만과 발프리드 스트룀을 밀어내려 했지만 그들이 머리에서 떠나지 않았다. 이해하려고 애써 보았다. 전에도 여러 차례 했던, 같은 생각만 머리에 떠올랐다. 새로운 세상이 도래했는데도 자신은 그것을 알아차리지도 못했다. 경찰임에도 자신은 여전히 또 다른 옛 세상에 살고 있었다. 새로운 세상에서 사는 걸 배우려면 어떻게 해야 하지? 이러한 변화, 급속도로 많은 것이 변하는 세상에서 느껴지는 이 엄청난 거북함을 어떻게 다스려야 하지?

소말리아인 살인은 또 다른 종류의 살인이었다. 그래도 룬나르프에서 일어난 부부 살인은 구식 범죄였다. 아니, 정말 구식일까? 그는 그 흉포함과 올가미에 대해 생각했다. 확신이 없었다.

마침내 차가운 이불 속으로 기어들었을 때는 1시 30분이었다. 그는 그 어느 때보다 이불 속에서 외로움을 느꼈다.

다음 사흘간은 아무 일도 일어나지 않았다. 네슬룬드는 수사에 복귀해 도난당한 차 문제를 푸는 데 성공했다. 한 남녀가 그 차를 강도

질하는 데 쓰고 할름스타드에 버렸다. 살인이 있었던 날 밤 그들은 보스타드에 있는 한 하숙집에 머물러 있었다. 하숙집 주인이 그들의 알리바이를 확인해 주었다.

예란 보만은 엘렌 망누손과 이야기를 나누었다. 그녀는 아들의 아버지가 요하네스 뢰브그렌이 아니라고 단호하게 부인했다.

발란데르는 다시 에리크 망누손을 찾아가 지난번 만남에서 묻지 못한 알리바이를 물었다. 그는 약혼자와 있었다. 그를 의심할 이유는 없었다. 마르틴손은 뢰브그렌의 위스타드 이동 경로에 대해 아무것도 알아내지 못했다. 뉘스트룀 부부는 버스 기사들과 택시 회사들이 그런 것처럼 자신들의 진술을 고수했다. 뤼드베리는 장례식에 참석해 뢰브그렌 부부의 지인 열아홉 명과 이야기를 나누었다.

그들에게 단서가 될 만한 것은 전혀 없었다.

기온은 0도 사이를 오갔다. 어느 날 바람이 불지 않으면 다음 날에는 돌풍이 불었다. 발란데르는 복도에서 아네테 브롤린과 마주쳤다. 그녀는 그에게 꽃에 대해 감사 인사를 했다. 하지만 그는 그녀가 지난 밤 있었던 일을 정말 잊기로 했는지 확신할 수 없었다.

베리만은 자신이 범인임을 가리키는 증거가 넘쳐 나는데도 여전히 진술을 거부했다. 각종 극우 보수 단체의 움직임이 그 범죄에 대한 공을 차지하려고 기를 썼다. 신문과 그 밖의 언론 매체는 스웨덴의 이민 정책에 대한 폭력적인 논쟁에 합세했다. 스코네에서는 조용했지만 스웨덴의 여러 다른 지역에 있는 다양한 난민 캠프 마당에 밤새 십자가가 불타올랐다.

발란데르와 그의 수사 팀 동료들은 이 모든 것에서 스스로를 방어

했다. 교착 상태에 빠진 수사와 직접적인 관련이 없는 것들에 관해서만 의견을 표출했다. 하지만 발란데르는 새로이 부상한 사회에서 자신만이 혼란과 불확실성을 느끼는 것이 아니라는 것을 깨달았다.

우린 잃어버린 파라다이스를 애도하듯 살고 있어. 그는 생각했다. 마치 우리가 자동차 절도범이나 금고털이를 잡으러 갈 때 그들이 모자를 벗고 신사처럼 행동하는 것을 열망했다는 듯. 하지만 요즘은 그런 시대가 아니고, 우리가 그런 것들을 기억할 만큼 목가적인 시대가 있었는지도 확실치 않다.

이윽고 1월 19일 금요일에 모든 일이 한꺼번에 일어났다. 발란데르에게는 시작이 좋지 않은 날이었다. 오전 7시 30분에 그는 자신의 푸조를 점검받고, 차의 상태는 몰기에 부적합하다는 선고를 간신히 피한 정도였다. 그는 점검 용지를 훑어보고 자신의 차가 수천 크로나는 들 수리가 필요하다는 것을 알았다. 낙담한 그는 경찰서로 차를 몰았다.

그가 코트를 벗기도 전에 마르틴손이 그의 사무실로 뛰어들었다.

"맙소사," 그가 말했다. "뢰브그렌이 어떻게 위스타드에 갔다가 집으로 돌아갔는지 알았습니다."

발란데르의 머릿속에서 차에 대한 모든 게 사라졌고, 즉시 몸을 감싸는 흥분이 느껴졌다.

"결국 하늘을 나는 양탄자는 아니었습니다." 마르틴손이 말을 이었다. "굴뚝 청소부가 그를 태워 주었습니다."

발란데르는 책상 의자에 앉았다.

"굴뚝 청소부라니?"

"슬리밍에서 온 굴뚝 청소의 장인 아르투르 룬딘이요. 한나 뉘스트룀이 일월 사일 목요일에 굴뚝 청소부가 왔었다는 걸 기억해 냈습니다. 그는 두 집의 굴뚝을 청소하고 갔습니다. 그녀가 자기네 집에 이어 뢰브그렌네 굴뚝들을 청소하고 그가 오전 열 시 삼십 분쯤 떠났다고 했고, 제 머릿속에서 벨이 울리기 시작했습니다. 그 사람과 이야기를 나누고 오는 참입니다. 뤼스고르드의 병원 굴뚝을 청소 중이었습니다. 그는 라디오도 듣지 않고 TV를 보지도 않고 신문을 읽지도 않았더군요. 굴뚝 청소를 마치면 아쿠아빗 스칸디나비아산 증류주을 마시고 애완동물인 토끼를 돌보며 시간을 보낸답니다. 뢰브그렌이 살해된 것도 모르더군요. 하지만 자기가 뢰브그렌을 위스타드에 데려다 주었답니다. 그의 차는 밴인데, 뢰브그렌이 유리창이 없는 뒷좌석에 앉았기 때문에 그를 본 사람이 없다고 해도 이상하지 않습니다."

"하지만 뉘스트룀 부부는 그 차가 돌아오는 걸 못 봤겠지?"

"못 봤습니다." 마르틴손이 의기양양하게 대답했다. "바로 그겁니다. 뢰브그렌은 룬딘에게 베베뢰스베겐에 세워 달라고 했습니다. 거기서 비포장도로를 따라 걸으면 바로 뢰브그렌의 집 바로 뒤편에 닿죠. 일 킬로쯤 됩니다. 만약 뉘스트룀 부부가 창가에 앉아 있었다면 뢰브그렌이 마구간을 돌아 나온 것처럼 보였을 겁니다."

발란데르는 얼굴을 찌푸렸다. "여전히 이상해 보이는군."

"룬딘은 꽤 솔직했습니다. 뢰브그렌이 자신의 집까지 태워다 주면 보드카 한 병을 주겠다고 했답니다. 그는 뢰브그렌을 위스타드에 내려 준 다음 도시 북쪽의 몇몇 집을 들렀습니다. 그리고 약속한 시간에 뢰브그렌을 태우고 베베뢰스베겐에 내려 준 다음 보드카 한 병을 받았죠."

"좋아." 발란데르가 말했다. "그 시간들은 일치하나?"

"완벽하게 맞아떨어집니다."

"그 서류 가방에 대해 물어봤나?"

"룬딘은 그가 서류 가방을 갖고 있었다고 기억하는 것 같습니다."

"다른 건 소지하지 않았고?"

"그렇게 생각하지 않는 것 같은데요."

"그가 뢰브그렌이 위스타드에서 누군가를 만났는지 봤나?"

"아니요."

"뢰브그렌이 시내에서 뭘 할 건지 무슨 말이라도 했다던가?"

"아니요, 전혀."

"자네 생각에 이 굴뚝 청소부가 뢰브그렌의 서류 가방에 이만칠천 크로나가 들었다는 걸 알았던 것 같진 않나?"

"알았을 것 같지 않습니다. 그는 강도가 될 가망성이 거의 없어 보이더군요. 토끼들과 아쿠아빗이면 족한 고독한 굴뚝 청소부 같습니다. 딱 그거요."

발란데르는 잠시 생각했다. "자넨 뢰브그렌이 그 비포장 길에서 누군가와 만나기로 했을 거라고 생각하나? 서류 가방이 없어졌으니까 말일세."

"어쩌면요. 거기다 경찰견을 풀면 어떨까 하는데요."

"당장 그렇게 해." 발란데르가 말했다. "어쩌면 마침내 단서를 잡았는지도 몰라."

마르틴손이 사무실에서 나갔다. 그는 막 들어오던 참인 한손과 부딪힐 뻔했다.

"시간 좀 있나?" 그가 물었다.

발란데르가 끄덕였다. "자네 건은 어떻게 돼 가?"

"놈이 입을 열지 않아. 하지만 그 범죄와 관련 있는 건 확실하니까. 그 브롤린 암캐가 오늘 놈을 방면할 걸세."

발란데르는 아네테 브롤린을 경멸하는 한손의 말에 말을 얹고 싶지 않았다.

"용건이 뭐야?" 그가 물었다.

한손은 창가의 나무 의자에 앉아 편치 않은 표정을 지었다.

"자넨 내가 경마를 좀 하고 있다는 걸 알겠지." 그가 입을 열었다. "그건 그렇고, 자네가 추천한 말이 꼴찌로 들어왔어. 누가 자네에게 그 팁을 줬지?"

발란데르는 자신이 전에 한손의 사무실에서 했던 말을 어렴풋이 떠올렸다. "그냥 농담이었어." 그가 말했다. "계속해 봐."

"예게르스뢰 경마장에 종종 모습을 드러내는 에리크 망누손이라는 녀석이 있어. 그는 크게 걸었다가 크게 잃은 적이 있는데, 그자가 지방의회에서 일한다는 걸 우연히 알게 됐지."

발란데르는 즉각 흥미를 보였다.

"그는 몇 살이나 됐지? 어떻게 생겼어?"

한손이 그를 묘사했다. 발란데르는 즉시 그가 자신이 만났던 사내라는 것을 알았다.

"그가 빚을 졌다는 소문이 있어." 한손이 말했다. "그리고 도박 빚은 위험해질 수도 있지."

"좋아." 발란데르가 말했다. "우리에게 딱 필요한 정보야."

한손이 자리에서 일어났다. "자넨 도박과 마약이," 그가 말했다. "같은 효과를 낸다는 걸 절대 모를걸. 자네가 나와 달리 재미를 위해서만 도박을 한다면."

발란데르는 뤼드베리가 했던 어떤 말을 떠올렸다. 마약에 대한 의존 때문에 무한히 잔인해질 수 있는 사람들에 대해 했던 말을.

"좋아." 그가 한손에게 말했다. "훌륭하군."

한손이 사무실을 나갔다. 발란데르는 잠시 생각한 다음 크리스티안스타드의 보만에게 전화를 걸었다. 운이 좋게도 그가 즉시 전화를 받았다.

"나에게 맡길 일이 있나?" 발란데르가 한손이 전해 준 정보에 대해 말하자 그가 물었다.

"그를 진공청소기로 훑어 주게." 발란데르가 말했다. "그리고 그 여자에게서 눈을 떼지 말고."

보만은 엘렌 망누손을 감시하에 두겠다고 약속했다.

발란데르는 막 경찰서를 나서는 한손을 붙들었다.

"도박 빚 말이야." 그가 말했다. "그가 누구에게 빚을 졌을까?"

한손은 그 답을 알았다. "토가르프에 사는 남자가 돈을 빌려줬어." 그가 말했다. "만약 망누손이 누군가에게 빚을 졌다면 그 사람한테서 일 거야. 그는 예게르스뢰 경마장 도박꾼들의 고리대금업자야. 내가 알기론 그자는 정말 불유쾌한 타입의 자들을 수하로 두고 있고, 지불이 해이한 사람들에게 경각심을 일깨우기 위해 그들을 보내지."

"그를 어디서 볼 수 있지?"

"토가르프에서 철물점을 해. 육십 대에 키는 작지만 딴딴한 자야."

"이름이 뭔가?"

"라르손. 하지만 사람들은 그를 고물상이라고 부르지."

발란데르는 자신의 사무실로 돌아갔다. 그는 사방팔방으로 뤼드베리를 찾았다. 안내 데스크의 에바가 그가 어디에 있는지 알았다. 그는 병원에 있어서 오전 10시 전에는 경찰서에 없을 터였다.

"아픕니까?" 발란데르는 궁금했다.

"류머티즘 때문일 거예요." 에바가 말했다. "이번 겨울에 얼마나 절뚝이는지 모르셨어요?"

발란데르는 뤼드베리를 기다리지 않기로 결정했다. 그는 코트를 입고 주차해 둔 곳으로 가 토가르프로 차를 몰았다.

철물점은 마을 중간에 있었다. 가게는 외바퀴 손수레를 광고 중이었다. 벨이 울렸을 때 안쪽 방에서 나온 남자는 정말 작고 딴딴했다. 발란데르가 가게 안의 유일한 손님이었고, 그는 곧장 본론으로 들어가기로 마음먹었다. 그는 신분증을 꺼냈다. 고물상은 신분증을 주의 깊게 살펴보았지만 전적으로 자연스러운 태도였다.

"위스타드라." 그가 말했다. "위스타드에서 오신 형사님이 나에게 무슨 볼일이 있으실까?"

"에리크 망누손이라는 남자를 아십니까?"

카운터 뒤의 남자는 거짓말을 하기엔 너무도 많은 경찰 경험이 있었다.

"그럴 거요. 왜 그러시오?"

"언제 그를 처음 만나셨습니까?"

잘못된 질문이라고 발란데르는 생각했다. 그것이 그에게 발뺌할 기회를 주었다.

"기억이 나지 않는데."

"하지만 그를 아시죠?"

"우리는 몇 가지 공통의 이해가 있소."

"말에게 돈을 거는 것 같은?"

"그럴 수도 있지."

발란데르는 남자의 비대한 자의식에 화가 치미는 것을 느꼈다.

"잘 들으세요." 그가 말했다. "난 당신이 도박하는 사람들에게 돈을 빌려준다는 걸 알고 있습니다. 지금 당장은 대부금에 당신이 얼마의 이자율을 매기는지 묻지 않을 겁니다. 당신의 불법적인 사채놀이에 관심이 없단 말입니다. 난 완전히 다른 걸 알고 싶습니다."

고물상이 호기심 어린 눈으로 그를 보았다.

"에리크 망누손이 당신의 돈을 빌렸는지 알고 싶습니다." 그가 말했다. "그리고 그 금액도."

"전혀요." 남자가 대꾸했다.

"전혀요?"

"일 외레도."

막다른 길에 부닥쳤군. 발란데르는 생각했다. 한손의 단서는 막다른 길이었다.

"하지만 알고 싶다면 그는 전에 내게 빚을 졌었소."

"얼마나요?"

"많이. 하지만 이만오천 크로나를 다 갚았소."

"언제요?"

남자는 빠르게 계산을 했다. "일주일 좀 전에. 지난주 목요일에."

1월 11일 목요일이라. 발란데르는 생각했다. 마침내 제대로 된 추적에 들어섰군.

"그가 어떻게 지불했습니까?"

"그가 여기로 왔소."

"얼마짜리 지폐였습니까?"

"천과 오백 크로나권으로."

"그 돈을 어디다 넣어 왔습니까?"

"그게 무슨 말이오?"

"백? 서류 가방?"

"비닐 봉투에. 보통 가게에서 쓰는 것 같은."

"늦게 갚았습니까?"

"조금."

"그가 갚지 못하면 어떻게 됩니까?"

"독촉장을 보내야겠지."

"그가 그 돈을 어떻게 마련했는지 아십니까?"

고물상은 어깨를 으쓱했다. 그때 손님이 가게 안으로 들어왔다.

"내가 상관할 일이 아니오." 그가 말했다. "더 물을 말 없소?"

"없습니다. 감사합니다. 지금은. 하지만 다시 들를지도 모릅니다."

발란데르는 가게에서 나가 차가 있는 곳으로 갔다. 바람이 강해져 있었다. 오케이. 그는 생각했다. 이제 놈을 잡았어. 한손의 형편없는 도박 취미에서 좋은 단서가 나올 줄 누가 알았겠는가? 발란데르는 복권에라도 당첨된 기분으로 위스타드로 돌아갔다. 그는 해결의 냄새를 맡았다.

에리크 망누손. 그는 생각했다. 우리가 간다.

14

　1월 19일 금요일 밤 늦게까지 계속된 철두철미한 수사 회의 후에 발란데르와 동료들은 싸울 준비가 되어 있었다. 비에르크는 긴 사건 회의에 참석했고, 발란데르의 요구로 그는 한손을 하게홀름 살인 사건에서 빼, 그들이 지금 룬나르프 그룹이라고 부르는 룬나르프 살인 사건 팀에 합류시켰다. 네슬룬드는 다시 몸이 안 좋아져서 자리에 없었지만 전화를 걸어 와 다음 날 참석하겠다고 말했다.

　주말인데도 지칠 줄 모르는 수사가 이어졌다. 마르틴손은 베베뢰스베겐에서 뢰브그렌의 마구간으로 이어지는 비포장도로를 샅샅이 조사하고 경찰견과 함께 복귀했다. 그는 그 길을 꼼꼼하게 조사했다. 경계선처럼 목초지를 둘로 나누는 두 잡목림 사이를 2킬로미터 가까이 달리고 나서 거의 메마른 개울을 끼고 달렸다. 그는 비닐 봉투에 온갖 잡동사니들을 담아 경찰서로 돌아왔지만 특별한 것은 없었다. 잡동사니 중에는 장난감 유모차에서 나온 녹슨 바퀴, 기름투성이 플라스틱 조각과 외국 브랜드의 빈 담뱃갑이 있었다. 그것들은 조사될 테지만 발란데르는 거기서 수사에 도움이 될 정보가 나오리라고 생각하지 않았다.

회의에서의 가장 중요한 결정은 망누손을 24시간 감시하에 둔다는 것이었다. 그는 구쁃로센고르드 구역의 셋집에서 살았다. 한손은 일요일에 예게르스뢰 경마장에서 마차 경주가 있고, 그 경주 동안 자신이 감시를 맡겠다고 말했다.

"하지만 닌 이띤 내기노 허락하지 않을 걸세." 비에르크가 재미없는 농담을 시도했다.

"우리 모두 같이 가는 게 어떨까요." 한손이 대꾸했다. "이 수사로 수지를 맞을 가능성이 있겠는데 말입니다."

그러나 비에르크의 사무실에는 진지한 분위기가 만연했다. 결정적인 순간이 다가오고 있다는 느낌이 있었다.

가장 긴 논쟁을 불러일으킨 질문은 망누손에게 자신들이 그를 의심하고 있다는 것을 알게 하느냐에 관한 것이었다. 뤼드베리와 비에르크는 회의적이었다. 하지만 발란데르는 자신이 경찰의 관심 대상이라는 것을 망누손이 안다손 치더라도 자신들은 잃을 게 없다고 생각했다. 물론 감시는 신중하게 이루어질 것이었다. 하지만 그 이상으로, 그가 수사 대상이라는 사실을 감추기 위한 어떠한 조치도 취하지 않을 것이었다.

"녀석을 불안하게 합시다." 발란데르가 말했다. "만약 놈이 불안해할 게 있다면 그게 뭔지 우리가 알아내길 바라자고요."

망누손을 엮을 가닥을 찾기 위해 모든 수사 자료를 검토하는 데 세 시간이 걸렸다. 그들은 아무것도 찾지 못했지만, 망누손이 약혼자와 있었다는 알리바이에도 불구하고 그가 그날 밤 룬나르프에 있었을 가능성을 반박할 자료 또한 아무것도 찾지 못했다.

이따금 발란데르는 모호한 불편함을 느꼈다. 자신들이 또 다른 막다른 길로 가고 있다는 두려움. 하지만 의심의 기색을 보이는 사람은 주로 뤼드베리였다. 그는 매번, 혼자서 그런 살인을 저지를 수 있었을지를 자문했다.

"그 도살장에는 팀워크를 암시하는 뭔가가 있었네." 그가 말했다. "그 생각을 떨칠 수가 없어."

"망누손에게 공범이 없었다고 말할 게 아무것도 없습니다." 발란데르가 대답했다. "한 번에 하나씩 해야 해요."

"그가 도박 빚을 갚으려고 그 살인을 저질렀다면 공범을 원치 않았을 거야." 뤼드베리가 반박했다.

"저도 그렇게 생각하지만," 발란데르가 말했다. "우린 밀어붙여야 합니다."

마르틴손의 빠른 일 처리 덕분에 그들은 지방의회 자료 보관실에서 망누손의 사진을 구했다. 사진은 지방의회 활동을 시민들에게 알리는 브로슈어에서 구한 것으로, 시민들은 그 브로슈어에 전혀 관심이 없었다. 비에르크는 국가와 모든 지방자치단체에, 필요시 그 기관의 엄청난 중요성을 강조할 수 있는 정책 홍보 팀이 필요하다고 생각했다. 그는 그 브로슈어가 훌륭하다고 생각했다. 어쨌든 거기에는 눈부시게 하얀 작업복을 입은 망누손이 자신의 노란 지게차 옆에 서 있는 사진이 있었다. 그는 미소를 짓고 있었다.

경찰들은 그의 얼굴과 요하네스 뢰브그렌의 흑백 사진 몇 장을 비교했다. 사진 중 한 장에는 쟁기질을 끝낸 밭을 배경으로 트랙터 옆에 서 있는 뢰브그렌이 있었다.

그들이 아버지와 아들일 수도 있을까? 트랙터 운전사와 지게차 운전사? 발란데르는 두 사진에 집중하며 두 사람을 섞는 데 어려움을 겪었다. 발란데르에게 보이는 것은 코가 잘린 노인의 피투성이 얼굴뿐이었다.

금요일 오후 11시쯤, 그들은 작전 계획을 완벽히 짰다. 비에르크는 컨트리클럽이 마련한 만찬에 참석하기 위해 일찌감치 자리를 떴다.

발란데르와 뤼드베리는 크리스티안스타드에서 엘렌 망누손을 방문하며 토요일을 보내기로 했다. 마르틴손, 네슬룬드와 한손은 교대로 에리크 망누손을 감시하는 한편, 그의 알리바이를 증명한 약혼녀를 대면할 것이었다. 일요일에도 감시가 이어질 터였고, 모든 수사 자료를 재검토할 예정이었다. 월요일에는 그 분야에 아무런 흥미가 없음에도 컴퓨터 전문가로 정해진 마르틴손이 에리크 망누손의 경제 상황을 조사할 것이었다. 또 다른 빚이 있었는지? 전에 어떤 종류의 범죄와든 연루된 적이 있었는지?

발란데르는 뤼드베리에게 모든 수사 자료를 검토해 달라고 부탁했다. 그는 뤼드베리가 자신들이 보물찾기라고 부르는 것을 해 주길 바랐다. 그는 공통점이 없어 보이는 사람들과 사건들을 맞춰 보려고 할 터였다. 거기에 자신들이 놓친 접점들이 있는지? 그것이 그가 알아내려고 하는 것이었다.

뤼드베리와 발란데르는 함께 경찰서를 나섰다. 발란데르는 문득 뤼드베리의 피로를 깨닫고 그가 병원에 갔었다는 것을 떠올렸다.

"좀 어떠세요?" 그가 물었다.

그는 어깨를 으쓱하고 대답으로 알아듣기 힘든 어떤 말을 중얼거렸다.

"다리가 어떠시냐고요." 발란데르가 말했다.

"늘 똑같지." 발란데르가 걱정하는 문제에 대해 뤼드베리는 명백히 말하길 꺼리는 기색으로 대꾸했다.

발란데르는 차를 몰고 집으로 가 글라스에 위스키를 따랐다. 하지만 글라스에 손도 대지 않고 그것을 탁자 위에 놔둔 채 눕기 위해 침실로 갔다. 피곤이 술을 이겼다. 그는 즉시 곯아떨어졌고, 머릿속을 맴돌던 생각들에서 해방되었다.

그날 밤 그는 스텐 비덴의 꿈을 꾸었다. 자신들은 연기자가 익숙지 않은 언어로 노래를 부르는 오페라 관람석에 있었다. 나중에 잠에서 깨었을 때 발란데르는 그것이 어떤 오페라였는지 기억하지 못했다.

그는 다음 날 잠에서 깨자마자 전날 회의 시간에 나누었던 어떤 말을 떠올렸다. 요하네스 뢰브그렌의 유언장. 사라진 유언장. 뤼드베리는 종종 지역 내 농부 협회가 자문을 구하는 법률가이자 뢰브그렌의 두 딸이 고용한 부동산 관리인과 이야기를 나누었다. 유언장은 없었다. 그것은 두 딸이 뢰브그렌의 은닉 재산 모두를 물려받는다는 것을 뜻했다.

에리크 망누손은 뢰브그렌에게 엄청난 자산이 있다는 것을 알았을까? 아니면 뢰브그렌은 이 비밀을 모두에게 숨겼을까?

침대에서 나온 발란데르는 오늘이 가기 전에 엘렌 망누손이 요하네스 뢰브그렌의 아들을 낳았는지 명확히 알아낼 생각이었다.

그는 허겁지겁 아침을 먹고, 9시가 막 지났을 때 경찰서에서 뤼드베리를 만났다. 로센고르드에 있는 망누손의 아파트 밖 차 안에서 밤을 새운 마르틴손은 네슬룬드에게 구제되었고, 그는 밤사이 아무 일도 일어나지 않았다고 보고했다. 망누손은 자신의 아파트에 있었다. 모든 것이 조용했다.

1월의 이날은 안개로 흐릿했다. 서리가 들판에 내려앉았다. 지친 뤼드베리는 발란데르의 옆자리에 말없이 앉아 있었다. 그들은 크리스티안스타드에 닿을 때까지 한 마디 말도 나누지 않았다.

10시 30분에 두 사람은 경찰서에서 보만을 만나 그 혼자서 엘렌 망누손을 인터뷰했을 때의 진술서를 훑어보았다.

"그녀에 관해 알아낸 게 아무것도 없어." 보만이 말했다. "우린 그녀와 그녀를 아는 사람들을 진공청소기로 훑었네. 얻은 게 전혀 없어. 그녀의 인생은 종이 한 장분이야. 그녀는 한 약국에서 삼십 년을 일했네. 몇 년간은 어떤 합창단에 속해 있었지만 결국 그만두었지. 도서관에서 많은 책을 대출했고. 휴가 때면 해외로 여행을 가거나 새옷을 사거나 하지도 않고 베멘회그에 사는 자매 집으로 갔네. 적어도 표면상으로는 완벽하게 평범한 삶을 사는 사람이지. 생활 습관은 거의 얽매인다고 할 만큼 규칙적이야. 가장 놀라운 건 그 여자가 그런 식으로 살 수 있다는 거지."

발란데르는 그의 조사에 감사를 표했다. "이제 우리에게 맡기게."

그가 말했다.

두 사람은 엘렌 망누손의 집으로 차를 몰았다.

그녀가 문을 열었을 때, 발란데르는 에리크가 어머니를 많이 닮았다고 생각했다. 그는 그녀가 자신들이 올 것을 예상했는지 궁금했다. 그녀의 눈빛은 어딘가 먼 데 있는 것처럼 공허했다.

발란데르는 거실을 둘러보았다. 그녀가 커피를 원하는지 물었다. 뤼드베리는 사양했지만 발란데르는 마시겠다고 했다.

발란데르는 남의 집에 들어설 때마다 막 산 책의 표지를 들여다보고 있는 것 같은 느낌을 받았다. 아파트, 가구, 벽에 걸린 그림, 냄새가 제목이었다. 이제 그는 읽기 시작했다. 하지만 엘렌 망누손의 집은 사람이 살지 않는 것처럼 냄새가 나지 않았다. 그는 절망과 체념의 냄새를 들이마셨다. 옅은 색 벽지를 배경으로 추상화가 걸려 있었다. 거실에 들어찬 가구는 육중하고 구식이었다. 몇몇 마호가니 접이식 탁자 위에는 장식용 덮개가 올려 있었다. 작은 시렁 위에는 장미 덤불 앞에 앉아 있는 꼬마 사진이 든 액자가 놓여 있었다. 발란데르는 진열된 아들 사진은 어렸을 때 찍은 그 사진이 유일하다는 것을 알아차렸다. 성인이 된 아들은 전혀 존재하지 않았다.

거실 옆은 작은 식당이었다. 발란데르는 반쯤 열린 문을 발로 슬쩍 밀었다. 놀랍게도 아버지의 그림 한 점이 벽에 걸려 있었다. 뇌조가 없는 가을 풍경의 그림이었다. 그는 자신의 뒤에서 쟁반의 달가닥거리는 소리가 들릴 때까지 그 그림을 보고 서 있었다. 아버지의 그림을 난생처음 본다는 듯이.

뤼드베리는 창가 의자에 앉아 있었다. 언제고 발란데르는 왜 항상 창가에 앉느냐고 그에게 물을 생각이었다.

우리의 습관은 어디에서 오는가? 그는 궁금했다. 좋고 나쁜 습관을 낳는 비밀 공장은 무엇일까? 엘렌 망누손이 그에게 커피를 건넸다. 그는 시작하는 게 좋겠다고 생각했다.

"크리스티안스타드 경찰서에서 나온 예란 보만이 여기서 부인께 몇 가지 질문을 했을 겁니다." 그가 말했다. "우리가 같은 질문 몇 가지를 하더라도 부디 놀라지 마십시오."

"같은 대답을 듣더라도 놀라지 마세요." 엘렌 망누손이 말했다.

그 순간 발란데르는 자신의 맞은편에 앉은 여자가 요하네스 뢰브그렌의 아이를 가졌던 그 미스터리의 여자라는 것을 깨달았다. 발란데르는 자신이 어떻게 아는지는 몰랐지만 알았다.

결과를 충분히 생각하지 않고 다소 경솔할 만큼, 그는 진실을 밝히는 방식으로 거짓말을 하기로 마음먹었다. 자신이 틀리지 않았다면 엘렌 망누손은 경찰을 대면한 경험이 아주 조금은 있었다. 그녀는 자신들이 정직한 방법으로 진실을 구하리라 생각할 터였다. 그녀는 거짓말을 할 사람이지, 경찰은 아니었다.

"망누손 부인, 우리는 부인의 아들 에리크가 요하네스 뢰브그렌의 아들이라는 것을 압니다. 부인하셔도 소용없습니다."

그녀는 두려워하는 눈으로 그를 보았다. 그녀의 눈에서 공허한 빛이 갑자기 사라졌다. 이제 그녀는 다시 그들과 함께 있었다.

"그건 사실이 아니에요." 그녀가 말했다.

동정을 구하는 거짓말이야. 발란데르는 생각했다. 그녀는 곧 무너질 참이었다.

"당연히 그건 사실입니다." 그가 말했다. "부인과 저 모두 그게 사실이라는 걸 압니다. 요하네스 뢰브그렌이 살해되지만 않았어도 우린 이런 질문들을 하는 걸 걱정할 필요가 없었습니다. 하지만 이제 우린 알아야겠습니다. 그리고 우리가 지금 알아내지 못하면 부인은 법정에서 선서를 하고 이 질문들에 답변하셔야 할 겁니다."

일은 생각보다 쉽게 풀렸다. 갑자기 그녀가 무너져 내렸다.

"알고 싶은 게 뭐예요?" 그녀가 소리를 질렀다. "난 아무 짓도 안 했어요. 왜 비밀을 지키도록 허락되지 않는 거죠?"

"그 말씀이 맞다는 걸 아무도 부인하지 않습니다만," 발란데르가 주의 깊게 말했다. "사람들이 살해되면 그 책임을 물을 사람을 찾아야 합니다. 그건 우리가 질문을 해야 한다는 걸 뜻하죠. 그리고 우린 답을 얻어야 합니다."

뤼드베리는 창가 의자에 미동도 없이 앉아 있었다. 그의 지친 눈이 여자를 바라보고 있었다. 두 사람은 함께 여자의 이야기를 들었다. 발란데르는 그 이야기가 말할 수 없을 만큼 음울하다고 생각했다. 그 앞에 펼쳐진 그녀의 삶은 그가 오늘 아침에 지나온, 서리로 뒤덮인 풍경만큼이나 희망이 없었다.

그녀는 윙세에서 나이 든 농부 부부의 딸로 태어났다. 그 땅에서 뛰쳐나온 그녀는 종내에는 약국에서 일자리를 얻었다. 거기서 요하네스 뢰브그렌은 손님으로서 그녀의 삶에 들어오게 되었다. 그녀는 발란데르와 뤼드베리에게 그가 중탄산나트륨을 사러 왔을 때 처음 만났다고 말했다. 그는 다시 찾아와 그녀의 환심을 사기 시작했다.

그는 자신을 외로운 농부라고 소개했다. 아이가 태어났을 때 그녀는 그가 유부남이라는 사실을 알았다. 그녀는 화 한번 내지 못하고 체념했다. 그는 1년에 몇 차례 주는 돈으로 그녀의 침묵을 샀다. 하지만 그녀는 아들을 홀로 키웠다. 아들은 그녀의 자식이었다.

"그가 살해됐다는 걸 아셨을 때 어떤 생각이 드셨습니까?" 그녀가 침묵에 빠져 있을 때 발란데르가 물었다.

"나는 신을 믿어요. 나는 정의로운 복수를 믿어요."

"복수요?"

"요하네스는 얼마나 많은 사람을 배신했을까요?" 그녀가 물었다. "그는 나, 내 아들, 그의 아내와 그의 딸들을 배신했어요. 그는 모두를 배신했어요."

그리고 곧 이 여자는 아들이 살인자라는 걸 알게 되겠지. 발란데르는 생각했다. 이 여자는 내가 복수를 위해 신성한 판결을 수행하는 천사장이라고 상상할까?

그는 질문을 계속했다. 뤼드베리가 창가 의자에서 자세를 바꾸었다. 부엌에서 어떤 벨 소리가 울렸다. 두 사람이 마침내 그 집에서 나왔을 때, 발란데르는 필요한 질문을 모두 했다는 느낌이 들었다.

그는 미스터리의 여자가 누구인지 알아냈다. 비밀의 아들도. 그는 그녀가 뢰브그렌에게서 돈을 기대하고 있었다는 것을 알았다. 하지만 그는 나타나지 않았다.

하지만 한 가지 질문의 대답은 예상 밖이었다. 엘렌 망누손은 뢰브그렌의 돈을 아들에게 한 푼도 주지 않았다. 그녀는 그 돈을 통장에 넣어 두었다. 아들은 그녀가 죽을 때까지 그 돈을 물려받지 못할 터였다. 어쩌면 그녀는 아들이 그 돈을 도박으로 날려 버릴 것을 두려워하는지도 몰랐다.

그러나 에리크 망누손은 요하네스 뢰브그렌이 자신의 아버지라는 것을 알았다. 그는 그에 관해 거짓말을 했다. 아버지에게 큰돈이 있다는 것도 알았을까?

뤼드베리는 인터뷰 내내 침묵을 지켰다. 두 사람이 집을 나설 때, 그는 그녀에게 아들을 얼마나 자주 보는지 물었다. 서로 사이가 좋았는지도. 그녀가 아들의 약혼자에 대해 알았을까?

그녀는 그 대답을 얼버무렸다. "그 애는 이제 성인이에요." 그녀가 말했다. "그 애는 자신의 삶을 살아요. 하지만 자주 보러 왔어요. 그리고 당연히 난 그 애가 약혼한 걸 알아요."

이제 다시 거짓말을 하고 있군. 발란데르는 생각했다. 그녀는 알지 못했다.

그들은 데게베리아의 한 식당에 차를 세우고 식사를 했다. 뤼드베리는 활기를 찾은 것처럼 보였다.

"자네 신문은 완벽했어." 그가 말했다. "경찰학교에서 그걸 교본으로 써야 해."

"하지만 전 거짓말을 했습니다." 발란데르가 말했다. "정직한 방법이라고는 할 수 없죠."

식사를 하면서 두 사람은 전략을 논의했다. 두 사람 모두 취조를 위해 에리크 망누손을 연행하기 전에 그에 대한 취합 보고를 기다려야 한다는 데 동의했다.

"그가 범인이라고 생각하나?" 뤼드베리가 물었다.

"당연히 그놈입니다." 발란데르가 대답했다. "단독범이든 공범과 함께든요. 어떻게 생각하세요?"

"자네가 맞길 바라네."

두 사람은 3시 15분에 위스타드 경찰서로 돌아왔다. 네슬룬드가 재채기를 하며 자신의 사무실에 앉아 있었다. 그는 정오에 한손과 교대했다. 에리크 망누손은 새 신발을 사며 아침을 보낸 뒤 담배 가게에 내기 전표를 내러 갔다. 그리고 집으로 갔다.

"그가 경계하는 것처럼 보이나?" 발란데르가 물었다.

"모르겠습니다." 네슬룬드가 말했다. "어쩔 땐 그런 것 같습니다. 하지만 제 상상일 겁니다."

뤼드베리는 집으로 갔고, 발란데르는 자신의 사무실로 가 문을 닫았다. 누군가가 책상 위에 올려 둔 서류 더미를 건성으로 뒤적였다. 그는 집중하는 데 어려움을 겪고 있었다. 엘렌 망누손의 이야기가 그를 불편하게 했다. 그는 자신의 삶이 그녀의 삶과는 다르다고 생각했다. 자신의 불안정한 삶이.

이번 일이 끝나면 어디든 가서 좀 쉬어야겠어. 그는 생각했다. 초과근무 수당을 다 합치면 일주일 정도는 떠나 있을 수 있겠지. 일주일을 나를 위해 쓸 거야. 일주일을 칠 년처럼. 그럼 새사람이 되겠지.

그는 체중을 줄이는 데 도움을 받을 수 있는 건강관리 시설을 가야할지 숙고했다. 하지만 그 생각은 그를 우울하게 했다. 차라리 차를 타고 남쪽으로 가자. 어쩌면 파리나 암스테르담으로. 그는 전에 마약 세미나에서 만난 아른험의 경찰과 알고 지냈다. 그 친구를 만나러 가도 되겠지.

하지만 먼저 이 살인 사건을 해결해야 해. 그는 생각했다. 다음 주면 해결될 거야. 그런 다음에 어디로 갈지 결정하자.

1월 25일 목요일, 에리크 망누손은 연행되었다. 발란데르가 차 안에 앉아 감시하는 동안 뤼드베리와 한손이 그가 사는 아파트 블록 밖에서 그를 즉각 체포했다. 망누손은 저항 없이 경찰차에 올랐다. 경찰은 그가 일을 하러 나가는 아침 시간을 노렸다. 이 취조를 될 수 있는 한 원만하게 하고 싶은 발란데르는 망누손에게 직장에 전화해 출근할 수 없는 이유를 적당히 말하게 했다. 망누손이 취조를 받을 때 비에르크, 발란데르와 뤼드베리가 취조실에 자리했다. 발란데르가 신문하는 동안 비에르크와 뤼드베리는 뒤에 물러나 있었다.

망누손이 위스타드로 연행되기 수일 전부터 경찰은 그가 그 살인의 범인이라는 확신을 더욱 공고히 했었다. 신문을 통해 망누손이 큰 빚을 졌다는 사실이 드러났다. 그는 도박 빚을 갚지 못해 몇 차례나 두들겨 맞을 뻔했다. 한손은 예게르스뢰에서 망누손이 큰돈을 거는 모습을 보았다. 그의 재정은 파탄 상태였다.

작년에 에슬뢰브 경찰은 그를 은행 강도 용의자로 의심했지만 그의 범행으로 볼 근거를 확보하지 못했다. 망누손은 마약 밀매에 연루되어 있다는 혐의도 있었다. 실직 상태인 그의 약혼자는 몇 건의 마약 관련 범죄와 한 건의 우편 사기로 유죄판결을 받은 적이 있었다. 에리크 망누손은 막대한 빚을 지고 있었지만 가끔씩 큰돈을 손에 쥐었다. 그리고 지방의회에서 받는 그의 월급은 보잘것없었다.

목요일 오전에 일찌감치 잠에서 깼던 발란데르는 엄청난 압박을 느꼈다. 이날이 수사의 마지막 돌파구라고 볼 수 있었다. 룬나르프 살인 사건은 해결될 것이었다.

다음 날인 1월 26일 금요일, 그는 자신이 틀렸다는 것을 알았다.
에리크 망누손이 범인 혹은 적어도 범인 중 하나라는 추정은 완전
히 엎어졌다. 그들은 정말 막다른 길에 내몰렸다. 금요일 오후에 경
찰은 망누손이 결백하다는 것을 알게 되었다.

살인이 일어난 날 밤 그의 알리바이는 그의 집을 방문한 약혼자의
어머니가 증명했다. 그녀의 신뢰도는 나무랄 데 없었다. 그녀는 불면
증으로 고생하는 노부인이었다. 요하네스와 마리아 뢰브그렌이 잔인
하게 살해된 날 밤, 망누손은 밤새도록 코를 골았다.

그가 고물상에게 갚은 돈은 차를 팔아서 나온 것이었다. 망누손은
크라이슬러를 팔고 받은 영수증을 제시했다. 그리고 차를 구입한, 롬
마에 사는 가구공은 자신이 1천 크로나와 5백 크로나 지폐로 값을 치
렀다고 말했다.

요하네스 뢰브그렌이 아버지가 아니라고 거짓말을 한 것에 대해서
도 망누손은 만족할 만한 설명을 했다. 어머니가 아버지를 알리기 싫
어하는 것 같다고 생각했기에 그는 어머니를 위해 그렇게 말했다. 발
란데르가 그에게 뢰브그렌이 부자였다고 말했을 때, 그는 정말 놀란
것처럼 보였다.

결국 건진 게 하나도 없었다.

비에르크는 에리크 망누손을 집으로 돌려보내고 더 이상의 공지
없이 그를 이 사건에서 배제하는 데 반대하는 사람이 있는지 물었다.
아무도 어떤 반대도 하지 않았다. 발란데르는 잘못된 방향으로 모든

수사를 이끈 것에 엄청난 죄책감을 느꼈다. 뤼드베리만이 아무런 영향을 받지 않은 듯 보였다. 그는 처음부터 가장 회의적인 사람이었기도 했다.

발란데르와 뤼드베리는 많은 수사를 함께했다. 남은 것은 난파선뿐이었다. 다시 시작하는 것 외엔 할 일이 없었다.

이윽고 눈이 내렸다. 1월 27일 토요일 이른 시각에 맹렬한 눈보라가 남서쪽에서 몰아쳤다. 몇 시간 후에는 E65번 도로가 폐쇄되었다. 눈은 여섯 시간 동안 쉬지 않고 내렸다. 강풍이 제설차의 수고를 헛되이 했다. 잽싸게 도로에서 눈을 치우기 무섭게 눈은 다시 쌓였다. 24시간 동안 경찰은 현 상황을 혼돈으로 몰고 가는 매체를 막기에 급급했다. 이내 폭풍은 들이닥쳤을 때만큼 빨리 다른 곳으로 이동했다.

발란데르는 기쁘게도 며칠 후에 딸 린다에게서 전화를 받았다. 딸은 말뫼에 있었고, 스톡홀름 외곽에 있는 대학에 입학할 생각이었다. 그녀는 떠나기 전에 그를 보러 가겠다고 약속했다.

발란데르는 일주일에 적어도 세 번은 아버지를 방문할 수 있도록 일정을 조정했다. 그는 스톡홀름에 있는 누나에게 편지를 써서 도우미가 놀라운 일을 했다고 말했다. 이탈리아로 향한 그 고독한 밤 산책으로 아버지를 몰고 갔던 그 혼란은 사라졌다. 정기적으로 아버지의 집을 방문하는 그 여자가 아버지를 구제하고 있었다.

어느 날 저녁, 발란데르는 아네테 브롤린에게 전화해 스코네의 겨울을 보여 주겠다고 제안했다. 그는 자신의 행동을 다시 한번 사과했다. 그녀는 고맙다며 그 제안을 허락했고, 다음 주 일요일인 2월 4일에 그는 알레스 스테나르의 거석 유적과 글리밍에후스의 중세 성을 보여 주기 위해 그녀를 데리고 나갔다. 두 사람은 하멘회그에 있는 식당에서 저녁을 먹었고, 발란데르는 그녀가 정말 자신을 무뢰한으로 여기지 않겠다고 결정했다는 생각이 들기 시작했다.

수사에 새로운 돌파구 없이 몇 주가 흘렀다. 마르틴손과 네슬룬드는 새 업무를 배정받았다. 발란데르와 뤼드베리는 당분간 룬나르프 살인에만 매달려도 좋다는 허락을 받았다.

2월 중순의 어느 춥고 맑고 바람 없는 날, 발란데르의 사무실에 예테보리에 사는 뢰브그렌의 딸이 방문했다. 그녀는 빌리에 묘지에 있는 부모님 무덤의 비석 설치를 감독하기 위해 스코네에 와 있었다. 발란데르는 그녀에게 사실대로 말했다. 경찰이 계속 단서를 쫓는 중이라고. 그녀가 방문한 다음 날, 그는 묘지로 차를 몰고 가 금빛 비문이 담긴 검은 비석을 한참 동안 응시하며 서 있었다.

2월 한 달을 수사의 폭을 확대하고 심도 있는 조사를 하며 보냈다. 말이 없고 무릎 통증으로 끔찍이도 고생하는 뤼드베리는 업무의 대부분을 전화로 소화한 반면, 발란데르는 자주 현장으로 나갔다. 그들은 스코네에 있는 모든 은행을 체크했지만 더 이상의 귀중품 보관 박스는 발견되지 않았다. 발란데르는 2백 명이 넘는 요하네스와 마리아 뢰브그렌의 친척과 지인 들과 이야기를 나누었다. 그는 반복해서 두꺼운 수사 자료를 검토했고, 오래전의 수사 시점으로 돌아가 보고서를 분류한 뒤 그것들을 새로운 시각으로 면밀히 살폈다. 하지만 틈을 발견하지 못했다.

2월의 어느 춥고 바람 부는 날, 그는 스텐 비덴의 농장으로 가서 그를 차에 태우고 룬나르프로 향했다. 두 사람은 함께, 해답을 제시해 줄지도 모를 말을 살피며 한 아름의 건초를 먹는 암말을 지켜보았다. 뉘스트룀 노인이 그들을 졸졸 따라다녔다. 뢰브그렌의 두 딸이 그에게 그 암말을 주었다.

문이 닫힌 채 말없이 서 있는 농장 건물은 스쿠루프에 있는 부동산 회사로 넘어가 매물로 나와 있었다. 발란데르는 바람 속에서 합판 조각으로 막아 놓았을 뿐 수리되지 않은, 박살 난 부엌 창을 보며 서 있었다. 그는 지난 세월 동안 잃어버렸던 비덴과의 유대를 회복하려고 애썼지만 경마 트레이너는 무관심했다. 발란데르는 그를 집에 데려다주고 나서 자신들의 우정이 영원히 깨졌다는 것을 깨달았다.

소말리아 난민 살인 수사는 결말이 났고, 루네 베리만은 위스타드 지방법원에 세워졌다. 법정은 언론사에서 나온 사람들로 가득했다. 총을 쏜 사람은 이제 발프리드 스트룀으로 밝혀졌다. 그렇다 하더라도 베리만은 살인의 공범으로 피소되었고, 정신을 감정한 의사는 그가 재판을 받기에 적합하다고 선고했다.

발란데르는 법정에서 증언했고, 수차례 방청석에 앉아 아네테 브롤린의 진술과 반대신문을 방청했다. 베리만은 최대한 작은 목소리로 말했다. 재판 진행에 따라 큐클럭스클랜의 지배적 견해와 유사한 정치적 견해를 가진 인종차별적 지하 네트워크가 드러났다. 베리만과 스트룀은 독자적으로 행동했지만 몇몇 인종차별 단체와 연계되어 있었다.

발란데르의 머리에 스웨덴에 변화가 일고 있다는 생각이 다시금 떠올랐다. 그는 재판이 진행되는 동안 언론과 담화 등을 통해 떠오른 이민에 대한 일부 의견에 공감했다. 정부와 이민 기관은 망명을 추구하는 개개인이 어떤 사람인지 실질적으로 파악하고 있을까? 누가 정말 난민이고 누가 기회주의자인지? 온전한 구분은 가능할까? 현 난민 정책이 혼돈 상황에 빠지지 않고 장기간 운용될 수 있을까? 난민 수용의 상한선이 있을까?

발란데르는 그 문제를 철저히 공부하겠다는 소극적인 시도를 한 적이 있었다. 그는 자신이 다른 많은 사람이 품었던 모호한 불안을 품었다는 것을 깨달았다. 미지에 대한 불안, 미래에 대한 불안.

2월 말에 베리만은 장기 징역형을 선고받았다. 모두가 놀랍게도 그는 항소하지 않았고, 판결은 즉각 실행되었다.

겨울이 끝날 때까지 스코네에 더 이상 눈은 내리지 않았다. 3월이 시작되는 이른 아침, 아네테 브롤린과 발란데르는 팔스테르보 모래톱을 오래 산책했다. 두 사람은 함께 남십자성이 빛나는 먼 땅에서 돌아오는 새 떼를 바라보았다. 발란데르는 그녀의 손을 잡았고, 그녀는 그 손을 뿌리치지 않았다. 적어도 즉각은.

그는 간신히 4킬로그램을 뺐지만, 모나가 떠나기 전의 체중으로 돌아가진 않으리라는 것을 알았다. 가끔 그들은 전화 통화를 했다. 발란데르는 자신의 질투가 점차 엷어지고 있다는 것을 알아차렸다. 그리고 그 흑인 여자는 더 이상 꿈에 나타나지 않았다.

3월이 시작되었다. 뤼드베리는 2주 동안 입원해 있었다. 처음에는 모두가 그의 안 좋은 다리 때문이라고 생각했다. 하지만 에바는 발란데르에게 뤼드베리가 암에 걸렸다고 은밀히 말해 주었다. 그녀는 그것을 어떻게 알았는지, 어떤 암인지 말하지 않았다. 발란데르가 병문

안을 갔을 때 뤼드베리는 단지 정기검진일 뿐이라고 말했다. 엑스레이 이상의 음영이 그의 대장에 병변 가능성을 드러냈다.

뤼드베리가 심각하게 아픈지도 모른다는 생각에 발란데르는 속으로 타는 듯한 고통을 느꼈다. 커 가는 절망감에 그의 수사는 지지부진하게 이어졌다. 어느 날 발끈한 그가 두꺼운 서류철을 벽에 집어던졌다. 바닥이 종이로 뒤덮였다. 그는 오랫동안 그 참상을 보며 앉아 있었다. 이내 그는 기어 다니며 다시 수사 자료를 주워 모아 분류하고 처음부터 다시 시작했다.

어딘가에 내가 보지 못한 무언가가 있어. 그는 생각했다. 연결 고리와 중요하지 않아 보이는 세부 사항. 내가 돌려야 할 열쇠가 바로 그거야. 하지만 왼쪽, 오른쪽 중 어느 쪽으로 돌려야 하지?

그는 종종 넋두리를 늘어놓기 위해 크리스티안스타드의 보만에게 전화했다. 보만은 독단적으로 닐스 벨란데르와 가능성 있는 용의자를 집약적으로 수사했다. 그 바위는 어디에도 금이 간 데가 없었다. 발란데르는 이틀을 꼬박 라르스 헤르딘과 대면하고 앉았지만 한 치의 진전도 없었다. 하지만 그는 여전히 그 범죄가 결코 해결되지 않으리라는 것을 믿고 싶지 않았다.

3월 중순에 그는 코펜하겐에 오페라를 보러 가자며 아네테 브롤린을 간신히 꾀어냈다. 두 사람은 그날 밤을 함께 보냈다. 하지만 그가 사랑한다고 말했을 때, 그녀는 말을 돌렸다. 어쩔 수 없는 일이었다. 그 이상 아무것도 아니었다.

딸이 주말인 3월 17일과 18일에 걸쳐 그의 집에서 지냈다. 딸은 케냐인 의대생 없이 혼자 왔고, 발란데르는 기차역에서 딸과 만났다.

에바가 딸이 오기 전날 마리아가탄의 그의 집을 청소하도록 자신의 친구를 보내 주었다.

마침내 그는 딸을 되찾았다고 느꼈다. 부녀는 외스텔레덴의 해안을 오래 산책했고, 릴라 비크에서 점심을 먹었고, 새벽 5시까지 이야기를 나누었다. 두 사람은 발란데르의 아버지를 방문했고, 아버지는 아이처럼 쿠르트에 관한 재미있는 이야기를 늘어놓음으로써 부녀를 놀라게 했다. 월요일 아침에 그는 딸을 기차역에 데려다주었다. 그는 딸의 신뢰를 조금 되찾은 것 같은 기분이 들었다.

그가 사무실로 돌아와 수사 자료를 자세히 검토하고 있을 때 뤼드베리가 들어왔다. 그는 창가 나무 의자에 앉더니 곧바로 발란데르에게 자신이 전립선암을 진단받았다고 말했다. 지금 그는 지속적으로 방사선 치료와 화학 요법 치료를 받고 있었고, 더 이상 좋아지지 않을지도 몰랐다. 그는 동정을 용납하지 않을 터였다. 그는 발란데르에게 마리아 뢰브그렌의 마지막 말을 상기시키려고 왔을 뿐이었다. 그리고 그 올가미. 이내 그는 자리에서 일어나 발란데르와 악수하고 사무실을 나섰다.

발란데르는 수사 자료 그리고 고통과 함께 홀로 남겨졌다. 비는 손이 없었기 때문에 비에르크는 당분간 그가 혼자 일해야 한다고 생각했다.

3월에는 아무 일도 일어나지 않았다. 4월에도 마찬가지였다. 뤼드베리의 건강 상태는 호전과 악화를 오갔다.

5월 초, 발란데르는 비에르크의 사무실로 가서 다른 사람에게 이 사건을 인계했으면 한다고 말했다. 하지만 비에르크는 그 제안을 거절했다. 발란데르는 적어도 여름휴가 기간이 끝날 때까지는 그 수사를 계속해야 할 터였다. 그런 다음 두 사람은 상황을 재평가할 것이었다.

발란데르는 매번 처음부터 다시 시작했다. 수사 자료를 파고들고 비틀어 보고, 수사에 활력을 불어넣으려고 애쓰며 처음부터 되짚었다. 하지만 그가 걷는 그 바위는 차갑게 남은 채였다.

6월 초, 그는 푸조를 닛산으로 바꾸었다. 6월 8일, 휴가를 얻은 그는 스톡홀름으로 차를 몰아 딸을 보러 갔다. 두 사람은 노르트곶ㅡ노르웨이 북단에 위치한 곶 일대를 드라이브했다. 헤르만 음보야는 케냐에 있지만 8월에는 돌아올 것이었다.

7월 9일 월요일에 발란데르는 업무에 복귀했다. 비에르크가 남긴 메모에는 그가 8월 초에 돌아올 때까지 수사를 계속하라고 쓰여 있었다. 그런 다음 두 사람은 어떻게 해야 할지 결정할 것이었다.

뤼드베리가 많이 나아졌다는 에바의 메시지도 받았다. 결국 의사들은 그 암을 제어할 수 있을 터였다.

7월 10일 화요일, 위스타드의 날씨는 매우 좋았다. 점심때 발란데르는 시내를 산책했다. 그는 광장에 있는 전자 제품 매장에 들어갔고, 새 스테레오를 사기로 마음먹었다.

그는 환전하길 잊어버렸던, 지갑에 든 노르웨이 지폐 몇 장이 생각났다. 노르트곶을 여행한 이래 계속 가지고 다녔다. 그는 유니언 은행으로 가 유일하게 열려 있는 창구 앞에 줄을 섰다.

그는 카운터 너머의 여자를 알지 못했다. 창구의 여자는 기억력이 좋았던 젊은 여자 브리타레나 보덴도 그가 전에 만났던 어떤 직원도 아니었다. 여름철 임시직인가 보군. 그는 생각했다.

앞에 선 남자는 큰돈을 인출했다. 발란데르는 그가 그렇게 큰돈을 무엇에 쓰려는지 괜히 궁금했다. 남자가 돈을 세는 동안 발란데르는 그가 카운터에 올려 둔 운전면허증의 이름을 건성으로 읽었다.

이내 자신의 차례가 되었고, 그는 노르웨이 지폐를 환전했다. 등 뒤에서 이탈리아어와 스페인어로 떠드는 여행객의 말소리가 들렸다.

밖으로 나왔을 때 어떤 생각이 그의 머리를 때렸다. 마치 갑작스러운 영감을 받아 얼어붙은 듯 그는 그 자리에 미동도 없이 서 있었다. 이내 그는 은행 안으로 들어갔다. 여행객이 환전을 마칠 때까지 기다렸다가 은행 직원에게 신분증을 내밀었다.

"브리타레나 보덴은," 그가 미소 지으며 말했다. "휴가 중인가요?"

"아마 부모님과 심리스함에 있을 거예요." 출납계 직원이 말했다. "휴가가 아직 이 주 남았어요."

"보덴은," 그가 말했다. "역시 부모님 성이겠죠?"

"아버지가 심리스함에서 주유소를 해요. 요즘엔 스타토일Statoil 노르웨이 석유 전문 회사이라고 부르는 것 같더군요."

"고맙습니다." 발란데르가 말했다. "그녀에게 물을 일상적인 질문이 있어서 말입니다."

"손님이 기억나요." 직원이 말했다. "아직 그 끔찍한 범죄를 해결하시지 못했나요?"

"네." 발란데르가 말했다. "정말 끔찍하지 않습니까?"

그는 말 그대로 뜀박질로 경찰서로 간 다음 차에 올라타고 심리스함으로 향했다. 브리타레나 보덴의 아버지에게서 그녀가 친구들과

산드함마렌 해변에 있다는 이야기를 들었다. 오랫동안 찾아 헤맨 끝에 모래언덕 뒤에 숨은 듯이 있는 그녀를 찾았다. 그녀는 친구들과 주사위 놀이를 하고 있었고, 그가 어기적거리며 모래사장을 가로질러 다가왔을 때 그들 모두 발란데르를 보고 놀란 얼굴을 했다.

"중요한 게 아니었다면 귀찮게 해 드리지 않았을 겁니다." 그가 말했다.

그의 심각한 분위기를 파악한 듯한 브리타레나 보덴이 자리에서 일어났다. 그녀는 손바닥만 한 수영복을 입고 있었고, 발란데르는 눈을 둘 데를 찾았다. 두 사람은 친구들이 방해받지 않도록 그들에게서 조금 떨어진 곳에 앉았다.

"일월의 그날 일을," 발란데르가 말했다. "당신에게 다시 묻고 싶습니다. 기억을 되살려서 요하네스 뢰브그렌이 큰돈을 인출했을 때, 은행에 다른 사람이 있었는지 생각해 봐 주십시오."

그녀의 기억은 여전히 훌륭했다.

"아니요." 그녀가 말했다. "그분 혼자였어요."

그는 그녀가 사실을 말했다는 것을 알았다.

"계속하죠." 그는 말을 이었다. "뢰브그렌은 은행 문을 나섰습니다. 문이 그의 등 뒤로 닫혔죠. 그런 다음 무슨 일이 있었습니까?"

그녀의 대답은 빠르고 단호했다. "문은 닫히지 않았어요."

"다른 손님이 들어왔습니까?"

"두 사람이요."

"아는 사람들이었습니까?"

"아니요."

다음 질문이 중요했다.

"그 사람들이 외국인이라서요?"

그녀는 놀란 표정으로 그를 보았다.

"네. 어떻게 아셨어요?"

"지금까진 몰랐습니다. 계속 생각해 보세요."

"두 남자였어요. 아주 젊은."

"그들이 뭘 원했습니까?"

"환전을 원했어요."

"어떤 돈이었는지 기억하십니까?"

"달러요."

"그들이 영어로 말했습니까? 미국인이었나요?"

그녀는 머리를 저었다. "영어가 아니었어요. 그들이 한 말이 어느 나라 말인지 모르겠어요."

"그리고 무슨 일이 있었습니까? 잘 생각해 보십시오."

"창구로 왔어요."

"둘 다요?"

그녀는 대답하기 전에 골똘히 생각했다. 따뜻한 바람이 그녀의 머리를 헝클었다.

"한 사람이 와서 카운터에 돈을 놓았어요. 백 달러였던 것 같아요. 제가 환전해 드리면 되느냐고 물었어요. 그가 끄덕였고요."

"다른 남자는 뭘 하고 있었습니까?"

그녀는 다시 생각에 빠졌다.

"바다에 뭔가를 떨어뜨려서 그가 허리를 숙여 주웠어요. 장갑 한

짝이었던 것 같아요."

그는 그 전 상황으로 질문을 되돌렸다.

"요하네스 뢰브그렌이 막 은행을 나섰습니다. 그는 큰돈을 받아서 서류 가방에 넣었죠. 그가 돈 말고 받은 게 있습니까?"

"돈에 대한 수령증을 받으셨어요."

"그것도 서류 가방에 넣었습니까?"

처음으로 그녀는 머뭇거렸다.

"그러신 것 같아요."

"만약 그가 그 수령증을 서류 가방에 넣지 않았다면, 그럼 그 수령 증이 어디에 있을까요?"

그녀는 다시 생각에 빠졌다.

"카운터 위에는 아무것도 놓여 있지 않았어요. 그건 확실해요. 있 었다면 제가 집었을 거예요."

"그게 바닥에 떨어졌을 수도 있을까요?"

"그럴 수도 있죠."

"그럼 장갑을 주우려고 허리를 숙였던 남자가 그걸 주웠을까요?"

"어쩌면요."

"수령증에는 뭐가 쓰여 있었습니까?"

"금액이요. 그분의 이름과 주소도요."

발란데르는 숨을 참았다.

"거기에 그게 다 적혀 있다고요? 확실합니까?"

"그분은 대문자로 수령증을 작성하셨어요. 굳이 쓰실 필요도 없는 데 주소도 적으셔서 알아요."

발란데르는 다시 질문을 되돌렸다. "뢰브그렌은 자신의 돈을 받고 나갔습니다. 문에서 그는 모르는 두 남자와 마주쳤죠. 그중 하나가 허리를 숙여서 장갑과 어쩌면 그 수령증도 줍습니다. 거기엔 요하네스 뢰브그렌이 막 출금한 금액 이만칠천 크로나라는 숫자가 적혀 있죠. 맞습니까?"

불현듯 그녀는 이해했다. "그들이 범인이라고요?"

"모릅니다. 다시 생각해 봅시다."

"저는 그 돈을 환전해 드렸어요. 그는 그 지폐를 주머니에 넣었죠. 그리고 밖으로 나갔어요."

"그렇게 하는 데 얼마나 걸렸습니까?"

"삼사 분이요. 그 이상은 아니에요."

"은행은 그들의 수령증 사본을 갖고 있겠죠?" 그녀가 끄덕였다.

"저는 오늘 은행에서 돈을 바꾸었습니다. 이름을 적어야 했죠. 그들이 주소를 적었습니까?"

"아마도요. 기억나지 않아요."

쿠르트 발란데르가 끄덕였다. 이제 뭔가 불꽃이 튀기 시작했다. "당신의 기억력은 경이적이군요." 그가 말했다. "그 후에 그 두 남자를 다시 본 적 있습니까?"

"아니요. 한 번도요."

"그들을 알아보시겠습니까?"

"그럴걸요. 아마도요."

발란데르는 잠시 생각했다. "휴일을 며칠 까먹으실지도 모릅니다." 그가 말했다.

"우린 내일 욀란드로 드라이브 가기로 했단 말이에요!"

발란데르는 거기서 결정을 내렸다. "죄송하지만 가실 수 없습니다." 그가 말했다. "그다음 날은 괜찮을지 모릅니다. 하지만 그 전엔 안 됩니다."

그는 자리에서 일어나 모래를 떨었다. "우리가 당신을 어디서 찾을 수 있을지 부모님께 말해 두십시오." 그가 말했다.

그녀가 친구들과 어울리기 위해 자리에서 일어났다.

"쟤네한테 말해도 돼요?" 그녀가 물었다.

"이야깃거리를 지어내십시오." 그가 대답했다. "잘하시리라 믿습니다."

그날 오후 늦게 두 사람은 유니언 은행 파일에서 그 영수증을 찾아냈다.

사인은 해독하기가 어려웠다. 주소는 적혀 있지 않았다.

이제 적어도 모든 일이 어떻게 일어났는지 알았기 때문에 발란데르는 실망하지 않았다. 그는 은행에서 곧장 뤼드베리가 요양을 하고 있는 곳으로 차를 몰았다.

발란데르가 벨을 울렸을 때, 뤼드베리는 발코니에 앉아 있었다. 그는 점점 여위어 가고 있었고, 매우 창백했다. 두 사람은 발코니에 앉았고, 발란데르는 자신의 발견을 그에게 말했다. 뤼드베리가 사려 깊게 끄덕였다.

"자네 말이 맞는 것 같군." 발란데르가 이야기를 마쳤을 때 그가 그렇게 말했다. "아마 그렇게 됐을 거야."

"이제 문제는 놈들을 어떻게 찾느냐는 겁니다." 발란데르가 말했다. "육 개월도 더 전에 스웨덴을 방문했던 여행객들을요."

"놈들은 아마 여전히 여기 있을 걸세." 뤼드베리가 말했다. "난민으로, 망명 신청자로, 이민자로."

"어디서 시작해야죠?" 발란데르가 물었다.

"나도 모르지만," 뤼드베리가 말했다. "자넨 뭔가 알아낼 수 있을 거야."

두 사람은 두어 시간 동안 뤼드베리의 발코니에 앉아 있었다.

이른 저녁에 발란데르는 차로 돌아갔다.

발밑의 바위는 더 이상 그렇게 차갑지 않았다.

15

수사 차트가 작성되었을 때로써 발란데르는 늘 다음 날들을 기억할 터였다. 그는 브리타레나 보덴이 기억한 것과, 알아볼 수 없는 사인으로 시작했다. 가능한 시나리오가 존재했고, 마리아 뢰브그렌이 죽기 전에 남긴 말은 마침내 앞뒤가 맞아떨어지는 퍼즐의 한 조각이었다. 그는 기이한 매듭의 올가미 또한 생각해야 했다.

그는 수사 차트를 작성했다. 산드함마렌의 따뜻한 모래언덕에서 브리타레나 보덴과 이야기를 나눴던 날 그는 비에르크의 집으로 가 그의 저녁 식사를 방해하고, 거기서 그의 약속을 이끌어 내, 다시 한 번 최우선 사항이 된 수사에 한손과 마르틴손을 끌어들였다.

7월 11일 수요일, 은행이 영업을 시작하기 전에 그들은 그 장면을 재현했다. 브리타레나 보덴이 창구에 앉았고, 한손이 뢰브그렌 역을 맡았으며, 마르틴손과 비에르크가 환전을 하러 온 두 남자를 연기했다. 발란데르는 모든 것이 여섯 달 전 그날과 똑같아야 한다고 고집을 피웠다. 불안해 마지않던 지점장은 결국 에바에게서 낡은 서류 가방을 빌려 온 한손에게 브리타레나 보덴이 2만7천 크로나라는 거금을 건네는 것을 허락했다.

발란데르는 한쪽에 서서 모든 것을 지켜보았다. 그는 브리타레나 보덴이 맞지 않는 것 같은 세부 사항을 기억해 냈을 때, 그들에게 처음부터 다시 하길 재차 주문했다.

발란데르는 그녀의 기억을 촉발할 목적으로 이 재현을 준비했다. 그는 그녀가 특출한 기억 속의 또 다른 방으로 통하는 문을 열 수 있길 희망하고 있었다.

재현이 끝났을 때 그녀는 머리를 저었다. 그녀는 기억할 수 있는 모든 것을 그에게 말했다. 그녀에게 할 말은 더 남아 있지 않았다. 발란데르는 그녀에게 욀란드 여행을 이틀쯤 미뤄 달라고 부탁한 다음, 그녀가 한두 가지 건으로 스웨덴 경찰망에 걸린 외국인 범죄자들의 사진을 살펴보게 남겨 둔 뒤 사무실을 나갔다. 그것으로 아무런 수확이 없었기 때문에 이민 기관의 대규모 사진 보관소를 훑어보기 위해 그녀는 노르셰핑으로 가는 비행기에 올랐다. 열여덟 시간에 걸쳐 셀 수 없을 만큼 많은 사진을 훑어본 그녀는 스투루프로 돌아갔고, 발란데르는 직접 그곳으로 그녀를 만나러 갔다. 결과는 부정적이었다.

다음 단계는 인터폴의 협조를 구하는 것이었다. 그 범죄가 일어났을 법한 시나리오가 그들의 컴퓨터에 입력되었고, 그 자료가 유럽 본부에서 비교 분석되었다. 또다시 중요하게 상황을 전환할 것이 아무것도 드러나지 않았다.

브리타레나 보덴이 끝도 없이 이어지는 사진의 행렬에 머리를 썩이고 앉아 있는 동안 발란데르는 세 번에 걸쳐 슬리밍에서 온 굴뚝 청소부 아르투르 룬딘을 오랜 시간 인터뷰했다. 룬나르프와 위스타드 간의 이동이 재현되고 기록되고 반복되었다. 발란데르는 수사 차트를 계속 작성해 나갔다.

이따금 그는 창백하고 허약해진 모습으로 발코니에 앉아 있는 뤼드베리를 찾아가 그와 함께 그동안의 수사를 검토했다. 뤼드베리는 이러한 방문이 자신에게 부담이 되지 않는다고 강조했다. 하지만 발란데르는 그와 헤어질 때마다 죄책감을 느꼈다.

아네테 브롤린이 서해안에 위치한 그레베스타드의 여름 별장에서 남편과 아이들과 함께한 휴가를 마치고 복귀했다. 그녀는 가족과 함께 위스타드로 돌아왔고, 발란데르는 돌파구가 열린 미결 수사의 보고를 위해 그녀에게 전화했을 때 최대한 공적인 목소리를 냈다.

집중 수사가 이어진 한 주간 이후 모든 것이 교착 상태에 빠졌다. 발란데르는 자신의 차트를 응시했다. 자신들은 다시 옴짝달싹할 수 없는 상태였다.

"그냥 좀 기다려 봐야지." 비에르크가 말했다. "인터폴의 반죽은 서서히 부푸니까."

발란데르는 그 억지스러운 은유에 움찔했지만 비에르크가 옳다는 것을 깨달았다.

브리타레나 보덴이 윌란드에서 돌아왔을 때, 발란데르는 그녀에게 며칠 더 휴가를 주길 은행 측에 부탁했다. 그는 그녀를 데리고 위스타드의 난민 캠프를 돌았다. 두 사람은 말뫼의 기름 저장항에 정박한 배의 선상 캠프도 방문했다. 하지만 그녀가 알아볼 수 있는 얼굴은 어디에도 없었다. 발란데르는 스톡홀름에서 수배한 몽타주 전문 경찰 화가에게 셀 수도 없을 만큼 많은 스케치를 하게 했지만 브리타레나 보덴은 경찰 화가가 그린 어떤 얼굴에도 만족하지 않았다.

발란데르는 의구심을 품기 시작했다. 비에르크는 그에게 마르틴손을 빼고, 한손을 이 건의 유일한 동료로 때우라고 했다.

7월 20일 금요일, 발란데르는 또다시 포기할 생각이었다. 그는 저녁 늦도록 자리에 앉아서 수사를 진전시킬 적절한 자료가 발견되지 않아 당분간 수사를 보류하겠다는 보고서를 썼다.

그는 보고서를 책상 위에 올려놓고 월요일 아침에 비에르크와 아네테 브롤린의 결정에 맡기겠다고 생각을 정했다.

그는 토요일과 일요일을 덴마크의 보른홀름섬에서 보냈다. 이틀간 바람이 불고 비가 내렸고, 페리에서 먹은 무언가 때문에 탈이 났다. 그는 침대에서 일요일 밤을 보냈다.

일정한 간격을 두고 그는 일어나서 토해야 했다.

월요일 아침 잠에서 깨었을 때, 몸은 나아진 것 같았지만 그는 침대에서 일어나야 할지 말아야 할지 결정하지 못했다. 결국 그는 침대에서 몸을 일으켜 집을 나섰다. 9시 못 미쳐 그는 경찰서에 있었다. 에바의 생일이라 모두 구내식당에서 케이크를 먹었다. 10시가 되어갈 즈음에야 발란데르는 비에르크에게 자신의 보고서를 보일 기회를 잡았다. 그가 막 보고서를 제출하려고 할 때 전화가 울렸다. 브리타레나 보덴이었다.

그녀의 목소리는 속삭임에 가까웠다.

"그들이 왔어요. 최대한 빨리 와 주세요!"

"누가 왔다고요?" 발란데르가 물었다.

"환전한 남자들이요. 무슨 말인지 모르시겠어요?"

그는 복도에서 막 교통 단속을 마치고 돌아온 노렌과 마주쳤다.

"나랑 같이 가세!" 발란데르가 소리쳤다.

"대체 무슨 일입니까?" 노렌이 샌드위치를 씹으며 말했다.

"묻지 말고 따라오기나 해!"

그들이 은행에 닿았을 때도 노렌은 여전히 반쯤 먹은 샌드위치를 들고 있었다. 오는 도중 발란데르는 빨강 신호등을 지나쳤고 화단을 침범했다. 그는 시청 옆 광장의 시장 가판대들 한복판에 차를 세우고 뛰쳐나갔다. 하지만 그래도 너무 늦게 도착했다. 두 사내는 사라진 후였다. 그들을 다시 보게 되어서 너무 떨린 브리타레나 보덴은 누군가에게 그들 뒤를 쫓으라고 부탁할 생각도 떠오르지 않았다. 하지만 보안 카메라를 켤 침착함을 잃지 않았다.

발란데르는 수령증의 사인을 뚫어지게 응시했다. 역시 이름을 알아보긴 힘들었지만 같은 사인이었다. 이번에도 주소는 쓰여 있지 않았다.

"잘했습니다." 발란데르가 지점장 사무실에서 떨며 서 있는 브리타레나 보덴에게 말했다. "나에게 전화하려고 자리를 떴을 때 그들에게 뭐라고 했습니까?"

"승인을 받으러 가야 한다고요."

"그들이 아무 의심도 안 하는 것 같던가요?"

그녀가 머리를 저었다.

"잘하셨습니다." 발란데르가 그 말을 반복했다. "일을 제대로 해내셨군요."

"이제 그들을 잡으실 수 있는 것 같은가요?" 그녀가 물었다.

"네." 발란데르가 말했다. "이번엔 놈들을 잡을 겁니다."

카메라의 비디오테이프가 특별히 지중해 쪽 사람 같아 보이지 않는 그들을 보여 주었다. 둘 중 한 명은 짧은 금발이었고, 한 명은 대머리였다. 즉각 그들에게 루시아와 스킨헤드라는 별명이 붙었다.

브리타레나 보덴은 녹음된 말을 듣고 마침내 그 둘이 서로에게 체코어아 불기리이이로 밀했나고 결론을 내렸다. 그들이 환전한 50달러 지폐는 감식을 위해 즉각 연구실로 보내졌다.

비에르크가 사무실 회의를 소집했다.

"육 개월 후에 놈들은 다시 나타났습니다." 발란데르가 말했다. "왜 놈들은 그 작은 은행에 다시 갔을까요? 첫째, 그 지역 어딘가에 살기 때문입니다. 둘째, 지난 방문으로 행운을 잡았기 때문이죠. 이번엔 그렇게 행운이 따르지 않았습니다. 줄에서 놈들 앞에 있던 남자는 인출이 아닌 입금을 했습니다. 하지만 그는 요하네스 뢰브그렌 같은 노인은 아니었습니다. 어쩌면 놈들은 농부 같아 보이는 노인들이 항상 큰돈을 인출할 거라 생각했을 겁니다."

"체코인이라고 했나?" 비에르크가 물었다. "불가리아인?"

"아직 확인된 바 없습니다." 발란데르가 말했다. "그녀가 잘못 알았을지도 모릅니다. 하지만 놈들의 인상착의와 들어맞습니다."

그들은 그 비디오를 네 차례 보았고, 화면을 떠서 확대해 보기로 했다.

"시내에 사는 모든 동유럽인과 그 주변 지역을 조사해야 할 걸세."

비에르크가 말했다. "유쾌한 일은 아니겠지. 차별이라고 떠들겠지만 그러든 말든 신경 쓰지 말아야 해. 놈들은 이곳 어딘가에 있을 거야. 내가 말뫼와 크리스티안스타드 경찰서장에게 말할 테니, 그들이 우리가 주州 차원에서 해야 할 일이라고 생각하는지 보자고."

"모든 경관에게 그 비디오를 보여 주십시오." 한손이 말했다. "놈들이 거리를 돌아다닐지도 모르니까요."

발란데르는 뢰브그렌의 농장이 도살장으로 변하는 환영을 보았다.

"놈들이 룬나르프에서 한 짓을 보면," 그가 말했다. "놈들을 위험 인물로 다뤄야 합니다."

"그들이 그놈들인지," 비에르크가 말했다. "우린 아직 모르네."

"맞습니다만," 발란데르가 말했다. "그렇다 하더라도요."

"우린 이제 속도를 내야 해." 비에르크가 말했다. "쿠르트가 책임 자고, 그가 적합하다고 판단하는 대로 일을 분담할 걸세. 당장 끝내야 할 게 아니면 다른 일들은 제쳐 두게. 난 검사에게 전화하겠네. 상황을 들으면 기뻐하겠지."

하지만 아무 일도 일어나지 않았다. 비교적 작은 크기의 도시에 대규모 경찰력에도 불구하고 두 사내는 자취를 감추었다.

다음 며칠이 소득 없이 흘러갔다. 두 구역의 경찰서장이 자신들의 관할에서 특별 조치를 시행하도록 허가했다. 그 비디오테이프가 배포되었다. 발란데르는 그 영상이 언론에 흘러가지 않았을지 의구심이 들었다. 그는 두 녀석이 이 지역을 떴다는 생각에 두려웠다. 그는 뤼드베리에게 조언을 구했다.

"두 여우를 밖으로 몰아야 해." 그가 말했다. "그리고 며칠 기다려

보게. 그런 다음 그 영상을 풀게."

그는 발란데르가 가져온 사진 복사본을 오랫동안 응시하며 앉아 있었다.

"살인자의 얼굴처럼 보이지 않는군." 그가 말했다. "살인자의 옆얼굴, 머리가 난 형태, 턱 같은 걸 상상해 보게. 하지만 살인자의 얼굴 같은 게 있을 리 없지."

7일 31일 화요일, 양떼구름이 하늘을 빠르게 가로지르고 있었고, 바람은 강풍급으로 몰아치는 중이었다. 새벽에 잠에서 깬 발란데르는 바람 소리에 귀를 기울이며 오랫동안 침대에 누워 있었다. 욕실의 체중계에 올라섰을 때, 그는 체중이 더 빠진 것을 보았다. 이 사실에 고무된 덕분에 그가 차를 몰고 경찰서 주차장에 도착했을 때, 최근에 느꼈던 우울한 감정이 사라졌다.

그는 이 수사가 개인적인 패배로 바뀌고 있다고 생각했었다. 다시 막다른 길에 다다라 난 동료들을 다그치고 있었지. 하지만 그 두 자식은 이곳에 있었어. 그는 화가 치밀어 차 문을 쾅 닫으며 그렇게 생각했다. 이곳 어디엔가.

그는 에바와 이야기를 나누려고 안내 데스크 앞에 멈춰 섰다. 교환대 옆에는 구식 뮤직박스가 놓여 있었다.

"요즘엔 이런 걸 못 봤는데요. 어디서 구하셨어요?"

"세보 시장옛날부터 스웨덴 시골에서 열리는 시장으로, 매번 장소를 달리해서 열린다의 가판대에서 샀어요." 그녀가 대답했다. "가끔씩 온갖 잡동사니 속에서 정말 멋진 걸 찾을 수 있답니다."

발란데르는 미소를 짓고 걸음을 옮겼다. 사무실로 가는 도중 그는 한손과 마르틴손의 사무실에 들러 두 사람에게 자신의 방으로 와 달라고 말했다. 여전히 스킨헤드나 루시아의 흔적은 찾지 못했다.

"이틀 후인," 발란데르가 말했다. "목요일에도 우리가 뭔가 찾아내지 못한다면, 기자회견을 열어서 사진을 뿌려야 할 거야."

"우린 바로 그렇게 했어야 해." 한손이 말했다.

발란데르는 아무 말도 하지 않았다.

그들은 다시 차트를 검토했다. 마르틴손은 두 녀석이 숨어 있을지도 모를 캠프를 계속 수색하기로 했다.

"유스호스텔을 체크하고," 발란데르가 말했다. "여름 동안 임대된 가정집의 모든 방도 체크하게."

"옛날엔 더 쉬웠죠." 마르틴손이 말했다. "사람들이 여름에 집에 있었으니까요. 이젠 도처로 흩어진다니까요."

한손은 동유럽 국가들 출신의 취업 허가증 없는 일꾼을 고용한다고 알려진, 작고 특별할 것 없는 회사들을 계속 살펴보기로 했다. 발란데르는 딸기밭에 나가 보기로 했다. 두 녀석이 대규모 과일 농장 중 한 곳에 숨어 있을지도 모를 일이었다.

하지만 그들의 수색은 허사였다. 늦은 오후에 다시 모였을 때 그들은 건진 게 없었다.

"난 알제리인 배관공 한 명과," 한손이 말했다. "쿠르드족 벽돌공 두 명과 엄청나게 많은 폴란드 육체 노동자들을 찾아냈네. 비에르크에게 보고서를 제출하고 싶은 심정이야. 해결해야 할 이 빌어먹을 살인 사건만 없었다면 그 쓰레기들을 말끔히 치울 수 있을 텐데 말이야. 그들은 우리 애들이 여름 아르바이트로 버는 돈을 벌고 있네. 보험에도 들지 않고. 사고라도 나면 회사는 그들이 공사 현장에 허락도 없이 살고 있었다고 말할 테지."

마르틴손에게도 좋은 소식은 없었다.

"저는 약간의 운으로 스킨헤드를 면한," 그가 말했다. "불가리아인 대머리를 찾았습니다. 하지만 그는 마리에스타드에 있는 병원에서 근무하는 의사고, 알리바이가 있었습니다."

환기가 안 된 방 안이 답답했다. 발란데르는 몸을 일으켜 창문을 열었다. 어떤 이유로 그는 에바의 뮤직박스를 생각했다. 비록 뮤직박스의 선율을 듣진 못했지만 하루 종일 그의 잠재의식 속에서 그것이 연주를 하고 있었다.

"그 시장," 그가 말했다. "우린 그곳을 살펴봐야 해. 다음에 그 시장이 어디서 열리지?"

한손과 마르틴손 둘 다 그 답을 알고 있었다. 키비크에서.

"오늘과 내일 열려." 한손이 말했다.

"내가 내일 가 보지." 발란데르가 말했다.

"거긴 커." 한손이 말했다. "누굴 데려가야 해."

"제가 가죠." 마르틴손이 말했다.

한손은 그 일을 모면해 안도한 것처럼 보였다. 발란데르는 필시 수요일 밤에 경마가 있을 거라고 생각했다. 회의가 끝나 수고했다는 말을 주고받았고, 한손과 마르틴손은 방에서 나갔다. 발란데르는 책상에 남아서 전화 메시지 더미를 분류했다. 그것들을 다음 날 우선순위로 처리할 순으로 정리한 다음 그는 방을 나설 준비를 했다. 이내 책상 밑에 떨어진 쪽지가 눈에 들어왔다. 그는 허리를 굽혀 그것을 주웠고, 그것이 전화해 달라는 난민 캠프 책임자의 메시지라는 것을 알았다.

그는 다이얼을 돌렸다. 벨이 열 번 울리고 막 끊으려는 순간 누군가가 받았다.

"저는 위스타드 경찰서의 발란데르입니다. 모딘 씨와 통화하고 싶습니다."

"말씀하세요."

"메시지를 받고 전화드리는 겁니다."

"제가 드릴 말씀이 중요한 걸지도 모르겠습니다."

발란데르는 숨을 참았다.

"당신들이 찾고 있는 두 남자에 대한 겁니다. 저는 오늘 휴가에서 복귀했습니다. 경찰이 보낸 사진이 제 책상 위에 있더군요. 저 그 두 남자를 알아봤습니다. 그들은 한동안 이 캠프에서 살았습니다."

"제가 그리로 갈 테니," 발란데르가 말했다. "제가 도착하기 전에 사무실을 떠나지 마십시오."

캠프는 스쿠루프 외곽에 있었고, 발란데르는 19분 만에 거기에 도착했다. 그곳은 예전 목사관으로, 캠프가 꽉 찼을 때 임시 보호소로 사용되는 곳이었다.

책임자 모딘은 예순쯤 된 키 작은 남자였다. 발란데르의 차가 미끄러지며 멈춰 섰을 때, 그는 진입로에 있었다.

"캠프는 지금 비어 있지만," 모딘이 말했다. "다음 주에 루마니아인 몇 명이 올 겁니다."

그들은 작은 사무실로 갔다.

"처음부터 말씀해 주십시오." 발란데르가 말했다.

"그들은 작년 십이월부터 이월 중순까지 여기에 있다가," 모딘이 어떤 서류를 넘기며 말했다. "말뫼로 이동됐습니다. 정확히 말씀드리자면 셀시우스 하우스로요."

모딘이 스킨헤드의 사진을 가리켰다. "이 사람은 로트하르 크라프트츠지크입니다. 그는 소수민족으로, 박해받는 땅에서 정치적 망명을 원하는 체코 사람이죠."

"체코슬로바키아에 소수민족이 있습니까?"

"그는 자신이 집시라고 주장하는 것 같습니다."

"주장한다고요?"

모딘은 어깨를 으쓱했다. "난 그가 집시라는 걸 믿지 않습니다. 자신들이 스웨덴에 머무르는 게 허용될 만큼 충분히 설득력 있는 케이스가 아니라는 걸 아는 난민들은 자신이 집시라고 주장함으로써 자신들의 기회를 이용할 훌륭할 방법을 배우죠."

모딘은 루시아의 사진을 집어 들었다. "안드레아스 하스. 역시 체코인입니다. 그의 망명 신청 배경은 정말 모르겠습니다. 서류는 그들에게 딸려 셀시우스 하우스로 갔습니다."

"그리고 그들이 사진 속 남자들이라는 걸 확신하시고요?"

"네, 확신합니다."

"좋습니다." 발란데르가 말했다. "더 말씀해 주십시오."

"뭐에 대해서요?"

"그들이 어때 보였는지. 그들이 여기 있는 동안 색다른 일이 일어나진 않았는지. 돈을 많이 갖고 있었는지. 기억하시는 건 뭐든지요."

"노력해 보죠." 모딘이 말했다. "그들은 대체로 남들과 어울리지 않았습니다. 난민 캠프 내의 생활은 극히 스트레스가 많다는 걸 아셔야 합니다. 그들이 체스를 했다는 건 기억합니다. 허구한 날이요."

"그들에게 돈이 있었습니까?"

"내 기억으로는 아닙니다."

"그들이 좋아한 게 있습니까?"

"그들은 남과 어울리지 않았지만 그렇다고 쌀쌀맞진 않았습니다."

"그 밖엔요?"

발란데르는 모딘이 머뭇거린다는 것을 눈치챘다.

"무슨 생각을 하시죠?" 그가 물었다.

"이곳은 작은 캠프입니다." 모딘이 말했다. "나는 밤에 이곳에 없고, 다른 사람들도 마찬가지죠. 어떤 날에는 직원도 없습니다. 식사를 준비하는 요리사를 빼고는요. 대개 우린 여기다 차를 둡니다. 열쇠는 내 잠긴 사무실에 있고요. 하지만 아침에 오면 누군가가 가끔 내 사무실에 들어와 키를 가져다가 차를 썼다는 느낌이 듭니다."

"그리고 당신은 그 둘을 의심했고요?"

모딘이 끄덕였다. "왜인지는 모르겠습니다. 그냥 그런 느낌이 들었습니다."

발란데르는 그 말을 곰곰이 생각했다.

"그러니까 밤에는 여기에 아무도 없었고," 그가 말했다. "어떤 날에도 없었고요. 맞습니까?"

"네."

"일월 사일에서 일월 육일." 발란데르가 말했다. "육 개월도 더 전 일입니다. 그 이틀간 누가 근무했는지 알 방법이 있습니까?"

모딘은 책상 달력을 획획 넘겼다.

"나는 그날 말뫼에서 긴급회의가 있었습니다." 그가 말했다. "난민 이 너무 많아서 우린 더 많은 임시 캠프를 마련해야 했죠."

발란데르는 소름이 끼쳤다. 차트가 살아났다. 이제 그 차트가 자신 에게 말하고 있었다.

"그래서 그 이틀간 아무도 여기에 없었습니까?"

"요리사뿐이었죠. 부엌이 뒤쪽에 있어서 그녀는 누가 차를 타고 나 가든 못 봤을 겁니다."

"난민 중 누구도 어떤 말을 하지 않았습니까?"

"난민은 상관하지 않습니다. 그들은 겁에 질려 있습니다. 서로에 게조차."

발란데르는 자리에서 일어났다. 갑자기 그는 매우 서둘렀다.

"셀시우스 하우스의 동료에게 전화하셔서 제가 지금 가는 중이라 고 말씀하시되," 그가 말했다. "이 두 남자에 대해서는 아무 말도 하 지 마십시오. 책임자가 시간이 있는지만 확인해 주십시오."

모딘이 그를 응시했다.

"왜 그들을 찾는 겁니까?" 그가 물었다.

"그들은 범죄를 저질렀을지도 모릅니다. 심각한 범죄를요."

"룬나르프에서의 살인 말입니까? 그걸 말씀하시는 건가요?"

발란데르는 그에게 말하지 않을 이유가 없다는 것을 알았다. "네, 그들이 범인인 것 같습니다."

그는 7시 조금 지나 말뫼 한복판에 위치한 셀시우스 하우스에 도착했다. 그는 거리 한편에 주차하고 경비가 있는 중앙 출입구를 향해 걸었다. 몇 분 후 한 남자가 그를 맞으러 나왔다. 그는 은퇴한 선원으로 이름은 라르손이었고, 맥주 냄새를 풍겼다.

"하스와 크라프트츠지크." 라르손의 사무실에서 발란데르가 말했다. "두 체코 망명 신청자요."

"그 체스 장인들은," 그가 말했다. "네, 그들은 여기 삽니다."

제길. 발란데르는 생각했다. 드디어 놈들을 잡았군.

"그들이 이곳 건물에 있습니까?"

"네," 라르손이 말했다. "그러니까, 아니요."

"아니라고요?"

"그들은 여기 삽니다. 하지만 그들은 여기 없습니다."

"그들이 대체 어디 있다는 겁니까?"

"저는 정말 모릅니다."

"하지만 그들이 여기 산다면서요?"

"도망쳤습니다."

"도망쳐요?"

"늘 일어나는 일입니다. 사람들이 도망치는 거요."

"하지만 그들은 망명을 하려는 거 아닙니까?"

"그들은 여전히 도망 중이죠."

"그럼 당신은 뭘 하십니까?"

"당연히 우린 그들을 보고하죠."

"그러면 어떻게 됩니까?"

"아무 일도 안 일어납니다. 대개는요."

"아무 일도요? 이 나라에 머무를 수 있을지, 강제 추방 당할지 들길 기다리는 사람이 도망을 친다고요? 그리고 아무도 신경을 안 씁니까?"

"경찰이 그들을 찾겠죠."

"어이가 없군요. 그들이 언제 사라졌습니까?"

"오월에 떠났습니다. 아마 그들은 망명 신청이 거절됐다고 생각했겠죠."

"그들이 어디로 갔을 거라고 생각하십니까?"

라르손이 팔을 넓게 펼쳤다. "여기에 거주 허가 없이 사는 사람이 얼마나 되는 줄 아십니까? 당신이 상상하는 것보다 훨씬 많습니다. 그들은 서류를 위조하고, 서로 이름을 바꾸고, 불법적으로 일하며 함께 삽니다. 검문 한 번 당하는 일 없이 스웨덴에서 평생을 살 수도 있죠. 아무도 그걸 믿고 싶어 하지 않을 겁니다. 하지만 그렇게 돌아갑니다."

발란데르는 할 말이 없었다.

"미쳤군." 그가 말했다. "완전히 미쳤어요."

"동의합니다. 하지만 어쩔 수 없어요."

발란데르는 신음 소리를 냈다.

"이 두 남자에 대한 모든 서류가 필요합니다."

"저에겐 그것들을 건넬 권한이 없습니다."

"이 두 남자는 살인을 저질렀단 말이오." 발란데르는 폭발했다. "두 사람을 살해했다고."

"그렇다 하더라도 저는 그 서류를 드릴 수 없습니다."

발란데르는 자리에서 일어섰다.

"내일 그 서류들을 넘기셔야 할 거요. 그 서류들 때문에 경찰청장을 데려오는 한이 있더라도 말이오."

"그러면 되겠군요. 전 규정을 바꿀 수 없습니다."

발란데르는 차를 몰고 위스타드로 돌아갔다. 저녁 8시 45분에 비에르크의 집 초인종을 눌렀다. 재빨리 그에게 그간의 일을 말했다.

"내일 지명수배를 내리겠습니다." 그가 말했다.

비에르크가 끄덕였다. "내가 내일 두 시에 기자회견을 요청하지. 난 오전에 서장들과 회의가 있는데, 셀시우스 하우스에서 그 서류들을 받아 낼 수 있을지 보자고."

발란데르는 뤼드베리를 보러 갔다. 그는 발코니의 어둠 속에 앉아 있었다. 발란데르는 그를 보고 그가 고통스러워하고 있다는 것을 알아차렸다. 그의 생각을 읽은 듯한 뤼드베리가 무미건조하게 말했다. "난 내가 이걸 이겨 낼 거라고 생각하지 않네. 크리스마스를 날 수 있을지 모르지만, 아닐 걸세."

발란데르는 할 말을 찾지 못했다.

"견뎌야겠지." 뤼드베리가 말했다. "왜 왔는지 말해 보게."

발란데르는 그에게 말했다. 그는 어둠 속에서 뤼드베리의 얼굴을 어슴푸레 볼 수 있었다. 그들은 침묵 속에 앉아 있었다. 밤은 차가웠다. 하지만 낡은 가운을 입고 슬리퍼를 신고 앉아 있는 뤼드베리는 느끼지 못하는 것 같았다.

"어쩌면 놈들은 이 나라를 떴는지도 모릅니다." 발란데르가 말했다. "어쩌면 우린 결코 놈들을 잡을 수 없을지도 모르고요."

"그럴 경우, 우린 적어도 우리가 그 사실을 안다는 걸 받아들여야 할 걸세." 뤼드베리가 말했다. "정의란 범죄를 저지른 사람들이 처벌을 받는다는 것만 의미하진 않네. 그건 우리가 그 사실을 찾는 것을 절대 포기할 수 없다는 것도 뜻하지."

그는 엄청난 노력을 기울여 자리에서 일어나 코냑 한 병을 가져온 다음 떨리는 손으로 두 글라스를 채웠다.

"어떤 늙은 경관들은 오래된 미해결 사건을 고민하다 죽지." 그가 말했다. "내가 그중 하나일 걸세."

"경찰이 된 걸 후회하신 적 없습니까?" 발란데르가 물었다.

"전혀. 한 번도."

그들은 코냑을 마셨다. 침묵 속에 드문드문 이야기를 나누며 앉아 있었다. 발란데르는 자정이 되기 전에 가려고 자리에서 몸을 일으켰다. 그는 내일 저녁에 다시 오겠다고 약속했다. 그는 어둠 속에 앉은 뤼드베리를 남겨 두고 떠났다.

8월 1일 수요일 아침, 발란데르는 전날 있었던 일에 대해 한손과 마르틴손에게 간략히 이야기했다. 기자회견이 오후에 있을 예정이어서 그들은 그동안 키비크 시장을 체크하기로 결정했다. 한손은 비에르크와 보도 자료를 쓰는 일을 맡았다. 발란데르는 자신과 마르틴손이 오전 중에 돌아오겠다고 말했다.

그들은 토멜릴라를 거쳐 갔는데, 키비크 남쪽에서 긴 차의 행렬과 마주쳤다. 그들은 못마땅해하는 농부에게 20크로나를 주고 그의 들판에 차를 세웠다. 시원하게 펼쳐진 바다를 배경으로 열린 시장에 닿았을 때, 비가 내리기 시작했다. 두 사람은 가판대와 사람들로 가득한 혼돈의 현장을 낭패한 표정으로 응시했다. 확성기들이 꽥꽥거리고 있었고, 술 취한 젊은이들이 고래고래 소리를 지르고 있었으며, 두 사람은 군중에게 이리저리 떠밀리고 있었다.

"저 한가운데 어디에서 만나도록 해 보자고." 발란데르가 말했다.

"이럴 경우에 대비해서 워키토키를 가져와야 했습니다." 마르틴손이 말했다.

"별일 없을 거야." 발란데르가 말했다. "한 시간 후에 만나지."

그는 이리저리 밀리다 군중에 삼켜지는 마르틴손을 지켜보았다. 그는 재킷 칼라를 세우고 그와 반대 방향으로 향했다.

한 시간이 좀 못 되어서 그들은 다시 만났다. 두 사람은 흠뻑 젖었고, 거칠게 밀쳐 대는 군중에 짜증이 나 있었다.

"에라이, 모르겠습니다." 마르틴손이 말했다. "어디 가서 커피나 마시죠."

발란데르가 자신들 앞에 있는 카바레 텐트를 가리켰다.

"저기에 가 봤나?" 그가 물었다.

마르틴손이 얼굴을 찌푸렸다. "뱃살이 늘어진 여자들 몇 명이 스트립쇼를 하고 있더군요. 마치 섹스 부흥주의자들인 것처럼 사람들이 소리를 질러 대고 있습니다. 빌어먹을!"

"텐트 뒤편을 돌아보세." 발란데르가 말했다. "거기에도 가판대가 얼마간 있을 걸세. 그런 다음 오늘은 이만 끝내지."

두 사람은 포장마차와 녹슨 텐트 말뚝 사이를 헤치고 터벅터벅 진흙탕을 걸었다. 빨간색 페인트칠이 된 금속 폴pole 위로 차양을 친 가판대마다 다른 상품들을 팔고 있었지만 그것들은 똑같아 보였다.

발란데르와 마르틴손은 정확히 동시에 그 남자들을 보았다. 그들은 가죽점퍼들을 늘어놓은 가판대 뒤에 있었다. 가죽점퍼는 모두 같은 가격이었고, 발란데르는 그것들이 놀랄 만큼 싸다는 생각을 잠깐 했다.

가판대 너머의 남자들은 두 경찰을 응시했다. 발란데르는 너무 늦게야 그들이 자신을 알아봤다는 것을 깨달았다. 신문과 텔레비전에 너무 자주 노출된 그의 얼굴은 나라 전체에 알려져 있었다.

모든 것이 아주 빠르게 일어났다. 루시아가 가판대 위 가죽 재킷 밑에 손을 넣더니 리볼버를 빼 들었다. 마르틴손과 발란데르는 각각 반대편으로 몸을 던졌다. 마르틴손은 텐트의 벌이줄에 발이 걸렸다. 발란데르는 포장마차 끝에 머리를 찧었다. 루시아가 발란데르를 겨냥했다. 총소리는 텐트 안 '죽음의 라이더들'이 으르렁대며 빙글빙글 질주하는 모터사이클의 소음에 묻혀 거의 들리지 않았다. 포장마차에 맞고 튕긴 총알이 발란데르의 머리에서 몇 센티미터 비껴갔다. 다음 순간 그는 리볼버를 든 마르틴손을 보았다.

마르틴손은 응사했다. 발란데르는 뒤로 날아간 루시아가 어깨에 손을 올리는 모습을 보았다. 총이 그의 손에서 카운터 밖으로 떨어졌다. 마르틴손은 고함을 치며 벌이줄에서 몸을 빼내고는 카운터로 몸을 날려 곧장 부상당한 사내에게 달려들었다. 카운터가 무너지며 마르틴손이 뒤범벅이 된 가죽 재킷 위에 떨어졌다.

발란데르는 앞으로 뛰어가 진흙탕에서 그 총을 집어 들었다. 그는 자신을 지나쳐 군중 속으로 뛰어드는 스킨헤드를 보았다. 총소리를 알아챈 사람은 아무도 없는 듯했다. 주변의 노점상들이 흉포한 호랑이가 덮치기라도 한다는 듯 흥미를 가지고 마르틴손을 지켜보았다.

"놈을 쫓으십시오." 마르틴손이 가죽 재킷 무더기에서 외쳤다. "이 개자식은 제가 처리하겠습니다."

발란데르는 달렸다. 진흙투성이 얼굴에 총을 든 발란데르가 달려오자 사람들이 겁을 먹고 물러났다. 그는 스킨헤드를 놓친 것 같아 두려웠다. 그때 갑자기 시장의 군중을 헤치고 거칠고 난폭하게 달아나는 녀석이 다시 시야에 들어왔다. 놈은 자신의 앞으로 발을 들인 노부인을 옆으로 밀쳤고, 가판대 위의 케이크를 쓰러뜨렸다. 발란데르는 군중을 뚫고 사탕 가판대를 엎으며 달려 녀석의 뒤를 따랐다.

놈이 다시 사라졌다.

발란데르는 욕설을 퍼부으며 느릿느릿 움직이는 군중을 헤치고 나아갔다. 그때 놈이 다시 눈에 띄었다. 그는 시장 가장자리인 벼랑 끝을 향해 달렸다. 두 경비가 한달음에 발란데르에게 달려왔다가 그가 총을 휘저으며 물러나라고 소리치자 황급히 옆으로 풀쩍 뛰었다. 한 명은 맥주를 파는 텐트에 넘어졌고, 다른 한 명은 양초 가판대에 고꾸라졌다.

발란데르는 달렸다. 심장이 피스톤처럼 쿵쾅거렸다. 녀석이 벼랑 가장자리로 사라졌다. 발란데르는 놈의 30미터쯤 뒤에 있었다. 벼랑 가장자리에 다다랐을 때, 그는 발을 헛디뎌 경사면 아래로 곤두박질쳤다. 총을 놓쳤다. 멈춰 선 그는 총을 찾아야 할지 잠시 머뭇거렸다.

그때 해변을 따라 달리는 스킨헤드가 보였고, 그는 녀석의 뒤를 쫓기 시작했다.

추격은 그들 모두 더 이상 달릴 힘이 남아 있지 않았을 때 끝났다. 스킨헤드는 검은 타르가 칠해진 노 젓는 보트에 기대 있었다. 발란데르는 10미터 떨어진 곳에 서서 가쁜 숨을 몰아쉬며 자신이 곧 쓰러지겠다고 생각했다.

나이프를 꺼내 든 스킨헤드가 그에게 다가오고 있었다. 저게 요하네스 뢰브그렌의 코를 베어 낸 나이프군. 그는 생각했다. 뢰브그렌에게 돈이 어디 있는지 털어놓게 하는 데 쓰인 그 나이프. 그는 무기로 쓸 만한 것을 찾아 주위를 둘러보았다. 눈에 띈 것은 부러진 노뿐이었다. 스킨헤드가 나이프를 들고 달려들었다. 발란데르는 무거운 노로 나이프를 쳐 냈다. 놈이 다시 찔렀고, 발란데르는 노를 휘둘렀다. 노가 녀석의 쇄골을 때렸다. 발란데르는 쇄골이 부러지는 소리를 들었다. 스킨헤드가 비틀거렸고, 발란데르는 노를 내던지고 그의 턱에 오른 주먹을 날렸다. 관절의 통증이 고통스러웠지만 스킨헤드는 나가떨어졌다.

발란데르는 젖은 모래에 주저앉았다. 잠시 후에 마르틴손이 달려왔다. 비가 퍼붓고 있었다.

"우리가 놈들을 잡았습니다." 마르틴손이 말했다.

"그래." 발란데르가 말했다. "그랬나 봐."

그는 물가로 걸어가 얼굴을 씻었다. 저 멀리 남쪽으로 향하는 유조선이 보였다. 그는 고통을 덜어 줄 좋은 소식을 뤼드베리에게 들려줄 수 있어서 기뻤다.

이틀 후 안드레아스 하스라는 사내는 살인을 자백했지만 그는 모든 것을 다른 사내의 탓으로 돌렸다. 로트하르 크라프트츠지크 역시 모든 것을 포기하고 자백했다. 그의 주장에 따르면, 잔인한 고문은 모두 안드레아스 하스가 한 짓이었다.

발란데르가 한 상상은 정확했다. 때때로 두 사내는 환전하러 은행에 가 큰돈을 인출하는 손님을 물색했다. 그들은 굴뚝 청소부 룬딘이 뢰브그렌을 집으로 태워 주었을 때, 난민 캠프에서 끌고 온 차로 그를 미행했다. 그들은 비포장도로를 따라 그의 뒤를 밟았고, 이틀 후 밤에 다시 찾아갔다.

"나를 혼란스럽게 하는 게 하나 있는데," 로트하르 크라프트츠지크를 신문하는 발란데르가 말했다. "왜 말에게 먹이를 줬지?"

그가 놀랍다는 듯이 발란데르를 보았다.

"돈이 건초 망에 숨겨져 있었으니까요." 그가 말했다. "그 서류 가방을 찾으면서 말에게 건초를 던졌나 보죠."

발란데르가 끄덕였다. 미스터리의 해답은 간단했다.

"한 가지 더." 발란데르가 말했다. "왜 올가미였나?"

대답이 없었다. 두 남자 모두 그 미친 폭력에 대해서는 자백하지 않았다. 그는 질문을 반복했지만 답을 얻을 수는 없었다.

체코 경찰이 하스와 크라프트츠지크 모두 체코슬로바키아에서 폭행으로 수감된 적이 있었다고 연락을 취해 왔다.

그들은 셀시우스 하우스를 떠났을 때, 회르 외곽의 다 허물어져 가는 오두막을 빌렸다. 그들이 팔고 있던 재킷들은 트라노스의 가죽 전문점에서 훔친 것이었다.

구류 심리는 몇 분 내로 끝났다. 두 남자가 고문에 대한 것을 여전히 서로에게 떠넘기고 있음에도 그 건이 유죄라는 것은 아무도 의심하지 않았다.

발란데르는 재판정의 방청석에 앉아 자신이 아주 오랫동안 추적했던 두 사내를 응시했다. 그는 룬나르프의 농가에 발을 들였던 1월의 이른 아침을 기억했다. 두 살인은 이제 해결되었고, 범인들에게 곧 형이 결정될 테지만 발란데르는 여전히 기쁘지 않았다. 마리아 뢰브그렌의 목에 왜 올가미를 둘렀을까? 왜 그런 폭력을?

그는 어깨를 으쓱했다. 그는 이 질문에 대답할 수 없었고, 그것은 개운치 않은 기분으로 남았다.

8월 11일 토요일 늦게 발란데르는 뤼드베리의 집에 위스키 한 병을 가져갔다. 일요일에는 아네테 브롤린과 함께 아버지를 방문할 예정이었다. 그는 그녀에게 했던 질문을 생각했다. 자신 때문에 이혼을 고려하는지? 물론 그녀는 아니라고 했지만 그는 그녀가 자신의 물음에 공격적이지 않았다는 것을 알았다.

그는 차를 몰고 뤼드베리를 보러 가면서 카세트덱으로 마리아 칼라스를 들었다. 그는 초과근무 시간에 해당하는 만큼의 휴가를 다음 주에 냈다. 케냐에서 돌아온 헤르만 음보야를 만나러 룬드에 갔다가 남는 시간은 집에 페인트칠을 하며 보낼 생각이었다. 어쩌면 자신에게 새 스테레오를 선물할지도 몰랐다. 주차를 하면서 머리 위의 노란 달을 힐끗 보았다. 가을이 다가오고 있었다.

뤼드베리는 평상시처럼 발코니의 어둠 속에 앉아 있었다. 발란데르는 위스키 두 잔을 따랐다.

"우리가 마리아 뢰브그렌의 마지막 말을 우려했던 때를 기억하나? 우리가 외국인들을 찾아야 할 거라고 했던 때를? 그리고 에리크 망누손이 새로이 등장했을 때, 우린 그가 살인자이길 간절히 바랐지. 하지만 아니었네. 그러다 결국 두 외국인을 체포했지. 그리고 정당한 이유 없이 그 불쌍한 소말리아인이 죽었네."

"모든 걸," 발란데르가 말했다. "알고 계셨던 거 아닙니까? 범인이 외국인이라고 확신하셨잖아요."

"확신은 없었지만," 뤼드베리가 말했다. "그렇게 생각했지."

이미 오래된 기억이라는 듯 그들은 천천히 수사 과정을 되짚었다.

"우린 많은 실수를 했습니다." 발란데르가 생각에 빠져 말했다. "제가 많은 실수를 했죠."

"자넨 좋은 경찰이야." 뤼드베리가 힘주어 말했다. "아마 내가 자네에게 그런 말을 한 적이 없었을 걸세. 하지만 난 자네가 아주 괜찮은 경찰이라고 생각하네."

"너무 많은 실수를 했습니다." 발란데르가 말했다.

"끊임없이 실수를 해도," 뤼드베리가 말했다. "자넨 결코 포기한 적이 없어. 자넨 룬나르프에서 살인을 저지른 자들을 잡길 원했지. 그게 중요한 걸세."

대화가 점차 줄었다. 난 죽어 가는 사람과 앉아 있어. 발란데르가 절망감에 빠져 생각했다. 뤼드베리가 정말 죽을 거라는 사실을 난 받아들이지 못할 거야. 그는 자신이 칼에 찔렸던 때가 기억났다. 그는 6개월 전쯤 술에 취해 차를 몰았던 것 또한 생각했다. 경찰에서 잘렸어야 했다.

왜 난 그에 대해 뤼드베리에게 말하지 않는 걸까? 그는 궁금했다. 왜 비밀로 하는 거지? 혹시 그는 이미 알고 있는 걸까?

머릿속에서 그 주문이 스쳐 지나갔다. **살 때와 죽을 때.**

"좀 어떠세요?" 그가 조심스럽게 물었다.

어둠에 잠긴 뤼드베리의 얼굴은 읽기 어려웠다.

"지금은 아무런 통증이 없지만," 그가 말했다. "내일 그 통증이 돌아오겠지, 아니면 그다음 날에."

발란데르가 발코니에 앉아 있는 뤼드베리를 떠난 때는 새벽 2시가 다 되어서였다. 발란데르는 차를 두고 걸어서 집으로 갔다. 달은 구름 뒤로 사라져 있었다. 이따금 그는 훌쩍훌쩍 뛰었다. 마리아 칼라스의 목소리가 머릿속에 울려 퍼졌다.

잠이 들기 전 아파트의 어둠 속에서 눈을 뜨고 한동안 침대에 누워 있었다. 그는 다시 그 폭력성에 대해 생각했다. 다른 부류의 경찰이 요구되는 새 시대. 우리는 올가미 시대에 살고 있는 거야. 그는 생각했다. 공포가 고조될 것이었다.

그는 이러한 생각들을 억지로 물리고 꿈속의 흑인 여자를 찾았다. 수사는 끝났다. 이제 그는 마침내 휴식을 취할 수 있었다.

　『얼굴 없는 살인자』는 쿠르트 발란데르가 처음으로 등장하는 작품이다.

　국내 발란데르 시리즈의 번역 출간 역사(?)는 꽤나 독특하다. 대개 한 시리즈를 한 출판사에서 출간하는 게 일반적인 관행인 데 반해 이 시리즈는 세 출판사에 나뉘어 총 열 편 중 일곱 편이 출간되었다. 출간 순서도 뒤죽박죽으로, 마지막으로 번역된 작품이 시리즈 다섯 번째였다. 게다가 더 이해가 가지 않는 것은, 무언가 복잡한 사정이 있었는지는 몰라도, 정작 첫 번째와 두 번째 작품이 출간되지 않았다는 점이다. 재미가 없었기 때문일까? 시리즈의 발동이 걸리기 시작한 중반부터 재미가 붙어서 중기 작품부터 출간된 걸까? 작품들이 재미없었다면 출판사들이 눈을 돌렸을 텐데, 이 시리즈는 무려 20여 년에 걸쳐 여러 출판사에서 번역 출간되고 있다. 재미 여부의 판단은 지금 이 후기를 읽고 있는 독자의 몫이겠지만 개인적으로는 『얼굴 없는 살인자』가 시리즈 여느 작품에 떨어진다는 생각은 조금도 들지 않는다. 오히려 분량이 많아 처지는 감이 있는 중후기 작품들에 비해 구성이 조밀하고 박진감이 더해진 재미가 넘친다고 생각한다. 더구나 이 작품은 스칸디나비아 범죄소설에 수여하는 유리열쇠상과 스웨덴 범죄소설상을 받았다. 그래서 의문은 더 깊어질 따름이다. 왜?

'발란데르 시리즈'는 '마르틴 베크 시리즈'를 쓴 스웨덴 작가 마이 셰발과 페르 발뢰의 직접적인 영향을 받았고, 헨닝 망켈은 '발란데르 는 금요일 아침 7시에 심리스함의 스베아 호텔에 발을 들이면서 자신이 웃 는 경관과는 거리가 멀다고 느꼈다.'(P. 188)라는 문장에서 셰발과 발뢰의 걸작 『웃는 경관』(김명남 옮김, 엘릭시르 펴냄)을 언급함으로써 그 사실 을 숨기지 않았다. '마르틴 베크 시리즈' 1편인 『로재나』(김명남 옮김, 엘릭시르 펴냄)의 서문을 쓴 헨닝 망켈은 『로재나』가 '범죄소설에서 시가 이 중요한 역할을 수행하는 이야기로는 최초일 것'이라고 말하며, 이 '소설 에서는 반년이 흐르고서야 비로소 범죄가 해결된다'고 언급했다. 『얼굴 없 는 살인자』는 어떠한가. 저자는 『로재나』의 구성을 자신의 발란데르 시리즈 첫 작품에 그대로 적용했다.

스웨덴 미스터리를 설명할 때면 늘 수식어처럼 따라붙는 '복지국 가 이면의 어두운 실상'을 저자는 시리즈 내내 고발한다. '마르틴 베 크 시리즈'가 1960년대에서 1970년대에 걸친 스웨덴의 사회상을 반 영했다면, '발란데르 시리즈'는 이민 정책 문제가 수면 위로 부상한 1990년대의 사회상을 반영한다.

첫 작품부터 심각한 중년의 위기를 맞은 발란데르라는 캐릭터를 빼고 이 작품의 재미를 논할 수는 없다. 이혼과 가출한 딸, 치매기가 있는 아버지, 수사에 대한 강박과 과중한 업무에 따른 건강 악화, 시 대에 부응하지 못한다는 자조 등의 그의 문제는 시리즈 내내 이어져 읽는 이를 지치게 하지만 이러한 악조건들 속에서도 투철한 직업의 식을 잃지 않는 발란데르의 강직함이 독자를 끌어들이는 힘이 아닐 까 싶다.

얼굴 없는 살인자

초판1쇄 2021년 7월 10일
초판2쇄 2024년 2월 1일

지은이 | 헨닝 망켈
옮긴이 | 박진세
발행인 | 박세진
교 정 | 양은희
표지디자인 | 허은정
용 지 | 두송지업
인 쇄 | 대덕문화사
제 본 | 자현제책사

펴낸곳 | 피니스 아프리카에
출판등록 | 2010년 10월 12일 제25100-2010-000041호
주소 | 03958 서울시 마포구 망원동 419-3 참존 1차 501호
전화 | 02-3436-8813
팩스 | 02-6442-8814
블로그 | blog.naver.com/finisaf
메일 | finisaf@naver.com